Alexander Rentsch

RIVALEN DER RENNBAHN

Roman

Langen Müller

Der Roman entstand nach der gleichnamigen ZDF-Fernsehserie, einer Produktion der Phoenix-Film Produktions- und Vertriebs KG, Berlin.

2. Auflage

Schutzumschlaggestaltung: Christel Aumann
unter Verwendung eines Fotos der Bildagentur Mauritius, Mittenwald
Satz: IBV Satz- und Datentechnik GmbH, Berlin
Gesetzt aus 10/12 p Linotype Palatino
Druck und Binden: Mohndruck Graphische Betriebe, Gütersloh
Printed in Germany
ISBN 3-7844-2207-1

Alexander Rentsch
Rivalen der Rennbahn

Inhalt

Prolog

Er befand sich auf dem Höhepunkt seiner Karriere. Kritiker äußerten mitunter, er habe den Zenit bereits überschritten, doch allgemein galt er im Galopprennsport als Champion unter den Jockeys. Mindestens zehn Prozent bekam er vom Geld, das er den Pferdebesitzern zusammengaloppierte. Pausen warfen ihn zurück, besonders die durch Stürze erzwungenen. Auswärtige Jockeys kesselten ihn im Pulk ein, blockierten ihn, brachten sein Pferd aus dem Rhythmus, bis das Tier keuchend fiel – der Champion durfte nicht gewinnen. Folgen waren kalkuliert: Rippen-, Knöchel-, Beinbrüche, schwere Prellungen, Gehirnerschütterungen.

Trotzdem behielt er starke Nerven durch magere Kost, Sport, Schwitzen in der Sauna und Abstinenz. Unheimlich fit. Seine Form war besser als die Gleichaltriger. 35 Jahre, kein Gramm zuviel, verwöhnt durch eine jahrelange Kette von Siegen, verheiratet mit Monika, keine Kinder: Christian Adler.

Das letzte Rennen beendete er mit Dreamghost. Sieg nach einem 100 Meter-Finish. Die vierjährige Stute, im Besitz von H.-O. Gruber, hatte 40 000 Mark Prämie gebracht.

In vier anderen Rennen an diesem Tag war er ebenfalls als Erster vor den Tribünen angekommen. Es hatte sich gelohnt, und Besitzer Gruber hatte ihn genau fünfmal umarmt.

Zwei Gratulationen standen noch aus: die von Grubers Frau Silvia – eine entzückende Person, hieß es in der Clique; sie hatte sich ausbedungen, Jockey Adler mit Küßchen vor Kameras den Scheck zu überreichen – und die von Monika. Sie teilte zwar seine fanatische Liebe zu Pferden nicht und noch weniger seine Empfänglichkeit für jene tückische Bewunderung, die ihm Damen der High-Society des Rennsports zoll-

ten, doch bisher hatte es deswegen keine Komplikationen in der Ehe gegeben.
Monika wartete auf Christian vor dem Gebäude, in dem die Jockeys nach jedem Rennen gewogen wurden. Schließlich sagten ihr einige seiner Kollegen, er sei mit der Prozedur längst fertig und habe den Waageraum bereits verlassen.
Arglos machte sie sich auf die Suche nach ihm bei den ihr bekannten Trainern Homburg, Cremer, Schulte, Maybach. Dort hielt er sich nicht auf. In den Umkleidekabinen, hörte sie, war er noch nicht eingetroffen. Sie lief in alle Pferdeställe, doch ihr Stöbern war vergebens. Kein Christian Adler. Also beschloß Monika, im Kasino auf ihn zu warten.
Dort hatte sich eine spätnachmittagliche Sekt-Fete entwikkelt, deren Mittelpunkt Gruber war. Monika musterte alle Anwesenden. Wer zum engen Kreis gehörte, drängte sich am Ausschank – nur Silvia Gruber und Christian fehlten.
Monika entdeckte bei sich eine milde Form von Ohrensausen. Der Verdacht, ihr Mann veranstalte mit der eleganten jungen Frau eine private Siegesfeier, erschien ihr einen Augenblick lang abstrus. Dann fand sie ihre vage Vermutung gar nicht so abwegig.
Es gab ein Ruhezimmer für VIP unterhalb der Tribünen, eine ungestörte Oase im Rennbetrieb. Leer, wenn nach dem letzten Rennen alle Besucher das Gelände verlassen hatten. Und glänzend geeignet für eine nichtöffentliche Jubelveranstaltung. Monika lief mit offenen Augen und Ohren ihrer Niederlage entgegen. Mit einem Hauch von Selbstdisziplin hätte sie die Kalamität vermeiden können. Aber nein...
Die Krönung des erfolgreichen Rennsporttages war in vollem Gange. Silvia Gruber, in jeder Hand einen silbernen Siegespokal, schon vom Führring her jauchzende Favoritin mit einer Quote 90:10 ohne Risiko, kam im Kopf-an-Kopf-Rennen die Gegengerade herunter, erreichte den Schlußbogen, donnerte die Gerade herauf – gehörmäßig ein Wahnsinns-Sound –, wurde mit Vollspeed ins Ziel gebracht, fiel durch

Gewichtseinwirkung in Arbeitstrab – zwei Hufschläge nur bei dieser Gangart, dazwischen eine Schwebephase...
Monika stand während des Festivals ungläubig vor der verschlossenen Tür, nicht fähig, die groteske Stätte ihres Ruins zu verlassen. *A fonds perdu*, hätte ihr Vater gesagt, aber der war leider schon tot.
Erst als sie das nervös befangene Lachen von Silvia Gruber vernahm, war sie fähig, davonzulaufen. Nie wieder würde es wie früher sein. Nein, keine Familie Adler mehr. Sie hatte Christian verloren. Aus Silvias Lachen hatte sie sieghaftes Frohlocken herausgehört.
Noch auf der Rennbahn beschloß Monika, sich von Christian zu trennen.

1

Gewinner und Verlierer

Das Glöckchen klingelte. Pendeltüren der Startmaschine auf der Gegengeraden sprangen auf. Sechs Pferde galoppierten heraus. Die brummende Sirene zeigte einen sauberen Start an. Jockeys in gebückter Hocke ritten nach Stallorder.
»Das Feld im 6. Rennen ist gestartet, 30000 Mark sind zu gewinnen. Die Anfangsphase ist nicht sehr schnell.« Professionelles Bedauern in der Stimme des Bahnsprechers. »Malva übernimmt die Führung innen. Außen kommt Opera, die jetzt aber zurückgenommen wird, dazwischen verhalten Palmaprice. Ganz außen erscheint Flamingo Blanca unter Peter Rammer. Innen mit der Nummer eins Malva mit Lester Ward im Sattel, gefolgt von Opera, dann Sophia, und in sechster Position die Favoritin Avon Street. Flamingo Blanca geht vorbei an Malva und Palmaprice.«
Vor den Monitoren mit den Eventual-Siegquoten standen Zocker mit sauren Gesichtern und machten sich trübe Gedanken. Lief das Rennen gut? Sechs Stuten trampelten auf der Bahn. »Flamingo Blanca kommt mit Speed von hinten und bleibt vorn.«
»Muß nich!«
»Wirste sehn!«
»Die Pferde jetzt im Schlußbogen, an der Spitze Flamingo Blanca vor Palmaprice und Malva«, klang es atemlos aus den Lautsprechern. »Eingebogen in die Zielgerade sind jetzt Flamingo Blanca, daneben Palmaprice. Lady Di versucht Durchschlupf zu finden zusammen mit Oxford Lady. Noch 350 Meter bis zum Ziel. Flamingo Blanca noch immer in Front, innen daneben Malva, außen kommt Palmaprice, und an der Innenkante will Lutz Mader durchschlüpfen mit Oxford Lady,

aber Peter Rammer hält seinen Vorsprung gegen Oxford Lady und Malva.«

Für die Besucher war das Rennen bereits entschieden. Diskreter Applaus von den Tribünen, Beifallssturm beim Publikum an der Bahn. Erste Wettscheine flatterten zu Boden.

»Innen ganz stark Lutz Mader«, erläuterte der Speaker, »aber Peter Rammer mit Flamingo Blanca kann den Vorteil halten gegen den außen angreifenden Lester Ward.«

Peter Rammer passierte den schmalen Zielspiegel, Flamingo Blanca fiel in Trab, dann in Schritt. Mit halber Länge folgte die zweite Stute auf der Innenbahn. Eindeutiges Ergebnis.

»Erster: Flamingo Blanca!« frohlockte der Bahnsprecher. »Auf dem zweiten Platz Malva vor Oxford Lady, Vierter Avon Street, die Favoritin.«

Der Beifall schwoll an, und er ebbte in dem Augenblick ab, als das endgültige Ergebnis und die wichtigen Zocker-Nachrichten durchgegeben wurden. »Das ist der Einlauf im 1600-Meter-Rennen für Stuten: Klarer Sieg für Trainer Hans Bengsch und Flamingo Blanca unter Peter Rammer, Startnummer drei. Zweiter Malva unter Lester Ward, und Dritter die Schimmelstute Oxford Lady aus Schweden unter Lutz Mader. Und ich sage Ihnen den Toto: 76 auf 10 für Sieg, 18 auf Platz, 22 auf Platz für Malva, 22 auch für Oxford Lady. Der Einlauf: Flamingo Blanca auf Malva 568 für 10. Und die Dreier-Wette: 3, 1, 2, also Flamingo Blanca, Malva, Oxford Lady 3940 für 10.«

Für einige Zocker raschelte es im Karton.

»Du mit deinen Lobeshymnen«, tadelte Emanuel von Schönermarck seine Frau Heidelinde. »Flamingo Blanca ist kein Wunderpferd; sie wurde nur strategisch richtig geritten.«

»Ich habe mich nicht dahingehend geäußert, daß die Stute ein Wunderpferd sei«, verteidigte sie sich. »Ich deutete nur an, sie sei ein wunderschönes Pferd. Und schöne Pferde gewinnen.«

»Und häßliche verlieren?«

Heidelinde strahlte vornehme Arroganz aus. »Das ist meine Meinung, Emanuel!«
Sie hielten sich etwas abseits vom Menschengewimmel am Führring. Emanuel, stark jenseits der Siebzig, zeigte trottelige Nonchalance allen Dingen gegenüber, die den Galoppsport betrafen. Er wertete einen Renntag als gesellschaftliches Ereignis, das ihm Gelegenheit gab, junge Mädchen kritischem Augenschein zu unterziehen und nachfolgende Blickkontakte in herausfordernder Weise zu erwidern. Er wußte, sie sahen ihm an, daß er reich war. Aber daraus konnte er keinen Nutzen mehr schlagen.
Heidelinde hingegen hatte nicht nur ein simples Faible für schöne Gäule. Sie besaß Ställe voller Galopper, und sie gab viel Geld für Rennpferde aus, wenn sie ihr gefielen, ganz gleich, ob das eine oder andere Tier den Kaufpreis wert war oder nicht.
»Du bist desinteressiert, Emanuel«, rüffelte sie ihren Mann. Sie blieb stehen und musterte die Tiere im Führring. »Es sind ein paar wunderhübsche Vierjährige dabei.«
»Zu jung, achtzehn sollten sie bitte sein«, veralberte er sich und fixierte den gleichaltrigen Inhalt einer knappen weißen Organzabluse. »Im übrigen weißt du, was ich von dieser sinnlosen Schau im Führring halte. Kein Mensch kann da die Chancen von so einem Zossen erkennen.« Mit winziger Handbewegung umriß er, wie er das Publikum einschätzte. »Doch diese Semi-Profis glauben, sie können Formstärken oder Formschwächen erkennen. Oder Klasse.« Mehr zu sich selbst sagte er: »Form geht allemal vor Klasse.«
Heidelinde von Schönermarck grüßte mit jenem süffisanten Lächeln, das eine finanziell, gesellschaftlich und altersmäßig auf gleichem Plateau angesiedelte Existenz signalisierte, hinüber zu Luise Gräfin Hayn-Hohenstein, die ebenfalls einen Rennstall besaß und allerlei im Hintergrund hatte. Einen glänzend florierenden Verlag zum Beispiel.
Emanuel lüftete seinen Hut, gab sich erfreut, wie hundert-

mal zuvor auf dieser oder einer anderen Rennbahn. Sie kannten sich seit Jahren, wußten alles voneinander, waren miteinander gealtert, konnten sich nicht aus dem Weg gehen und beneideten einander um Siege ihrer Pferde.
»Sie hat noch kein graues Haar«, raunte er seiner Frau zu. »Wirklich erstaunlich, das alte Mädchen.«
»Sie färbt«, summte Heidelinde verächtlich und lächelte Luise charmant an.
Amüsiert schaute Gräfin Luise den Schönermarcks hinterher und ärgerte sich sogleich, weil ein Mann, mit Vorbedacht ihre Aufmerksamkeit erregend, die von ihr geschätzte Distanz durchbrach und sich vor aller Augen mit kollegialem Gruß anbiederte. Ihr Blick wurde eisig. H.-O. Gruber verkörperte jenen Männertyp, den sie haßte. Wenig gebildet, stets eine Hand in der Hosentasche, um gesellschaftliche Anerkennung erfolglos bemüht. Er makelte Immobilien, scheffelte Geld durch Steuertricks und hielt sich Vollblüter. Und wie diese Pferde hatte er sich auch eine schöne junge Frau gekauft, weil das dazugehörte. Zum Image. Silvia, eine ehemalige Stewardeß. Er hatte sie auf einem Inlandflug kennengelernt und mit Brimborium geheiratet. In den Klatschspalten der Boulevardblätter war das spektakuläre Ereignis über Gebühr ausgeschlachtet worden.
»Meine Gattin«, sagte er, wenn er sie jemandem vorstellte. Sie sei dreißig, hieß es, und es zog sie zu anderen Männern, wurde geraunt. Er, sagte man, trug ihr das nicht nach, denn in seinem Alter fühlte er sich über derartige Kleinigkeiten erhaben – Hans-Otto Gruber, hagerer Erfolgstyp vom Jahrgang 42 mit Outfit der ewig Dreißigjährigen.
Seine Pferde standen beim schnauzbärtigen Trainer-Star Dieter Homburg in den Boxen, der neben dem Führring das Aufzäumen von Grubers vierjähriger Tigerlady überwachte.
»Wie sieht's aus?« forschte Gruber.
»Ihr Pferd ist in Topform«, versicherte Homburg, »und Christian Adler, ein Top-Jockey, sitzt drauf. Bei den Vorwetten ist

Tigerlady einsame Favoritin.« Homburg kontrollierte Kehl- und Kinnriemen des Zaumzeugs, das Trensengebiß und tauchte unter dem Stutenhals weg.
»Vielleicht sollte ich doch noch auf unser Pferd setzen«, wisperte Silvia babyhaft schmollend, eine Manier, die nicht zu ihrer Mentalität paßte.
Gruber spähte zur Konkurrenz im Führring. »Nein.«
Sivia schaute mit verschleierten Augen zu ihm auf. »Aber warum denn nicht?«
Ungeduldig stampfte er mit dem rechten Fuß auf. »Wenn ich nein sage, meine ich auch nein! Ist das so schwer zu begreifen? Laß es bleiben!«
Seine Frau gab noch immer nicht auf. »Aber du hast doch gehört: Sie ist in Topform, das heißt, ein todsicherer Tip.«
»Nichts ist todsicher«, erwiderte Gruber gepreßt. »Du wettest nicht, und dabei bleibt es.«
»Warum bist du so eklig zu mir, Darling?«
»Ich bin eklig, wann es mir paßt«, offenbarte er seine Lebensregel, »und jetzt paßt es mir!«
Was ihm jedoch gar nicht gefiel, waren die Schönermarcks. Denn die hatten, das sah er, den leisen Wortwechsel vernommen. Darum grüßte er besonders ehrerbietig. »Einen wunderschönen guten Tag, die Herrschaften. Ich wünsche Ihnen viel Erfolg für Ihre Pferde.«
»Guten Tag«, zwitscherte Silvia.
Heidelinde sah an Emanuels Nasenspitze, daß er überlegte, wie er sich verhalten sollte. Das Ergebnis offenbarte sich gequält und knapp. »Tag!«
Also sagte auch Frau von Schönermarck nur: »Tag!«
Mit einigen Schritten entfernten sie sich aus Grubers Dunstkreis, und Emanuel bemerkte: »Ziemlicher Prolet, dieser Häusermakler.«
Heidelinde bemängelte einen für sie sehr viel schwerwiegenderen Punkt: »Und sein Pferd ist so was von häßlich!«
Christian Adler war nicht Gleicher unter Gleichen. Er war

von höherem Wuchs als andere Jockeys, und er galt als scharfsinnig und charmant. Der Galopprennsport war für ihn, den Champion, Passion und erst in zweiter Linie Beruf. Als letzter der Jockeys für dieses Rennen stieg er auf die Waage und brachte ein halbes Kilo über Limit. Fünf andere Kollegen bekamen, je nach aktueller Form ihrer Pferde, Aufgewicht in Form von Bleiplatten zudiktiert, die in die Satteltaschen gesteckt wurden. Christian ritt im 7. Rennen die von Dieter Homburg für den Stall Gruber trainierte Tigerlady.

Er verließ den Waageraum und lief auf dem Weg zum Führring Hans-Otto Gruber in die Arme, die nicht jovial ausgestreckt wurden, sondern eher als Straßensperre fungierten.

»Lassen Sie mich in Ruhe«, murmelte Adler und war beinahe dankbar, daß mehrere Zuschauer auf ihn zuliefen und um ein Autogramm baten.

»Wie reden Sie denn mit mir?« Gruber zeigte, daß er der Boß war. »Wir haben eine Abmachung, und Sie werden sich daran halten.«

Adler zwang sich zur Munterkeit. »Sind Sie sicher?«

»Machen Sie keine Zicken! Denken Sie dran: Wir gewinnen *nicht*! So ist es verabredet!«

»Soll ich den Fußkranken spielen, oder wie haben Sie sich das gedacht?«

»Sie brauchen nur hinterherzureiten und Tigerlady zu ›verstecken‹. Formschwäche – wer merkt das schon? Nicht mal die Rennleitung.«

»Das ist mir zu dämlich! Wenn's schiefgeht, werde ich für mindestens ein Jahr gesperrt.«

Gruber lachte hämisch. »Ach nee! Aber 'n Haufen Geld haben Sie sich gerne von mir zinslos gepumpt.«

»Das ist lange zurückbezahlt.«

»Das schon! Trotzdem habe ich eine Gefälligkeit bei Ihnen gut, das können Sie nicht bestreiten! Ich bin zu Ihnen fair gewesen, und die gleiche Fairneß erwarte ich auch von Ihnen!«

Im Führring wurde die Glocke geläutet, das Zeichen für die Jockeys, aufzusteigen. Die Besucher am Zaun des Platzes zerstreuten sich, denn gleich würde über die Lautsprecher die Meldung kommen: »Die Pferde sind auf dem Weg zur Bahn.«
Christian lief an die Box, warf Tigerlady den leichten Sattel über, Homburg zog den Gurt fest und half Adler hinauf. »Denk ans Timing, Christian: Pace von Anfang an – dann macht sie's fast allein.«
»Alles klar.«
»Toi, toi, toi, Herr Adler«, wünschte Silvia Gruber, und der intensive Blick, den sie ihrem Jockey schenkte, deutete an, was sie unter einer Siegestrophäe verstand.
Einer von Homburgs Jockeylehrlingen brachte Tigerlady am Führzügel hinaus auf die Bahn, wo sie aus dem Trab in einen ungezwungenen Arbeitsgalopp fiel, von Christian durchpariert wurde und erneut angaloppierte.
Allmählich versammelten sich die Pferde vor der Startmaschine. Loretta und Lady Pantalon weigerten sich, in die Boxen zu gehen. Helfer stülpten ihnen Kapuzen über, damit sie nichts sehen konnten, führten sie im Kreis herum und nahmen ihnen so die Orientierung. Danach tänzelten die Pferde ohne Scheu in die Maschine.
Auf der Tribüne wurden Stammplätze eingenommen, Wettschalter waren von Zockern umlagert. Es ging nicht vorwärts – einer lieferte tausend Dreierwetten ab.
Dann kam der Hinweis: »Noch zwei Minuten bis zum Start.«
Fast alle Pferde waren in die Boxen der Maschine hineinbugsiert worden. Die Wettschalter schlossen. Der Starter mit der weißen Flagge stand bereit.
Der Bahnkommentator meldete sich. »Start zum 7. Rennen, das mit 55000 Mark dotiert ist, wovon der Sieger 30000 bekommt. In den Boxen: El Salto, Feuerzauber, Loretta, El Estrado, Papano, Sunset Lady, die Favoritin Tigerlady, Shi-

rocco, Vedette, Queen d'Or, Lady Pantalon und Rocky Star.«
Die weiße Flagge vor der Startmaschine wurde gesenkt.
»Und das war der Start. Feuerzauber an der Innenkante, gleichauf Papano, dazwischen schon, mit hellem Zaumzeug, El Salto, davor El Estrado, dann Tigerlady, Shirocco, mit sehr strammer Fahrt Queen d'Or, gleichmäßig, aber gut Lady Pantalon, jetzt El Salto unter Juri Montschei, links neben El Salto geht Rocky Star. Dann Tigerlady verhalten unter Christian Adler als viertes Pferd.«
Gräfin Hayn-Hohenstein beobachtete das Rennen durch ihren Feldstecher, der noch von ihrem verstorbenen Mann stammte, richtete ihn auf Gruber und machte sich Gedanken, warum der Kerl zufrieden lächelte, weil Christian Adler die Stute nicht auf Sieg ritt.
»El Salto sondert sich ab«, kommentierte der Sprecher. »Tigerlady unter Christian Adler drückt von außen, und sie kann die Pace auch durchstehen.«
»Wir hätten doch wetten sollen«, sagte Silvia Gruber auf der Tribüne zu ihrem Mann.
»Mein Kind, ich *habe* gewettet!«
»Auf Tigerlady?«
Gruber antwortete nicht.
Die Stimme des Sprechers hetzte: »El Salto! Shirocco unter Michael Herbert! Rocky Star und Tigerlady in der Zielgeraden! El Salto mit kleinem Vorsprung, wird aber schon passiert von Rocky Star! Jetzt zieht Tigerlady vorbei! Innen El Salto! Außen zieht Papano auf! Aber da wechselt Christian Adler den Stock – und Tigerlady gewinnt! Dann El Salto! Dann Shirocco! Und Rocky Star unter Eric Martin! Dann Papano, dann Feuerzauber. Das ist der Einlauf. Wie erwartet: Tigerlady! Die Favoritin hat gewonnen! 30000 Mark für den Stall Gruber und Trainer Dieter Homburg!«
So groß der Applaus für Christian Adler und Tigerlady war, sowenig konnte Hans-Otto Gruber seine Wut verbergen.

Stampfend verließ er seinen Tribünenplatz. Silvia folgte ihm irritiert, vorbei an der Loge der Schönermarcks.
»Gratuliere«, sagte Emanuel gequält.
Heidelinde reagierte säuerlicher. »Ein feiner Sieg.«
»Scheiß drauf!« verkündete Gruber und drängte seinen hageren Körper rigoros auf die Seitentreppe.
»Ich hab's ja gesagt«, wiederholte Emanuel sich, »ein ziemlicher Prolet.«
Seine Frau blieb ebenfalls bei ihrem Urteil. »Und sein Pferd ist so häßlich.«
Emanuel sah das real. »Aber es hat gewonnen.«
Der Sprecher meldete sich wieder. »Und der Toto: 32 für 10 auf Sieg, 18 auf Platz, 22 Platz auf El Salto, 26 Platz auf Rocky Star. Die Zweierwette: Tigerlady auf El Salto 208 für 10. Und die Dreierwette: Tigerlady, El Salto, Shirocco 1644 für 10.«

Dieter Homburg und der Jockeylehrling brachten die dampfende Tigerlady zum Absattelplatz. Christian stieg ab, nahm den Sattel herunter und tätschelte der Stute den Hals. Homburg legte ihr eine Decke über, und der Lehrling führte das Tier herum, damit es sich erholen konnte.
Adler sah nicht aus wie ein glücklicher Sieger, und er wunderte sich nicht über Homburgs Frage: »Was war denn los? Du hast das sehr spannend gemacht. Wir hatten nicht verabredet, daß du dich im Mittelfeld versteckst. Ich dachte schon, du gehst gar nicht mehr nach vorn. Ein paar Leute haben bestimmt gedacht, wir manipulieren.«
Christian schmeckte das Thema nicht, aber er wollte Homburg noch nichts von Grubers Ansinnen erzählen. »Reg dich ab. Ich hab' die Kurve ja noch gekriegt.«
»Aber knapp.«
»Knapp? Eine ganze Länge!« Adler nahm den Rennsattel über die Schulter und schloß sich den anderen Jockeys an, die mit ihren Sätteln zum Wiegen gingen.
Unmittelbar vor dem Gebäude sah er sich plötzlich Attacken

von mehreren Seiten ausgesetzt. Zuerst griff ihn Hans-Otto Gruber an, packte das bunte Rennblouson und zog Adler wütend an sich. »Was denken Sie sich eigentlich, Sie selbstherrlicher Idiot? Sind Sie verrückt geworden? Wir hatten eine Verabredung...«

Grubers Rage wurde abrupt gebremst vom fröhlichen Schulterschlag eines Funktionärs der Rennleitung. »Jratulation, Hans-Otto! Jetzt is wieder 'n Pokal fällig!«

Gruber stand im Augenblick nur ein begrenztes Vokabular zur Verfügung. »Scheißpokal!«

Drei Fotografen schleppten Silvia und Dieter Homburg heran, ein vierter zerrte Tigerlady als Staffage hinter die Gruppe. Um den Presseleuten etwas zu bieten, küßte Silvia den siegreichen Jockey. Da Fotografen unter Erfolgszwang stehen und mindestens einen Film herunterknipsen für ein brauchbares Bild, mußte Silvia die Übung mit Christian mehrmals wiederholen. Sie genoß das, Adler nervte es, und Gruber machte während der Prozedur gute Miene zum lästigen Spiel. Der Funktionär sorgte sich unentwegt, ob er vorteilhaft abgelichtet werde.

Christian Adler fand, daß er genug geküßt und fotografiert worden sei und entschwand in Richtung Waage. Homburg ging zur Sattelbox, der Lehrling führte Tigerlady davon, die Bildreporter verdünnisierten sich, und auf einmal standen Gruber und seine dunkelgelockte Silvia unbeachtet in der Gegend.

Sie nahm ihm den Pokal aus der Hand. »Du hast nicht ein einziges Mal gelächelt. Sonst bist du auf Pokale scharf wie ein Rasiermesser!«

»Wie du auf deinen Jockey, was?« Gruber trottete über den Rasen zum Teehaus, das nur Mitgliedern des Galopprennvereins vorbehalten war. »Wirklich ein fabelhaftes Bild, wie du den Kerl abgeknutscht hast.«

Um nicht mit den hohen Absätzen in den weichen Boden einzusinken, hoppelte sie auf den Spitzen ihrer Pumps neben

ihm her. »Geht das wieder los mit deiner blöden Eifersucht?«
»Ich will, daß du dich vor den Leuten zusammenreißt!« Er zwang sich zur Ruhe, weil es so gut wie aussichtslos für ihn war, Silvia zu gängeln. Die Hälfte seiner kaum durchschaubaren Finanztransaktionen lief auf ihren Namen. Er hatte sich von ihr abhängig gemacht. Erschwerend hinzu kam sein Irrtum, eine blendend aussehende Närrin geheiratet zu haben. Silvia hatte im Laufe der wenigen Ehejahre Augen und Ohren weit aufgemacht und gelernt, wie er und sein Geld behandelt werden mußten.
Deshalb nahm sie seine Ausfälle ungekränkt hin. Kurz vor Erreichen des Teehauses äußerte sie: »Man wird auf eine Geste von dir warten nach dem Renngewinn von 30000 Mark.«
Gruber lachte gequält. »Was, glaubst du, bleibt davon übrig? Homburg, Adler und der Stall sind daran beteiligt. Und du verlangst eine Geste. Soll ich das Geld zum Fenster rausschmeißen?«
Sie sah ihn an, als verstünde sie seine Reaktion nicht. »Ist dir jemals aufgefallen, daß wir nur mit der zweiten Garnitur verkehren? Ich weiß nicht, wie's dir geht, aber ich möchte zur Prominenz gehören.«
»Das kann man nicht erzwingen.«
»Aber vorantreiben.«
»Und wie? Sag bloß, du entwickelst Ideen.«
»Veranstalte ein Fest.«
Er tippte sich mit dem Zeigefinger an die Stirn. »Und dann gehören wir schlagartig zur Prominenz?«
»Bist du so blöd oder tust du nur so? Eine Veranstaltung, einen Ball mit sozialem oder wohltätigem Hintergrund. Keiner kann die Einladung ablehnen. Wenn du dich für etwas engagierst, was anderen hilft, bist du prominent.«
Gruber begriff blitzschnell und vergaß seine miese Laune. »Kompliment! Manchmal bist du wirklich fabelhaft! Die Sache ist ausbaufähig.«

»Du sollst nicht lange darüber nachdenken, du sollst spontan handeln.« Sie öffnete für ihn die Teehaustür. »Nicht morgen oder übermorgen, sondern jetzt!«
Gruber schreckte nicht zurück vor der heiklen Aufgabe, die aus ihm unverhofft einen bedeutenden Mann von Welt machen sollte. Sein Gang, seine Haltung drückten nun aus, er sei das längst. Verbindlich lächelnd schritt er auf Luise Gräfin Hayn-Hohenstein und die beiden Schönermarcks zu.
Der greise Emanuel fand dennoch die Zeit, verdeckt zu murmeln: »Der Mann mit der Fäkalsprache kömmt.«
»Darf ich kurz mal stören?« versuchte Gruber die Wand zu eskaladieren, die trotz seines 30000-Mark-Gewinns sofort vor ihm aufgerichtet wurde.
Freundlich, doch reserviert, neigte Gräfin Luise den Kopf, als ermuntere sie ihren Butler. »Bitte, Herr Gruber.«
»Ich habe da ein Anliegen, das ich Ihnen vortragen möchte. Meine Gattin und ich planen etwas, wofür wir Sie gerne begeistern würden.«
Heidelinde von Schönermarck patschte mit der flachen Hand auf ihre Hüfte, eine Gebärde, die äußerstes Amüsement ausdrückte. »Einen Kosmetiksalon für häßliche Pferde?«
Gruber ließ sich nicht entmutigen. »Ich habe darüber nachgedacht, was ich mal ›Die soziale Verantwortung des Rennstallbesitzers‹ nennen möchte.«
»Interessant.« Emanuel äugte zu Heidelinde, zu Luise, zu Silvia. Gruber sah er nicht an. »Und zu welchem Schluß sind Sie gekommen?«
»Daß wir, die wir ja die erfolgreiche Elite im Galoppsport repräsentieren, wenn ich das mal so sagen darf, eine Verpflichtung den weniger Glücklichen gegenüber haben.« Gruber holte nach dem schweren Satz erleichtert Luft.
Damit war Silvias Stichwort gekommen. »Deshalb möchten wir einen großen Wohltätigkeitsball veranstalten.«
Gruber nickte bei jedem Wort seiner Frau bestätigend. »Und der Erlös soll einer Personengruppe zugute kommen, der wir

Besitzer außerordentlich viel zu verdanken haben: den Jockeys.«

»Wir möchten alten, kranken oder irgendwie bedürftigen Jockeys helfen«, rundete Silvia den Plan ab.

Die Schönermarcks und Gräfin Luise befanden sich in einer Zwickmühle. Sie nahmen Gruber und seine Motive nicht ernst, konnten jedoch als Mitglieder des Galoppvereins nicht ablehnend reagieren. Vielleicht sagte ja die Mehrheit zu. Was machte das denn für einen Eindruck, wenn sie dem Ball fernblieben?

Die Gräfin verströmte als erste feinste Ironie. »Ich muß sagen, ein hochherziges Unternehmen.«

»Eine ganz reizende Idee«, äußerte Heidelinde mit spitzem Mund.

Emanuel legte sich ebenfalls nicht fest, übertraf die Damen allerdings mit der todernsten Feststellung: »Herr Gruber, ich wußte gar nicht, daß so ein Menschenfreund in Ihnen steckt.«

Gruber, der vom Äußeren her keinen schlechten Eindruck im erlauchten Kreis machte, war unempfindlich für Zwischentöne und fühlte sich bestätigt. »Es wäre mir eine Ehre und ein Vergnügen, Sie auf meine Gästeliste setzen zu dürfen.«

Gräfin Luise verpackte ihr Nein. »Seien Sie mir nicht böse, wenn ich nicht sofort zusage. Ich würde vorschlagen, wir reden noch einmal darüber.«

»Das wird das beste sein«, schloß Emanuel sich an. »Wir reden noch einmal darüber.«

Heidelinde raffte sich nur zu samtenem Lächeln auf, denn sie fand, es sei alles besprochen.

Gruber ließ sich seine Enttäuschung nicht anmerken. Die harte Schule des Immobiliengeschäfts hatte ihn abgebrüht. »Ich gebe die Hoffnung nicht auf, Sie für eine gute Sache gewinnen zu können.« Er verbeugte sich vor den Damen Hayn-Hohenstein und von Schönermarck. »Wenn Sie uns jetzt entschuldigen möchten.«

Er bot Silvia seinen Arm und murmelte nach ein paar Schritten verdrossen: »Die werden noch mal an ihrer Arroganz ersticken.«
»Ärgere dich nicht«, wisperte sie, »die können sich gar nicht die Blöße geben, deine Einladung abzulehnen. Das ist ja das Schöne an einer Wohltätigkeitsveranstaltung, daß sie sich sehen lassen *müssen*.«
»Er spricht so gräßlich, wie seine Pferde häßlich sind«, stellte Heidelinde hinter Grubers Rücken fest.
Emanuel fixierte seine Frau belustigt. »Dich habe ich manchmal auch im Verdacht, mit deinem Hauslehrer einseitige Präpositionen statt umfassender Grammatik gepflegt zu haben.«
Gräfin Luise lauerte entzückt auf Heidelindes Verteidigung. Doch in diesem Moment tauchte Christian Adler im Teehaus auf. Englischer City-Reitdreß und Siegerlächeln. Alle Damen waren von seinem Auftritt sehr angetan.
»Moment!« grollte Hans-Otto Gruber, ließ Silvia allein auf dem Parkett zurück und startete, um Christian auf die Hörner zu nehmen.
Adler ließ ihn auflaufen. »Wollen Sie, daß wir uns hier vor allen Leuten streiten? Aber an mir soll's nicht liegen, das können Sie gerne haben.«
Das begriff selbst Gruber. Er drehte behende ab, packte den Oberarm seiner Frau und zog sie zu einer anderen Gruppe, die sich um den Tresen der Teehausbar drängte.
Gräfin Hayn-Hohenstein wertete den verhinderten Zusammenstoß als neues Indiz für problematische Beziehungen zwischen Gruber und Adler. Da sie jedoch ein ganzes Leben auf Rennbahnen verbracht hatte, war ihr im Bereich des Galoppsports nichts Menschliches fremd. Geld machte alle gleich. Sie winkte Adler heran und lobte: »Gratuliere, Christian, das haben Sie sehr souverän gemacht. Wie immer.«
Er war sich im Zweifel darüber, ob sie seinen Sieg mit Tigerlady oder den über Gruber meinte. »Danke, Gräfin.«

Sie ließ keine Unsicherheit aufkeimen und stellte ihn vor: »Ich nehme an, Sie kennen sich noch nicht persönlich. Christian Adler, mein Lieblingsjockey. Frau von Schönermarck, Herr von Schönermarck. Passionierte Vollblutbesitzer und auf allen Rennplätzen dieser Welt zu Hause.«
Heidelinde bemächtigte sich für längere Zeit Christians Hand und schüttelte sie. »Nächsten Sonntag starten Sie für die Gräfin?«
»Richtig. Mit Thunderbird.«
Emanuel stand so dicht neben seiner Frau, daß er sie mit dem Ellenbogen anstoßen konnte. Und damit kein Irrtum entstand, was er damit meinte, blickte er intensiv auf ihre Hand, die noch immer schüttelte. Als Ablenkungsmanöver fragte er: »Und wie sind Ihre Chancen, Bester?«
Christian, wieder im Vollbesitz beider Hände, hob vage die Schultern und schob das Kinn vor. »Wenn Sie das genau wissen wollen, müssen Sie den Gaul fragen, wie seine Tagesform am nächsten Sonntag sein wird. Er steht bei Wolf Cremer. Ich bin ein ganz miserabler Tipgeber – wie alle Jockeys.«
Heidelinde sah Gräfin Luise verständnislos an. »Was denn? Sie lassen Ihre Pferde noch immer von Cremer trainieren? Der Mann hat doch seit Jahren keinen gescheiten Erfolg gehabt. Ich fürchte, er ist zu alt geworden.«
»Liebste Freundin, ich bitte Sie«, verteidigte Gräfin Luise ihren Trainer. »Er ist ein paar Jährchen über Sechzig.« Sie lächelte nachsichtig. »Das heißt, er ist jünger als wir, und er ist bestimmt noch aktiv, wenn wir alle schon unter der Erde sind.«
»Wie tröstlich«, stellte Emanuel fest, und Heidelinde hörte heraus, daß es ihn fortdrängte. Was an Friedhöfe erinnerte, mochte er nicht.
Der kleine Kreis löste sich auf. Silvia spielte sich wie zufällig an Christian heran und sagte, während sie nach links und rechts grüßte: »Ich habe den Eindruck, du gehst mir seit Wo-

chen aus dem Weg. Ich treffe dich nur noch bei offiziellen Anlässen. Wann sehen wir uns?«
»Nächsten Sonntag beim Rennen.«
»Sei nicht albern! Du weißt genau, was ich meine! Heute bei dir, okay?« Ihr Mann näherte sich, und Silvia fuhr distanziert fort: »Also, Herr Adler, es würde mich freuen, Ihnen recht bald wieder zu begegnen.«
In der allgemeinen Aufbruchstimmung legte Gruber einen Arm um Christian und drängte ihn trickreich auf den Kiesweg zum Parkplatz an den Ställen. Es sah für jedermann aus, als bahne sich dort ein freundschaftlicher Disput an.
»Ich möchte jetzt wissen, was los war!« verlangte Gruber. »Ich hatte Order gegeben, daß Sie Tigerlady zurückhalten! Ich bin der Stallbesitzer, und es ist mein Pferd! Ich hatte eine 30000-Mark-Wette laufen, und die haben Sie mir versaut!«
Christian machte zwei große Schritte, um Grubers Arm loszuwerden. »Sie haben 30000 Mark Preisgeld kassiert. Damit können Sie doch zufrieden sein.«
»Ja, öffentliches Preisgeld!« schimpfte Gruber. »Daran partizipieren Sie, der Trainer und der Stall und wer weiß noch! Aber ich hatte 'ne Abmache mit jemandem!«
»Und ich hatte es mir anders überlegt.«
»Ach nee! Der piekfeine Jockey hat sich das anders überlegt! Einfach so! Verabredungen mit Gruber kann man ja über Bord schmeißen! Auf der Bahn haben Sie plötzlich Ihr Gewissen entdeckt, was?«
»Richtig. Im Gegensatz zu Ihnen habe ich nämlich noch eins, das ich entdecken kann.« Christian schlug sich mit der flachen Hand an die Stirn. »Menschenskind, beinahe hätte ich mich von Ihnen bequatschen lassen. Aber ich bin kein Wettbetrüger.«
»Aber ein hergelaufener Jockey! Ein Wort von mir, und Ihnen vertraut niemand mehr ein Pferd an!«
»Ich sage Ihnen was, Herr Gruber: Für seinen Charakter ist man von einem bestimmten Alter an selbst verantwortlich.

Wissen Sie, was Churchill mal gesagt hat? ›Nicht alle Leute auf Rennplätzen sind Gauner, aber alle Gauner sind auf den Rennplätzen.‹ Sie glauben, Sie können sich einen Platz in der feinen Gesellschaft kaufen. Aber Sie und Ihr Geld riechen verwest. Und auf ein Wort von Ihnen gibt niemand was.«
Das war für den reichen Hans-Otto Gruber eine tödliche Beleidigung. »Sie haben von meinem Geld gut gelebt! Aber für mich sitzen Sie ab heute nicht mehr im Sattel!«
»Ich werd's überleben.«
In seiner Wut packte Gruber die Revers von Christians Jakkett. »Sind Sie ganz sicher, Sie Stinker?«
Ein Berg Stallmist hinter Gruber enthob Adler einer Antwort. Er machte einen Schritt voran, und Silvias Mann saß im feuchten Dreck.
Schönermarcks große Limousine verließ den Parkplatz im richtigen Augenblick, und Emanuel bemerkte: »Genau da hinein gehört dieser Parvenü.«
»Und so ein Prolet will einen Wohltätigkeitsball veranstalten«, sagte Heidelinde. »Igitt.«
»Schönen Tag noch, Herr Gruber«, wünschte Christian und entfernte sich eilig.
Gruber brüllte hinterher, was ihm im Zorn einfiel: »Dich kriege ich noch! Dich ruiniere ich! Ich sorge dafür, daß du mich auf Knien um Verzeihung bittest.«

Christian Adler rächte sich nur wenige Stunden später in beträchtlicher Form und auf gefällige Weise im Bett. Allerdings galt seine Liebhaberei mehr der Sache als dem Objekt, was Silvia Gruber nicht erkannte. Erst nachdem die Sekunden der Gedankenfreiheit sich verflüchtigten und Silvia einen Hauch von Nach-Galanterie vermißte, fragte sie gedämpft: »Was ist mit dir los?«
Er knuffte sein Kopfkissen zurecht. »Weißt du – ich überlege nur.«
»Betrifft es mich?«

»Uns beide. Wir sollten Schluß machen.«
»Was soll das plötzlich?« Sie richtete sich enttäuscht auf. »Mir macht es großen Spaß mit dir. Bin ich nicht mehr dein Typ?«
»Doch.«
»Na also. Du gefällst mir auch. Wo ist das Problem?« Sie rollte sich wieder zu ihm, legte ihre Arme um seinen Nacken und verzweigte ihre Beine an seinem Körper. »Sag bloß, du bist ein Spielverderber. Oder liegt es am Krach mit Hans-Otto. Warum ist er diesmal sauer auf dich?«
»Ich nehme an, das hat er dir erzählt.«
»Nein.«
Christian verschränkte die Hände hinter seinem Kopf. »Ich habe mich geweigert, nach seiner Pfeife zu tanzen.«
»Ehrlich? Dieter Homburg hat ihm schon ein paarmal gesagt, er soll die Jockeys in Ruhe lassen und alles mit dem Trainer besprechen. Hans-Otto gefällt sich als Boß, und ihr lebt von seinem Geld. Aber egal! Was spielt das für eine Rolle? Ich habe dich immer gebeten, unsere Beziehung und dein Verhältnis zu Hans-Otto streng auseinanderzuhalten.«
»Darüber habe ich auch gar nicht nachgedacht – dein Mann ist nicht der entscheidende Punkt«, gestand Christian.
Silvia spitzte wachsam die Ohren. »Sondern?«
»Es mag sich komisch anhören, was ich jetzt sage: Seit einiger Zeit habe ich das Gefühl, ich betrüge meine Frau, wenn ich mit dir im Bett liege.«
»Wie kommst du mir denn vor!« zeterte sie. »Du bist mit Monika seit einigen Monaten auseinander! Hast du das vergessen? Deine Frau ist sie doch nur noch auf dem Papier.«
»Richtig.«
»Also! Was gibt's da noch zu grübeln?«
»Ich liebe sie immer noch.«
Silvia löste sich sofort von ihm und setzte sich auf. Ihre Wangen waren hochrot geworden. »Das darf ja nicht wahr sein! Dazu gehört verdammt viel Mut, der Geliebten ins Gesicht

zu sagen, daß du deine Frau noch liebst! Und wie soll das nun weitergehen mit uns? Willst du etwa mit mir schlafen und an deine Frau denken? Für die Rolle bin ich mir zu schade, mein Lieber! Vor allem, nachdem hier eben etwas stattgefunden hat, was meiner Meinung nach ein bißchen mehr als simple Zuneigung gewesen ist!«
Er korrigierte sie nicht. »Ich mache uns einen Kaffee.« Er schwang die Beine aus dem Bett, lief barfuß in die schmale Küche seines Appartements.
»Zieh dir wenigstens was an«, forderte sie. »Im Moment will ich dich so ohne was nicht mehr sehen!«

Wolf Cramer galt als Musterbeispiel für alle negativen Charaktereigenschaften. Unverbindlich, unzugänglich, unversöhnlich, undiplomatisch, starrköpfig. Logisch, daß er überall Feinde hatte. Bei den Pferdebesitzern, bei Jockeys und Kollegen, beim Personal. Nur zwei Frauen hielten zu ihm: seine Schwester Ella, die ihn betreute, seit er Witwer war, und Gräfin Hayn-Hohenstein. Sie wußte, daß sich unter der rauhen Schale des ehemaligen Champion-Trainers eine empfindsame Liebe zur Kreatur Pferd verbarg. Und was Rennpferde anging, da machte ihm niemand etwas vor. Nur: Cremer war längst »außer Mode« gekommen. Nur noch zwölf Pferde standen in den für dreißig Tiere eingerichteten Ställen, und zehn Tiere gehörten Gräfin Luise.
Cremer stand in der Box von Thunderbird und brüllte auf den Gang hinaus: »Udo!«
Udo war Cremers einziger Stallbursche, schon etwas in den Jahren und ständig mit einer Dose Bier bewaffnet. Er trottete aus dem Futterraum heraus. »Chef?«
»Was ist mit Thunderbirds Fessel hinten rechts?«
»Was soll sein?«
»Dann sieh sie dir an, verdammt noch mal!«
Udo kam in die Box, bückte sich und befummelte Thunderbirds rechtes Bein. »Alles normal, Chef.«

»Ich habe Fessel gesagt«, brummte Cremer verdrossen und nahm Udo die Bierdose weg, »nicht Sprunggelenk, nicht Hufbeinbeuger, nicht Fesselträger! Sieh dir die Fessel an!«
Udo betastete unwillig den Pferdefuß. »Ich fühle nichts.«
»Du hast nicht nur Stroh im Kopf, sondern Holz in den Pfoten! Die Sehne ist warm, Mensch! Hast du ihm nach dem Training heute morgen Kühlungssalbe draufgeschmiert?«
»Noch nicht, Chef. Aber er lahmt nicht, also hat er auch keine Schmerzen.«
»Woher willst du das wissen? Hat er dir das gesagt? Mach einen Satz an die Stallapotheke und hol Verbandszeug und den Topf mit Burowscher Mischung! Und etwas hurtig, wenn ich bitten darf!«
Udo verließ die Box, und Cremer sprach zu Thunderbird von Mensch zu Mensch: »Tja, mein Alter, das Rennen am nächsten Sonntag müssen wir uns leider verkneifen. Die Gräfin wird uns loben – glaubst du auch, ja?«
Nachdem er den Fußverband angelegt hatte, setzte er sich in seinen asthmatischen Landrover und gondelte mißmutig zum Schloß Hayn-Hohenstein. Vor dem großvolumigen Anwesen lag das gräfliche Gestüt, auf dessen Koppeln nach Cremers Schätzung achtzig bis hundert Tiere standen.
Er parkte seinen Geländewagen neben dem standesgemäßen Rolls und stöberte Gräfin Luise im Barockgärtchen auf, wo sie an schönen Nachmittagen, unkontrolliert vom Personal, ein Glas Champagner in einem Zug leertrinken konnte. Nippen war ihr ein Greuel.
Weil ihr Trainer griesgrämiger als gemeinhin aussah, hielt sie sich nicht mit langatmiger Begrüßung auf, sondern reichte ihm sofort ein volles Glas. »Was steht an?«
»Luise, ich hab' eine triste Nachricht: Thunderbird kann am Sonntag nicht starten. Leichter Sehnenschaden hinten rechts.«
Obwohl ihr ein Pferd etwas mehr bedeutete als eine Aktie, war sie nicht über Gebühr betroffen. »Geht er lahm?«

»Nein, aber drei Wochen Ruhe braucht er.«
»Zu dumm. Wir hätten noch ein anderes Pferd vorbereiten sollen. Wie ist das passiert?«
»Wahrscheinlich hat er sich beim Training vertreten, und Udo hat geschlampt. Das Bein ist nicht mit Kühlsalbe eingerieben worden.«
»Was sagt Christian dazu?«
»Er weiß es noch nicht. Er kommt erst morgen früh zu mir. Für ihn ist es ein Verlustgeschäft.«
»Thunderbird hätte garantiert gewonnen.«
»Sie sehen ja, im Galopprennsport gibt es keine Garantien, Luise. Sie sollten das längst wissen. Und Pferde wie Albano gibt's leider nicht mehr.«
»Das war ein Hengst!«
»Das beste Pferd, das ich je trainiert habe.«
»Sieger im Großen Preis von Baden-Baden und in einem Dutzend anderer Rennen.« Sie fühlte sich nicht recht wohl, weil das Gespräch in diese Richtung abdriftete. Wer in der Vergangenheit herumkramt, ist bereits senil geworden, bildete sie sich ein.
»Und wie der losging auf den letzten hundert Metern«, schwärmte Cremer. »Unglaublich!«
Luise ließ sich mitreißen. »Wolf, besorgen Sie mir noch so ein Pferd wie Albano, und ich verspreche Ihnen, wir werden Freunde fürs Leben.«
Er lachte zum erstenmal an diesem Nachmittag. »Ich dachte, das wären wir schon lange.« Er erinnerte sich, daß es vor satten dreißig Jahren zwischen ihm und ihr zu spontaner, aber taktvoll totgeschwiegener Begegnung bei einem Rennen in München-Riem gekommen war. Er konnte sich allerdings nicht besinnen, ob die Initiative von ihm oder von ihr ausgegangen war. Er nahm an, von ihr.
»Sie wissen genau, was ich meine«, rügte sie ihn. »Ich möchte noch einmal so ein Pferd besitzen.«
»Sie haben genug Nachwuchs in Ihrem Gestüt.« Er zeigte in

die Richtung, aus der Wiehern herüberscholl. »Das sind nicht alles Krampen. Viele von Ihren Jährlingen machen einen vielversprechenden Eindruck.«
»Mag schon sein, aber ein Albano ist nicht dabei. Von den Jährlingen da draußen hat keiner das Zeug zum Crack. Das ist gehobener Durchschnitt.«
Cremer setzte sich auf einen Gartenstuhl und streckte die Beine von sich. »Ein Pferd wie Albano ist kaum zu bekommen, Luise! Und wenn, dann kostet es ein Vermögen. Und selbst wenn die Eltern, Großeltern und Urgroßeltern weltberühmte Rennpferde waren, dann ist das keine Garantie dafür, daß Ihnen dieses Tier auch nur eine müde Mark eingaloppiert. Mit Stammbäumen habe ich schon Riesenpleiten erlebt.«
»Aber die Chance ist ja wohl auch minimal, daß ein junger Vollblüter, dessen Vorfahren Nieten gewesen sind, sich als Wunderpferd entpuppt.«
»Sicher. Ich will Ihnen auch nichts ausreden. Ich kann mich umsehen...«
»Umsehen langt nicht, Wolf! Kaufen! Es ist über zehn Jahre her, daß eines meiner Pferde das Deutsche Derby gewonnen hat. Ich möchte das noch mal erleben, bevor ich so alt bin, daß ich den Feldstecher nicht mehr hochhalten kann.«
Luise stellte ganz plötzlich ihr Glas ab und gab sich unbefangen heiter. Ein Zeichen für den mit den Usancen im Haus Hayn-Hohenstein bewanderten Cremer, daß Theresa auftauchte. Theresa, nicht nur Hausdame der Gräfin, sondern auch Chauffeuse, kümmerte sich in burschikoser Weise um alles – auch um Dinge, die sie nichts angingen. Luise und ihr Freundeskreis hatten im Verlauf der letzten zwanzig Jahre aufgegeben, dagegen zu protestieren.
»Die Gäste sind da«, meldete Theresa und blickte Cremer prüfend an. »Bleibt er auch?«
»Theresa meint es wirklich gut«, erläuterte Luise. »Die Schönermarcks abendmahlen bei mir. Und Sie müssen zugeben,

Wolf, Emanuels und Heidelindes Gesellschaft ist immer köstlich. Trauen Sie sich etwa, nein zu sagen?«
»Genau! Ich traue mich nämlich nicht, Ella mit dem Abendbrot sitzen zu lassen.«
»Herrje!« Luise schlug die Hände zusammen und schickte einen Blick zum Himmel. »An ihre Schwester habe ich überhaupt nicht gedacht. Dann verstehe ich, daß Sie nicht bleiben. Aber bringen Sie mich bitte ins Haus.«
Er winkelte seinen Arm an, Theresa marschierte vorweg, Wolf und Luise folgten wie ein altes Ehepaar.
Emanuel von Schönermarck, in der einen Hand einen Riesenblumenstrauß, in der anderen Heidelindes Pelzmantel, spielte den Stummen Diener, bis Theresa erschien und ihn entlastete. Seine Frau umarmte die Gastgeberin und begrüßte sie mit angedeuteten Küßchen links und rechts. Anschließend schüttelte sie Wolf Cremer innig die Hand, bis Emanuel durch diskretes Hüsteln ein Trennungszeichen setzte.
Kaum war Cremer verschwunden, bat Theresa die Gäste in den Salon, damit der Serviceplan der Küche nicht durcheinandergeriet.
»Gab es Probleme mit Ihren Pferden?« erkundigte Heidelinde sich bei Luise.
»Oder mit Ihrem Trainer?« fragte Emanuel.
»Thunderbird kann nächsten Sonntag nicht starten.«
»Ein Bild von einem Hengst«, schwärmte Heidelinde. »Kraftvolle Schenkel, ebenmäßige Flanken, ein bildschöner Kopf! Und so was wird krank?«
»Nicht krank, eine Sehnengeschichte.«
»Wie dumm«, befand Emanuel und blickte begehrlich zu seinem Weinglas, das Theresa eben füllte.
»Er wird wieder auf die Beine kommen«, sagte Luise.
Emanuel erlaubte sich ein vorlautes Bonmot. »Wer – der Trainer oder der Gaul?«
»Wie alt ist Cremer eigentlich?« hakte Heidelinde nach und blinzelte ihren Mann dankbar an.

»Das Thema kommt mir bekannt vor«, protestierte er.
Aber sie blieb dabei. »Kann er in seinem Alter noch einen Stall führen? Sehr viel Glück hatten Sie in letzter Zeit nicht mit ihm, Luise. Früher sattelte er für Sie mindestens fünf Sieger pro Monat.«
»Ich habe nicht die richtigen Pferde«, verteidigte Luise den desolaten Zustand.
»Oder den falschen Trainer.«
»Heidelinde, Sie wissen, Wolf ist der beste Pferdekenner in der Branche.«
»Das bestreitet ja keiner, liebe Luise. Die Frage ist nur: Hat er genug Kraft, seinen Stall zu managen? Auch wenn er der beste Pferdekenner der Branche ist, bedeutet das noch lange nicht, daß er heute noch einen Sieger herrichten kann.«
Emanuel hob durstig sein Glas und gab den weisen Tip: »Er braucht einen jungen Kerl an seiner Seite, der ihn voll vom Tagesgeschäft entlastet, damit er sich nur – Prösterchen, Luise – um die Tiere kümmern muß. Es wird schwer sein, jemanden zu finden, denn wir alle wissen, daß es kein Honigschlecken ist, mit Cremer klarzukommen.«
»Es gibt Schlimmere«, sagte die Gräfin.
Emanuel hielt Theresa sein leeres Glas hin. »Weiß der Himmel! Gruber zum Beispiel.«
Heidelinde ekelte sich. »Igitt! Was machen wir mit seiner Einladung zum Wohltätigkeitsfest?«
»Ich glaube, wir drei geben uns keinen Illusionen hin, was dieser Mensch mit seiner Veranstaltung in Wirklichkeit bezweckt.« Luise schaute Emanuel ratlos an. »Er hat sich die karitative Kiste ausgedacht, damit wir nicht nein sagen können.«
»Siehst du!« rief Frau von Schönermarck ihm tadelnd zu.
»Was hab' ich damit zu tun, Heidelinde? Es ist degoutant, wie sich dieser Parvenü in den Vordergrund drängelt. Alle Zeitungen werden über den Ball berichten, und mit einem Schlag steht dieser Mensch als Wohltäter im Rampenlicht.«

»Und wir dürfen als Edelkomparserie und Kulissenschieber auftreten«, vermutete seine Frau.
»Richtig«, sagte Luise. »Andererseits – von uns ist niemand auf die Idee gekommen, eine Wohltätigkeitsaktion zu starten.«
»Siehst du, Emanuel!«
»Laß mich zufrieden! Wir stecken jedes Jahr ein Vermögen in den Rennsport. Das ist doch die größte Wohltat, die man dieser Branche angedeihen lassen kann.«
»Gehen wir nun zu diesem Ball oder nicht?« wollte Heidelinde wissen.
»Ich fürchte, wir kommen um Herrn Gruber nicht herum«, konstatierte Luise. »Ein grauenhafter Gedanke.«

Feuchter Hochnebel hing am frühen Morgen in den Spitzen der Kiefern, die rund um das Geläuf standen. Pferde bliesen beim Trainingsgalopp breite Atemwolken aus den Nüstern. Wolf Cremer stand mit der Stoppuhr am Rand der Piste. Er war, wie immer, unzufrieden mit den Leistungen der Tiere.
Christian Adler hielt mit Sterling II. auf ihn zu und stieg ab.
»Er ist nicht schlecht, aber er ist kein Steher. Du könntest ihn allenfalls für ein 1600-Meter-Rennen melden. Und jetzt nehme ich Thunderbird.«
»Den mußte ich streichen. Sehnenschaden. Der braucht drei Wochen Pause.«
»Was ist passiert?«
»Mein Fehler«, bekannte Wolf. »Ich habe nicht rechtzeitig erkannt, was Udo verbockt hat. Ich werde nachlässig, das ist das Problem.«
»Quatsch!«
»Glaub's mir. Die Disziplin im Stall ist zum Teufel, weil die Leute denken, ich sei zu alt und mit mir könnten sie's machen. Udo ist gar nicht mal so schlecht, aber ihn interessieren Bier und Mädchen mehr als Pferde.«
»Schmeiß ihn raus.«

»Du weißt, daß ich ein rigoroser Bursche bin, aber im Augenblick finde ich keinen brauchbaren Mann. Ich muß behalten, was ich habe.«
»Und der Jockeylehrling?«
»Klaus? Der soll reiten, aber nicht Udo die Arbeit abnehmen.« Mit erhobenem Arm bedeutete Cremer seinem Lehrling, das Morgentraining zu beenden. »Schau mal, er trainiert mit zwei Freunden jeden Morgen die Tiere. Was heute als ausgebildeter Pferdewirt – lach nicht, so heißt das – einen Job haben will, verlangt gebündeltes Bares.« Er machte eine hilflose Handbewegung. »Dazu laufen die Geschäfte bei mir zu mies. Übrigens – hast du im Laufe des Tages 'ne Stunde Zeit, Christian?«
»Nachmittags. Was liegt an?«
»Ich würde mich gerne mit dir im Ziehlmann-Gestüt treffen. Da steht ein junger Hengst, der mich interessiert, und vier Augen sehen mehr als zwei.«
»Willst du kaufen? Eben hast du mir noch zu verstehen gegeben, du hättest keine müde Mark.«
»Wenn uns niemand zuvorkommt, eventuell. Hayn-Hohenstein möchte noch mal groß einsteigen.«
»Wer sollte dir zuvorkommen?« zweifelte Christian.
»Wer wohl? Gruber. Der hört Flöhe husten. Apropos Gruber: Es gibt Gerüchte über dich und seine Frau.«
»Da war was, okay«, gab Christian zu. »Die Geschichte ist inzwischen ausgestanden.«
»Fabelhaft. Und wie verhält sich deine Frau?«
»Gute Frage, Wolf. Keine Ahnung. Sie weiß es nicht.«
»Sag's ihr.«
»Machst du Witze? Ich habe Monika seit einem halben Jahr nicht gesehen und gesprochen. Wie du weißt, sind wir getrennt von Tisch und Bett. Aber weil wir gerade beim schönen Thema sind: Man wispert auch über dich und Luise.«
»Uraltgeschichten, mein Lieber. Vergangen, vergeben, vergessen. Das andere habe ich übrigens ernst gemeint. Ich

würde Monika sagen, daß es diese Beziehung nicht mehr gibt.«

In den Läden der glasüberdachten Einkaufspassage lag nur das Feinste vom Feinen hinter den Schaufenstern. Die Preise waren der exklusiven Ware und den horrenden Mieten angepaßt. Die Imbißstübchen hießen Snackbars, und statt profaner Würstchen mit Salat gab es Hummer, Sekt und Kaviar. Vor und in den Boutiquen herrschte drangvolle Enge, und besonders bei Regenwetter konnten Taschendiebe und Frotteure in der geschützten Passage ungestreßt zugreifen.
Christian blickte in ein Geschäft für exquisite Damenwäsche. Jedes Preisschild an delikat dekorierter Spitzenware trug den Namenszug »Monika Adler«. Da er im Laden nur eine Verkäuferin sah, ging er zum Seitentrakt des Hauses und fuhr mit dem Lift in die zweite Etage zu jenem Appartement, in dem auch er noch vor einigen Monaten gewohnt hatte.
Er zog den Wohnungsschlüssel aus der Tasche und schaute unentschlossen auf Klingel und Namensschild. »Christian und Monika Adler« hatte da gestanden. »Christian und« war jetzt mit Heftpflaster überklebt. Hat Monika die Ausgabe für ein neues Schild gescheut, spekulierte er, oder will sie die Möglichkeit offenlassen, durch einfaches Abziehen des Pflasters den alten Zustand wiederherzustellen? Er legte die Frage positiv für sich aus, steckte den Schlüssel ins Schloß und drehte ihn. Wozu sonst hatte er ihn behalten?
Die Diele und der kleine Flur zu den Zimmern waren noch in dem ihm bekannten Zustand. Christian trat ein und linste durch die offenstehende Schlafzimmertür. Das Doppelbett war zur breiten Einzelliege umfunktioniert, die Berber-Umrandung durch Flokati-Läufer ersetzt worden. Er blickte ins Bad – eine mädchenhafte Planschkajüte. Nichts mehr deutete darauf hin, daß dort jemals ein Mann sein Wesen getrieben hatte.
Monika saß an einem hellen Sekretär, den er noch nicht

kannte, und stellte die monatliche Abrechnung für den Steuerberater zusammen. Nach so langer Trennungszeit entdeckte Christian auf einmal wieder, wie bezaubernd, wie anmutig und wie schick sie aussah. Ein ganz anderer Typ als die eher spektakulär kesse und absichtsvoll bestrickende Silvia.

»Hast du vergessen, daß man anklopft?« fragte sie, aber es klang nicht vorwurfsvoll.

»Immerhin bin ich dein Mann.«

»Gewesen!«

»Wir sind nicht geschieden.«

»Noch nicht.«

»Wenn alles für dich feststeht – warum hast du dann das Schloß noch nicht auswechseln lassen?« Er hob die Hand und ließ den Schlüssel herausfordernd baumeln.

»Siehst du, ein Mann denkt an diese funktionellen Dinge. Darauf bin ich gar nicht gekommen. Wird ausgewechselt, verlaß dich drauf. Aber deswegen bist du sicher nicht gekommen. Was willst du?«

Er kehrte den nonchalanten Naturburschen heraus. »Ich dachte, ich schau mal rein und frage, wie unser Geschäft läuft.«

»Unser?« Monika staunte. »*Mein* Geschäft. Danke, es läuft gut. Im vergangenen Monat habe ich ein Umsatzplus von acht Prozent geschafft.«

»Sauber! Interessant für mich, denn wenn ich mich richtig erinnere, sind wir Partner. Wir haben die Boutique mit meinem Geld und deinem Fachwissen aufgebaut.«

»Irgendwie siehst du das falsch. Du bist kein Partner. Nur noch stiller Teilhaber. Sonst noch was?«

Christian spazierte im Zimmer herum und betrachtete Nippes, den sie erst nach seinem Auszug angeschafft hatte. »Ich möchte dich zum Essen einladen.«

»Oh! Hast du zur Zeit keine Spielgefährtin? Wo ist die dunkelhaarige Schleiereule, mit der du dich rumgetrieben hast? Hat sie sich etwa einen anderen Jockey gekapert? Zur Abwechslung vielleicht mal einen Traber? Oder ist sie aus Jux und Tollerei mal ihrem großzügigen Ehemann treu? Sag's mir doch. Ich bin neugierig, wie andere Frauen dich behandeln. Vielleicht erfahre ich auf diese Weise endlich, was ich falsch gemacht habe.«

»Okay, jetzt hast du deinen Spaß gehabt.« Er nickte geduldig. »Komm zur Sache.«

»Du hast vielleicht Nerven«, plusterte Monika sich auf. »Glaubst du, ich bin dein Hündchen, das angedackelt kommt, wenn Herrchen pfeift?«

»Ich kann deinem Gedankengang zwar nicht folgen, aber mit Sicherheit denkst du in die falsche Richtung. Ich will nur mit dir essen gehen, schwatzen und einen Schluck trinken. Ende der Fahnenstange.«

Monika druckste herum, legte, um Zeit zu gewinnen, Quittungen und Rechnungen für den Monatsabschluß sorgfältig zusammen und kam zu einem Entschluß. »Unter einer Bedingung: Ich zahle.«

»Das ist noch nicht nötig«, lehnte Christian ab. »Ich habe am letzten Sonntag drei Siege geritten.«

»Gratuliere. Aber ich zahle nicht aus meiner privaten Tasche, sondern von deinem Anteil am Profit.«

»Von den acht Prozent?«

»So ähnlich.«

Unten auf der Straße lief sie an seinem Wagen vorbei zu ihrem Auto und verkündete selbstsicher: »Ich fahre.«

Unterwegs gab es keine Verabredung über das Ziel. Als sei das selbstverständlich, steuerte Monika die Pinte von Max an, in der die Renngemeinde sich zu kleinen Festen und großen Essen versammelte. Ein Lokal, dessen dunkel getäfelte Wände mit Jockey- und Pferdefotos vollgepflastert waren.

Erst nach dem Essen kam Monika auf den Punkt zurück, der ihr beachtenswert erschienen war. »Du wolltest mit mir schwatzen. Über was?«

»Weißt du, was ich mich neuerdings frage?«

»Wie wäre es zum Nachtisch mit einem Stück von meinem berühmten Käsekuchen mit Rum-Rosinen?« fragte Max und schob ein Backblech auf den Tisch.
Christian wies die Zumutung entsetzt zurück. »Weißt du, wie viele Stunden ich in der Sauna sitzen müßte, um deinen Käsekuchen auszuschwitzen? Stell ihn ganz weit weg.«
Beleidigt verzog der Wirt sich mit dem Kuchen, und Monika erinnerte Christian an seinen letzten Satz. »Was fragst du dich?«
»Ob ich meine Reitstiefel an den Nagel hängen soll.«
»Vergiß es. Das ist dein Job, und ohne Pferde kannst du nicht leben. Die sind der erste Grund für unsere Krise gewesen.«
»Und der zweite?«
»Müssen wir denn so ins Detail gehen?« fragte sie vorwurfsvoll. »Von der Schleiereule habe ich doch längst gesprochen. Ich meine die Gruber.«
»Abgeschafft, ehrlich!«
»Nur noch Pferde?«
»Pferde sind das einzige, wovon ich was verstehe. Stell dir mal vor, ich müßte Herrenunterwäsche verkaufen.«
»Wenn schon, dann Damenwäsche. Du würdest Riesengeschäfte machen. Hast du noch so eine fabelhaft dumme Idee?«
»Ich muß demnächst nach Deauville und Paris.«
»Kommt nicht in Frage!« protestierte sie.
»Ich habe noch gar nichts gesagt!«
»Aber du wolltest mich fragen, ob ich mitkomme. Das habe ich dir an der Nasenspitze angesehen. Nein. Ich bin gerade dabei, mein Leben neu zu ordnen, und du wirst es mir nicht durcheinanderbringen.«
»Entschuldigt, ihr beiden«, störte Max abermals, »es ist schön, euch wieder zusammen zu sehen.«
»Machen Sie sich keine Hoffnungen«, sagte Monika. »Das hier ist eine einmalige Vorstellung. Wir sind nur gute Freunde, wie man so sagt.«

»Gute Freunde? Das ist besser als gar nichts.« Max schien beglückt und trollte sich.
»Ganz meine Meinung«, rief Christian zuversichtlich.
Monika dachte an den Branchenklatsch. »Morgen wissen alle, daß wir miteinander gegessen haben.«
»Finde ich in Ordnung. Oder macht es dir etwas aus?«
Sie schüttelte den Kopf, und darüber freute er sich. Er hatte das Gefühl, die richtige Taktik angewandt zu haben, um mit ihr zu einer Verständigung zu kommen.
In diesem glücklichen Moment legten sich zwei manikürte Hände auf seine Augen; überaus neckisch fragte ein Stimmchen: »Rate mal, wer hinter dir steht?«
Er brauchte nicht zu raten, er wußte es. Lisa, mäßig beschäftigte jugendliche Naive, die nichts von Pferden verstand, jedoch aus Versorgungsgründen mit einem Besitzer verheiratet war.
»Lisa, ich möchte dich mit meiner Frau, äh, mit Monika bekannt machen.«
Die beiden Damen sagten kühl zueinander: »Hallo.«
»Ich bin gerade aus Spanien zurückgekommen, Schätzchen«, plapperte Lisa. »Es war fantastisch.« Sie zeigte auf einen Nebentisch. »Ich esse da drüben mit meinem Agenten und seiner Frau. Komm und setz dich für einen Moment dazu.«
»Ich kann jetzt nicht.«
Lisa musterte Monika. »Das macht Ihnen doch nichts aus, schätze ich. Ich entführe ihn nur für ein paar Minuten.«
»Bitte, bedienen Sie sich«, bot Monika die Ware Christian an.
»Siehst du, Schätzchen, deine Freundin nimmt das nicht übel. Laß uns nicht warten.« Lächelnd entschwand sie.
Monika äffte die Stimme nach: »Laß uns nicht warten.«
»Sie ist mit einem Besitzer verheiratet«, versuchte er die Beziehung zu erklären. »Für den habe ich mal gearbeitet.«
Böse sah sie ihn an. »Hast du sie zugeritten?«

»Monika, es gibt nicht den leisesten Grund, daß du mir ein Verhältnis mit Lisa anhängst.«
»Du hast vorhin gesagt, daß Pferde das einzige sind, wovon du etwas verstehst. Das ist nur die eine Seite der Medaille.« Sie zeigte mit dem Daumen auffordernd zum Nebentisch. »Geh zu deiner Freundin, und nimm dir nachher ein Taxi.«
»Monika, was soll denn das Theater?«
Sie angelte einen Geldschein aus ihrer Handtasche und knallte ihn auf die Tischplatte. »So! Ich habe gesagt, ich zahle, und jetzt laß mich in Ruhe!«
»Ich frage mich wirklich, warum du hier so ein Buhei veranstaltest!«
Monika stand auf, beugte sich über den Tisch und sagte eindringlich: »Christian Adler, du kannst mich mal!«

Schon die Auffahrt zum Gestüt nötigte etwas wie Ehrfurcht vor Ziehlmanns Vermögen ab. Er hatte sich vor Jahren, als Geld noch eine Menge Wert hatte, ein Herrenhaus im weißen Stil der amerikanischen Südstaaten hinstellen lassen – selbst die Zäune waren weiß lackiert. Durch geschickte Hintergrundbepflanzung der Pferdekoppel war erreicht worden, daß Stuten und Fohlen sich vor romantischer Kulisse bewegten.
Ziehlmanns Habitus machte jedermann klar, daß er sich als Country-Gentleman verstanden wissen wollte. Seine legere US-Garderobe stand allerdings in hartem Gegensatz zu seiner gemütlichen schwäbischen Muttersprache.
Er marschierte mit Wolf Cremer, Christian Adler und einem Pferdepfleger über eine der Koppeln auf einen jungen schwarzen Hengst zu. »Er ischt erscht ein Jahr und fünf Monate alt. I wollt ihn in Bade-Bade auf die Jährlings-Auktion bringe, aber dann hab i den Kerle doch behalte.«
»Und warum wollen Sie ihn jetzt verkaufen?« erkundigte Cremer sich.
»I hab in Deauville drei neue Zuchtstuten gekauft, und da

muß i mich von dem Bursche trenne. Bei den Preisen in Frankreich bleibt mir nix anneres übrig.«
Der Pfleger hielt dem Jährling eine Handvoll Haferflocken hin, um ihn abzulenken, zog ihm geschickt das Zaumzeug über den Kopf und hielt ihn an der Führleine.
»Wie heißt er?« fragte Christian.
»Samurai. Mutter ischt die Sayorina aus der Schwarzgold-Familie, und der Vater ischt Northfield, Sohn vom Nothern Dancer. Er hat die gleiche Mutter wie der Spitzenvererber Habitat. Etwas Besseres werde Sie in Deutschland net finde.«
Christian ging an den Hengst heran. Das Tier beschnoberte ihn neugierig.
»Schaue Sie sich den Bube nur genau a. I geh derweil ins Haus und putz die Gläser, gelle?«
Der Pferdepfleger ließ Samurai laufen, und Cremer sah dem davongaloppierenden Tier nach. »Er bewegt sich noch ungeschickt. Aber er ist gut proportioniert. Kurzer Rücken, gute Schulter, regelmäßige, fehlerlose Beine. Und Temperament hat er auch. Aber das will bei so einem jungen Tier noch nichts heißen.«
»Ich meine auch, er hat Klasse.«
»Dann laß uns zu Ziehlmann gehen und über Geld reden«, schlug Cremer vor. »Hoffentlich sind nicht die Preise von Deauville Verhandlungsgrundlage. Dort kostet ein erstklassiger Jährling um die 70000 Mark.«
»Hat dir die Hayn-Hohenstein ein Limit gesetzt?«
»Nein. Aber ich könnte mir vorstellen, sie würde bis 50000 gehen bei diesem Gaul. Ziehlmann wird natürlich den Preis hochtreiben, wenn er ernste Kaufabsichten wittert. Warten wir's ab. Zuerst wird er uns einen Schnaps anbieten.«

Ziehlmann goß drei Gläser voll, prostete Cremer und Christian zu und verlangte schlicht: »60000 Mark.«
Als die beiden Männer sich ausschwiegen, setzte er hinzu: »I

hab die Stute zum Decke nach England fliegen lasse müsse. Das hat scho 20000 gekoschtet.«
Cremer lehnte ab. »60000 sind zu teuer.«
»Ha no, kommt immer drauf a, wer kauft.«
»Gräfin Hayn-Hohenstein.«
»Die Luis' kann sich das leischte!« versicherte Ziehlmann.
»Aber sie wirft nicht gern ihr Geld zum Fenster raus«, sagte Cremer. »Sie achtet darauf, daß die Preise zivil bleiben.«
»I laß ihr ein paar Tag Zeit. Sie soll sich's überlege.«
Christian klopfte auf den Busch. »Würden Sie 50000 akzeptieren?«
»Noi, i hab scho a Angebot von 55000 auf dem Tisch. Warte Sie net zu lange.«
»Von wem stammt das Angebot?«
»Dreimal dürfe Sie rate – von Hans-Otto Gruber.«

Das letzte Rennen auf der Bahn von Köln-Weidenpesch, der Große Sprintpreis, ging über 1300 Meter. Es war mit 102000 Mark dotiert – 60000 für den Sieger, 25000 für den Zweiten, 12000 für den Dritten und 5000 für den Vierten. Unter den 14 Startern die Favoriten Silver Expreß, Bel Balou und Homeprice. Zuschauer strömten vom Führring zu den Wettschaltern und zum Geläuf. Favorit am Toto war Nummer 2, der schwedische Hengst Homeprice unter Jockey Billy News mit 36:10. Genauso gewettet wurde Silver Expreß unter Christian Adler.
Vor der Startmaschine sammelten sich die Pferde. Unter anderen Brigantin mit der Nummer 8 unter Dave Wildman, Little Ebano unter Erwin Schindler, Beau Soleil aus Österreich mit der Nummer 9 unter Jockey Olivier, Smaragd aus dem Stall Hayn-Hohenstein, trainiert von Wolf Cremer, eher gut über die Meile als über die kurzen 1300 Meter. Im Sattel von Terminal mit der Nummer 7 Peter Rammer. Axius mit der Nummer 2 lief als Ersatzpferd für den kurzfristig gestrichenen Thunderbird. Classic Season mit dem Jockey Lutz Bade.

Der Start. In Führung an der Innenseite Waterlook, daneben Bel Balou, der an Waterlook vorbeiging und die Spitze übernahm. Classic Season mit Power vorbei, eine Kopflänge hinter ihm an der Innenkante Bel Balou. Beau Soleil an zweiter Stelle. An dritter Position außen Le Ropp, innen unverändert Bel Balou. Classic Season, ein Gruber-Galopper, legte noch zu, dann Bel Balou, aber dessen Jockey mußte schon zum Stock greifen.
Hans-Otto Gruber knitterte nervös seine Wettscheine.
Silvia verfolgte das geringschätzig. »Würde Adler deinen Gaul reiten...«
Terminal und Silver Expreß wurden nach vorn gebracht. Bel Balou immer noch an der Innenseite. Im Finish Silver Expreß, Bel Balou, Homeprice. Und im Ziel mit der Nase vorn: Silver Expreß mit Christian Adler, einen halben Kopf dahinter Bel Balou, Dritter Homeprice. Das war der Einlauf. Eine Länge dahinter Classic Season auf dem vierten Platz. Der Favorit hatte gewonnen – Silver Expreß aus dem Stall Marquardt, trainiert von Dieter Homburg.
Gruber zerriß erbittert seine Scheine.
Silvia strahlte und wedelte mit ihren Papierchen unter seiner Nase herum. »Meine Dreierwette! Zwanzig Wetten à zweifünfzig! Ich hab' die Bank gespielt und die restlichen Starter angehängt. Tausendzweihundert kann ich bestimmt kassieren! Hast du gesehen, wer den Sieger geritten hat? Aber du mußtest ja dem Adler gleich den Stuhl vor die Tür setzen.«
»Hauptsache, du kommst mit deinem Lieblingsbereiter klar!« brummte er böse.
»Nicht mehr.«
Er zeigte keine Gemütsbewegung bei dieser Nachricht. »Na schön, dann hast du den Jockey verloren und die Wette gewonnen.« Er stand auf und verließ seine Loge. Verächtlich hob sie die linke Schulter an und folgte ihm trippelnd.
Silver Expreß mit dem winkenden Christian Adler im Sattel wurde an den Tribünen vorbei zum Absattelplatz geführt. Er

stieg ab und sah sich überraschend Monika gegenüber. Unerhört schick sah sie aus. Und so eine elegante Frau hatte »Du kannst mich mal!« zu ihm gesagt? Nicht zu glauben.
»Seit wann besuchst du mich bei der Arbeit?« fragte er und war sich nicht klar darüber, welche Reaktion sein Gesicht zeigte. Freude? Verblüffung?
»Ich dachte, ich überzeuge mich mal davon, daß Pferde das einzige sind, wovon du was verstehst. Außerdem...«
Christian legte neugierig den Kopf schief. »Erzähle.«
»Du brauchst es nicht zu tun.«
»Was, bitte?« Er hatte nicht geschaltet.
»Na, ich hatte dich bei Max aufgefordert, mich...«
Er grinste. »Nicht? Und warum verzichtest du auf die intime Dienstleistung?«
»Ich habe mir das dumme Gesicht von diesem Mädchen, dieser Lisa, vergegenwärtigt. Wegen der? Nee!«
Dieter Homburg trat auf Monika zu, umarmte sie kameradschaftlich und hielt sie einen Augenblick lang fest. »Wenn ich einen so guten Jockey wie Christian auf einem guten Pferd habe, bin ich noch mal so gerne Trainer.«
Die Situation schien Christian günstig. Flink küßte er seine Frau und nahm dem schwitzenden Silver Expreß den Sattel ab. »Ich gehe zum Wiegen. Bis später.«
Homburg marschierte in den Stall, und Monika stand wie bestellt und nicht abgeholt in der Gegend. Sie kannte kaum jemanden von den Insidern. Sie empfand es als Erleichterung, daß Luise Gräfin Hayn-Hohenstein auftauchte und etwas kurzsichtig in die Gegend blinzelte.
»Schön, Sie zu treffen«, sagte Monika. »Ich komme mir hier etwas verloren vor.«
Luise legte ihre Hände behutsam auf Monikas Schultern und neigte sich für zwei Luftküsse links und rechts zu den Wangen. »Wenn Sie öfter auf der Rennbahn aufkreuzen würden, meine Liebe, wäre Ihnen dieses Gefühl unbekannt.«
»Das ist hoffentlich kein Vorwurf.«

»Aber nein. Ich würde Sie gern öfter sehen. Aber Sie machen sich sehr rar. Früher, als Sie noch keine – wie sagt man – Probleme mit Christian hatten, war das anders, erinnere ich mich. Wir sollten mal in Ruhe miteinander quatschen. Was halten Sie davon?«
»Hört sich gut an, Gräfin.«
Großspurig, als gehöre ihm Köln-Weidenpesch, stolzierte Gruber auf dem Kiesweg zum Absattelplatz. Silvia stelzte einen halben Meter hinter ihm her. Er musterte Monika wie ein Fleischbeschauer in Kampen auf Sylt, begrüßte sie jedoch nicht.
»Tut mir leid wegen Thunderbird, Gräfin«, sagte er mit falscher Teilnahme. »Wirklich saumäßiges Pech. Unter Adler wäre er bestimmt Pilot in diesem Rennen gewesen. Thunderbird ist bei Cremer im Training – na, ich weiß nicht. Ich hatte ihm letztes Jahr einige Pferde anvertraut. Nach sechs Monaten mußte ich die Tiere wegholen. Ich war überhaupt nicht zufrieden.«
»Wie schade für Sie. Ich komme mit Wolf Cremer glänzend zurecht.« Sie blinzelte an den Grubers vorbei und gewahrte Emanuel und Heidelinde von Schönermarck in Lauerstellung.
Silvia stellte sich in Madonnenpositur. »Darf ich noch mal an unseren Wohltätigkeitsball erinnern, Gräfin?«
»Wir können sicher mit Ihrer Zusage rechnen«, vermutete Gruber. »Es kommt nur handverlesene Prominenz. Sie werden sich wohl fühlen.«
Luises Lächeln kam aus der Kühltruhe. »Ich gebe Ihnen rechtzeitig Bescheid.«
»Fein – entschuldigen Sie uns.« Hans-Otto führte sein Aushängeschild Silvia davon und raunte ihr zu: »Dieser eingebildeten Mumie zeige ich noch, wer das Sagen hat! Die wird Augen machen!«
Kaum hatten Herr und Frau Gruber den Rücken gedreht, wandelten die beiden Schönermarcks Hand in Hand heran.

Emanuel brachte bei Monika einen Handkuß mit echtem Lippenkontakt an, was Gräfin Luise zu der Rüge veranlaßte: »Aber doch nicht im Freien, Emanuel!«
»Es gibt eine Menge literarischer Liebespaare, die ebenfalls kein Dach über dem Kopf hatten«, rechtfertigte er seine Handlung und wiederholte sie mit Genuß.
»Wir haben gewartet, bis dieser schreckliche Gruber endlich ging«, erklärte Heidelinde und sprudelte sogleich mit ihren Neuigkeiten los: »Wir haben nämlich vorgestern ein Pferd gekauft!«
»Mein Gott, schon wieder?« Luise zeigte mit himmelwärts gerichtetem Blick, wie sehr diese Nachricht sie erschütterte. »Wieviel Pferde haben Sie denn jetzt?«
»Vierunddreißig.« Emanuel sagte das zu Monika. »Vierunddreißig – nicht zu glauben, kleine Frau.«
»Erfolgreiche Pferde?« wollte Monika wissen.
Heidelinde löschte den lästigen Begriff mit einer Handbewegung aus. »Wir haben einen kleinen Einkaufsbummel in Paris gemacht, und da habe ich zu Emanuel gesagt, laß uns noch mal nach Chantilly rausfahren und die Pferde beim Training anschauen. Und da hat Emanuel gesagt...«
»Wie du möchtest, mein Herzblatt«, zitierte Emanuel sich selbst ergeben.
»Ja. Wie du möchtest, mein Herzblatt, hat er gesagt.« Heidelinde legte ihren Kopf für einen Augenblick an seine Schulter und schwärmte: »Dann standen wir beide dort, und als die Pferde durch den Wald ritten, sah ich einen ganz süßen Hengst. Er strahlte so etwas Jugenhaftes aus. Das braune Fell schimmerte im Sonnenlicht, er sah mich an, und er war spottbillig...«
»Und eine halbe Stunde später gehörte er uns«, teilte der alte Schönermarck trocken mit.
Luise unterdrückte ihre Neugier, aber Monika erkundigte sich burschikos: »Darf man nach dem Preis fragen?«
»120000«, gab Heidelinde zu.

»Mark! Plus Mehrwertsteuer«, veranschaulichte Emanuel die Gesamtsumme.
»Bei dem Preis muß der aber eine tolle Abstammung haben«, mutmaßte Luise.
»Wenn meine Frau ein Pferd kauft, sind ihr Vater und Mutter egal. Ich meine die vom Gaul. Und wenn Sie seine Rennleistung interessant finden«, er blickte erst Monika und danach Luise an, »bei sechs Starts war er fünfmal Letzter und einmal Vorletzter.«
»Ich kaufe Pferde mit dem Auge. Schönheit zählt bei mir. Nur schöne Pferde können auf Dauer erfolgreich sein.«
Monika fühlte sich unwohl im illustren Kreis. Sie verstand nichts von Pferden und konnte die Begeisterung der Schönermarcks nicht nachvollziehen. »Ich darf mich verabschieden?«
»Und darf ich Sie zur Tribüne begleiten?« erbot er sich und winkelte seinen rechten Arm an.
»Auf Wiedersehen, meine Liebe«, rief Luise. »Und denken Sie daran, daß wir so gut wie verabredet sind.«
Heidelinde fragte, wem das außerordentliche Interesse ihres Mannes galt. »Wer war das?«
»Die Frau von Christian Adler.«
»Sehr hübsches Weib«, schloß Heidelinde das Thema ab. »Sind Sie nächstes Wochenende in Baden-Baden?«
»Aber natürlich. Wir sehen uns?«
»Selbstredend, Gräfin. Emanuel will gleich eine kleine Kur machen.«
»Kaufen Sie nicht zu viele Pferde inzwischen«, mahnte Luise.
Das war für Heidelinde unverständlich. »Kommen Sie nie in die Versuchung?«
»O doch. Im Augenblick bin ich so stark gefährdet wie Sie. Ich möchte nämlich wieder mal einen Sieger besitzen.«
»Die Chance hätten Sie heute mit Thunderbird haben können. Warum zogen Sie ihn zurück?«

»Ein Hinterbein ist nicht in Ordnung. Keine große Sache, aber Cremer hat entschieden, den Hengst im Stall zu lassen. Ich werde ihn jetzt besuchen.«
»Sie verzichten auf die weiteren Rennen?« fragte Frau von Schönermarck perplex.
»Mit Leichtigkeit, Heidelinde. Bis demnächst.« Luise schritt zu ihrem Rolls, an dessen Steuer Theresa wartete. »Zum Stall von Wolf Cremer. Aber hübsch langsam. Wenn Sie schneller als sechzig fahren, sind Sie entlassen.«
Theresas Start glich einem Raketenabschuß, und auf dem Autobahnring zeigte sie bei Überholmanövern reife Rennleistungen.
Luise sah die Landschaft beängstigend schnell vorbeiflitzen und protestierte schwach: »Mein Gott, müssen Sie denn immer so rasen?«
»Wir sind doch kein Leichenwagen, Frau Gräfin.«
»Ich fürchte, Sie fahren einen, wenn Sie so weitermachen. Wie schnell sind wir im Augenblick?«
»Hundertvierzig!«
»Wenn Sie nicht sofort auf achtzig runtergehen, sind Sie entlassen!«
Zu Gräfin Luises Entsetzen wandte Theresa den Kopf nach hinten und äußerte erstaunt: »Schon wieder? Das ist das vierte Mal innerhalb einer Woche.«
»Es ist mir bitter ernst, Theresa! Gucken Sie nach vorn!«
»Darf ich einen Kompromiß vorschlagen? Sie nehmen die Kündigung zurück, und ich gehe auf hundert, na, sagen wir auf hundertzwanzig runter, in Ordnung?«
Luise nickte erleichtert.
Theresa gab Gas und der Wagen bretterte spielend los mit hundertsechzig.

Butler Georg, ständig darauf eingerichtet, Erfrischungen in jedweder Form zu servieren, hielt im Gruberschen Penthouse sowohl stilles Soda, Eis und Whisky als auch die Bade-

sachen für die Herrschaften bereit. Das Wasser des Whirlpools oben auf dem Dach hatte er bereits mit dem Ellenbogen geprüft. Der Chef bevorzugte die gemäßigte Temperatur von 25 Grad, weil seine Badehose korrekte Paßform vermissen ließ, wenn er aus zu kaltem Pool kletterte.
Georg füllte zwei Gläser, als er den Privatlift hörte, servierte den schnellen Schluck noch an der Aufzugtür und half Gruber, der sich das schnurlose Telefon griff, im Laufschritt aus dem Jackett.
Gruber tippte die Nummer ein, und der Butler machte sich geschickt daran, ihm während des Gesprächs aus der Bekleidung zu helfen. Georg haßte, daß die beiden Grubers sich ihm gegenüber ohne jede Scheu wie Naturisten gaben.
»Was heißt hier Sonntag!« brüllte Gruber in den Apparat. »Das interessiert mich einen Dreck, Flandorf! Will er den Wohnblock verkaufen oder nicht? Ist *er* pleite oder ich? Er soll morgen mittag in meinem Büro sein, wenn ich bitten darf! Und noch was: Lassen Sie mir die Pläne für das Hotelprojekt heraussuchen, ich habe jemanden von der Landesregierung an der Angel. Vielleicht komme ich an Fördergelder ran!«
Georg hatte ganze Arbeit geleistet. Gruber stand im Freien und ließ sich in seinen weißen Frotteemantel helfen. »Und noch was, Flandorf: Schicken Sie ein Telex nach Salzburg. Ich erhöhe das Angebot auf vier Millionen. Aber diese Affen sollen nicht glauben, sie könnten noch mehr aus mir herausholen! Ende!«
Währenddessen war Silvia aus dem wenigen geschlüpft, was sie getragen hatte. Georg reichte ihr einen Netzbadeanzug, der keine Pore von ihr züchtig bedeckte. Dann sammelte er ihre Siebensachen zusammen und verschwand von der Bildfläche.
»Wie hast du ihn abserviert?« fragte Gruber. »Oder war es diesmal umgekehrt?«
»Wen meinst du? Adler?«
»Die Frage war überflüssig. Der Kerl hat mich um schwarze

30000 Eier beschissen! Ich wollte einen Riesenfisch an Land ziehen und hatte ihm Stallorder gegeben, den Zossen im Feld zu verstecken! Aber was macht er? Er reitet Tigerlady auf Sieg! Eindeutig gegen die Abmachung.«
»Der Kerl ist unerträglich!« offenbarte Silvia und dachte verärgert an Christians beleidigenden Ausspruch, er liebe seine Frau noch immer.
Gruber sah sie verwundert an. »Wie schön, daß wir mal einer Meinung sind. Wie kommt das?«
»Das ist unerheblich. Kannst du ihn nicht ein paar Nummern kleiner machen? Das war doch eine Schweinerei, wie er dich behandelt hat! Laß dir mal was einfallen.« Sie schob die breiten Glastüren zur Seite und trat an den Swimmingpool. »Mit seiner Frau zum Beispiel.«

Der Auftritt hatte entfernt Ähnlichkeit mit einem Abendmahl. Theresa trug eine große Silberschale mit Äpfeln von Box zu Box, von Pferd zu Pferd. Gräfin Luise gab jedem Tier einen Apfel und wechselte mit jedem ein paar freundliche Worte. Jockeylehrling Klaus folgte der feierlichen Handlung als eine Art Ministrant.
»Wie geht es Thunderbird«, wollte Luise wissen.
»Der Tierarzt sagt, in ein paar Tagen ist er wieder völlig in Ordnung.«
»Wie viele Pferde trainiert ihr?«
»Zwölf.«
Eine resolute Frauenstimme tönte durch den Stall und unterbrach das Verhör: »Innerhalb der letzten zwei Monate sind zehn Pferde von ihren Besitzern abgezogen worden.«
»Hallo, Frau Platkowicz«, rief Luise.
Cremers Schwester Ella kam näher und gab ihren aufgestauten Ärger an Klaus weiter: »Warum lungerst du hier rum? Räum gefälligst deine Bude auf! Ich bin nicht dein Zimmermädchen! Mach 'ne Fliege!«
Erst als der Lehrling den Stall verlassen hatte, sagte Ella:

»Gräfin, es wird immer schlimmer mit Wolf. Die Leute gehen, weil er sie mit seinem undiplomatischen, starrköpfigen Wesen vergrault. Er sieht einfach nicht ein, das er älter geworden und nicht mehr der Champion-Trainer von früher ist. Aber von mir läßt er sich nichts sagen. Manchmal tut er mir richtig leid. Aber was nutzt es, sich darüber das Maul zu zerreißen – Sie kennen den Zustand gut genug.«
»Weiß Gott, ja.«
»Kommen Sie bitte mit hinüber ins Haus. Der Kaffee ist fertig, und Wolf ist auch drüben.« Ella klopfte Thunderbird auf den Hals. »Er hat immer gute Quoten gebracht. Schade, daß er jetzt krank war.«
»Wetten Sie denn?«
»Mein Laster. Und Sie?«
»Frau Gräfin pflegen nicht zu wetten«, sagte Theresa.
»Da lassen Sie sich aber was entgehen«, stichelte Ella. »Wenn man den Spaß am Wetten nicht hat, lohnt ja die ganze Plackerei mit den Viechern nicht.«
Theresa fühlte sich zu Unrecht angesprochen und verzog sich mit der Silberschale und den restlichen Äpfeln zum Rolls.
Luise hielt an den Intervallen der gräflichen Apfelspende eisern fest, und so stand nicht nur der Kaffee bereit, sondern auch ein hausgebackener Blechkuchen, eine Flasche Orangenlikör – und Wolf Cremer.
»Ich war bei Ziehlmann und habe mir einen Jährling angeschaut«, sagte er und rückte für Luise einen hochlehnigen Stuhl am Tisch zurecht. »Der wäre was für Sie. Christian Adler war mit –«
»Vergessen Sie Ihre Rede nicht: Christian hat mit Marquardts Silver Expreß den Großen Sprintpreis gewonnen.«
»Dieter Homburg hat halt 'ne glückliche Hand beim Training«, sagte Cremer resignierend. »Er wird immer besser, und viele Besitzer geben ihm ihre Pferde.«
»So läuft das nun mal, wenn einer Erfolg hat. Aber das ist

kein Grund für Sie, den Kopf hängen zu lassen. Was also hat Christian zu Ziehlmanns Jährling gesagt?«
»Er war begeistert.«
»Haben Sie schon über den Preis gesprochen?«
»Sechzig.«
»Verdammt teuer.« Luise überlegte, wie die Summe elegant zu finanzieren wäre. »Konnten Sie nicht drücken?«
»Nein. Vater ist Northfield, die Mutter Sayorina. Es hat Ziehlmann schon ein Vermögen gekostet, die Stute zum Decken nach England fliegen zu lassen. Das Problem ist: Sie müssen sich bald entscheiden, wenn Sie ihn haben wollen. Es gibt noch einen Interessenten.«
»Wen? Oder muß ich das nicht raten?«
»Gruber.«
»Der nun wieder. Schön, Konkurrenz belebt das Geschäft. Und Gruber ist ein schlechter Verlierer.«
Ella goß eine Runde Kaffee nach und ging in die Küche. Wolf kam vom Thema ab: »Irgendwie ist sie wie Katharina.«
Luise blieb geduldig und mitfühlend, obwohl diese Sache schon oft, zu oft, erörtert worden war. »Ihre Frau ist jetzt fünf Jahre tot, wenn ich nicht irre.«
»Sechs. Obwohl Ella rührend um mich besorgt ist – Katharina fehlt mir sehr.«
»Ich kann das nicht so richtig nachfühlen.« Auch das hatte sie ihm schon oft zu verstehen gegeben. »Sie waren lange verheiratet. Bei mir ist das ganz anders gewesen. Unsere Hochzeit war 1938, und kaum hatten wir uns aneinander gewöhnt, mußte mein Mann in den Krieg, und in Rußland ist er dann gefallen.«
»Warum haben Sie nicht noch mal geheiratet?« Wieder eine von Cremers Fragen, die er in dieser oder in verschlüsselter Form schon oft gestellt hatte.
»Mir haben nur wenige Männer zugesagt«, gab sie zu. »Und die ich haben wollte, waren dummerweise immer schon vergeben.« Sie hob ihr Likörglas ihm entgegen. »Wolf, trinken

wir auf die guten Erinnerungen. Auf München-Riem zum Beispiel.«
Er lächelte. »Was ich immer wissen wollte – diese Futterkiste dort im Stall, äh, zwischen dem dritten und vierten Rennen, muß doch verdammt hart gewesen sein, Luise.«
Sie trank aus. »Also, Sie stellen Fragen, Wolf! Über dreißig Jahre ist das her! Das weiß ich natürlich nicht mehr. Aber können wir wieder in die Gegenwart zurück?«
»Wollen wir über den Jährling reden?«
»Nein, über Sie. Es hat Zeiten gegeben, da waren Sie unbestritten die Number One! Der beste und erfolgreichste Trainer Deutschlands. Darüber gab's keine Diskussionen. Aber in den letzten fünf oder sechs Jahren ist Ihnen einfach nichts mehr gelungen. Und sehen Sie sich mal Ihre Ställe an. Wie lange können Sie weitermachen, wenn Sie nur zwölf Pferde im Training haben?«
Er schaute störrisch. »Wollen Sie damit sagen, daß Sie Ihre auch wegnehmen?«
»Sie sollten mich besser kennen. Ich bin als Freundin hier. Um zu sehen, was wir tun können. Sie sind noch nicht alt, Wolf. Was also ist es?«
»Ich weiß es nicht. Vielleicht hängt mein Herz nicht mehr so daran. Manchmal sehe ich mich in den leeren Ställen um und schäme mich. Es passieren Dinge, die ich früher nie hätte durchgehen lassen. Tja – ich würde Ihnen keinen Vorwurf machen, wenn Sie Ihre Pferde abzögen.«
Luise schüttelte den Kopf. »Ich sagte schon: Das Thema steht nicht zur Debatte. Wie soll es finanziell weitergehen?«
»Ich kann mir vorstellen, was Ihre Frage bedeutet! Um das gleich klarzustellen: *Ihr* Geld will ich nicht!«
»Habe ich das angeboten? Seien Sie nicht so dünnhäutig. Sagen Sie mir einfach, was Sache ist.«
»Ich bin zwei Monate mit dem Geld fürs Futter im Rückstand.« Er hob die flache Hand zur Kehle. »Und bei der Bank stehe ich bis hier in der Kreide.«

»Würden Sie sich einen Vorschlag anhören?« fragte sie vorsichtig.
Er schien stets mehr zu vernehmen, als gesagt worden war. »Ich will keine Almosen!«
»Wer spricht denn davon? Ich habe einen ernstgemeinten und streng geschäftlichen Vorschlag zu machen! Würden Sie sich den bitte in Ruhe anhören! Könnten Sie sich mit dem Gedanken befreunden, einen jüngeren Partner aufzunehmen?«
»Wen?« fragte er lauernd.
»So weit sind wir noch nicht. Ich möchte von Ihnen nur wissen, ob Sie sich mit dem Gedanken befreunden könnten!«
»Nein!« antwortete er stur.

Die vollschlanke Kundin betrachtete entzückt schwarze und weiße Bustier-Slip-Sets, Tangas und einen Body aus reiner Seide. Sie strich wiederholt mit den Händen über den Traum von Spitzen und stellte sich offenbar vor, wie die Dessous an ihrem Körper wirkten.
»Nur bis Größe achtunddreißig«, engte Monika vorsichtshalber die Auswahl ein. »Wir führen selbstverständlich auch sechsundvierziger Größen aus Polyamid und Baumwolle mit raffinierten Spitzeneinsätzen vorn und hinten.«
In dieses psychologisch delikate Verkaufsgespräch platzte Christian rücksichtslos hinein wie ein Trampel. Er wedelte mit einem Rosenstrauß und rief Monika albern zu: »Hallo, schöne Frau! Führen Sie auch Reizwäsche?«
Sie ärgerte sich maßlos. »Christian, bitte!«
Das Trampel begriff nicht. »Blumen für die Dame! Gibt's hier Vasen?«
Monika kam hinter dem Verkaufstisch hervor und trat dicht an ihn heran. »Erstens habe ich Kundschaft und zweitens: Als wir noch verheiratet waren, hast du mir nie Blumen mitgebracht.«
»Wir sind noch verheiratet.«

»Als wir noch zusammengelebt haben«, verbesserte sie sich.
»Ich bin eben jetzt ein neuer Mensch«, erklärte er seine Handlungsweise.
»Hübsche Sachen redest du dir ein.«
»Ich rede mir das nicht ein.« Er wickelte die Blumen aus dem Papier. »Das sind nackte Tatsachen. Übrigens gehen wir heute abend zusammen essen.«
»Schon wieder? Das ist das zweite Mal innerhalb von vierzehn Tagen. Du bist kein neuer Mensch, du bist krank.«
Die mollige Kundin streichelte die seidenen Dessous nur noch mäßig interessiert. Sie konnte nicht zwei Dinge auf einmal tun – zuhören und die Ware prüfen.
Christian wies den Verdacht von sich. »Du hast es ja auch geschafft, auf die Rennbahn zu kommen. Also – was ist?«
»Tut mir leid, ich habe eine Verabredung.«
»Laß sie sausen«, verlangte er.
»Das kann ich nicht.«
Monika und Christian sprachen etwas lauter. Die Kundin lauschte gespannt.
»Warum nicht?« fragte er. »Gibt es etwas Wichtigeres als mich?«
»Vielleicht. Aber das geht dich nichts an.«
»Wie sprichst du denn mit mir?«
»Ich sagte schon, ich habe Kundschaft«, zischte Monika.
»Weißt du, was du bist?« Die Beschuldigung schwebte schon in der Frage.
»Behalt's nicht für dich!«
»Ungerecht, borniert, kleinkariert, rachsüchtig.«
»Verschwinde!« fauchte Monika.
Die Kundin war fasziniert. Sie vergaß die Wäsche total. Das volle Menschenleben spielte sich direkt vor ihr ab.
»Du bist auch zickig!« trumpfte Christian auf.
»Hau ab!« Sie drängte ihn zur offenen Ladentür. »Verschwinde!«

Wütend feuerte er ihr den Blumenstrauß vor die Füße. »Daß ich dich mal geheiratet habe, ist mir heute noch ein Rätsel! Ich muß besoffen gewesen sein!«
Er wandte sich ab, nahm jedoch noch wahr, daß Monika die Rosen gekonnt auf die Fliesen der Einkaufspassage hinausflankte, wo sie hinüber zu den Läden auf der anderen Seite der Passage rutschten.
Noch jemand beurteilte den Auftritt als köstliches Geschenk des Himmels: Silvia Gruber. Ein Zufall, daß sie im richtigen Moment am richtigen Ort war. Blitzartig hatte sie eine Idee, die sie augenblicklich in die Tat umsetzen wollte. Mit Hans-Otto, versteht sich.
Das Büro des Gruber-Imperiums erreichte sie zu Fuß innerhalb von fünf Minuten. Eine Menge Glas und Edelstahl, Neonröhren und Spiegeleffekte, und inmitten attraktiver Vorzimmertussis Hans-Otto Gruber, imponierend, dynamisch, sich selbst der Nächste.
Er telefonierte weiter, als Silvia sein Büro betrat. »So kriegen wir die Finanzierung nie in den Griff! Lesen Sie mir den Abschnitt noch mal vor!«
Silvia baute sich vor ihm auf und wippte nervös mit dem Fuß. »Kann ich dich kurz sprechen?«
Er hielt die Hand auf den Hörer. »Im Augenblick ist mal wieder der Teufel los. Setz dich.« Er nahm die Hand von der Sprechmuschel. »Mit dieser Formulierung stehen wir wie Bittsteller da!« Er deckte die Muschel wieder ab. »Du könntest mir einen Gefallen tun. Ich kann hier nicht weg. Fahr zu Ziehlmann wegen des Jährlings.« Er sprach wieder ins Telefon: »Mit solchen Methoden hat meine Oma ihre Sammeltassen finanziert. Da müssen Sie schon raffinierter rangehen!«
»Und was soll ich Ziehlmann sagen? Wie hoch soll ich gehen?«
»Das ist Gefühlssache. Laß dich nicht austricksen. Angeblich hat Ziehlmann noch einen, der kaufen will. 55000 habe ich schon geboten. Geh nicht über 65000!« Plötzlich lachte er

meckernd und rügte seinen Gesprächspartner: »Da können Sie die Tausendmarkscheine ja gleich beim Finanzamt durch den Briefschlitz schmeißen.« Er schaute Silvia an. »Is noch was?«

»Du hast doch die Einkaufspassage finanziert...«

»Ja! Komm zur Sache!«

»Gehören dir die Läden noch, oder hast du die verkauft?«

Er sah auf die Uhr, als ob die Zeit drängte. »Die meisten laufen auf meinen Namen, genauer gesagt, auf deinen. Warum willst du das wissen? Nee, Flansdorf, so nun auch wieder nicht! Da muß die Floskel rein ›Wir garantieren Ihnen‹.«

»Macht es dir was aus, wenn ich mir mal die Mietverträge ansehe?«

»Laß dir den Kram raussuchen!« Gruber zeigte zum Vorzimmer. »Schon besser, Flansdorf. Und jetzt überlegen Sie mal, wie wir die dreijährige Mietpreisgarantie elegant im Kaufpreis verstecken! – Und vergiß Ziehlmann nicht! – Nee, Herr Flansdorf, das habe ich zu meiner Frau gesagt! Ende!«

Dieter Homburg stand am Rand des Trainings-Geläufs und brüllte einen seiner Jockeys an: »Zu kurze Zügel, Mann! Sie machen das Pferd unsicher! Es erschrickt ja, wenn's hier vorbeirennt!«

Christian ritt heran und glitt aus dem Sattel. »Sag bloß, du willst der Pfeife noch Reitunterricht geben.«

»Kümmere dich nicht um solchen Scheiß.« Homburg winkte einen Stallburschen heran und übergab ihm Christians Pferd.

»Ein Bomber«, sagte Christian. »Der wird in Paris unheimlich abfahren. Wer startet außerdem in diesem Rennen?«

»Ich hab' noch keine Information, welche Nennungen stehengeblieben sind. Aber mal was anderes – ich hatte gestern Besuch aus Marbella.« Er blickte Christian verschwörerisch an. »Komm, laß uns ein paar Schritte gehen. Wir haben auch über dich gesprochen.«

Der Pulk Galopper dröhnte vorbei. Homburg schaute kritisch auf die Stoppuhr.
»Soll das ein Angebot sein?« wollte Christian wissen. »Wenn ja, will ich aber erst die Vorgeschichte hören.«
»Was denn? Bis ins Detail?«
»Wenn ich bitten darf.«
Dieter Homburg blies die Wangen auf, als hinge ihm die Geschichte zum Hals heraus. »Also, gestern mittag klingelt das Telefon...«
»Und du nimmst den Hörer ab und sagst: ›Homburg am Apparat!‹«
»Reiß dich am Riemen, Christian!« meuterte Homburg. »Soll ich nun erzählen oder nicht?«
»Entschuldige.«
»Der Sekretär von Scheich Al-Hakim rief an und sagte, ich solle mir den Abend freihalten...«
»Menschenskind, Dieter! Al-Hakim hat in Frankreich einen Rennstall mit dreißig Spitzenpferden und in England einen mit vierzig!«
»Fall mir nicht immer in meine Rede. Das weiß ich. Er kam mit 'ner eigenen Boeing, und ich wurde zum Diner an Bord gebeten. Alles vom Feinsten, sage ich dir.«
Christian konnte es nicht lassen. »Und dann ernannte er dich zum Haremswächter mit Reiterlaubnis.«
»Halt bloß mal die Backen! Er will in Deutschland einen Stall gründen, zunächst mit zwölf Pferden – mit mir als Trainer.«
»Sensationell. Sein Pferdematerial ist exzellent. Du hast es geschafft.«
»Und dann haben wir über dich gesprochen. Er wußte über jeden Erfolg von dir Bescheid, und er hat mir nahegelegt, mit dir zu verhandeln. Du sollst seine Pferde reiten.«
»Mit Vergnügen.«
»Du müßtest fest zu mir kommen. Als mein Stall-Jockey.«
Christian reagierte entsetzt. »Mensch, Dieter, ich war immer unabhängig.«

»Bekannt. Aber ich muß mich vergrößern. Da brauche ich jemanden wie dich – und zwar ständig.«
»Könnte ich auch für andere Trainer reiten, wenn du mich nicht brauchst?« versuchte Christian die Festanstellung einzuschränken.
»Du meinst, für Wolf Cremer?«
»Zum Beispiel.«
»Wir werden schon eine Regelung finden. Aber du hättest bei mir viel zu tun. Bei einem sehr guten Gehalt.«
Christian sah zur Reitergruppe auf der Gegengeraden. »Das muß ich erst überschlafen. Das ist nämlich 'ne Riesenveränderung für 'n freien Menschen, mein lieber Dieter.«

Theresa machte sich auffällig unnötig zu schaffen im Bürozimmer von Schloß Hayn-Hohenstein. Gräfin Luise verfolgte von ihrem Schreibtisch aus die unsinnigen Handlungen mit wachsender Begeisterung. »Würden Sie mir freundlicherweise verraten, warum Sie den Diskettenkasten vom Computer erst zum Fensterbrett tragen und den blöden Kaktus auf den Papierkopierer stellen, wo er nicht hingehört? Und dann haben Sie den Kaktus zum Büchersims gebracht und die Disketten auf den Kopierer gelegt. Und warum tragen Sie den Karton mit den Farbbändern mit sich herum? Wenn Sie was auf dem Herzen haben und das unbedingt jetzt loswerden müssen, dann sagen Sie es endlich ohne diese Mätzchen!«
»Herr Adler kommt nach dem Training vorbei...«
»Ja, und was stört Sie daran?«
Theresa genierte sich. »Nichts. Herr Adler ist ein netter junger Mann.«
»Stört Sie das zweite Frühstück, das Sie richten sollen?«
»Nein, Frau Gräfin, ich bitte Sie!«
»Jetzt aber raus mit der Sprache!« verlangte Luise.
»Wenn er mich begrüßt, sagt er immer ›Hallo, mein Schatz‹ zu mir.«

Luise verbiß sich ein Lächeln. »Sicher sind Sie sein Typ. Aber seien Sie vorsichtig! Dieser nette junge Mann verspeist Frauen schon zum Frühstück!«
Theresa war entsetzt. »Nein!«
»Doch!«
»Auch solche in meinem fortgeschrittenen Alter?«
»Gerade die!« bestätigte Luise. »Die zieren sich nicht lange. Wie alt sind Sie jetzt? Fünfzig, zweiundfünfzig, nicht wahr? Ich denke, Sie sind nun an der Reihe.«
Die sonst so dreiste Theresa bekam rote Ohren und ging schwerfällig zur Tür, als warte dahinter der Henker.
Luise befand sich nahezu im Freudentaumel und rief ihrer Hausdame hinterher: »Denken Sie dran: Bereit sein ist alles! Was man versäumt, kann man nicht nachholen.«
Bis zur verabredeten Ankunft von Christian war noch eine halbe Stunde Zeit. Die erschien Theresa wie eine Minute. Er parkte seinen Wagen im Schloßhof. Theresa öffnete die schwere Eingangstür und sah ihrem Schicksal mutig ins Auge. Es, das Schicksal, sprang die flache Freitreppe herauf, begrüßte Theresa mit Handkuß und sagte lachend die inhaltsschweren drei Worte: »Hallo, mein Schatz!«
Theresa schloß für einen kurzen Moment die Augen. Sie war bereit. Aber nichts geschah. Seine Schritte hallten schon weit hinten auf dem Flurparkett vor dem Bürozimmer.
Ihre Prüfung war indessen noch nicht beendet. Als sie das zweite Frühstück auf einem Servierwagen hereinschob, frotzelte Christian mit ernstem Gesicht: »Sie waren sehr abweisend an der Tür, Theresa. Sie wissen, daß Sie meine große Liebe sind. Es ruiniert meinen Ruf, wenn Sie mich nicht erhören.«
»Ich glaube nicht, daß da noch viel zu ruinieren ist«, hob Luise hervor. »Theresa – wie ist das Wetter?«
»Man kann draußen frühstücken, Frau Gräfin.«
»Dann wollen wir das tun. Auf der kleinen Terrasse bitte. Kommen Sie, Christian, geben Sie mir Ihren Arm. Und wenn

wir gefrühstückt haben, fahren Sie zu Ziehlmann. Ich habe Sie angemeldet. Cremer hat mir alles über den Jährling erzählt.«

»Warum geht Wolf nicht hin?« wunderte er sich. »Kaufverhandlungen sind seine Sache.«

»Ich habe meine Gründe, ihn auszuklammern. Ich möchte, daß *Sie* für mich mitbieten.«

»Was heißt mitbieten?« fragte Christian auf der Terrasse. »Ich hatte den Eindruck, der Preis sei perfekt.«

»Nichts ist perfekt«, widersprach sie. »Der feine Herr Gruber wird auch dort sein. Er hat eine Offerte von 55000 gemacht, und Ziehlmann erwartet von uns 5000 mehr. Wozu erzähle ich Ihnen das? Sie waren ja dabei.«

»Natürlich war ich dabei. Aber Wolf hat Ziehlmann schon erklärt, daß 60000 zu teuer sind. Also ist Gruber im Vorteil.«

»Ich teile Cremers Standpunkt nicht. Man sollte sich nicht so schnell festlegen.«

»Wie hoch kann ich gehen?«

Sie überlegte nicht lange. »Fünfundsechzig. Ich hoffe, der Hengst ist es wert.« Sie wies auf die Schüssel Rührei mit Schinken und Toast. »Und jetzt greifen Sie zu. Wenn Sie gegen Gruber antreten, müssen Sie gestärkt sein.«

Silvia trug einen maßgeschneiderten Reitdreß, der allerdings nicht dazu bestimmt war, damit auf einem Pferd zu sitzen. Der Tailleur in Deauville hatte ausdrücklich gefragt, ob Madame zu reiten wünsche oder das Beinkleid am Gesäß eng anliegend bevorzuge. Silvia hatte zu verstehen gegeben, ihr Kontakt zu Pferden werde nur über Wettscheine und Jockeys aufrechterhalten. Daraufhin hatte der Couturier die Hose anatomisch genau modelliert.

Die knackigen Breeches verwirrten Ziehlmanns Stallburschen so sehr, daß die sich darum rissen, Samurai einzufangen und vorzuführen.

Ziehlmann selbst ließ sich weder durch die heiße Hose noch

durch Silvia aus dem Konzept bringen. »I schätz, der Bub wird sich zu ei'm feine Rennpferd entwickle. Habe Sie net auch das Gefühl?«
»Aber er ist nicht mal antrainiert«, versuchte Silvia den Profi herauszukehren. »50000 scheint mir sehr viel Geld zu sein.«
Ziehlmann klopfte die Vorderbrust des Jährlings. »Sie befinde sich da in ei'm kleine Irrtum. Der Herr Gemahl hat bereits 55000 gebote.« Und anzüglich setzte er hinzu: »Für manche Leut ischt das net viel, gelle? Außerdem ischt noch ein zweites Angebot auf'm Tisch – 60000.«
»Darf man fragen, von wem?«
»I will Ihne was sage, kleine Frau: Der Betreffende kauft für eine dritte Partei. Komme Sie halt mit ins Haus, und wir trinke ein Bembel Schnaps miteinand.«
Silvia schaute dem abtrabenden Samurai nach, und der Stallbursche, nur noch mit dem Führzügel in der Hand, gönnte sich einen letzten Blick auf ihre eingezwängten Körperpartien. Sie fand, daß der Jährling ein schönes Tier war, aber Klasse zu erkennen oder den Stammbaum zu würdigen, war ihr nicht gegeben. Sie wollte auf Geheiß von Hans-Otto und mit seinem Geld eine Vermögensanlage erwerben.
In Ziehlmanns mit Antiquitäten aus dem amerikanischen Bürgerkrieg geschmückten Wohnzimmer wartete Christian. Er war tatsächlich froh, gut gefrühstückt zu haben, denn als Silvia erschien, war es für ihn wie ein Schlag in den Bauch. Er hatte mit Gruber und nicht mit dessen Frau gerechnet. Überdies verdrängte er sie seit Tagen aus seinem Hinterkopf.
Sie hegte ähnliche Gedanken und rief verdutzt: »Christian?«
Ihm gelang die kühle Masche. »Tag, Frau Gruber.«
»Bitte, nehmet Sie doch Platz miteinand. I glaub, es ischt für beide Parteie gut, wenn mir die Verhandlung offe und fair führe, net wahr?« Gläser und Flasche standen schon bereit, und Ziehlmann goß ein. »Sie müsset wisse, Frau Gruber, der Herr Adler hat auf Samurai 60000 gebote.«

Das war für Silvia keine Affäre. »Zweiundsechzig.«
»Vierundsechzig«, sagte Christian.
»Fünfundsechzig.«
Bei diesem Gebot von Silvia zögerte Christian. Er wußte, daß er nicht höher gehen durfte. Er hatte das von Gräfin Luise gesteckte Limit erreicht. Das bedeutete, daß Samurai der Firma Gruber gehören würde. Da Silvia ihn siegessicher anlächelte, faßte er einen einsamen Entschluß. »Siebenundsechzig.«
Für Ziehlmann war das purer Poker zu seinem Vorteil. Er schaute Silvia fordernd an. »Wolle Sie mitgehe?«
Silvia wollte. »Achtzig!«
Christian verlor den Rest von Vernunft. »Neunzig.«
Silvia stand auf, trank ihren Schnapsbembel leer und spottete: »Sechzigtausend wären schon zuviel gewesen. Ich verzichte. Wiedersehen, Herr Ziehlmann! Glückwunsch, Herr Adler.«
»Empfehle Sie mich Ihrem Gatte«, sagte Ziehlmann und geleitete sie zur Tür. »Vielleicht komme mir bei anderer Gelegeheit ins Geschäft, gelle ja?«
Händereibend kehrte er zurück ins Wohnzimmer und schlug Christian kräftig auf die Schultern. »Gralutiere! Und keine Angscht, die 90000 ischt der Samurai auch wert. Die Gräfin hat gut gekauft.«
Christian trank zur Besiegelung des Geschäfts seinen Schnaps aus. »Nicht die Gräfin, Herr Ziehlmann! *Ich* habe den Hengst gekauft. Der neue Besitzer heißt Adler!«

Mit dem vierbeinigen Vermögen hinten im Pferdehänger gondelte Christian vom Ziehlmann-Gestüt. Wie er auch kalkulierte, addierte und veranschlagte, die Rechnung ging nie auf. Das war kein Kauf mit 36 Monatsraten, sondern Bargeld in einer Woche. Doch so wahnsinnig dick war seine Kapitaldecke nicht. Und in aller Ruhe abwarten, ob Samurai einen festverzinslichen Wert darstellte, das konnte er schon gar nicht. Er sah ein, daß er wie ein Hochstapler gehandelt hatte,

um diese Schneegans – nein, Schleiereule hatte Monika gesagt – auszustechen. Nach den nächsten dreißig Kilometern kam er darauf, daß sein Imponiergehabe völlig sinnlos gewesen war, denn Silvia glaubte ja, er steigere im Namen von Gräfin Hayn-Hohenstein. Eine idiotische Geschichte...
Vor dem Stallgebäude von Wolf Cremer stieg er aus dem Wagen wie ein Schwerkranker. Und als Wolf ihn dann anblickte, als ahne er die Misere, kam er sich wie geistig behindert vor. Schweigend half er Udo, den jungen Hengst, der das Verladen noch nicht kannte und nervös reagierte, rückwärts aus dem Hänger zu bugsieren.
Cremer, ohnehin verschnupft, weil Luise ihn beim Kaufprozeß ausgespart hatte, klopfte auf den Busch. »Du hast natürlich viel mehr bezahlt, als der Gaul wert ist, stimmt's?«
Christian nickte nur.
»Du bist verrückt. Wieviel?«
»Neunzig.«
Cremer prustete erschrocken. »Sie wird dich nicht loben. Ich kenne das Limit.«
»Samurai gehört ihr gar nicht«, erklärte Christian kleinlaut.
»Sondern?«
»Mir.«
»Du mußt beim Reiten auf deinem Gehirn gesessen haben! Junge, Junge, hoffentlich verhebst du dich nicht bei der Nummer. Hast du reich geerbt oder dicke Ersparnisse?«
»Weder noch. Ich weiß nicht, wie und wo ich das Geld zusammenkratzen soll. Was ich gespart habe, steckt im Laden von Monika. Ich weiß auch nicht, was in mich gefahren ist. Statt Gruber war Silvia da, und als sie mich hämisch angrinste, konnte ich einfach nicht anders: Ich mußte Samurai haben! Ich habe ihr den Triumph nicht gegönnt, verstehst du, und mir war zumute, als würde ich einen Freund verraten, wenn ich das Tier ihr überließe...«
Cremer faßte sich nach dieser simplen Erklärung an den Kopf. »Das hast du wohl in jedem Fall getan.«

»Was? Einen Freund verraten? Meinst du die Gräfin? So würde ich das nicht sehen.«
»Vielleicht sieht sie's aber so. Du warst schließlich in ihrem Auftrag tätig.«
»Ich hab' dir ja gesagt, ich bin richtig überrollt worden vom eigenen Mumm, verdammt noch mal!«
»Ich möchte nicht in deiner Haut stecken.«
»Ich werde das Geld schon irgendwie auftreiben«, versuchte Christian ihn und sich zu beruhigen. »Ich geh' ja noch nicht am Bettelstab. Ein paar gute Rennen, und ich hab's hinter mir.«
»Das meine ich nicht«, sagte Wolf. »Du mußt zu Luise gehen und beichten, mein Lieber. Das wird hart.«

Theresa reckte kühn ihr Kinn und hob ihre Hand in angemessene Höhe. Der junge Herr Adler sollte sich nicht zu tief vor ihr verneigen müssen. Die Enttäuschung war herb. Er stürmte auf sie zu, mißachtete ihre Hand, dachte offensichtlch an alles andere, nur nicht an die erwarteten Koseworte, und rief: »Geht's gut, Theresa? Ich muß dringend mit der Gräfin sprechen.«
Theresa fühlte sich wie eine verschmähte Geliebte. Stumm schritt sie ihm voran und sagte ihm nicht, daß alles für seinen Besuch gerichtet worden war, denn das Haus erwartete schließlich den Bericht von seinem Erfolg bei Ziehlmann.
Auf dem weißen Gartentisch flackerten Windlichter, ihr Schein brach sich funkelnd in der Weinkaraffe. Salzgebäck und belegte Häppchen standen neben den Gedecken. Luise trug ein hellbraunes Kostüm und blickte Christian erwartungsvoll entgegen. »Setzen Sie sich, mein Junge, und erzählen Sie, wie es Ihnen ergangen ist.«
Er schaute in eins der Windlichter und beichtete. Zwar stokkend, aber gewissermaßen ohne Punkt und Komma.
»Sie hätten mich anrufen müssen«, tadelte Luise.
»Es ging alles so schnell – ich konnte die Verhandlung nicht

unterbrechen. ›Ich muß erst mal telefonieren‹ – wie hätte das ausgesehen?«

»Gott, Christian, was für eine dumme Ausrede! Ich bin enttäuscht von Ihnen. Ich habe extra Sie und nicht Cremer zu meinem Unterhändler gemacht. Ich wollte, daß Sie sich auch in geschäftlichen Dingen bewähren. Daß Sie gut reiten, wissen wir, aber ich möchte, daß Sie auch in anderen Bereichen des Rennsports Ihren Pferdeverstand trainieren!«

Er wollte sich aus der Verantwortung stehlen. »Sie haben etwas in mich hineingeheimnißt, was nicht vorhanden ist.«

»Falsch. Ich kenne Sie, seit sie als Jockeylehrling bei Cremer anfingen. Ich weiß, was in Ihnen steckt – mal ganz abgesehen von Ihren noch immer nicht beendeten Jugendsünden. Und das erlaubt mir die Frage: Wie stellen Sie sich das vor mit Samurai? Wie soll das weitergehen?«

»Wenn Sie darauf bestehen, bekommen Sie ihn für fünfundsechzig, und ich zahle fünfundzwanzig drauf.«

»Blödsinn. Entweder ist es mein Pferd oder Ihr Pferd. Es gibt nur eine Lösung: Sie behalten Samurai und versprechen mir, daß Sie in Zukunft bei Pferdekäufen einen kühlen Kopf behalten. Und Sie sollten nicht vergessen, wem Sie, wie im vorliegenden Fall, Loyalität schuldig sind.«

Christian brütete vor sich hin, biß in eine Salzstange und enthüllte dann das Ergebnis der Überlegung: »Ich werde den Hengst auf Monikas Namen eintragen lassen.«

»Will sie das?« Luise fand die Idee abartig, drückte sich jedoch dezenter aus: »Vielleicht sollten Sie Ihre Frau vorher fragen.«

»Ach was! Ich ruiniere mich fast für sie...«

»Für *sie*?« rief Luise entgeistert. »Sie wissen, daß Monika eifersüchtig auf Pferde ist. Für sie sind Pferde genauso Konkurrenten wie andere Frauen. Und da wollen Sie hergehen und ihr einen Gaul schenken? Das Mädel wird sich höflich bedanken!«

»Das ist doch lächerlich.«

»Jetzt gießen Sie mal was in unsere Gläser und glauben Sie einer alten Frau! Monika hat bei der Hochzeit nicht geahnt, was auf sie zukommen wird, wenn sie mit einem Spitzenjokkey verheiratet ist. Immer die Pferde an erster Stelle, dann die Reisen, dann die Rennen, dann die eiserne Diät und dann erst das Eheweib. Warum haben Sie Monika überhaupt geheiratet? Sie wußten doch, was Sie ihr zumuten.«
Er stand auf, marschierte um den Tisch herum, goß die Gläser voll und stellte die Karaffe versehentlich unsanft ab. »Andere Männer haben auch einen Beruf und sind den größten Teil des Jahres nicht zu Hause. Andere Frauen gewöhnen sich an diesen durchaus nicht bizarren Umstand. Warum sollte Monika eine Ausnahme sein? Mein Plan steht jedenfalls fest. Samurai soll ihr gehören, und Wolf soll ihn trainieren, basta!«
»Damit geben Sie mir ein Stichwort. Wolf braucht unsere Hilfe. Ich habe ihm zu verstehen gegeben, daß er einen jüngeren Partner im Geschäft haben muß.«
Er ahnte Unheil. »Warum gucken Sie mich dabei an?«
»Sie sind der Mann, den ich im Sinn habe.«
»Ich?« wehrte er sich. »Trainer? Ausgeschlossen! Da müßte ich erst die Trainerprüfung machen.«
»Die schaffen Sie leicht. Sie verstehen was von Pferden, und sie werden bestimmt ein guter Trainer sein. Ihr Leben wird sehr viel ruhiger werden. Keine Gewichtsprobleme mehr, kein Hungern, keine Sauna. Einer Ihrer Kollegen hat mir mal gesagt, er träume nicht mehr von Frauen, sondern von Sahnetorten. Ich weiß nicht, wie das bei Ihnen ist, aber ich könnte mir vorstellen –«
»Ich träume von Sahnetorte essenden Frauen, wenn es Sie beruhigt«, alberte Christian. »Aber mal Spaß beiseite, Gräfin: Ich liebe das Rennen, und wenn ich im Sattel sitze, fühle ich mich frei und glücklich. Glauben Sie mir, an dem berühmten Satz ist wirklich was dran: Es gibt kein so sicheres Geheimnis, wie das zwischen einem Mann und seinem Pferd.«

Luise zweifelte an seinem klaren Verstand. War es der Wein?
»Also, ich denke, wir sind zu erwachsen für romantische Geschichten. Irgendwann muß jeder Jockey abdanken.«
»Ich bin noch nicht alt genug«, widersprach er. »Ich habe noch lockere zehn Jahre vor mir.«
»Schon, schon, wenn alles gutgeht.«
»Unken Sie nicht! Was soll denn schiefgehen? Dieter Homburg hat mir gerade ein erstklassiges Angebot gemacht. Er hat einen arabischen Besitzer an Land gezogen –«
»Scheich Al-Hakim, ich weiß«, unterbrach Luise gelangweilt. »Der bringt zwölf Cracks mit. Gucken Sie nicht so, in unseren Kreisen bleibt eh nichts geheim. Und Sie wollen als Stalljockey zu Homburg gehen mit einem fürstlichen Gehalt. Ich müßte mich sehr irren, wenn Dieter Ihnen dieses Angebot nicht gemacht hat.«
»Richtig getippt, Gräfin. Und nun setzen Sie mal Wolf Cremer dagegen. Der akzeptiert keinen gleichgestellten Partner neben sich. Und einen jungen Kerl wie mich schon gar nicht.«
»Er wird müssen.«
Christian lachte schallend. »Bitte schön, wie wollen Sie diesen eigensinnigen Mann zwingen?«
»Ich lasse meine Pferde nur bei ihm, wenn er Sie als Juniorpartner akzeptiert.«
»Ich garantiere Ihnen, das wird ein Schuß in den Ofen!« weissagte er. »Und vergessen Sie nicht – ich reite weiter.«

Butler Georg servierte zwei Pikkolo, Kaviar, Lachs und Minitoast. Ein Tablett ins Schlafzimmer ans Bett von Silvia, die andere Portion zum Rand des Whirlpools, an dem Gruber saß und die Beine im lauen Wasser baumeln ließ. Neben ihm türmte sich ein Stoß Akten, in denen er mit Rotstift herumfuhrwerkte.
Unter dem Lachsbrett lag das Mitteilungsblatt vom Direktorium für Vollblutzucht mit dem Wochenrennkalender, die

von Gruber bevorzugte Imbißlektüre. Er blätterte darin herum, stutzte und lachte plötzlich verärgert. Mit seitlicher Drehung schwenkte er die Beine auf den Bassinrand, tapste ins Schlafzimmer und hockte sich zu Silvia ans Bett.
»Ja?« sagte sie befremdet.
Hans-Otto pochte auf den Rennkalender. »Ich bin hier gerade auf die Rubrik Besitzerwechsel gestoßen.«
»Wie schön für dich. Und?«
»Ist dir jemals klar gewesen, wer uns bei Ziehlmann den Hengst weggeschnappt hat?«
»Die Muhme Hayn-Hohenstein.«
Er lachte abermals. »Das glaubst nur du! Aber ich muß dich enttäuschen, meine Liebe!«
»Wer dann?« Es klang, als ob sie es ahnte.
»Adler!«
Sie wollte das nicht wahrhaben. »Er hat bloß für die Gräfin geboten und gekauft.«
Gruber pickte mit dem Zeigefinger an seine Stirm. »Der Sattelgangster muß dich doch verdammt verwirrt haben! Soll ich dir mal sagen, was hier steht?« Er wedelte mit dem Bericht. »Neuer Besitzer von Samurai ist Monika Adler! Dein feiner Jockey hat seiner Frau eine Liebesgabe präsentiert! Und wir? Wir gucken dumm in die Röhre! Wenn man dich schon mal was machen läßt!«
»Dieser Dreckskerl!« explodierte Silvia.
»Ich versteh' nicht, warum du dich plötzlich aufregst! Ich denke, der Flirt ist vorbei, hä? Oder hättest du bei Ziehlmann weitergemacht, wenn Adlers Plan, auf eigene Rechnung zu steigern, dir vorher bekannt gewesen wäre?«
»Hättest! Hättest! Zu spät, darüber zu debattieren! Was machen wir mit ihm?«
»Gute Frage!« Er angelte nach der Kaviarschale und nahm ein paar Löffel voll. »Bei mir ist noch 'ne Rechnung offen!«
»Ich habe dich vor einiger Zeit nach den Mietverträgen der Ladenpassage gefragt«, erinnerte Silvia.

Nun machte er sich über ihre Lachsschnittchen her. »Weiter!«
»Du verschenkst jeden Monat ein kleines Vermögen. Für diese Geschäfte in dieser Toplage kannst du glatt die dreifache Miete nehmen.«
»Ach nee!« Gruber schmatzte. »Wer sind denn die Mieter?«
»Monika und Christian Adler zum Beispiel.«
»Mach Sachen! Dann muß Flansdorf ran und neue Verträge aufsetzen – das willst du doch, oder?«
»Kompliment, du hast begriffen«, lobte sie ihn.
Seine Hand glitt gemächlich unter die Bettdecke, um verdienten Lohn zu ergattern, doch Silvia drohte unmißverständlich: »Untersteh dich, Hans-Otto!«

Cremers Schwester Ella lief empört gestikulierend hinter der breiten Lederjacke her, in der Paule Schneider steckte. »Schneider & Sohn, Futtermittel en gros et detail« stand auf der Lieferwagenplane. Er war der Vater. »Seit fünfzehn Jahren kauft mein Bruder bei Ihnen das Kraftfutter! Da können Sie ihn doch jetzt nicht einfach hängenlassen!«
»Wennse mir die offenen Rechnungen in bar zahlen, jut. Sonst müssense Ihre Jäule uff de Wiese jrasen lassen. Seit Monaten schreib ick Ihn' Mahnungen. Und die Schecks von Ihr'n Bruder platzen wie Seifenblasen. Nee, nu is Sense.«
»Geben Sie uns wenigstens zehn oder fünfzehn Sack!«
»Nich mal det Schwarze untan Nagel laß ick hier.«
»Die Pferde haben Hunger!« bettelte Ella.
»Ick ooch.«
Sie ballte die Hände zu Fäusten. »Fies!«
»Frau Platkowicz, fangse nich an, mir zu beschimpfen. Ick hab 'n Herz für Ihr'n Bruder, könnse glooben, aber wenn ick mir ansehe, wat ick quasi für umsonst jeliefert habe, denn is meine Jutmütichkeit uff 'ne harte Probe jestellt.« Er kletterte in seinen Lkw und ließ den Diesel an.
»Herr Schneider...«

»Det ist mein Name, Frau Platkowicz. Nischt für unjut, aber ick muß jetzt die Kunden beliefern, bei denen ick ooch Kohle krieje. Servus!«
»Die Vorräte reichen allenfalls noch zwei Tage.«
»Det is Ihr Problem«, rief Schneider aus dem Fenster der Fahrertür.
»Sie können die Tiere nicht krepieren lassen!«
»Bejreifense det denn nich, Frau Ella?« Ein bißchen gerührt war er schon. »Sentimentalität kann ick mir nich mehr leisten.« Er legte den Gang ein und fuhr vom Hof.
Ella blieb in der Dieselwolke zurück und ging geknickt ins Haus, um Wolf die üble Nachricht zu bringen. An seinem Schreibtisch stand der Stallbursche Udo. Er kündigte überraschend. »Hier kriegen wir bald kein Bein mehr auf die Erde, und ehe Sie mich rausschmeißen, gehe ich lieber von allein. Sie sind mir nicht böse, hoffe ich. Tut mir leid.«
Cremer legte ihm ein paar Scheine hin. »Schon gut, muß dir nicht leid tun.«
Udo sah das Geld an. »Sie zahlen bis Ende der Woche, also bleibe ich bis Ende der Woche.«
»Nein, du gehst sofort.«
Udo steckte das Geld ein und hielt zum Abschied seine Hand hin.
Cremer übersah die Geste und wandte sich ab. Udo nickte Ella verdrossen zu und verschwand aus dem Haus.
»Die Ratten verlassen das sinkende Schiff«, sagte Wolf. »Bloß Klaus ist noch da.«
»Aber wie lange noch?« unkte Ella. »Was erwartest du? Kein Heu, kein Stroh, kein Futter. Und Schneider, fürchte ich, wird bald den Gerichtsvollzieher schicken. Irgendwas muß hier passieren, und zwar schnell.«
»Fällt dir was ein?« fragte er hoffnungslos. »Mir nicht.«
»Irgend jemand müßte dir Pfeffer in den Hintern streuen«, räsonierte sie. »Was hat denn die Gräfin gesagt, als sie neulich hier war?«

»Sie hat vorgeschlagen, einen Partner ins Geschäft zu nehmen, einen jungen möglichst. Lächerlich.«
»Wieso lächerlich?« wetterte Ella. »Ich finde das nicht schlecht. Wenn hier ein Mann mit Ideen wäre –«
»Was soll das heißen?« unterbrach er sie wütend. »Ich sehe selbst, was hier alles gemacht werden muß. Dazu brauche ich keine fremden Ideen.«
»Dann tu's doch, wenn du's weißt. Bisher hast du nur geschafft, daß alles den Bach runtergeht.«
»Katharina hat nie so mit mir gesprochen.«
»Deine Frau ist seit sechs Jahren tot! Finde dich endlich damit ab. Du hängst hier rum wie ein nasser Lappen und läßt den lieben Gott einen guten Mann sein. Das reicht aber nur, um deinen Namen ein für allemal zu verlieren. Wenn du dich wieder aufrappeln willst, dann mußt du mehr tun, als der Vergangenheit nachtrauern!«

Aus seinem modernen Hochhausappartement hatte Christian in einem halben Jahr eine ungemütliche, chaotische Schlafstelle mit privatem Duschbetrieb gemacht. Die Küche benutzte er nie, das Wohnzimmer glich einem horizontalen Kleiderschrank.
Obwohl die Brause laut prasselte, vernahm er das Scheppern der Flurklingel. Fluchend knotete er ein Handtuch um die Hüften und rannte zur Tür. Monika stand draußen.
»Was willst du denn hier?« Er war überrascht. »Eine Entschuldigung abholen für meinen letzten Blumengruß?«
»Darf ich reinkommen?«
»Okay – und mach die Tür zu.« Er flitzte wieder unter die Dusche und brüllte: »Was verschafft mir die Ehre an diesem Ort zu dieser Zeit? Wenn ich mich nicht irre, müßtest du im Laden stehen?«
»Ja, müßte ich.« Sie klopfte gegen die Plexiglasscheiben. »Kannst du nicht aufhören mit deiner Planscherei? Ich hab' was mit dir zu bereden.«

Christian drehte das Wasser ab und streckte den Kopf aus der Duschkabine. »Schieß los.«
»Als ich vorhin die Ladentür aufschloß, fand ich diesen Brief.« Sie zog ein Blatt Papier aus ihrer Handtasche. »Sie wollen die Miete erhöhen. Auf das Dreifache!«
»Wahnsinn!«
»Ich kann das unmöglich bezahlen, Christian! Da kann ich gleich dichtmachen. Ich kann den Umsatz nicht auf das Dreifache erhöhen. Zu Weihnachten, ja. Aber das ist nur einmal im Jahr.«
Christian fischte ein Handtuch vom Halter. »Haben die Läden neben dir auch so einen Brief bekommen?«
»Ich habe noch nicht gefragt.«
»Die wollen dich vermutlich rausekeln.« Er begann seine Haare trockenzurubbeln. »Ich hab' ja immer gesagt, so ein Laden bringt nur Ärger.«
»Ja, ja, du weißt alles vorher. Sag mir lieber, was ich jetzt machen soll. Aufgeben vielleicht?«
»Gute Idee – zieh aus.«
»Und was dann?« fragte sie empört. »Etwa zu dir zurückkommen?«
Er grinste. »Keine schlechte Idee.«
»Typisch für dich! Das ist ja nur ein unwichtiger Laden, und ich bin nur eine Frau! Wichtig bist nur du! Du und deine verdammten Pferde.«
»Reg dich ab. Wer ist dein Vermieter?« Er frottierte sich und zog das Handtuch hinter dem Rücken elegant hinauf und herunter wie eine Schönheitstänzerin.
»Daß du immer so schrecklich albern sein mußt«, rügte sie ihn. »Die Deutsche Immobilien-Betriebs- und Verwaltungsgesellschaft. Mit der habe ich auch den Mietvertrag gemacht. Keine Ahnung, wer dahintersteckt.«
Er hängte das Handtuch über die Schulter. »Aber ich weiß das. Gib den Fetzen mal her. Ich versuche, die Chose zu regeln.« Er nahm ihr das Schreiben ab, hopste pfeifend ins

Wohnzimmer und steckte es in seine Jacke. Gleichzeitig förderte er einen Pferdepaß zutage.
Monika folgte Christian und starrte entgeistert auf seine überall im Raum verstreuten Klamotten. »Himmel – sieht das hier aus!«
»Mach dir nichts draus, du wohnst ja nicht hier. Schau mal her! Das ist ein Pferdepaß für den Hengst Samurai. Dein Pferd.«
»Wie bitte?«
»Lies doch. Besitzer: Monika Adler.«
»Sag mal, geht's dir nicht gut? Du kannst mir nicht einfach ein Pferd schenken.«
»Doch. Als Entschuldigung für meinen Wutanfall mit dem Rosenstrauß.«
»Das ist wieder typisch! Immer machst du solche Sachen! Immer über meinen Kopf hinweg!« Sie griff eine seiner Hosen und feuerte sie an die Wand. »Du fragst nicht, was ich will und was ich brauche! Du beschließt einfach, was gut für mich ist und was nicht! Und das tust du dann hinter meinem Rükken oder tust es nicht!«
Nonchalant hob er die Schultern. »Meistens habe ich das Richtige getroffen.«
Monika kochte vor Wut. »Was denkst du dir eigentlich dabei, mir plötzlich ein Pferd zu schenken? Glaubst du, das rettet unsere Ehe? Die ist nicht mehr zu retten! Kapier das endlich! Und wenn doch, dann nur, wenn du dich änderst und nicht immer denselben Mist machst! Wie ich dich kenne, weißt du nicht mal, wie du dein teures Geschenk finanzieren sollst!«
Monika düste förmlich aus der Wohnung und feuerte die Tür hinter sich zu. Christian sah an sich herab, und nun fiel ihm auf, daß er noch unbekleidet war.

Das ehemalige »Kinderhaus« im Garten von Schloß Hayn-Hohenstein war vor Jahren zum Geräte- und Möbelschuppen umfunktioniert worden. Und dort, wo früher die kleine

Terrasse gewesen war, auf der Luise als Kind mit ihren Freundinnen Kakao getrunken hatte, standen jetzt Bienenkörbe. Die Gräfin liebte zum Frühstück Honig aus eigenem Garten und verwandelte sich deshalb in Intervallen mit Imkerhut, Bienennetz, dichtem Kittel und Handschuhen in eine wandelnde, gegen Bienenstiche geschützte Vogelscheuche. Theresa machte um das Kinderhaus stets einen Riesenbogen und gab vor, Honig zu verabscheuen. Da sie sich jedoch meistens in unmittelbarer Nähe der Gräfin aufhielt, blieben ihr Angstzustände im Einzugsgebiet der Bienenkörbe nicht erspart. Tabakrauch aus der Imkerpfeife blasend, um die Bienen auf Distanz zu halten, kontrollierte Luise die Wabenrahmen und schob sie in die Körbe zurück.

Aus sicherer Entfernung rief Theresa: »Ich habe den Namen der Firma.«

»Ich verstehe kein Wort! Kommen Sie näher!« Luises Stimme klang dumpf unter dem Schutznetz.

Theresa traute sich, einen kleinen Schritt zu machen. »Ich konnte den Namen der Firma in Erfahrung bringen.«

»Ich habe noch immer nicht verstanden, was Sie wollen!«

»Warum kaufen Sie den Honig nicht fertig im Glas wie andere Leute auch?« brüllte Theresa.

»Weil der von meinen Bienen besser schmeckt.«

»Honig ist Honig!«

»Das glauben Sie! Meiner ist rein und ungemixt!«

Theresa hörte das aufgeregte Summen der Bienen und schrie furchtsam: »Ein perverses Hobby.«

»Na, Sie sind ja reizend! Wissen Sie, was pervers ist? Ihre Art Auto zu fahren! Wenn das klar ist, dann sagen Sie mir endlich was Sie von mir wollen!«

Theresa legte noch einige Phon zu. »Ich weiß jetzt den Namen des Futtermittelhändlers, der Herr Cremer nicht mehr beliefern will.«

»Fein. Dann rufen Sie den Knaben an und sagen ihm, ich übernehme die offenen Rechnungen.«

Theresa befand sich schon auf dem Rückzug. »Ist das alles?«
»Er soll wieder liefern, aber Cremer gegenüber keinesfalls erwähnen, wer bezahlt hat. Der Futtermittel-Fritze soll so tun, als käme er von der Heilsarmee. Wenn er seine Sache gut macht, darf er demnächst das Gestüt beliefern. Alles kapiert, Theresa?«
»Schon lange«, schrie die Hausdame aus gebührendem Sicherheitsabstand.
»Wenn der Kerl die Sache verpatzt, sorge ich dafür, daß im Umkreis von dreihundert Kilometern niemand mehr auch nur ein Maiskorn von ihm kauft. Nun machen Sie schon! Warum sind Sie noch nicht weg?«
Theresa wetzte durch die Gartenanlagen, Luise blickte ihr kopfschüttelnd nach und brummte: »Mein Gott noch mal, hat die Frau Bleifüße!«

»Bei Max«, in der Stammkneipe all derer, die dem Galopprennsport nahestanden, suchte Christian Erbauung vor seinem Besuch in Grubers Penthouse. Daß Dieter Homburg am Tresen hing, wertete Christian nicht als Zufall, sondern als Fügung. Von ihm erhoffte er sich moralische und finanzielle Hilfeleistung.
»Alles klar, Dieter«, eröffnete Christian die unglaublich schwere Partie.
»Freut mich. Und wann kommst du zu mir?«
Max drängte sich dazwischen, legte einen Strichzettel vor sich hin und zückte den Bleistift. »Wollt ihr heute Gulasch essen?«
Homburg zählte die bestellten Portionen auf dem Zettel. »Warum fragst du? Mußt du dann noch 'ne Kanne Wasser in den Topf kippen, wenn wir wollen?«
Max verschwand beleidigt.
»Also wann, Christian?« erinnerte Homburg.
»Ende der Saison.«
»Spät. Geht's nicht früher?«

Christian vertiefte sich in seinen Taschenkalender und zählte die kommenden Wochen ab. »Kein Stück. Ich habe zu viele Engagements angenommen.«
»Warum? Hast du's so nötig?«
»Natürlich. Ich bin freier Unternehmer, und das Finanzamt frißt mir das Geld aus der Tasche. Außerdem habe ich einen teuren Jährling gekauft.«
»Und auf Monika eintragen lassen. Hab' ich gelesen. Respekt. Sehr spendabel.«
»Wie auch immer. Ich habe Probleme, den Kauf zu finanzieren.« Er sah sich um. »Vielleicht esse ich doch den Gulasch von Max. Billiger als woanders.«
Homburg beurteilte die Lage skeptisch. »Wenn du schon anfängst, beim Essen zu sparen...«
Christian hielt die Zeit für den Frontalangriff gekommen. »Kannst du mir ein halbes Jahresgehalt im voraus zahlen? Ich möchte dieses Pferd behalten, weil ich denke, man kann bei erstklassigem Training was aus ihm machen.«
Homburg zog ohne erkennbare Gemütsregung Brieftasche und Füller heraus und schrieb einen Verrechnungsscheck aus. »Du hast Glück. Al-Hakim hat gerade eine größere Einstandssumme überwiesen.« Er wedelte den Scheck trocken. »Hier, nimm. Als Trostpflaster dafür, daß du deine Unabhängigkeit aufgibst.«
»Danke – ich hatte mir das schwieriger vorgestellt«, sagte Christian, verdutzt darüber, daß seine Forderung auf kein Hindernis gestoßen war.
»Rede nicht soviel über die Sache!« spielte Homburg die karitative Förderung herunter. »In unserem Job gibt's halt Talfahrten. Ich weiß selbst, wie schwer es ist, an das Geld anderer Leute ranzukommen. Aber bei dir stecke ich's sozusagen ins eigene Geschäft. Ob ich's dir jetzt zahle oder in Monatsraten, bleibt sich letztlich gleich.«

Versessen auf die Lösung des Falles, verfolgte Silvia Gruber die simple Handlung des amerikanischen TV-Krimis: Eine junge, natürlich erfolgreiche Geschäftsfrau hatte von einem bezahlten Killer ihren Mann umbringen lassen. Ein Ekel von Mann selbstverständlich. Der smarte Mörder, beruflich zufrieden mit dem schnöden Mammon, psychisch jedoch in Gebelaune, näherte seine ausdrucksvollen Hände, mit denen er eben noch den widerwärtigen Gatten aus der Welt geschafft hatte, dem zarten Körper der blonden Witwe, um diesem, und logischerweise sich selbst, Freude jeglicher Art zu spenden. Sekt gab's auch...

In diesem prekären Augenblick, die Hintergrundmusik des verstärkten philharmonischen Streichorchesters setzte zu lockerem Pizzikato an, zeigte Butler Georg sich von seiner allerhäßlichsten, ja, unmenschlichsten Seite. Über die voluminöse Auslegware der Wohnhalle anschleichend, drückte er auf die Aus-Taste der Fernbedienung und meldete rücksichtslos: »Gnädige Frau – Besuch.«

Nur mühsam fand Silvia in die Wirklichkeit zurück. »Georg, Sie stören!«

»Bedaure zutiefst, gnädige Frau, aber der Herr ließ sich nicht abweisen.«

»Wie lästig! Wer?«

»Herr Christian Adler.«

Schlagartig sah Silvia die Chance auf sich zukommen, filmische Anregung in reale Handlung umzusetzen. »Führen Sie ihn herein.«

Über den Umweg in die Küche, in der er die in ähnlichen Situationen bevorzugten Getränke bereitstellte, begab Georg sich in die Diele, wo Christian seinen Text memorierte, den er Hans-Otto Gruber sogleich um die Ohren schlagen wollte. Ein schöner Satz war ihm eingefallen: »Warum schicken Sie nicht gleich einen Mafioso zum Eintreiben der Miete?«

Georg öffnete die Zwischentür, besichtigte den späten Gast kritisch und forderte ihn zum Eintritt auf: »Wenn ich bitten darf.«

Christian stutzte. Ein gut geschulter Butler hätte ganz sicher gesagt, Herr Gruber läßt bitten. Oder: Der gnädige Herr läßt bitten. Die Aufforderung »Wenn ich bitten darf« klang unpersönlich und stellte nicht die geringste Beziehung zwischen Besucher und Besuchtem her, eine für die zu erwartende Begegnung unerläßliche Brücke. Die förmliche, kühle Offerte signalisierte: Kein Gruber, nur Silvia.
Alles, was Christian sich zurechtgelegt hatte, um die durch nichts gerechtfertigte Mieterhöhung in der Ladenpassage von Mann zu Mann abzuschmettern, wurde mit einem Schlag hinfällig. Mit Silvia darüber zu debattieren, schien ihm sinnlos.
Er schritt durch die Wohnhalle und sah seine Annahme bestätigt. Silvia, in beängstigend offenherzigem Hausanzug, zeigte Dankbarkeit im Ausdruck und fixierte ihn zufrieden, als habe er soeben Hans-Otto gemeuchelt und käme, den süßen Lohn zu kassieren...
»Guten Abend«, sagte Christian unliebenswürdig. »Eigentlich bin ich gekommen, um mit deinem Mann zu reden.«
Silvia hob, frei wie ein Vogel, die Arme. »Er ist nicht da. Nimm's leicht, nimm mich. Oder fühlst du dich in dieser Umgebung fremd?« Sie dachte an sein unaufgeräumtes Appartement, das sie insgeheim als »Moderbude« bezeichnete. »Ich könnte das verstehen.«
Er blickte sich um, musterte die teure Einrichtung und versprach anzüglich: »Ich werde mich zu benehmen wissen.«
»Hoffentlich nicht – sei wie immer, Christian. Du siehst halb verdurstet aus. Georg bringt dir Champagner.«
Silvia gab ihre in Anwesenheit des Butlers unterdrückte Zurückhaltung auf, verteilte filmreife Küsse auf Christians Wangen, Nasenflügel, Ohren und Lippen.
Die Bemühungen, ihre Arme von seinem Nacken zu lösen, arteten in einen judoähnlichen Nahkampf aus, bei dem Silvia ihren Unterkörper geschickt einsetzte. Während einer Atempause keuchte Christian: »Laß das bitte. Deswegen bin ich

nicht hier. Ich wollte mit deinem Mann was Geschäftliches besprechen.«
Sie blieb mit ihm im Clinch. »Geht es wieder um eine Rennwette?«
»Nein.« Hilfesuchend hielt er Ausschau nach dem Butler. »Dauert's lange, bis er kommt?«
»Wen meinst du? Georg oder Hans-Otto?«
»Beide.«
Silvia entschloß sich zu intimeren Angriffen. »Der Butler kommt gleich und mein Mann übermorgen.«
»Würdest du bitte einsehen, daß ich nicht hier bin, um mit dir griechisch-römisch zu ringen.«
Sie hörte Georgs Ankündigungshüsteln vor der Tür. In nahezu gesellschaftsfähiger Manier fuhr sie Christian mit gespreizten Fingern durch die Haare. »Und würdest du, erstens, auch begreifen, daß du mich nicht einfach abservieren kannst.«
Butler Georg brachte die Getränke und stellte sich blind.
»Und zweitens?« wollte Christian wissen und plumpste unversehens in die weiche Ledercouch.
Hurtig hockte sie sich neben ihn. »Du solltest dir Hans-Otto nicht noch mehr zum Feind machen. Jetzt bist du ihm bei Samurai in die Quere gekommen.«
Georg zog sich zurück. Die Atmosphäre machte ihn nicht neugierig.
»Bleib cool!« verlangte Christian. »Kann ich dafür, daß du bei der Versteigerung ausgestiegen bist? Oder hast du dir eingebildet, der Name Gruber flößt mir so viel Hochachtung ein, daß ich vor Schreck zurückzucke und auf den Hengst zu euren Gunsten verzichte?«
Sie unterließ für einige Zeit alle Tätlichkeiten. »Es kommt eins zum anderen. Du hast ihm mit Tigerlady auch ein großes Wettgeschäft vermasselt, sagt er!«
»Vermasselt, ja? Du findest es richtig, daß dein Mann mich zum Wettbetrug verleiten wollte?«

»Gefährliche Worte, mein Guter! Du hast in seiner Schuld gestanden. Er hatte dir 20000 Mark gepumpt.«
»Die habe ich ihm nach vierzehn Tagen zurückgezahlt.«
Silvia suchte Zuflucht bei einer Floskel, die von allen Frauen benutzt wird, die sich in die Enge getrieben fühlen. »Du verstehst mich nicht.«
Christian nahm das im Wortsinn. »Nein, überhaupt nicht. Aber ich danke dir, daß du mir die Augen geöffnet hast. Ich wollte zum Renngericht gehen und deinen Mann wegen versuchten Wettbetrugs anzeigen. Aus Rücksicht auf dich habe ich das unterlassen.«
Schelmisch schaute sie ihn an. »Ach – nicht auch aus Rücksicht auf dich?«
»Wie darf ich das verstehen?« fragte er und hielt ihre Hände fest, die Pläsier an ihm suchten.
»Ein Jockey, der eine völlig weiße Weste hat, muß erst noch geboren werden.« Sie nahm ein Champagnerglas und hielt es ihm hin.
Er lehnte halbherzig ab. »Für mich nicht. Du weißt, ich trinke nur ganz selten. Außerdem muß ich morgen früh zeitig zum Training. Die Gäule müssen einen ausgeschlafenen Jockey im Sattel spüren.«
»Sei nicht albern«, gurrte Silvia. »Einen Schluck wirst du doch vertragen. Bist du ein Mann oder eine ungemütliche Maus?«
Er trank, um seinen Ärger herunterzuspülen. Und weil ihn der Champagner tatsächlich erfrischte, leerte er das Glas und widersetzte sich nur lahm, als sie nachgoß. Im Plauderton sagte er: »Gräfin Luise zitiert immer Don Juan. ›Treibt der Champagner das Blut erst im Kreise, dann wird's ein Leben, herrlich und frei!‹«
»Für Jockeys verboten«, spottete Silvia. »Eines Tages wirst du einsehen, was dir alles entgangen ist.«
»Zerbrich dir bloß nicht den Kopf über meine Enthaltsamkeit in bezug auf Alkohol.« Da er sie mit Flasche und Glas be-

schäftigt sah, fischte er ungehindert den Brief aus der Tasche, den Monika bekommen hatte, und entfaltete ihn. »Ist dir die Deutsche Immobilien-Betriebs- und Verwaltungsgesellschaft ein Begriff?«
Silvia blickte nicht auf. »Gehört Hans-Otto. Prost.« Sie drückte ihm sein Glas in die freie Hand.
»Hör mal zu, Silvia. Ein Mensch namens Flansdorf hat diesen Schmierkram unterschrieben. Die Gesellschaft verlangt von meiner Frau ab nächsten Monat eine horrend erhöhte Miete. Dreihundert Mark für den Quadratmeter. Dadurch wird Monika ruiniert. Das steht in keinem Verhältnis zu den Einnahmen.«
»Und was geht mich das an?«
»Eine erstklassige Frage! Ich erkläre dir's: Wenn dein Mann sich unbedingt mit mir anlegen will, dann nicht über den Umweg Monika. Das ist eine ganz feige Kiste!«
Sie kuschelte sich an ihn. »Liebling, reg dich doch nicht so auf. Das ist doch Kleinkram. Ich rede mit Hans-Otto darüber, und du wirst sehen, alles kommt wieder in die Reihe. Prost.«
»So einfach soll das sein? Als ob dieser Fetzen Papier bloß ein Versehen ist? Eben mal die Miete aus Jux erhöhen und dann den Schrieb wieder annullieren? So eine Firma gibt's nicht. Wer entscheidet denn diesen Schwachsinn?« Er schaute nochmals auf die Unterschrift. »Dieser Flansdorf?«
»Hans-Otto.«
»Der entscheidet tatsächlich alles?«
»Alles.« Silvia hob vielversprechend den Zeigefinger, tunkte ihn in den Champagner und strich Christian damit über die Lippen. »Aber ich kann seine Entscheidung beeinflussen.«
Er leckte seine Lippen ab. »Verrate mal, wie.«
»Ich überzeuge ihn, daß die Entscheidung falsch war.«
»Was gehen dich seine Immobiliengeschäfte an – es gibt gar keinen Grund, dich einzumischen«, wunderte er sich.
»Es gibt einen. Dich. Ich liebe dich. Sei einfach so zu mir wie

früher, und Hans-Otto zieht die Mieterhöhung für das Damenwäschegeschäft Monika Adler zurück.«
»So einfach ist das? Bloß mit dir Hopsasa machen, und der Quadratmeter kostet wieder hundert Mark wie immer?«
Sie animierte ihn, das Glas zu leeren. »So einfach. Du mußt zugeben, das ist eine hübsche Art, Unstimmigkeiten aus der Welt zu schaffen.« Sie kroch von der Couch und pirschte eilig zum Schlafzimmer. »Ich bin gleich wieder da.«
Unschlüssig wanderte er in der großen Wohnhalle herum, trank einige Schlucke und fühlte sich erpreßt. Die Sache an sich war ihm nicht unangenehm, aber unter Zwang? Da kam er sich wie amputiert vor. Und für Monikas Vorteil mit Silvia ins Bett? Ganz und gar abartig.
Mit neuem Champagner scheuchte er die fatalen Überlegungen aus dem Hirn. Im Alkoven neben dem Kamin fand er einen Billardtisch. Die Kugeln lagen auf dem grünen Tuch. Er nahm ein Queue vom Halter an der Wand und versuchte einen Stoß. Es ermutigte ihn nicht, was er nach der für ihn ungewohnten Menge Alkohol leistete. Er kroch auf den Tisch, um mit den Kugeln zu murmeln, und das machte ihm Spaß.
Indessen restaurierte Silvia sich gründlich, wählte aus duftigen Morgenröcken den duftigsten, durchsichtigsten und besprühte die sichtbare Haut, und das war eine Menge, mit Parfüm.
Das weiße Telefon klingelte. Genervt hob sie ab. »Ja? Oh, Hans-Otto?«
»Gibt's was, das ich wissen muß?« fragte er.
»Nein, nichts«, antwortete sie wegwerfend. »Dieser Jockey war da und wollte sich wegen der Miete beschweren...«
»Hat er sich beschwert?« Das klang hinterhältig.
»Hans-Otto«, giftete sie ihn an, »ich habe dir gesagt, das ist vorbei. Er ist ein bißchen zudringlich geworden. Wie Männer eben sind, wenn sie was getrunken haben. Ich hab' ihn rausgeschmissen. Sonst noch eine Frage? Ich will nämlich gerade ins Bett gehen.«

»Gute Nacht, Silvia.«
»Gute Nacht, Darling.« Silvia legte auf und schritt zum Sturm der spröden Bastion aus dem Schlafgemach hinüber in das Wohnzimmer. »Christian – ich bin wieder da.«
Als er sich nicht meldete, rief sie seinen Namen noch einmal, und dann entdeckte sie den Jockey Adler auf dem Billardtisch. Er schlief fest. Verärgert stieß sie ihn an, doch er merkte das nicht. Er rührte sich nicht und schnarchte leise.
Silvia war nun nicht mehr verärgert, sondern stinkwütend. Ihr Butler erschrak, als sie wie eine Furie im Vorraum der Küche erschien, wo er soeben einen nächtlichen Imbiß zum Servieren bereitstellte. »Die Wohnhalle ist unglaublich schmutzig, Georg! Dort liegt eine Menge Dreck herum! Auf dem Billardtisch! Beseitigen Sie den! Sofort!«
Georg nahm die unter Silvias Nahkampfuniform schimmernden Waffen zur Kenntnis und machte sich Gedanken, warum sie plötzlich den Billardtisch und nicht das Bett als Exerzierplatz bevorzugen wollte. »Sehr wohl, gnädige Frau. Und wann soll ich servieren?«
»Schmieren Sie sich das Zeug in die Haare!« Mit flatterndem Morgenrock floh sie ins Schlafzimmer und schloß sich ein.
Gemessen begab Georg sich in die Wohnhalle, sah den schlafenden Besucher auf dem Billardtisch und hüstelte erst leise, dann lauter, ohne Erfolg. Der hörte nicht. Georg überwand sich zu nicht standesgemäßer Lautstärke. »Aufstehen, der Herr!«
Der Herr brummte unwillig, und Georg half mit einem Stups in den ihm zugekehrten Rücken nach. Christian fuhr hoch und blickte sich verdattert um, bis sein verschwommener Blick an Butler Georg haften blieb. »Silvia? Ich meine – wo ist Frau Gruber?«
»Die gnädige Frau läßt sich entschuldigen«, sagte Georg devot. »Sie ist bereits zu Bett gegangen, denn sie hat morgen einen sehr frühen Termin beim Coiffeur.«
»Und wie spät ist es jetzt?«

Georg machte eine Verbeugung, als wolle er ein streng gehütetes Geheimnis mitteilen. »Kurz vor Mitternacht.«
Christian rutschte vom Billardtisch und ging auf die Tür zu, die in die Diele führte. Auf dem Weg brachte er seine etwas derangierte Kleidung auf Vordermann. »Würden Sie mir eine Taxe rufen, Herr Georg?«
»Sehr wohl. Ich telefoniere sofort. Und darf ich dem gnädigen Herrn noch etwas Wegzehrung richten?«
»Vielen Dank, nein. Sie glauben gar nicht, wie satt ich bin.«

Cremers Schwester Ella hängte Bettwäsche im Garten auf. Hinter den Laken und Bezügen war sie nur als Silhouette zu sehen. Manchmal erschienen ihre Hände mit den Klammern oben über der Leine.
Sie trat hervor, als ein Wagen auf den Hof brauste. Christian stieg aus, und Ella rief pedantisch: »Mahlzeit, Herr Adler!«
»Schon gut, Tante Ella! Ich habe mich ein bißchen verspätet.«
»Ein bißchen? Sie scherzen wohl? Wolf hat eine Stunde lang auf Sie gewartet. Sie sollten mit Gilandro auf die Bahn gehen.«
»Das kann ich doch jetzt auch noch.«
»Aber ein bißchen dalli, wenn ich bitten darf. Machen Sie das Pferd fertig, und dann ab zum Training.«
Christian nahm die forsche Ansprache hin. Sich mit Ella anzulegen war sinnlos. Früher hatte er sich ihren Ton verbeten, später nur noch aufgemuckt, und danach ließ er sie reden, was und wie sie wollte.
Auf dem Weg zur Sattelkammer mußte er an ihr vorbeigehen. »Na, sehen Sie, Tante Ella, es ist immer noch früh genug.«
»Wie meinten Sie?« zeterte sie.
Er entriegelte die Stalltür. »Ich sagte, jeder muß so gegessen werden, wie er gekocht worden ist!«
Er schnappte sich den Rennsattel vom Bock, ging in Gilan-

dros Box, zäumte und sattelte den Hengst auf und stülpte sich den Helm über. Dann führte er das Tier aus dem Stall, stieg auf, ritt im Trab auf die Bahn und meldete sich mit Handzeichen bei Cremer an. Im Arbeitsgalopp suchte er Anschluß an die Gruppe und hielt den Trainingsabstand zu den anderen Pferden beim Speed ein, nach vorn zwei, zur Seite einen Meter. Er hob den Körper an, stand mit gebeugten Knien in den Steigbügeln, entlastete den Pferderücken und war mit dem Tier im Gleichgewicht. Als Gilandro schön warm geworden war, steigerte Christian das Tempo, um sich aus der Mitte des Pulks zu lösen.

In diesem Moment riß der rechte Steigbügelriemen. Das Pferd, verwirrt durch das plötzlich geänderte Gleichgewicht, kam aus dem Takt. Christian stürzte über die rechte Schulter auf die Bahn. Die nachfolgenden Reiter konnten ihm gerade noch ausweichen. Gilandro machte sich mit langen Sprüngen selbständig.

Cremer rannte herbei, beugte sich über den bewegungslosen Christian und brüllte Klaus zu: »Reit zu Ella und ruf den Notarzt an!«

2

Stallratten

Über die Haussprechanlage benachrichtigte Schwester Henni den Stationsarzt der Chirurgie, daß der Patient von Zimmer 23 vor geraumer Zeit das Bewußtsein wiedererlangt habe und zu einem Gespräch bereit sei. »Er ist außerordentlich besorgt, Doktor, weil er Angst hat, ein paar wichtige Termine zu verpassen. Bares Geld, sagt er.«
Dr. Garbe griff den Bericht »Adler, Christian« vom Schreibtisch und fuhr mit dem Paternoster in seine Station. Christian hing am Tropf, sein Körper war nach der Operation an der Wirbelsäule mit einigen Pfund Gips ruhiggestellt worden, Schwester Henni tupfte sein blasses Gesicht mit einem feuchten Tuch ab.
»Wie geht's uns?« fragte Garbe. »Haben wir Schmerzen?«
Christian brachte einen Uraltscherz an. »Nur, wenn ich lache.«
Der Arzt lächelte pflichtschuldig, doch die Antwort zeigte ihm, der Patient war voll da. »Wollen wir mal unsere Hände bewegen?«
Für den Test war der Plural angebracht, denn Garbe ließ die eigenen Finger flattern, und Christian machte es ihm nach. »Sehr schön, Herr Adler, wir sind ganz auf der Höhe. Und nun liegen wir ganz ruhig und tun gar nichts. Und das wird einige Wochen so bleiben. Bewegen wird sich hier nur Schwester Henni.«
»Das geht nicht, Doktor! Ich habe Engagements für ein Dutzend Rennen. Ich muß Sonntag nach Paris, und ich muß mit dem Training für Deauville und Brüssel beginnen.«
»Deauville ist ein herrlicher Badeort mit einem wunderschönen Strand«, schwärmte Dr. Garbe. »Aber wissen Sie, was

mich angerührt hat bei aller Exklusivität? Die Fischer ziehen noch heute ihre Kutter mit der Seilwinde an Land und mit einer Umlenkrolle hinaus ins Meer. Wie vor siebzig Jahren.«

»Ich will nicht zum Fischen hinfahren«, räsonierte Christian. »Ich bin in Deauville für drei Rennen gemeldet. In Paris für zwei und in Brüssel auch für zwei. Ich habe gute Verträge, und ich brauche die Kohle!«

»Wann ist das Rennen in Paris?« fragte Garbe.

»Sonntag.«

»Das ist morgen«, verkündete der Arzt, und es schien ihn heiter zu stimmen. »Paris können wir vergessen, und die anderen Rennen auch. Wir werden kaum in der Verfassung sein, zu reiten. In den nächsten Wochen jedenfalls nicht.« Er zögerte, öffnete den Schnellhefter mit dem Krankenblatt und verbesserte sich: »In den nächsten Monaten nicht.«

»Unsinn, Doktor! Ich habe schon einige Unfälle hinter mir und alle gut überstanden. Das gehört zum Job.«

Dr. Garbe zeigte auf Christians Körper. »Den haben wir nicht so gut überstanden. Oder waren wir der Ansicht, mit zunehmender Routine überstehen wir Reitunfälle immer besser? Mein lieber Herr Adler, was wir hier haben, ist keine angeknackte Rippe, kein ausgekugeltes Schultergelenk und kein Schlüsselbeinbruch. Das ist ein Wirbelbruch, genauer, Bruch des linken Dornfortsatzes im ersten Lendenwirbel.«

Christian bekam ein seltsam trockenes Gefühl im Hals. Sein Herz klopfte schneller. Fast krächzend fragte er: »Und das bedeutet? Sagen Sie's ruhig, ich halte das aus! Ich bin kein Feigling! Querschnittslähmung?«

Gegen Christians Erwartung blieb Garbes Gesicht freundlich. »Das Rückenmark ist nicht geschädigt.«

»Ist das sicher, oder kann es einen Irrtum geben?« fragte er ungläubig und erleichtert zugleich.

»Ganz sicher. Bei der Operation gestern habe ich mich davon überzeugen können.«

»Und wie geht das nun weiter?«

»Ich möchte mich so ausdrücken, Herr Adler: Mit diesem Unfall ist die Vorentscheidung für einen Berufswechsel gefallen. Im normalen Alltag werden wir, wenn alles ausgeheilt ist, von der Fraktur nichts merken. Vielleicht können wir uns auch mal auf ein Pferd setzen. Ganz vorsichtig natürlich. Aber Rennen reiten – das ist nicht drin! Die Wirbelsäule ist nicht mehr voll belastbar.«

»Aber ich bin Jockey von Beruf!« brüllte Christian enttäuscht. »Etwas anderes kann ich nicht.«

»Wir *waren* Jockey«, verbesserte Garbe beherrscht. »Und wenn wir unbedingt wollen, können wir auch Galopprennen reiten, Herr Adler, aber längstens beim dritten Start fallen wir vom Pferd – als Krüppel.«

»Das kann nicht Ihr Ernst sein.«

»Glauben Sie, wir scherzen hier miteinander?« Garbe tätschelte aufmunternd Christians rechten Handrücken, was der jedoch als Beileidsbezeugung auffaßte. »Schwester Henni wird Ihnen jetzt ein Beruhigungsmittel geben, und dann kommt Besuch, Herr Adler. Der wird Sie auf andere Gedanken bringen.«

Er ging nicht, er schritt davon; Schwester Henni flößte Christian mit einem Schluck Wasser zwei Tabletten ein, ließ Monika ins Krankenzimmer und verschwand ebenfalls.

Er wandte mühsam den Kopf. »Hallo, du.«

Monika war nicht ganz sicher, wie sie sich verhalten sollte einem Mann gegenüber, der einen schweren Unfall und eine schwere Operation hinter sich hatte. »Wie geht es dir?«

»Du, ich weiß nicht, wie ich die Frage beantworten soll. Fabelhaft? Beschissen? Das kommt auf den Standpunkt an, von dem aus man die Sache betrachtet. Ich habe nämlich eben vom Doktor erfahren, daß ich nie wieder reiten kann.« Er bekam feuchte Augen. »Das muß dich doch freuen...«

»Oh, Christian, das tut mir verdammt leid.«

»Na, du, mach mir nichts vor! Du hast dir doch immer gewünscht, daß ich nicht reite.« Er versuchte zu lachen, doch

das gelang ihm nicht. Mit schwacher Handbewegung zeigte er an seinem Körper entlang. »So beende ich meine Karriere, eingewickelt wie eine Mumie. Möchtest du mit einer Mumie zusammenleben?«
»Wenn ich bloß wüßte, wie ich dich trösten kann.«
Er gab sich Mühe, heiter zu wirken. »Ich weiß, wie.«
»Na?«
»Ich rutsche ein bißchen zur Seite, und dann ist hier Platz für zwei.« Er pochte gegen die Gipsunterlage. »Du mußt natürlich helfen, das schwere Ding rüberzuschieben.«
»Gib nicht so an.« Monika weinte plötzlich, weil sich ihr die Vision aufdrängte, Christians aufgesetzte Heiterkeit solle sie darüber hinwegtäuschen, daß er nach seiner Entlassung aus dem Krankenhaus für immer im Rollstuhl sitzen müßte.
Er runzelte die Stirn. »Warum heulst du denn auf einmal?«
»Weil ich mir vorstellen kann, wie das ist.«
»Was? Hier zu liegen?«
Sie schüttelte schluchzend den Kopf, wollte jedoch mit der Sprache nicht heraus.
»Monika, was ist denn los?«
Sie kramte umständlich nach einem Taschentuch und flüsterte stockend: »Im – im Rollstuhl.«
Christian suchte ihre Hand und drückte sie beruhigend. »Keine Querschnittslähmung. Kannst du vergessen. Das Rückenmark ist von der Fraktur nicht beschädigt worden. Dr. Garbe hat's mir versichert.«
»Gott sei Dank!« Monikas Kummer war wie weggeblasen. Befreit gab sie ihm einen Kuß.
Christian brachte ein verunglücktes Grinsen zustande. »Junge, Junge, was erst alles passieren muß, damit du mich mal wieder küßt.«
Monika wurde sofort angriffslustig. »War das meine Schuld? Deine Lisas und Silvias, oder wie sie alle heißen, waren mir immer im Weg!«
»Monika!« warnte er.

Sei schluckte einmal und beherrschte sich. »Was schätzt du – wie lange mußt du liegen?«
»Vier, fünf Wochen bestimmt.«
»Dann gibt's wenigstens keine Drängelei...«
»Wieso?«
»Weil dich so viele besuchen wollen«, sagte sie.
»Das wird hart«, stöhnte Christian.
»Es kommt noch härter.« Monika hob eine Hand und streckte rechnend nacheinander die Finger aus. »Wenn du in fünf Wochen wieder laufen kannst, findet gerade der Wohltätigkeitsball von deinem Busenfreund Gruber statt.«
»Ohne mich!«
»Bist du verrückt? Alle gehen hin. Du kannst dich nicht ausschließen.«

Das Orchester spielte sanftesten Swing, der sich anhörte, wie jene aus verkaufspsychologischen Gründen ausgewählte Hintergrundmusik in Supermärkten oder wie der Melodienreigen, der beim Landeanflug von Linienmaschinen aus Kabinenlautsprechern rieselt und Passagiere beruhigen soll. Die Stimmung hielt sich in Grenzen. Ungebremster Frohsinn konnte weder durch die Musik noch beim Gedanken an die pro Nase gezahlten 500 Mark für den Eintritt aufkommen. 12 Musiker, 10 Kellner und 150 Gäste trugen Abendgarderobe. Die Noblesse der Veranstaltung konnte nicht über den Verdacht hinwegtäuschen, es handele sich womöglich um eine heitere Trauerfeier.
Ein sanfter Schock durchfuhr die Gäste, als das Orchester einen Tusch intonierte. Hans-Otto Gruber sprang locker auf das Podium. Er trug einen neuen Smoking und verstellte, wie ein Profi, das Mikrofon auf seine Mundhöhe. »Sehr geehrte Herren, meine verehrten Damen. Der Abend hat zwar erst begonnen – trotzdem möchte ich Ihnen bereits ein Ergebnis mitteilen. Durch Ihre hochherzige Teilnahme an dieser Veranstaltung sind 75000 Mark zusammengekommen. Ich

freue mich, daß meine Idee für diese Wohltätigkeitsaktion bei Ihnen auf so fruchtbaren Boden gefallen ist. Ich habe mir erlaubt, diese Summe auf 150000 Mark aufzustocken.«
Silvia Gruber applaudierte sofort, und alle anderen Gäste spendeten gemäßigten Beifall.
»Ich darf den Scheck an den ›Fonds zur Unterstützung bedürftiger Jockeys und Bereiter‹ weiterreichen.«
Programmgemäß betrat ein ehemaliger Jockey das Podium, ließ sich von Gruber den Scheck überreichen und anschließend die Hand schütteln. Gruber nickte dem Dirigenten zu, und der gab das Zeichen zu einem weiteren Tusch.
»Und nun, meine Damen und Herren, viel Vergnügen noch heute abend!« Mit saloppem Sprung verließ Gruber das Podium, forderte Silvia auf und eröffnete die Lustbarkeit mit einem Wiener Walzer.
Weil das Parkett sich schnell füllte, sagte Christian zu Monika: »Wenn ich bloß wüßte, wann wir zum letztenmal getanzt haben. Kannst du dich erinnern?«
»Bei unserem Polterabend.«
»Ehrlich? Dann darf ich aber mal bitten, Gnädigste.«
»Übernimm dich nicht.«
»Tanzen ist für meinen Rücken die reinste Therapie.« Er sah zu Gruber, der mit Silvia vorbeitanzte. »Wie lässig der Kerl das gesagt hat: ›Ich habe mir erlaubt, die Summe auf 150000 aufzustocken.‹ Damit hat er sich bei einigen Leuten hier sicher Respekt verschafft.«
Monika suchte Tuchfühlung bei ihrem Mann. »Du kannst mich ruhig fester in den Arm nehmen. Du mußt mich doch führen. Hast du das verlernt?«
Doch da lenkte Gruber seine Frau nahe an Christian heran.
»Was macht das werte Befinden, Herr Adler?«
»Danke, ich muß zufrieden sein.«
»Man munkelt, Sie können nicht mehr als Jockey arbeiten?«
»Ja – aber das kann Ihnen ja schnurz sein. Sie wollten mich sowieso nicht mehr auf Ihren Pferden sehen.«

»Trotzdem werde ich mich doch um Ihre Zukunft sorgen dürfen. Wissen Sie schon, was Sie jetzt machen werden als Invalide?« Ihm ging das hemmungslos über die Lippen.
»Machen Sie sich keine Sorgen. Ich werde Ihrem Fonds nicht zur Last fallen.« Mit zwei Drehungen brachte er Monika aus dem Dunstkreis der Grubers.
»Ein Ekel!« schimpfte sie.
»Da hast du recht.«
Monika hatte noch einen Joker im Ärmel. »Wie seine Frau!«
»Ich laß mich von dir nicht provozieren«, erklärte Christian fröhlich. »Außer dir kenne ich keine Frau, mit der ich zusammenleben möchte.«
»Danke für das Kompliment.«
»Das ist kein Kompliment, Monika.« Er küßte sie. »Das ist eine Liebeserklärung.«
Heidelinde von Schönermarck machte Gräfin Luise auf die turtelnden Adlers aufmerken. »Was werden Sie denn jetzt machen ohne Ihren Stammjockey?«
»Tut mir leid, im Augenblick fällt mir keine befriedigende Antwort ein. Ich habe einen erstklassigen Reiter verloren.«
»Wir lassen fast nur von ausländischen Jockeys reiten«, plapperte Heidelinde.
»Diesen Starjockeys sind unsere Pferde oft nicht gut genug«, nörgelte Emanuel, und es klang, als rede er über Ungeziefer.
Heidelinde war völlig seiner Meinung. »Ja, ich verstehe das auch nicht. Meine Tiere sind doch wirklich schön, und sie waren alle nicht billig.«
»Liebe Frau Heidelinde«, sagte Luise, »das ist wohl das Problem: Schönheit allein zählt nicht bei Rennpferden. Da muß man schon mal eine Ramsnase oder einen Hechtkopf in Kauf nehmen.«
»Ich kenne diese Theorie. Aber ich bleibe dabei: Nur ein schönes Pferd ist auch ein schnelles Pferd. Nicht wahr, Emanuel?«

Er rächte sich in netter Form für allerlei Ungemach, das sie ihm mit ihrem Pferdeverstand zugefügt hatte. »Hundertfünfzig Jahre Galopprennen sprechen gegen dich.«
»Fall mir nicht in den Rücken«, drohte Heidelinde. »Ich werde meine Ansicht beweisen, und wenn ich noch hundert Pferde dazukaufen muß!«
Emanuel blickte Luise hoffnungslos an. »Haben Sie das gehört?« Er legte eine Hand verzichtend auf seine Brust. »Bald trifft's einen Armen.«
Der Walzer lag in den letzten Zügen, und Christian brachte Monika zum Tisch zurück. »Ich lass' dich mal für ein paar Sekunden allein. Ich muß dringend mit Dieter sprechen.«
Homburg hatte die gleiche Idee, die beiden Männer trafen in der Mitte der Tanzfläche aufeinander und komplimentierten sich gegenseitig an die Fensterfront des Saales.
»Ich wollte mich bei dir entschuldigen«, sagte Homburg, »daß ich dich im Krankenhaus nicht besucht habe. Eher als erwartet sind die zwölf Pferde angekommen, die ich für den Scheich trainieren soll. Die neuen Boxen waren noch nicht fertig, Heu und Stroh mußte ich erst mal im Freien unter Planen lagern, und dann kam dieser Sturm, alles flog weg und wurde naß. Ein Chaos, kann ich dir flüstern.«
»Und Al-Hakim? Was sagt der?«
»Er war sehr betrübt, als er von deinem Unfall hörte. Er hatte sich viel davon versprochen, daß du als Stalljockey zu mir kommen wolltest. Ich natürlich auch...«
»Da sind wir genau beim Thema. Ich muß dir unbedingt die 70000 Mark Vorschuß zurückzahlen. Aber im Augenblick weiß ich beim besten Willen nicht, wovon. Kannst du mir noch ein bißchen Zeit lassen? Zum Beispiel – bis ich Samurai verkauft habe?«
»Komm, mir geht's im Augenblick sehr gut. Mach dir keine Gedanken. Wenn du mir das Geld erst in ein paar Monaten wiedergibst, soll's mir recht sein.«
»Mir fällt ein Stein vom Herzen. Ich danke dir.«

»Mach mich nicht verlegen, Junge! Erzähl lieber mal, was du für Ideen hast. Von irgendwas muß der Rubel ja rollen. Willst du bei deiner Frau im Laden Reizwäsche verkaufen?«
Christian dachte an Wolf Cremer und sagte: »Es gibt schon eine Idee, ja, aber die ist nicht von mir und auch nicht spruchreif.«
»Untersteh dich, einen Trainingsstall aufzumachen und mir die Besitzer wegzuschnappen«, warnte Homburg lachend und winkte Monika zu. »Ich tanze jetzt mit deiner Frau, wenn's genehm ist.«
Christian fühlte sich nicht wohl in seiner Haut. Es gehörte nur wenig Phantasie dazu, sich auszumalen, was aus seiner Freundschaft zu Dieter Homburg werden würde, wenn er dem Vorschlag von Gräfin Hayn-Hohenstein folgte, Partner von Cremer zu werden. Ein bedrückender Gedanke.
Er ging zum Tisch der Gräfin, forderte sie zum Tanz auf und schluckte die spöttische Antwort: »Nett, daß Sie sich einer einsamen alten Dame erbarmen.« Sie hob die Stimme. »Folgen Sie dem eigenen Triebe?«
»Warum so ironisch? Es ist mir ein Vergnügen.«
»Das kann ich mir schwer vorstellen – nachdem Sie mit Dieter Homburg gesprochen haben. Zwischen Ihnen und ihm besteht doch eine feste Abmachung, oder? Was wird daraus, wenn Sie nicht mehr reiten können?«
»Ich weiß es nicht.«
»Sie haben nicht mit ihm darüber gesprochen?«
»Andeutungsweise.«
»Und das Ergebnis?« Sie winkte freundlich ab. »Das heißt, Sie müssen mir jetzt nicht antworten. An ihrem ungehemmten Mitteilungsbedürfnis kann ich erkennen, daß es schon amüsantere Gespräche für Sie gegeben hat als das mit Homburg. Wie wär's denn, wenn Sie morgen nachmittag zu mir kämen? Auf ein Wort, wie man so sagt.«
Obwohl er genau wußte, was ihn erwartete, fragte er: »Darf ich wissen, um was es geht?«

»Ich will verhindern, daß Sie Ihr Leben als Eintänzer beschließen.« Sie vergewisserte sich, ob interessierte Ohren um sie herum tanzten. »Ich habe Ihnen vorgeschlagen, das ist einige Wochen her, vom Jockey zum Trainer umzusatteln und mit Wolf Cremer zusammen meine Pferde zu betreuen. Finden Sie nicht, daß jetzt der Zeitpunkt gekommen ist, nochmals über diesen Plan zu sprechen?«

Mit Elan deckte Theresa den Kaffeetisch. Christian war gekommen, und er hatte gerufen: »Hallo, mein Schatz!«
Das spornte sie unheimlich an. Alle Dickmacher schob sie in seine Reichweite: Schwarzwälderkirsch-, Sahnenuß- und Eissplittertorte, Schlagcreme, Kaffeesahne und Zucker. Als sie schließlich auf die Terrasse bat, stand er erschüttert vor dem demonstrativen Angriff auf seine schlanke Linie. »Theresa! Sie wissen doch, ich darf so was nicht anrühren.«
»Wieso nicht?«
»Weil ich mein Gewicht halten muß.«
Gräfin Luise schaute ihn perplex an. »Warum müssen Sie jetzt unbedingt Ihr Gewicht halten? Für wen? Ah, ich weiß! Weil Ihnen sonst Ihre Hosen zu eng werden. Etwas anderes kann es doch nicht sein.«
Da fiel es ihm wie Schuppen von den Augen. »Natürlich, Sie haben völlig recht. Den Jockey Adler gibt's gar nicht mehr. Theresa, ich nehme zuerst Schwarzwälderkirsch mit Schlagsahne.«
Theresa verirrte sich in einen mütterlichen Tonfall. »Genießen Sie Ihr neues, süßes Leben. Ein bißchen Speck auf den Rippen wird Ihnen gut stehen, glauben Sie mir.« Beifallheischend blickte sie zu Luise, doch in deren Augen las sie nur die stumme Aufforderung: »Verschwinde!«
Nachdem die Terrasse zur hausdamenfreien Zone geworden war, begann Christian: »Dann setzen wir unser Gespräch von gestern fort, ja? Vor einigen Wochen sagte ich Ihnen, daß Ihr Plan von der Partnerschaft Cremer/Adler ein Schuß in

den Ofen werden wird. Ich bin zwar heute noch dieser Meinung, aber ich lehnte damals vor einem anderen Hintergrund ab. Für mich hat sich die Lage nun geändert, für Wolf nicht. Und weil ich nicht nur rumsitzen kann, und weil ich gerne mit Pferden arbeite, freue ich mich, daß Sie mir Ihre Tiere anvertrauen wollen.«

»Sie werden eines Tages ein guter Trainer sein. Und von Wolf Cremer können Sie viel lernen – so viel wie von keinem sonst«, sagte Luise.

»Sicher. Aber er wird eine Kooperation, ganz gleich mit wem, nie akzeptieren. Für ihn spielt es auch keine Rolle, daß ich mit ihm befreundet bin. Der Mann ist nun mal ein Einzelgänger. Ich wüßte auf Anhieb nicht zu sagen, wie ich seine harte Schale knacken soll. Es wird sich mit Händen und Füßen wehren.«

»Ich sagte schon damals: Er muß klein beigeben. Wolf ist ohne Juniorpartner überfordert. Und wenn sich in seinem Stall nicht schnell was ändert, läßt sich die Pleite nicht länger verheimlichen. Sie kennen doch die Verhältnisse bei ihm gut genug.«

»Gräfin – Ihr Plan hat für meine Begriffe einen Haken.«

»Sagen Sie Ihre Einwände«, forderte sie. »Auch ich kann noch lernen.«

»Sie sagten, Sie lassen Ihre Pferde nur bei ihm, wenn er mich als Juniorpartner akzeptiert. Ich finde das vom Ansatz her nicht richtig, dem Mann zu drohen: Entweder Partner oder keine Pferde. Er wird sich dann nur noch mehr abkapseln.«

Luise musterte ihn aufmerksam. »Da ist was dran. Sie haben völlig recht. Ein grober psychologischer Fehler. Eine andere Taktik muß her.« Sie stürzte sich förmlich auf ein großes Stück Eissplittertorte, als käme der Weisheit letzter Schluß durch den Magen. »Zu was wir uns auch entschließen, mein Vorschlag ist ihm nicht neu.«

»Und was sagte er?«

»Nein.«

»Na, sehen Sie.« Er zeigte auf ein unbenutztes Gedeck. »Wozu dann diese Kuchenmassen und das dritte Gedeck?«
»Erstens ist Wolf ein Süßschnabel, und zweitens werden wir mit ihm so lange über die Sache reden, bis er zustimmt. Dazu braucht er Proviant. Ganz einfach.«
»Ganz einfach? Torte macht ihn weich? Wenn das zu Ihrer neuen Taktik gehört, kann das nur heiter werden. Habe ich auch eine Rolle in dem Stück?«
Luise lehnte sich behaglich zurück und verkündete ihren Schlachtplan: »Was ich auch sage, Sie müssen mir widersprechen.«
»Im Ernst?«
»Ja. Und mich angreifen. Sie werden sehen, er wird meine Partei nehmen. Und wenn er was sagt, müssen Sie ihn unterstützen. So lange, bis er *mich* angreift. Sie werden sehen: Ehe wir's gewahr werden, ist das Geschäft unter Dach und Fach.«
»Sind Sie nicht ein wenig zu optimistisch in bezug auf die Taktik?« fragte er skeptisch.
»Absolut nicht. Ich verrate Ihnen etwas.« Sie hob die Hände und hielt sie in Halbmeterdistanz auseinander. »Ich habe bereits so ein großes Einweihungsgeschenk anfertigen lassen. Raten Sie mal, was draufsteht.« Sie wandte sich um und rief zum offenen Bürofenster: »Theresa, halten Sie mal das Ding raus!«
Ihre Hausdame schob ein Schild ins Freie. Auf dem las er: WOLF CREMER – CHRISTIAN ADLER – TRAINER. Und er sagte: »Ganz schön mutig, Gräfin!«
»Mutig? Das ist mein Optimismus, Christian Adler!« Sie schaute auf ihre Uhr und zeigte gebieterisch auf den Kuchen. »Nehmen Sie sich Torte, und verpatzen Sie Ihre Einsätze nicht, wenn Wolf am Tisch sitzt. Er kommt gleich.«
Auf die Minute pünktlich grummelte der Motor von Cremers altem Landrover auf den Schloßhof und erstarb mit satter Fehlzündung im Auspuff. Wolf kam durch den Garten und

von dort über die Freitreppe auf die Terrasse. »Hallo, Luise! Hallo, Christian! Was habt ihr denn bekakelt?«
»Setzen Sie sich erst und nehmen Sie sich von der Torte.« Luise goß ihm Kaffee in die Tasse und tat unaufgefordert drei Stück Zucker hinein. »Sie erinnern sich, Wolf, ich habe sie vor Wochen gefragt, ob Sie sich mit dem Gedanken befreunden könnten, einen jüngeren Partner aufzunehmen. Sie sagten damals strikt nein. Trotzdem habe ich mit diesem Gedanken weitergespielt. Ich sprach mit Lutz Mader, ein glänzender Jockey, wie Sie wissen, der alle Voraussetzungen mitbringt, die für das Management eines Trainingsstalles notwendig sind.«
»Engländer«, knurrte Cremer.
»Deutsch-Kanadier«, verbesserte Luise. »Er hat auch ein paar Besitzer an der Hand, die den Stall wechseln wollen.« Sie blickte Christian auffordernd an.
»Das fehlte noch, daß Wolf sich von einem Kanadier auf der Nase rumtanzen läßt«, sagte Christian, »bloß weil der ein paar Gäule mitbringt. Eine gedeihliche Arbeit wird das nicht.«
»Aber dabei hat doch das eine mit dem anderen nichts zu tun«, verteidigte Luise ihren Plan. »Wolf ist der Trainer, und Lutz Mader ist der Manager. Wenn der eine dem anderen nicht in die Arbeit hineinredet, geht das primissima.«
»Kanadischer Jockey«, äußerte Christian abwertend. »Ich weiß aus vielen Rennen, wie der reitet. Wenn er auch als Mensch so ist, dann gute Nacht!«
»Na schön, ich habe ihn auch auf der Bahn gesehen«, gab Luise zu. »Sein Stil ist nicht gerade berauschend. Das hat mir natürlich zu denken gegeben. Deshalb habe ich, quasi zur Auswahl, mit Christian einen kleinen Test gemacht, weil ich ihn auch für geeignet halte, Ihr Partner zu sein.« Wieder schickte sie Christian den ihm schon bekannten Einsatzblick.
»Ich? Wolfs Partner?« brauste er auf. »Ich kann nichts weiter

als reiten. Ich wäre für ihn keine Hilfe, sondern nur eine Belastung. Und neue Kundschaft bringe ich auch nicht mit. Nee, alles was recht ist – dann schon lieber Lutz Mader. Die Sache hat wenigstens geschäftlich Hand und Fuß.«
Luise tat, als wäre sie ganz ratlos und dächte verzweifelt nach, wie der Gordische Knoten zu lösen sei. »Ja, Christian wäre der falsche Mann – vielleicht rauft Wolf sich mit Mader zusammen.«
»Nie!« brummte Wolf mürrisch.
»Man soll nie ›Nie‹ sagen«, erklärte sie. »Was meinen Sie, Christian?«
»Ich respektiere Wolfs Meinung. Und wenn Sie *mir* den Vorschlag antragen würden, Partner von Lutz Mader zu werden, dann, entschuldigen Sie, würde auch ich ablehnen.«
»Christan Adler«, rief die Gräfin empört. Sie hielt sogar die Luft an, damit sie ein zornrotes Gesicht bekam. »Ich hätte nicht gedacht, daß Sie eine so engstirnige Weltanschauung haben!«
»Moment mal, Luise!« schaltete Cremer sich ein. »Sie können Christian nicht deshalb beschimpfen, weil er nicht auf Ihrer Seite steht.«
»Sondern auf Ihrer, Herr Cremer! Das fehlte mir! Ich zerbreche mir Tag und Nacht meinen Kopf, wie Ihre Talfahrt gestoppt werden kann, und was geschieht? Zwei Männer, von denen ich glaubte, sie seien so etwas wie Freunde, fallen mir in einer Weise in den Rücken, die ich nicht akzeptieren kann! So lasse ich mich nicht kujonieren, Herr Cremer! Nicht von Ihnen, und auch nicht von Ihnen, Herr Adler!« Voller Trotz erhob sie sich und suchte Zuflucht im Garten.
Cremer war echt erschrocken. »So in Fahrt habe ich sie selten erlebt. Und ich kenne sie schon recht lange.« Er blies die Wangen auf und pustete die Luft erleichtert aus. »Das hätte sie sich doch an fünf Fingern abzählen können, daß wir beide einer Meinung sind. Da könnte ich die Wände hochgehen, wenn ich so was höre! Kanadier! Und 'ne trübe Tasse oben-

drein. Zweimal im letzten Jahr habe ich gesehen, daß er nach dem Start nur hinterhergeritten ist, damit der Gaul seine aktuelle Form nicht zeigt und beim nächsten Rennen kein Aufgewicht zudiktiert bekommt. Hat gut geklappt. Sein Zosse wurde Überraschungssieger und brachte gute Wettquoten. Und der bei mir im Stall? Nee, vielen Dank, Gräfin Hayn-Hohenstein!«
Christian schaute in die Gartenanlagen und machte einen Vorschlag zur Güte: »Ich meine, ihre Grundidee war nicht schlecht, oder? Du brauchst wirklich jemanden, mit dem du mal reden kannst, wenn dir die Galle hochkommt.«
»Aber nicht Mader!« begehrte Wolf auf. »Bei aller Freundschaft zu Luise – der Mann kommt nicht über meine Schwelle, und wenn ja, nur über meine Leiche!«
»Das ist ja nun klar, und das hat sie sicher begriffen. Ich weiß ja nicht, ob sie dich schon gefragt hat, wen du als Partner anerkennen würdest. Wenn sie das wüßte, wäre sie sicherlich nicht mit einem so verrückten Vorschlag gekommen. Mader – so was Dummes.«
»Dann schon eher dich«, murmelte Cremer.
»Ich bin der falsche Mann. Hast du ja eben gehört.«
»Ach, was weiß *sie* denn?« Entschlossen trank Cremer seinen Kaffee aus und stand auf. »Ich geh' mal zu ihr in den Garten.«
»Was willst du ihr denn sagen?«
»Keine Ahnung. Irgendwas Nettes.«

Drei Wochen später prangte am Eingang zum Stallkomplex das neue Schild WOLF CREMER – CHRISTIAN ADLER – TRAINER. Alle Zäune waren frisch gestrichen worden, zwei neue Stallburschen, Thomas und Peter, arbeiteten auf dem Hof; Ellas Laune hatte sich entschieden gebessert, aber in den Ställen standen noch immer nur die zehn Pferde von Gräfin Hayn-Hohenstein und Adlers Samurai.
Jockeylehrling Klaus rollte vor dem Morgentraining eine

Karre Mist aus einer Box, und Christian fragte ihn: »Alles in Ordnung mit den Tieren, mein Freund?«
»Ich glaube, ja.«
»Du bist ja ein richtiger Witzbold! Oder bist du so wahnsinnig im Streß? Könntest du Herrn Cremer mit so einer Auskunft abspeisen? Ich will nicht wissen, was du glaubst.«
»Silberauge hat das Futter nicht angerührt«, gab Klaus zu.
»Und das Heu?«
»Auch nicht.«
»Na, siehst du, das ist eine richtige Nachricht. Komm.« Christian ging voran in die Box des Pferdes, schaute ihm ins Maul, in die Augen und tastete seine Flanken ab. »Bring ihn mal raus. Draußen sieht man mehr als hier im Stall. Und dann sieh zu, daß seine Box piekfein wird.«
Klaus führte Silberauge hinaus, und Christian untersuchte gründlich Mittelfuß, Fessel, Saumband, Krone und Zehenlederband der Hufe, ließ das Tier die Füße heben und kontrollierte die Hufsohlen.
Wolf, der niemandem Initiative und Entscheidungsfreude zutraute, erschien sofort auf dem Hof. »Was ist los?«
Christian hatte den linken Vorderfuß des Pferdes auf dem Oberschenkel. »Mürbes Hufhorn.«
»Wer kümmert sich um das Tier?« fragte Cremer streng.
»Ich«, sagte Klaus.
Cremer blickte ihn vernichtend an. »Mangelnde Pflege, ganz eindeutig. Hast du ihm ordentlich die Hufe getrocknet?«
»Ja. Sorgfältig.«
»Hast du seine Box frisch eingestreut?«
Klaus zeigte auf die Mistkarre. »Ich bin dabei.«
»So, du bist dabei!« Cremers Stimme klang ätzend. »Das heißt, er hat bis jetzt im nassen Stroh gestanden! Kein Wunder, daß das Horn ausbricht! So etwas passiert nicht über Nacht! Das muß schon seit Tagen so sein. Wenn dir deine Arbeit zuviel wird, mußt du das sagen. Wir haben zwei neue Leute eingestellt.«

»Mürbes Hufhorn kann tausend Ursachen haben«, versuchte Christian die Wogen zu glätten. »Der Junge muß nicht unbedingt daran schuld sein.«
Das paßte Cremer nicht. »Wenn du's besser weißt, überlass' ich die Sache gern dir!« Wütend ging er in die Futterkammer.
Christian sah ihm kopfschüttelnd nach und wies Klaus an: »Pinsele den Huf mit Terpentin ein. Das härtet das Horn. Alles nicht so tragisch.« Er lief hinter Cremer her, um ein bißchen die Luft herauszulassen.
In der Futterkammer hob Wolf einen Sack hoch, öffnete ihn und schüttete den Inhalt in die große Holzkiste. »Ich will dir mal was sagen, Christian! Wenn ich was mit den Leuten berede, brauchst du dich nicht einzumischen.«
Ist das gute Einvernehmen schon zu Ende, bevor die Partnerschaft richtig begonnen hat? überlegte Christian. Wie soll das werden, wenn Wolf schon bei Kleinigkeiten aus der Haut fährt? Cool fragte er: »Warum hast du schon morgens so beschissene Laune? Schlecht geschlafen?«
Wolf stand kurz vor der Explosion. »Hör mal, wenn wir Partner sein wollen, dann mach mich nicht an!«
»Wir *sind* Partner!«
Wolf schien plötzlich zu begreifen. »Okay, okay, ich weiß. Nimm's nicht krumm. Ich bin halt daran gewöhnt, alles allein zu machen. Ich muß mich erst umstellen.«
»Kein Problem, Wolf, wir kriegen das gemeinsam schon hin. Klaus ist ein guter Lehrling. Von Peter und Thomas bin ich nicht restlos überzeugt. So wie ich das sehe, brauchen wir zwei Dinge, einen guten Stallmeister, denn sonst haben wir mit der Arbeitsmoral im Stall ständig Sorgen.«
»Gute Stallmeister wachsen nicht auf Bäumen. Die besten gehen zu den großen Ställen. Wir müssen nehmen, was wir kriegen können. Und was brauchen wir noch?«
»Wir haben zehn Pferde im Training. Mit Samurai elf. Nicht genug. Wir müssen zwanzig haben, um das Existenzminimum zu erreichen.«

Cremer blickte ergeben zum Himmel. »Mir brauchst du das nicht zu erklären. Es werden erst dann mehr Besitzer zu uns kommen, wenn wir Sieger trainieren. Vorher nicht.«
»Ein echter Teufelskreis«, sagte Christian. »Wir bekommen keine Pferde, solange wir nicht ein paar Sieger trainieren, weil wir nicht genug Pferde haben.«
»Genau das!«
»Wenn man in so einem Teufelskreis steckt, kann man nur eines tun«, erklärte Christian weise.
Cremer schaute erwartungsvoll, als käme aus dem Munde seines Partners sogleich die große Erleuchtung. »Verrat's mir auch!«
»Ihn durchbrechen.«
Das schien nicht gerade die große Erkenntnis zu sein.
»Herr Adler, Telefon!« hallte es in diesem Augenblick über den Hof. Ella hielt den Hörer aus dem Bürofenster des Wohnhauses und lächelte dem neuen Partner maliziös entgegen.
»Ihn durchbrechen«, wiederholte Christian, durchdrungen von der Hoffnung, daß ihm dies gelingen möge. Er rannte hinüber ans Fenster, wo ihm Ella den Hörer hinhielt. »Wer ist es denn?«
»Lassen Sie sich überraschen.«
Er nahm den Hörer. »Adler spricht.«
»Silvia Gruber. Warum hast du dich nach dem Ball nicht mal gemeldet?«
Christian fixierte Cremers neugierig lauschende Schwester Ella so lange strafend, bis sie tugendhaft die Schultern hob und das Büro verließ.
»Warum sollte ich?« fragte er. »Ich habe einen neuen Job und sehr viel zu tun.«
Offenbar hielt sie seine Gründe für unglaubwürdig. »So? Darfst du denn schon wieder richtig arbeiten?«
»Natürlich. Ich bin kein Invalide, wie dein Mann meint.«
»Das freut mich für dich, Christian!«

»Deshalb rufst du an? Um dir auf meine Kosten einen prima Freudentaumel zu verschaffen?«
»Warum ziehst du mich durch den Kakao? Ich soll dir was von Hans-Otto ausrichten.«
»Und was? Will er wieder Streit anfangen?«
»Nein, nur reden. Ich glaube, er will dir einen Vorschlag machen. Wenn du's einrichten kannst – heute nach dem Essen. Bei uns zu Hause. In Ordnung?«
»In Ordnung ist es sicher nicht.« Er überlegte, was Gruber auf dem Herzen haben könnte. »Na gut, ich komme vorbei. Aber nicht länger als eine Viertelstunde, sag ihm das. Ich habe ein volles Programm.«
Wie auf Kommando war Ella sofort zur Stelle, als er das Gespräch beendete. Wissend lächelnd nahm sie ihm den Hörer ab und legte ihn auf den Apparat zurück.
»Ich bin für eine Stunde in der Stadt«, sagte er.
»Bei Herrn oder bei Frau Gruber?« fragte Ella anzüglich.

Klaus pinselte die Hufe von Silberauge mit Terpentin ein. Der Hengst, im Stallgang festgebunden, wurde plötzlich unruhig, wandte den Kopf zum Hof, soweit daß die Leine zuließ, und schnoberte. Klaus kam aus der Hocke hoch und sah sich einem jungen Mädchen in Jeans und nicht ganz taufrischer Hemdbluse gegenüber, das interessiert zuschaute. Auf siebzehn schätzte er das gutgewachsene Kind. »Was willst du hier? Das ist ein Privatgrundstück.«
»Ich wollte bloß mal gucken. Bist du der Stallbursche?«
»Gewissermaßen. Was liegt denn an, Schwester?«
Sie klopfte den Hals von Silberauge. »Hat er spröde Hufe?«
»Wieso? Verstehst du was davon?«
»Ich verstehe eine Menge von Pferden, und wenn du Terpentin benutzt, dann weiß ich halt Bescheid. Ich kann dir helfen, wenn du willst.«
»Suchst du 'n Job?«
Sie sah ihn so an, als ob sie in der kurzen Zeit Sympathie für

ihn entwickelt hätte. »Richtig geraten. Ich heiße Margit. Und du?«
»Klaus Schmittgen. Wie bist du denn hergekommen? Hier fährt doch nicht mal 'n Bus. Gelatscht?«
»Fahrrad.« Sie trat näher an ihn heran und dämpfte ihre Stimme. »Ich muß dich leider um etwas bitten. Falls jemand fragt, ob du mich gesehen hast, dann hast du mich nicht gesehen, klar?«
Er blickte sich um, ob vielleicht Tante Ella die Begegnung beobachtete. »Wer sollte denn fragen? Hast du was ausgefressen?«
»Das kann ich dir jetzt nicht so genau erklären. Aber wenn's dich beruhigt: Die Polizei sucht mich nicht. Ich brauche bloß 'n bißchen persönliche Freiheit, wenn du das verstehst.«
Das verstand er, doch als sie sich auf einmal im Stall verdrückte, wurde es ihm schon ein bißchen mulmig. »Margit?«
Sie antwortete nicht. Aber über den geteerten Feldweg, der mit dem Hinweisschild »Nur für Anlieger« gesichert war, rollte ein Pkw auf das Cremersche Anwesen zu und hielt vor dem Tor. Ein Mann und eine Frau stiegen aus. Sie machten einen besorgten, gehetzten Eindruck und gingen sofort auf Klaus zu, der Silberauge zum Stall führte und mit dem Hengst geschickt den Eingang blockierte.
»Kann ich Ihnen helfen?« fragte er.
»Ja! Entschuldigen Sie, daß wir Sie hier überfallen. Mein Name ist Franke.« Er nickte einmal mit dem Kopf zur rechten Seite. »Meine Frau. Sagen Sie, ist bei Ihnen eine junge Dame aufgekreuzt und hat nach einem Job gefragt? Das ist nämlich unsere Tochter.«
Klaus erweckte den Eindruck, als sei er der einsamste Cowboy auf der Welt. »Die Leute kommen nicht zu mir, die einen Job suchen. Die gehen zum Chef, zu Herrn Cremer.«
»Wo finde ich den?« fragte Franke lebhaft. »Oder kann ich mit dem Stallmeister sprechen?«

Klaus blieb bei seiner Rolle als Einfaltspinsel. »Der Chef ist auf der Trainingsbahn, und einen Stallmeister haben wir im Moment nicht.«
»Vielen Dank, dann müssen wir woanders suchen. Komm, Herzchen.« Damit meinte Franke seine Frau.
Sie kehrten zum Wagen zurück, blieben jedoch auf halber Strecke wie angewurzelt stehen und blickten zur Remise neben dem Stall, an deren Wand ein Damenfahrrad lehnte.
»Margits«, stellte Herzchen fest.
Franke drehte sich wieder um, zeigte anklagend auf das Corpus delicti und rief erbost: »Also, junger Mann, wo ist sie?«
Cremer war natürlich nicht mehr auf der Trainingsbahn, sondern auf dem Rückweg zu den Ställen, und wie für ihn üblich, traf er genau zum richtigen oder zum falschen Zeitpunkt auf dem Hof ein. Es kam ganz darauf an, von welcher Warte aus das betrachtet wurde.
Vater Franke nahm gerade den gutgläubigen Klaus in die Mangel, das Mädchen Margit eilte aus dem Stall ihrem Beschützer zu Hilfe, Frau Franke griff zu und zerrte ihre Tochter weg vom Ort der Tat an ihre mütterliche Brust.
»Darf ich erfahren, was hier vorgeht?« brüllte Cremer.
»Er wollte meine Tochter verstecken«, rief Franke.
»Wollte er nicht«, kreischte Margit.
»Meine Tochter hat einen Job gesucht«, klärte Frau Franke die vertrackte Situation.
»Ich komme nicht mit«, weigerte Margit sich. »Ihr könnt mich nicht zwingen!«
»Das wollen wir doch mal sehen.« Franke war sich seiner väterlichen Autorität sicher.
Seiner Frau war der Auftritt in Gegenwart von Cremer und Klaus peinlich. »Laß sie! So geht das nicht! Was macht das denn für einen Eindruck! Margit, hör mir jetzt mal zu!«
»Warum hört ihr *mir* nicht mal zu? Ich will mit Pferden arbeiten und nichts anderes.«
Frankes Entschluß stand so fest wie nie. »Du kommst mit

nach Hause und machst erst deinen Sekretärinnenkursus fertig. Der Mensch muß eine Berufsgrundlage haben. Dann können wir immer noch mal über die Sache reden.«
»Ich will diesen Scheißkursus nicht!«
Cremer verfolgte den Diskurs mit wachsender Nervosität. »Warum unterhalten Sie sich über die Zukunft Ihrer Tochter ausgerechnet bei mir?«
Franke hob entnervt die Arme ein Stück an. »Entschuldigen Sie, Herr...«
»Wolf Cremer.« Er zeigte auf das neue Schild am Tor, um die Besitzfrage eindeutig zu klären.
»Entschuldigen Sie, Herr Cremer, unsere Margit ist auf Ihr Grundstück geflüchtet, und wir haben sie nach langem Suchen hier gefunden.«
Das Mädchen machte sich von Herzchen los. »Weil ich hier einen Job haben möchte. Und ich meine das ganz ernst.«
Frau Franke fühlte sich zu einer Erklärung verpflichtet. »Sie müssen wissen, mein Bruder hatte einen kleinen Reitstall. Nur ein paar Ponys. Margit hat ihre ganze Freizeit dort verbracht.«
»Und seitdem ist sie ganz vernarrt in Pferde«, ergänzte der Vater.
»Freizeit, ja?« Cremer musterte das Mädchen aufmerksam. »Leidenschaft für Pferde, nicht wahr? Aber beruflich im Stall arbeiten, das ist nicht so romantisch, wie du dir das vorstellst.«
»Herr Cremer, ich weiß genau, was ich will, und ich bin nicht aus purem Zufall hier.«
»In deinem Alter weiß man nicht, was man will«, entschied der Menschenkenner Franke.
Cremer hatte plötzlich eine Idee, wie er die verfahrene Situation befriedigend lösen könnte. »Klaus, zeig Margit die Ställe und paß auf, daß sie nicht abhaut. Ich bin mal mit ihren Eltern drüben.« Für die beiden Frankes machte er eine einladende Geste zum Wohnhaus, wo Ella gerade einen der Stall-

burschen davonscheuchte. »Wenn ich Sie bitten darf, mit mir zu kommen.« Und unterwegs erklärte er: »Kinder werden nicht schlau geboren. Was ich hier schon an verkrusteter Pferderomantik erlebt habe, glauben Sie nicht. Lassen Sie Ihre Tochter ein paar Wochen hier. Ich werde ihr reichlich Arbeit geben. Ich garantiere Ihnen, Sie ersparen sich alle Auseinandersetzungen. Nach spätestens einem Monat kommt sie auf den Knien zu Hause angerutscht.«
Franke fand den Vorschlag passabel. »Klingt nicht übel, was, Herzchen?«
Frau Franke war ganz anderer Meinung. Für sie war der Vorschlag ein geschlechtsspezifisches Problem. »Das ist unmöglich. Sie ist ein junges Mädchen.« Eine heikle Feststellung, behaftet mit allen anatomischen Unwägbarkeiten und Geheimnissen. »Herr Cremer meint es sicher gut, aber wir können nicht verlangen, daß er die ganze Zeit aufpaßt, daß Margit...«
»Sprechen Sie sich ruhig aus«, schlug Wolf vor.
»Ach – Sie wissen ganz genau, was ich meine.«
Er öffnete die Haustür und wies auf das Wohnzimmer. »In diesem Punkt kann ich Sie beruhigen.« Er wurde zum Baßbariton. »Ella! Komm mal einen Moment.«
»Brüll nicht so!« verbat sie sich den Rennbahnton und schob sich, da sie auf diesen Augenblick längst gewartet hatte, in all ihrer resoluten Schönheit ins Zimmer. Ihr Lächeln stand in krassem Gegensatz zu ihrer geballten Energie.
»Ella«, sagte Wolf liebenswürdig, »das sind Herr und Frau Franke.« Er wandte den Kopf. »Und das ist meine Schwester Ella. Sie führt meinen Haushalt, und sie ist quasi der Schutzengel des Stallpersonals. Ich kann Ihnen versichern, sie führt ein strenges Regiment.«
»Darf ich erfahren, Wolf, worum es eigentlich geht?«
»Die Tochter von Frankes möchte gerne bei uns anfangen.«
»Als was? Ich hasse ungenaue Auskünfte.«
»Im Stall«, erklärte Cremer.

»Und wo ist sie? Ich sehe sie nicht.« Das klang haarscharf so, als ob sie die Katze nicht im Sack kaufen wollte.
»Sie ist mit Klaus im Stall.«
»Sekunde«, sagte Franke, verließ das Haus und flötete draußen melodisch.
»Unser Familienpfiff«, verdeutlichte Frau Franke.
Ohne große Erwartungen kam Margit aus dem Stallgebäude, und Franke erklärte ihr, wer sie dort drin erwartete. Ihre zur Schau getragene Selbständigkeit schrumpfte, als sie ins Zimmer trat und Ella sie heranwinkte. »Wir werden blendend miteinander auskommen, wenn du dich an ein paar simple Regeln hältst. Wenn nicht, fliegst du so schnell raus, daß du nicht einmal den Boden berührst. Kapiert?«
Margit blieb die Spucke weg. »Ja, Frau Cremer.«
»Du darfst Tante Ella zu mir sagen. So nennen mich die anderen auch.«
Den Pferden zuliebe sagte das Mädchen: »Ja, Tante Ella.«
»Ich hasse Unordnung, und ich hasse Verschwendung. Und ich hasse laute Musik im Zimmer. Gegessen wird, was auf den Tisch kommt.«
»Ja, Tante Ella.«
»Abends hast du um halb elf im Bett zu sein.«
»Halb elf?« fragte Margit ungläubig. »Wo bin ich denn hier?«
»Bei mir!« Ella nickte freundlich. »Sollte es einen besonderen Anlaß geben, darfst du mich fragen, ob du länger wegbleiben kannst. Ich wasche deine Wäsche, aber bügeln mußt du sie selbst. Ich erwarte, daß du im Haus hilfst, wenn du mit den Pferden fertig bist und Zeit hast.«
»Ja, Tante Ella.«
»Ich sehe schon, wir werden prima miteinander auskommen, und ich denke, du wirst dich hier wohl fühlen, Margit. Wenn nicht, ist das deine eigene Schuld.«
Die zufriedenen Eltern Franke verließen das Haus Cremer in der angenehmen Hoffnung, ihre Tochter bald geläutert, von

Pferden geheilt und zum Sekretärinnenkursus bereit in die Arme schließen zu können.

Butler Georg öffnete die Eingangstür zum Gruberschen Penthouse, erkannte Christian Adler und verzog keine Miene, als er sich unziemliche Äußerungen erlaubte. »Sie wünschen, die gnädige Frau zu sehen?«
»Nein.«
»Wollen Sie mich mit Ihren Wünschen bekannt machen?«
»Wieviel Möglichkeiten habe ich?«
»Billard oder der gnädige Herr.«
»Ich bin mit Herrn Gruber verabredet.«
»Der gnädige Herr ist noch beschäftigt. Ich darf Sie dennoch ins Wohnzimmer führen und Sie bitten, dort zu warten.«
Christian setzte sich und wartete. Nach zehn Minuten wurde er unruhig, nach fünfzehn Minuten ungeduldig und nach zwanzig Minuten ungehalten. Er drückte auf das Tischknöpfchen, das den Butler herbeirief.
Georg erschien sofort. »Kann ich etwas für Sie tun?«
»Wie lange dauert das denn noch?«
»Der gnädige Herr ist noch immer beschäftigt.«
»Ich habe meine Zeit auch nicht gestohlen.« Christian ging auf die Tür zu, durch die der Butler die Wohnhalle betreten hatte.
»Bitte«, begehrte Georg wohltemperiert auf. »Sie können nicht einfach dort hineingehen.«
»Sie werden sehen, ich kann!« Er trat in den angrenzenden Raum, fand Gruber und Silvia beim Mittagessen und sagte verdrossen: »Ich warte seit zwanzig Minuten!«
Gruber heuchelte Bedauern. »Tatsächlich? Das tut mir aber leid. Man merkt gar nicht, wie schnell die Zeit vergeht.«
»Ich sagte am Telefon: Nach dem Essen, nicht während des Essens«, brüllte Silvia.
Christian klopfte mit dem Fingernagel auf seine Armbanduhr. »Es ist zwei Uhr.«

Gruber ahnte, daß dieses Gespräch aus dem Ruder lief. »Nun lassen Sie uns nicht gleich mit dem falschen Fuß anfangen zu tanzen. Ich sagte doch, es tut mir leid. Setzen sie sich bitte und nehmen Sie sich einen Drink. Schön, wir hatten unsere Differenzen, aber ich wollte Ihnen trotzdem sagen, daß ich Ihnen vollen Erfolg wünsche als Trainer.«
Christian nahm sich keinen Drink. »Deshalb mußte ich herkommen? Das konnten Sie auf einer Postkarte schreiben.«
»Das war nur eine höfliche Einleitung. Ich will Ihnen einen geschäftlichen Vorschlag machen, weil wir das Kriegsbeil begraben sollten. Ich glaube, Sie werden zufrieden sein.«
»Kann ich mir nicht vorstellen.«
»Unterschätzen Sie mein Angebot nicht, Herr Adler. Sie sind mit der gesamten Elite geritten, Sie kennen die Eigenheiten aller Jockeys und die der meisten Pferde, die im Augenblick auf den internationalen Bahnen sind. Ich verspreche mir sehr viel davon, wenn Sie einige meiner Gäule trainieren – präzise ausgerichtet auf den aktuellen Stand der Konkurrenz. Bei Cremer können Sie noch individuell arbeiten, habe ich recht?«
»Das ja – und wie soll's im Detail aussehen?«
»Ich gebe Ihnen zuerst vier Pferde«, sagte Gruber gönnerhaft. »Wenn ich einen Erfolg sehe, bekommen Sie alle zwanzig.«
Christian dachte an den Teufelskreis, den er durchbrechen mußte, und überschlug die Konditionen. Da Gruber gutes Pferdematerial hatte, einige Cracks waren dabei, erkannte er nur Vorteile für die Trainer Cremer/Adler. Unter dem Strich würde sich das Geschäft lohnen.
»Einverstanden?« drängte Gruber.
»Ich rede mit meinem Partner und sage Ihnen dann sofort Bescheid.«
»Wenn Sie glauben, daß es unbedingt nötig ist, mit Cremer zu sprechen, bitte!« rief Gruber ungeduldig. »Aber lassen Sie mich nicht warten. Ich möchte Nägel mit Köpfen machen.«

Christian lächelte. »Höflicher als Sie möchte ich in diesem Fall schon sein.«
»Wollen Sie nicht doch noch einen Drink, Herr Adler?« fragte Silvia.
»Vielen Dank, nein. Ich wäre Ihnen verbunden, wenn Ihr Butler mich zum Ausgang begleiten würde.«
»Nehmen Sie meinen Privatlift!« gestattete Gruber generös. »Georg, weisen Sie Herrn Adler ein.«
Nachdem Christian die Grubersche Imponierbehausung verlassen hatte, wunderte Silvia sich: »Was ist mit dir los, Hans-Otto? Bist du krank oder wirst du plötzlich ein guter Mensch?«
Er schaute sie mitleidig an. »Quatsch! Denke erst mal, bevor du redest!«
»Aber ich versteh's nicht! Du machst Geschäfte mit Adler, gibst ihm deine Pferde und hilfst ihm dabei, eine neue Zukunft aufzubauen.«
»Hoffentlich hast du nichts dagegen.«
»Es wundert mich aber. Bis vor kurzem hast du vor Wut geschäumt, wenn bloß sein Name fiel.«
Gruber lächelte hinterhältig. »Wer sagt denn, daß ich meine Absichten geändert habe?«
»Du wolltest ihn total ruinieren.«
»Vielleicht habe ich nur meine Taktik geändert.« Grubers Ellenbogen waren eng an den Körper gewinkelt, die Schultern angehoben, seine Handflächen zeigten nach vorn. »Es könnte ja sein, daß Adler im Team mit Cremer erfolgreich arbeitet. Vielleicht verhelfen mir die beiden zu ein paar schönen Siegen. Ich werde doch eine Kuh nicht schlachten, bevor ich nicht genau weiß, ob sie nicht doch noch Milch gibt. Außerdem: Wenn ich ihm dadurch eine neue Karriere aufbaue – na, wenn schon. Eines Tages kann ich die auch wieder zerstören.«
»Du bist also doch nicht krank, merke ich.«
»Deine Intelligenz überrascht mich von Zeit zu Zeit immer

wieder«, höhnte er. »Meine Gefühle für den Kerl sind genau so wie früher! Ich habe nur meine Taktik geändert. Und wie ist das bei dir in dieser Hinsicht?«
»Da bin ich wie du«, antwortete sie zweideutig.

Theresa steckte in einem blauen Overall und säuberte die Innenausstattung des gräflichen Rolls-Royce. Diese Arbeit überließ sie nicht den neugierigen Werkstattlehrlingen, die sich womöglich während der Mittagszeit in den Polstern suhlten, mit der Sprechanlage, den Fensterhebern, dem Radio und der kleinen Bar herumspielten.
»Hallo, mein Schatz!«
Theresa erschauerte. Nicht, weil sie Christians Stimme hörte, sondern weil sie in unangemessener Bekleidung steckte, auf dem Boden des Wagens kniete und von ihr nichts anderes zu sehen war als das runde Gesäß im strammsitzenden Overall. Prompt verleitete die Situation zu forschem Verstoß gegen das Zartgefühl: Christian patschte mit der flachen Hand auf das Hinterteil in Blau und verzog sich pfeifend ins Schloß.
»Hallo, Christian!« rief Luise. »Was führt Sie zu dieser ungewöhnlichen Zeit in meine heiligen Hallen? Eine Minute früher, und Sie hätten mich beim Mittagsschlaf überrascht.«
Er suchte nach einer glaubhaften Ausrede und fand sie. »Ich bin sicher, daß wir Thunderbird nächste Woche in Köln auf die Bahn schicken können.«
»Hat er eine Chance?«
»Für einen der ersten drei Plätze ist er gut.«
»Tun Sie, was Sie für richtig halten. Aber das hätten Sie mir auch am Telefon sagen können. Warum sind Sie wirklich gekommen? Liegt Cremer Ihnen quer im Magen?«
»Im Moment nicht. Was ganz anderes: Ich habe vorhin mit Gruber gesprochen.«
Luise war baff. »Hoppla, ich wußte gar nicht, daß ihr wieder miteinander verkehrt. Da war doch was...«

»Er wollte mich vor einigen Wochen zu einem Wettschwindel überreden«, gab Christian zu, »aber ich habe ihm schwer was gehustet.«
Luise hob den Zeigefinger. »Genau! Ich weiß, wann das war. Zufällig habe ich ihn beobachtet, als Sie mit seiner Tigerlady im Mittelfeld blieben. Er war hochzufrieden, und ich ahnte, er wollte Quoten hochjubeln. El Salto sollte das Rennen machen, schätze ich. Als Sie dann siegten, zerriß er wütend seine Wettscheine. Er war an diesem Erfolg für seinen Stall überhaupt nicht interessiert. Ist unter den Jockeys gesprochen worden, wie das Rennen laufen sollte?«
»Kein Wort. Erst nach dem Start merkte ich, daß Rocky Star und El Salto was verabredet hatten. Beide Pferde waren in den letzten Wochen formschwach, bekamen beim Wiegen wenig Blei unter den Sattel, und plötzlich traten sie wie Lokomotiven an. Da erst habe ich Tigerlady den Stock gezeigt. Gruber wollte mir damals an die Gurgel. Wir hatten uns verdammt in der Wolle deswegen, aber er hat gesagt, er will das Kriegsbeil begraben.«
»Aus heiterem Himmel?«
»Aus heiterem Himmel – das ist zuviel gesagt. Mittlerweile sind sieben, acht Wochen vergangen. Aber sinnbildlich gesprochen, ja – seine Einstellung zu mir hat sich über Nacht geändert. Er hat mir vier seiner Pferde zum Trainieren angeboten.«
Luise begriff nicht. »Der Gruber? Ihnen? Erzählen Sie Witze?«
»Ich bin todernst«, versicherte Christian. »Er sagt, wenn ich meine Sache gut mache und Erfolg habe, schickt er mir den ganzen Bestand. Überlegen Sie mal: Das sind zwanzig Tiere. Und sehr gute, muß ich dazu sagen. Wenn das klappt, sind wir aus dem Schneider.«
»Ich weiß, was er im Laufe der Zeit gekauft hat«, bestätigte Luise. »Und was haben Sie zu seinem Vorschlag gesagt?«
»Na, was wohl? Daß ich erst mit Cremer sprechen muß. Ob-

gleich ich mir nicht denken kann, daß Wolf dieses Geschäft ablehnt. Wir brauchen das Geld.«

Gräfin Luise erhob sich von ihrem Schreibtischsessel und rollte auffällig langsam ein Beistelltischchen herbei, auf dem eine Thermoskruke mit Kaffee und eine Schale Gebäck standen. Sie öffnete die Kruke, schaute hinein, schloß sie wieder, prüfte die Qualität des Gebäcks und blickte in die Zuckerdose. Die ausgedehnten, nicht zwingend notwendigen Aktionen waren nur Füllsel einer Denkpause, denn nachdem sie sich wieder gesetzt hatte, äußerte sie besorgt: »Hans-Otto Gruber tut nie etwas ohne ein bestimmtes Motiv. Was hat der Mann vor?«

Christian hob die Schultern. »Glauben Sie, er will mir ein Bein stellen? Jetzt noch? Ich reite nicht mehr. Er hat mich sogar als Invaliden bezeichnet.«

»Vielleicht will er verhindern, daß Sie ein guter Trainer werden«, dachte sie laut. »Aber wo liegt da der tiefere Sinn? Dann dürfte er Ihnen nicht seine Klasse-Pferde geben. Er würde sich ins eigene Fleisch schneiden.«

»Ob es gegen Dieter Homburg geht?« überlegte Christian. »Doch das gibt auch keinen Sinn. Mit dem ist er immer glänzend ausgekommen. Dieter hat ihm eine ganze Reihe Sieger hergerichtet. Ich muß Ihnen sagen, ich sehe im Moment nirgends Fallstricke.«

Jetzt goß sie Kaffee ein. »Nehmen wir mal an, der Stall von euch wird durch Grubers Pferde voll. Dann müßt ihr mehr Leute einstellen.«

»Richtig. Zuerst einen Stallmeister.«

»Haben Sie einen im Auge?«

»Mehrere«, sagte er, »aber wir können kein Spitzengehalt zahlen.«

»Erinnern Sie sich an Rolf Lesch? Ein ganz erstklassiger Stallmeister. Früher war er der Beste im Zureiten von Pferden, den ich je gesehen habe.«

Christian streckte die Hände abwehrend vor. »Lesch? Den

bitte nicht. Der ist aus den letzten drei Jobs gefeuert worden, weil er schon mittags voll war wie eine Strandhaubitze. Der Mann ist out.«

»Kennen Sie den Hintergrund?« Es war eine tadelnde Frage.

»Ich möchte ihn gar nicht erst kennenlernen.«

»Sie sollten nicht voreingenommen sein, Christian. Das ist nämlich wirklich eine todtraurige Geschichte. Seine Frau ist bei einem Autounfall ums Leben gekommen. Sie war im achten Monat schwanger. Und Lesch hat den Wagen gefahren.«

»Besoffen?«

»Ich bat Sie doch, nicht voreingenommen zu sein. Er war stocknüchtern. Er hat sich die Schuld am Tod seiner Frau gegeben und litt darunter wie ein Hund. Da fing er an zu trinken. Vorher keinen Schluck.«

»Warum setzen Sie sich so stark für den Mann ein?«

Luise machte das unschuldigste Gesicht der Welt. »Ich? Einsetzen? Für Lesch? Ich bitte Sie, mein Lieber. Sie und Wolf leiten den Stall. Ich denke nicht im Traum daran, mich in eure Personalpolitik einzumischen. Es ist nur so: Ich habe so eine Ahnung, daß aus Lesch noch was zu machen ist.«

»Aus einem Alkoholiker?«

»Bleiben Sie mal auf dem Teppich, Christian! Es gibt 'ne ganze Menge, die wieder trocken geworden sind.«

»Wissen Sie, was Wolf mal sagte? Wenn Luise so eine Ahnung hat, dann wird es Zeit, den Kopf einzuziehen und in Deckung zu gehen. Und das mache ich jetzt. Ich seile mich ab.« Er verbeugte sich, küßte ihre Hand und verließ das Büro.

Seine Schritte waren auf dem Flur noch nicht verhallt, da hing Luise schon am Telefon, drückte die Speichertaste und eine Kurzwahlrufnummer. »Hier ist Hayn-Hohenstein. Frau Burger? Ich habe mit Herrn Adler über Ihren Schwager gesprochen. Der Köder ist ausgelegt, aber ich weiß nicht, ob er

angebissen hat. Er kennt Rolf und war voller Vorurteile. Vielleicht meldet er sich. Vielleicht auch nicht. Wir müssen halt abwarten.«
Sie legte auf und lauschte befremdet auf Theresas Stimme, die, unfreundlich wie kaum sonst, auf dem Flur schallte. »Sie können nicht einfach hier herein- und herausmarschieren, wie es Ihnen paßt, Herr Adler! Wir sind kein öffentliches Haus, sondern wünschen, daß unsere Privatsphäre respektiert wird. Vielleicht sind Sie das von Ihren Pferdeställen so gewohnt! Dann müssen Sie umlernen!« Theresa keuchte vor Anstrengung. »Was Ihnen bestimmt nicht gelingen wird, wie ich vermute!«
Als Zerberus geeignet war Theresa allerdings nicht, denn nach kurzem Gerangel vor der Tür obsiegte Christian. Es gelang ihm, zu klopfen.
»Treten Sie ein«, rief Luise gespannt.
Er öffnete die Tür, konnte den Raum jedoch noch nicht betreten, denn Theresa, in ihrem blauen Overall, hielt ihn fest umklammert.
Luise lachte sich halb krank. »Wollen Sie ihn für sich behalten, oder gönnen Sie ihn *mir* nicht?«
»Ich bin dagegen, daß Herr Adler sich hier wie zu Hause fühlt«, zeterte Theresa. »Seine vertrauliche Lebensart paßt nicht in diese Ordnung.«
»Also, mir gegenüber hat er sich bisher keine Vertraulichkeiten herausgenommen. Warum lassen Sie ihn nicht los? Was Sie tun, ist nämlich arg vertraulich.«
Theresa erschrak. »Ich? Wissen Sie, was er gemacht hat?«
»Aber, mein Schatz!« mahnte Christian. »Wer wird denn so aus dem Nähkästchen plaudern?«
»Er hat mir ...«
Weil ihre Hausdame stockte und, ganz offenbar moralisch gehemmt, den Satz nicht zu Ende brachte, war Luise neugierig wie selten. »Tun sich hier etwa verborgene Abgründe auf, Christian?«

Er grinste betreten. »Ich hab' ihr vorhin auf den Podex geklatscht.«
»Christian!« tadelte die Gräfin. »Aus den Jahren ist Theresa längst heraus. Von einem bestimmten Alter ab läßt man nicht mehr klatschen!«
Christian klopfte noch einmal auf den Inhalt des blauen Overall-Hosenteils. »Solange es rund ist und dazu auffordert und einem entgegengestreckt wird...«
Theresa floh schimpfend. »Ich bin schließlich kein Pferd! Aber man ist diesem Kerl ja schutzlos ausgeliefert!«
»Wie alt ist sie?« erkundigte Christian sich lachend.
»Die Fünfzig hat sie überschritten, Sie Lustmolch. Warum sind Sie noch mal zurückgekommen?«
»Ich wollte fragen, wo ich Lesch erreichen kann.«
Luise unterdrückte verräterische Gemütsregungen. Suchend blickte sie auf Ordner und Schnellhefter in den Wandregalen, auf Ein- und Ausgangskörbe auf dem Schreibtisch und endlich in die breite Schublade. »Ja – wo kann man Lesch erreichen? Ich hab' das mal gewußt.« Sie kramte in Papieren und Kuverts. »Hier, so ein Zufall. Vor einigen Tagen bekam ich diesen Brief von seiner Schwägerin...«
Christian gebärdete sich, als sei er vor Freude total aus dem Häuschen geraten. »Nein, Gräfin, so ein Zufall!«
Sie nickte ihm überaus freundlich zu. »Nicht wahr? Wie das Leben so spielt!«
»Das Leben, Gräfin? Hier spielen nur Sie! Bleibt die Frage offen: Sind Sie listig oder hinterlistig?«
»Trifft beides nicht auf mich zu«, wehrte sie ab. »Alles, was ich zu bieten habe, ist pure Menschenfreundlichkeit. Besuchen Sie Lesch mal. Verpflichtet zu nichts. Vielleicht ist es auch schon zu spät, und Sie kommen zu dem Schluß, daß Sie ihm keinen Job geben können. Wenn das so ist«, sie hielt Christian einen vorbereiteten Umschlag hin, »dann lassen Sie ihm das zur Erinnerung an alte Zeiten da. Aber verraten Sie auf keinen Fall, von wem das kommt.«

»Sie sind nicht nur hinterlistig, Sie sind auch sentimental. Dafür liebe ich Sie.«
»Ein einziges Mal hat das vorher ein Mann zu mir gesagt, und den habe ich dann gleich geheiratet. Und nun gehen Sie endlich! Und halten Sie mich auf dem laufenden!«

Wolf Cremer schien mit der Einstellung von Thomas eine personelle Fehlbesetzung gelungen zu sein. Der Stallbursche, er war fast dreißig Jahre alt, verstand zwar eine Menge von Pferden, war jedoch überaus faul und brachte Peter und Klaus unmerklich dazu, seine Arbeit mit zu erledigen. Sein wahres Interesse galt Margit Franke. Was sie auch tat, wo sie sich auch aufhielt, er lungerte in ihrer Nähe herum, suchte nach Kontaktmöglichkeiten, mimte ihr gegenüber den Boß, um damit den beiden anderen Jungs zu imponieren.
Margit putzte gerade Thunderbird, als Thomas wieder eine Gelegenheit sah, sich aufzublasen. »He, Margit! Pause! Kaffee trinken!«
Sie ließ sich nicht stören. »Ich bin noch nicht fertig.«
»Spiel dich nicht auf!« Er nahm ihr Striegel und Kardätsche aus der Hand und legte die Geräte auf das Fenstersims. »Willst du dich beim Chef lieb Kind machen oder bei Tante Ella? Wenn ich sage, wir machen Pause, dann machen wir Pause!«
Sie folgte ihm widerwillig in die Futterkammer zu den anderen, wo Klaus ihr Kaffee in den Becher goß. Thomas lümmelte sich auf einen Strohballen und stierte Margit trübe an. »Bist du schon getauft, Kindchen?«
Sie wußte nicht, was die Frage sollte, begriff daher auch nicht den Hintersinn. Und da sie für ihn ohnehin keine Sympathie entwickeln konnte, blaffte sie zurück: »Mach hier nicht den Obermufti, und motz mich nicht an!«
Thomas blickte behämmert zu Peter, der ganz unter seinem Einfluß stand. »Wie redet die denn mit mir?«
Der begriff gar nicht, was gemeint war, sondern erklärte

Margit einfältig: »Er meint die Stalltaufe. Ich hol' schon mal das Huffett.«
Klaus kam die ganze Sache nicht geheuer vor. Stalltaufen hatte es bei Cremer bisher nicht gegeben. »Laßt sie in Ruhe!«
»Du hast hier gar nichts zu melden«, sagte Thomas und erhob sich von seinem Strohballen. »Du kennst die Regeln. Jeder neue Stallarbeiter muß ordentlich getauft werden.«
»Wovon redest du überhaupt?« fragte Margit.
Klaus sah das Unheil kommen, wußte jedoch keinen Ausweg. »Kümmere dich nicht um den Quatsch. Am besten, du verziehst dich auf den Hof.«
Thomas spitzte die Ohren, stellte sich sofort hinter Margit, umschlang grob ihren Oberkörper und hielt sie fest. »Was du heute kannst besorgen, das verschiebe nicht auf morgen! Faß mal mit an, Peter.«
Peter bückte sich, und obwohl Margit wie eine Verrückte strampelte, klemmte er ihre Beine unter den Arm. Gemeinsam schleppten sie das Mädchen in den Stall.
»Laß mich los!« schrie sie, trat wild mit den Beinen um sich und versuchte, sich aus der Umklammerung von Thomas zu befreien.
»Hat keinen Sinn, daß du dich wehrst, Schnucke!« tönte er überlegen und nahm sie noch fester in die Mangel. »Wenn ich sage, du wirst getauft, dann wirst du auch getauft! Da beißt die Maus kein' Faden ab!«
Sie schleppten Margit in eine leere Box, warfen sie ins Stroh. Peter hielt ihre Beine fest, und Thomas knöpfte blitzschnell ihre Hemdbluse auf. Klaus stürzte sich auf Peter, Margit biß Thomas, bekam dann die Beine frei, winkelte sie an und trat zu. Mit einem Schmerzensschrei kippte er zu Boden. Sie sprang auf, rannte aus der Box und prallte im Stalleingang auf Cremers Schwester.
Ellas Blicke waren überall zugleich. »Was soll der Krach? Ist was los? Haben die Jungs dich belästigt?«

Margit versuchte, unauffällig ihre Bluse in Ordnung zu bringen. »Nein – ich glaube, es war nur ein harmloser Scherz.«
Ella merkte, daß das Mädchen zitterte und fixierte den leicht angeschlagenen Thomas. »Harmlos? Na, ich bin anderer Meinung. Scherze stelle ich mir lustiger vor.«
Unter Ellas Schutz fühlte Margit sich geborgen. Obwohl sie an die Schwierigkeiten dachte, die Thomas ihr machen würde, sagte sie: »Er wollte mich taufen.«
Ella zeigte unmißverständlich mit dem Daumen über ihre Schulter und rief ihm zu: »An die Arbeit! Und ein bißchen plötzlich, wenn ich bitten darf! Die anderen beiden auch! Wenn ihr Margit ein Haar krümmt, wird euch eure eigene Mutter nicht mehr erkennen! Raus!« Sie nahm Margit mit sich auf den Hof und raunte: »Mach deine Bluse anständig zu. Du hast dich um einen Knopf verknöpft.«
Wolf, der alles wußte, alles sah und alles ahnte, was um ihn herum geschah, tauchte argwöhnisch auf. »Kleine Versammlung?«
Ella machte eine Handbewegung, die ausdrückte, wie unwichtig das war, was sie eben verhindert hatte. »Ist schon erledigt, Wolf. Wir sollten's vergessen.«
»Wissen möcht' ich's schon.«
»Sie wollten das Mädchen taufen.«
»Sieh mal an. Weißt du, was das bedeutet?« fragte er und hob mit gekrümmtem Zeigefinger Margits Kinn an.
»Ich werde ihr das erklären«, ordnete Ella an und zog das Mädchen an sich. »Ich bin schließlich nicht fremd im Gewerbe. Die Idioten hätten dich ausgezogen, mit Huffett eingeschmiert und mit Häcksel gefedert. Gegen Klaus und Peter hätte ich in dem Zusammenhang eigentlich nichts einzuwenden, aber der Thomas, der gibt mir zu denken. Der ist zu alt, und wie ich ihn einschätze, ist so eine Taufe für ihn bloß ein Vorwand. Der will mehr von Mädchen.«
Cremer wollte Verständnis für die Jungs aufbringen. »Die Jungs schätzen sie auf siebzehn.«

Ella lachte böse. »Das ist so 'ne Schutzbehauptung, die sie sich zurechtgezimmert haben. Margit ist erst fünfzehn! Ich habe die Burschen gewarnt!«
»Hoffentlich richtig.«
Verschnupft, weil er zweifelte, murrte sie: »Du kannst das ja auch noch mal tun. Von Mann zu Mann.«
»Vor dir haben sie mehr Respekt.«
»Respekt hin, Respekt her!« Ella streckte die Hand aus und piekte ihrem Bruder mehrmals hintereinander mit den Fingerspitzen auf die Brust. »Ich sage dir, Wolf, wir brauchen einen anständigen Stallmeister, der für Ordnung sorgt, und je eher du einen findest, desto besser.«
»Wird schwer sein, wenn wir kein gescheites Gehalt bieten können.« Er sah, daß der Jockeylehrling sich von Thomas und Peter absonderte und rief: »Klaus, wir satteln Samurai auf!« Er strich Margit flüchtig über den Kopf und ging in den Stall.
Klaus rannte in den Stall, führte den jungen Hengst aus seiner Box, band ihn im Stallgang an, zäumte ihn auf und legte ihm vorsichtig Sattelunterlage und Sattel auf.
Wolf kontrollierte den Gurt auf der rechten Seite. »Ich würde empfehlen, Margit in Ruhe zu lassen.«
Klaus holte die Gurtstrippen unter dem Bauch des Pferdes hindurch auf seine Seite, zog sie fest und wich einer Antwort aus. »Thomas paßt nicht in unseren Laden, denke ich mir.«
»Warum nicht? Er macht seine Arbeit.«
»Er ist fast dreißig und mimt bei uns den Chef.«
»Ich werde ihm ein bißchen mehr auf die Finger sehen«, versprach Wolf. »Und jetzt führ Samurai raus und rede mit ihm. Es hat noch niemand draufgesessen. Ich helfe dir nicht in den Sattel. Steig schulmäßig auf, damit das Tier sich dran gewöhnt.«
Klaus führte den Hengst aus dem Stall und stellte sich neben das linke Vorderbein des Pferdes. In die linke Hand nahm er Zügel und ein Büschel Mähnenhaare vor dem Widerrist, er-

griff den Steigbügelriemen und steckte den linken Fuß in den Steigbügel. Er drückte das linke Knie eng an den Sattel, damit seine Fußspitze das Tier nicht berührte, legte die rechte Handfläche auf den Sattel, stieß sich mit dem rechten Bein vom Boden ab und schwang sich mit vorgebeugtem Oberkörper auf das Pferd. Dann hob er das rechte Bein mit nach außen gedrehtem Absatz über den Sattelkranz und ließ sich behutsam in den Sattel gleiten. Jede Bewegung lief in Zeitlupe ab. Als er saß, klopfte er beruhigend Samurais Hals.
Wolf redete mit einer Mischung aus Selbstgespräch und Zwiesprache mit dem tänzelnden Pferd: »Ho, Samurai, ho! So ist's gut, gar nicht mal so schlecht. Du bist ein gutes Pferd. Das macht Spaß, was? Sehr schön ist das, sehr schön! Gutes Material, da kann man was draus machen. Sehr gut, ganz ruhig. Bleib ganz ruhig. Und jetzt steig ab, Klaus.«
Cremer und Klaus lobten das Tier und brachten es zum Absatteln in den Stall zurück, und Wolf ordnete an: »Das machen wir jetzt eine Woche lang jeden Tag ein paarmal, und dann wirst du den Hengst ein bißchen reiten...«
Margit erschien an der Stalltür. »Herr Cremer, da ist Besuch für Sie.«
Ungehalten fragte er: »Wer, zum Kuckuck?«
»Ein Herr Homburg.«
»Sag Herrn Adler Bescheid. Der soll sich drum kümmern.«
»Herr Adler ist noch nicht zurück«, sagte Margit. »Und dieser Herr Homburg ist ziemlich aufgeregt.«
»Na schön. Wo ist er?«
»Drüben bei Tante Ella.«
Wolf lief ins Haus, aber seine Begrüßungsworte blieben ihm beinahe im Hals stecken, als er die finstere Miene von Homburg sah. »Hallo, Dieter! Was führt dich her?«
Dieter Homburg betrachtete ihn mit geradezu klinischem Interesse. »Finde ich ganz schön happig, daß du das noch fragst! Erklär mir bitte, was ihr bezweckt!«
»Erst sag mir mal, von was du redest.«

»Tu nicht so scheinheilig! Gruber hat mich angerufen und mir mitgeteilt, daß er vier seiner Pferde von mir abzieht und sie zu euch gibt! Und du tust so, als wüßtest du von nichts! Vier Pferde kann man nicht übersehen!«
»Ich habe wirklich keinen Schimmer. Bei mir im Stall sind keine Pferde von dir. Ich weiß nur, daß Christian heute mittag bei Gruber gewesen ist.«
Homburg schlug sich mit der flachen Hand gegen die Stirn. »Jetzt geht mir eine Riesenlampe auf! Christian und Silvia Gruber! Na logisch, hätte ich gleich drauf kommen sollen!«
»Mit den beiden läuft nichts mehr.«
»Das erzählt er *dir* mit treuem Augenaufschlag, was? Und du glaubst das! Mann, bist ganz schön naiv. Die waren wieder im Bett, und er hat sie bequatscht, bei ihrem Alten 'n gutes Wort für ihn einzulegen! Auf die Mitleidstour! Kann ich mir gut vorstellen!«
Wolf ärgerte sich. »So ein Schwachsinn! Und sie ist dann hingegangen und hat ihrem Alten die Pferde für uns aus dem Hintern geleiert! Eine behämmerte Konstruktion! Du bist doch mit Christian befreundet. Das würde er nicht machen.«
Homburg hatte sich völlig in seinen Verdacht verrannt. »Das habe ich mir wohl nur eingebildet. Der, und mein Freund! Gestatte, daß ich lache! Was hinter seiner Fassade wirklich vorgeht, sehen wir ja jetzt! In diesem Geschäft lebt man entweder friedlich zusammen und hilft sich gegenseitig, oder man erklärt sich den Krieg! Wenn er Krieg will, kann er ihn haben! Und ich schwöre dir, er wird ihn verlieren!«

Nicht von Leschs Schwägerin, sondern von Nachbarn erfuhr Christian, wo Rolf seine einsamen Tage verbrachte: in einer Bier-Pinte, in der die Reputation der Gäste keine Rolle spielte. Wer bei Kasse war, konnte so lange trinken, bis er vom Stuhl fiel. Gestrandete Existenzen versoffen die letzte erbettelte Mark, Bordsteinschwalben die erste verdiente. Es

gehörte zum guten Ton, sich gegenseitig um Zigaretten anzuschnorren und sich vorzulügen, welch glänzende Position man einst innegehabt hatte.
Christian stand, benommen vom Kneipenmief, einen Moment an der Theke und unterschied im ersten Augenblick nur zwei Farbschattierungen: grau und biergelb. Nach geraumer Zeit erkannte er an einem Tisch in der Nähe der Zapfhähne Rolf Lesch. Er stützte den Kopf in die Hände und starrte in das fast geleerte Glas vor sich, das halb auf dem Pappuntersatz, halb auf der Tischplatte stand, die feucht von verschüttetem Bier glänzte.
»Suchen Sie jemanden?« fragte der Wirt argwöhnisch – der Typ hatte in seiner Kneipe nichts verloren.
Christian ging auf Leschs Tisch zu und sagte unverbindlich: »Hallo!«
»Mein' Sie mich?« Lesch hob den Kopf und blickte Christian mit trüben Augen an.
»Ja. Ich bin Christian Adler. Wir sind uns ein paarmal auf der Rennbahn begegnet. Das ist allerdings schon ein paar Jährchen her.«
Lesch kramte in seinem benebelten Erinnerungsvermögen herum. »Adler?« Er trank das schale Bier aus und hielt das leere Glas hoch, damit der Wirt ein volles brachte. »Adler? Jockey was?«
Christian setzte sich. »Richtig geraten. Aber ich habe den Sattel an den Nagel gehängt. Ich bin jetzt Trainer.«
»Macht nix, mir egal. Setzen Sie sich, bittschön.«
»Ich sitze schon.«
Lesch nahm ein neues Bier in Empfang und schlürfte die Blume ab. »Auch gut. Is ja 'n freies Land, nich, kann ja jeder machen, wassa will, nich? Das heißt, manche dürfen mehr als andere. Kommt immer drauf an.«
Mit der verqueren Parabel wußte Christian nichts anzufangen. »Haben Sie schon Feierabend, Herr Lesch?«
Mit vager Handbewegung umriß Lesch die Grenze seiner

kleinen Welt. »Bei mir is immer Feierabend.« Er schob eine längere Bierpause ein, ehe er wiederholte: »Adler, ja?«
»Richtig.«
»Beschissen.«
»Was ist beschissen?« erkundigte Christian sich.
»Bloß so. Is 'n schönes Wort, findste nich?« Leschs Vokabular und seine Einstellung zu Adler wurden vertraulicher. »Egon, bring dem Bastard mal 'n Bier.«
Der Wirt hatte schon eingeschenkt. Ein Gast ohne Getränk war nicht vorstellbar. Hart stellte er den halben Liter vor Christian ab und wünschte mürrisch: »Zum Wohl.«
Lesch stieß mit ihm an. »Und um mir das zu sagen, biste in diese Pinte gekomm'?«
Christian benahm sich dem betrunkenen Lesch gegenüber so diplomatisch wie nötig. »Du bist ein guter Stallmeister.«
»Ex-Stallmeister. Prost.«
»Warum hast du aufgehört?«
»Aufgehört?« An dem Wort hatte Lesch viel Spaß. »Ich bin gefeuert worden, Junge. Dreimal.«
Unbefangen fragte Christian: »Wieso?«
»Doofe Frage. Das weiß doch jeder. Zu viele Armbeugen.« Anschaulich stemmte er mehrmals sein Glas zum Mund. »Zuviel von diese gelbe Suppe. Ich bin ein Säufer, du aufgehörter Jockey.« Er deutete auf den Wirt. »Frag ihn. Er weiß das. Er sieht mich jeden Tag. Und er schmeißt mich raus, wenn er denkt, daß ich genug habe. Prost. Das hier ist mein zweites Zuhause sozusagen.«
»Und du sitzt nur rum und trinkst?«
»Was sonst? Ich sitze und trinke und sehe die ganze beschissene Welt an mir vorbeiziehen. Ich sitze und ertränke meinen Kummer. Ich sitze hier, bis mir das Geld ausgeht und Egon mich rausschmeißt.«
»Jeden Tag?«
»Richtig beobachtet, Kumpel.«
Christian schob sein Bier zur Seite. »Ich würde mich bedau-

ern, wenn ich weiter nichts machen könnte, als hier sitzen und saufen. Bedauerst du dich?«
»Logisch. Tut ja sonst keiner.«
»Doch, ich.«
»Das kannste dir inne Haare schmier'n, Jockey. Auf Mitleid, ja, lege ich kein' Wert.«
»Soll ich dir mal was sagen, Rolf Lesch?«
»Tu dir kein' Zwang an. Mit mir kannste reden.«
»Du machst auf mich einen jämmerlichen Eindruck. Mir dreht sich der Magen um.«
Lesch mußte erst einmal nachdenken. »Moment mal...«
»Soll ich dir noch was sagen?«
»Sekunde. Ich sitze hier schon 'ne ganze Weile trocken rum. Egon, 'n Bier.«
»Nimm meins, ich trinke nicht. Weißt du, was ich glaube? Deine Frau hat Glück gehabt, daß sie dich so nicht sehen muß. Ein Wrack von einem Mann.«
»Arschloch!«
»Angenehm! Adler! Wenigstens reagierst du noch wie ein Mensch. Das ist 'ne Menge wert.«
»Ich sollte dir das Glas über die Nuß hauen!« schimpfte Lesch. »Kommst hier in meine friedliche Kneipe und machst mich dumm an. Das muß ich mir nich gefallen lassen, Jockey. Was glaubst du, wer du bist?«
»Du kannst mich für einen Engel halten, wenn das in deinen Kopf reingeht, der gekommen ist, um dich im allerletzten Moment zu retten.«
Lesch schwang die Arme wie der Schneider von Ulm kurz vor dem Abheben. »Erst brauch' ich noch 'n Bier. Wer hat dir eigentlich gesagt, wo du mich findest?«
»Spielt das eine Rolle?«
»War es meine Schwägerin?« bohrte er.
»Sie macht sich Sorgen um dich.«
»Quatsch, Sorgen. Die schämt sich wegen mir.« Seine Augen begannen zu tränen.

»Kein Wunder. Schau mal in den Spiegel. Du würdest einen Schreck bekommen.«
»Ich will ja nich zu 'ner Schönheitskonkurrenz.« Lesch wischte sich mit beiden Handrücken die Augen trocken. »Ich gefall' mir. Und alle anderen Leute können mich mal.«
Wirt Egon brachte ein volles Glas und zog am Rand von Leschs Pappuntersatz den neunten Strich.
Rolf grinste Christian mühsam an. »Sonst noch was?«
»Ja! Wenn du Sehnsucht nach mir hast: Du findest mich bei Wolf Cremer. Das ist mein Partner. Es wäre gut für dich, wenn du dich melden würdest.«
»Was bringt dich auf die beschissene Idee, daß ich Sehnsucht nach dir haben könnte, Jockey? Ich bin fertig mit Pferden. Du hast bloß deine Zeit verschwendet und mir die Ohren vollgequalmt. Haste mal 'ne Lulle?«
»Ich rauche nicht.«
»Sehr vernünftig, Jockey. Bei so'm harten Sport is Rauchen Gift.«
»Ich sagte schon vorhin, daß ich nicht mehr reite.«
Lesch nahm die Antwort gar nicht zur Kenntnis, klopfte suchend seine Jackentaschen ab und fand eine zerdrückte Packung, in der eine krumme Zigarette steckte. Umständlich fummelte er sie aus der Umhüllung, zerriß mit seinen flatternden Fingern das Zigarettenpapier, Tabak bröselte auf die Tischplatte. Mißgelaunt knüllte er die Packung zusammen und ließ sie auf den Boden fallen. Damit erlosch auch seine Gesprächsbereitschaft.
Christian erhob sich und schob den abgewetzten Kneipenstuhl unter den Tisch. »Du kannst dir ja in Ruhe überlegen, ob ich dein rettender Engel sein soll oder ob du lieber im Bierdunst vergammelst.« Er zog den Umschlag von Gräfin Luise heraus und legte ihn vor Lesch ab.
Der stierte begriffsstutzig auf das weiße Kuvert. »Was ist das?«
»Schickt dir 'ne alte Freundin.«

Lesch öffnete den Umschlag, sah das Geld und verzog angeekelt das Gesicht. »Ich will keine Almosen.«
»Nicht so voreilig, Stallmeister. Das langt für ein paar Fässer Bier.«

Es dämmerte schon, als Margit noch eine Ladung Heu in den Stall karrte. Thomas hängte in einer Box die beiden Flankierbalken ein. Sie hatte den Eindruck, er tat das in der unbelegten Pferdebox nur, um bei ihr seine dummen Sprüche loszuwerden. »Die Arbeit macht ein' fertig, was, Kindchen?«
Sie ließ die Schubkarre los, und der Standbügel knallte hart auf den Boden. »Ich bin nicht dein Kindchen! Geht das bald in deinen Schädel rein?«
»Reg dich ab. Entspann dich. Nimm 'ne Zigarette.« Er bückte sich, zog Zigaretten und ein Feuerzeug aus dem Sockenrand und hielt ihr das Päckchen unter die Nase.
Margit lehnte ab. »Seit wann ist im Stall Rauchen erlaubt?«
»Sieht doch keiner«, sagte er großspurig und brannte sich eine Zigarette an. »Für mich ist nichts verboten, merk dir das mal, Stallratte.«
»Wie bitte?«
»Stallratte.« Er zog das Wort ätzend in die Länge und blies ihr feixend Zigarettenrauch ins Gesicht. »Wir sind die Stallratten. Erst kommen die Besitzer, dann die Trainer, dann die Bereiter und Jockeys und ganz unten wir, die Stallratten. Die Besitzer kassieren den ganzen Ruhm und die dicke Kohle, und wir machen die ganze Arbeit. Das bedeutet, Stallratten müssen zusammenhalten.«
Ihr wurde übel in seiner Nähe. »Deine Hetzerei geht mir auf den Geist, und mir gefällt nicht, Ratte genannt zu werden. Wenn du Minderwertigkeitskomplexe hast – ich nicht.«
»Du wirst dich dran gewöhnen müssen, Stallratte.« Vertraulich legte er ihr seinen Arm um die schmalen Schultern. »Fand ich geil von dir, daß du die Schnauze gehalten hast beim Chef und Tante Ella, als wir dich taufen wollten.«

Mit einer Drehung befreite Margit sich aus seinem Arm. »Zampano!« Aufatmend verließ sie den Stall. Der Kerl konnte ihr den Spaß am Job verleiden.
Sie wetzte über den Hof, blieb jedoch stehen und sah sich um, weil jemand hinter ihr herlachte. Christian Adler, der zweite Chef. »Finden Sie irgendwas komisch an mir?«
»Wer bist du?« fragte er.
»Ich bin Margit Franke. Herr Cremer hat mich als Stallmädchen eingestellt.« Plötzlich rief sie enthusiastisch: »Und Sie hab' ich letzten Mai gesehen, als Sie das Deutsche Stuten-Derby gewonnen haben. Und das Deutsche St. Leger haben Sie auch gewonnen. 2800 Meter. Ganz schön lange Strecke. Sie waren einsame Klasse.«
»Danke für die Blumen. Das Pferd hat das Rennen gewonnen.« Er musterte sie abschätzend und hielt ihr mit gebeugtem Handgelenk seine Armbanduhr vor die Augen. »Kann ich dir noch Arbeit zumuten um diese Zeit?«
»Immer, Herr Adler.«
»Dann hol jetzt die Jungs. Morgen früh kommen vier neue Pferde. Für die macht ihr vier Boxen fertig. Picobello, okay?«
Sie schenkte ihm einen himmlischen Blick. »Ich hätte nicht im Traum daran gedacht, daß ich Sie mal treffen würde, Herr Adler.«
»Ich sagte, vier Boxen! Frisch einstreuen...«
»Hab' ja verstanden, Herr Adler. Okay, okay.« Margit rannte zurück in den Stall.
»Hast du Herrn Cremer gesehen?« rief Christian hinterher.
Sie blieb stehen und gönnte sich noch einen Blick auf den »Klasse«-Mann. »Er ist auf der Trainingsbahn, Herr Adler.«
Thomas lungerte im Stall herum. Als Margit hereinstürmte, äffte er sie nach: »Ich hätte nicht im Traum daran gedacht, daß ich Sie mal treffen würde, Herr Adler.«
»Du mußt doch einen echten Hammer haben, Thomas! Das war ernst gemeint. Er ist ein ganz erstklassiger Jockey.«

»Kannst du das beurteilen, Kindchen? Das war er mal! Jetzt ist er einer von den Chefs. In dem Geschäft gibt's die und uns! Klar? Oben und unten! Verstanden?«
»Warum hetzt du eigentlich gegen Leute, die es weiter gebracht haben als du? Du bekommst hier dein Geld und sollst nichts weiter machen als deine Arbeit. Aber wenn ich dir zugucke, kommt's mir manchmal hoch.« Sie machte kehrt. »Ich gehe und suche Peter und Klaus. Wir sollen vier Boxen fertig machen. Es kommen neue Tiere.«
»Laß dir Zeit, Kindchen.« Er nahm einen tiefen Zug aus seiner Zigarette. »Kein Grund zur Eile, wenn die Chefs was sagen.«

Mit Thunderbird zog Cremer im Arbeitsgalopp um die Bahn. Christian sah die einsame Silhouette gegen das letzte Abendrot drüben auf der Gegengeraden und hörte das Schnauben des Hengstes und das Klopfen der Hufe auf dem Sandboden. Wolf kam heran, zügelte das Pferd auf der Höhe von Christian und motzte sofort los: »Hast du dich tatsächlich dazu durchgerungen, mal wieder zu erscheinen?«
Christian stieg aus seinem Wagen und sah Cremer verwundert an. »Willst du mir auf feine Art zu verstehen geben, du machst die ganze Arbeit, und ich faulenze? Muß ich mich vor dir rechtfertigen?«
»Ich kann eine Erklärung erwarten!«
Christian sah ihn mitleidig an. »Schade, unsere Partnerschaft wird nicht funktionieren.«
»Das hast du gesagt!«
»Ich laß mich von dir nicht anmachen, als wäre ich ein Stallbursche, den du mit Ella im Heu erwischt hast.«
Wolf hatte Mühe, den Hengst ruhig zu halten. »Spar dir deine Witze! Ich will nur wissen, wo du gewesen bist.«
»Das sag' ich dir, wenn du bessere Laune hast. Die Art, wie du fragst, kotzt mich an.«
»Ich bin nun mal so. Ich kann nichts dagegen tun.«

Der Ton zwischen beiden spitzte sich zu. »Ich bin nicht hier, um mit deinen Manieren vorliebzunehmen.«
»Du benimmst dich auch nicht gerade wie ein Gentleman!«
»Wie man in den Wald hineinruft, so schallt es heraus! Du kannst gängeln, wen du willst! Mich nicht!«
Thunderbird tänzelte, Cremer brachte ihn mit einigen halben Paraden zur Ruhe. »Warum hast du mir nicht erzählt, daß Gruber vier Pferde herschicken will. Ich mußte mir das von Dieter Homburg erzählen lassen. Der hat sich hier aufgeführt wie eine beleidigte Primadonna, weil Gruber diese Tiere bei ihm abzieht. Ich stand da wie ein Idiot. Wenn du wenigstens angerufen hättest.«
Christian dämpfte seine Angriffslust. »Hätte ich machen sollen, tut mir leid. Mir leuchtet trotzdem nicht ein, warum Dieter sich so aufgespielt hat. Passiert doch ständig, daß Besitzer ihre Pferde von einem Trainer zum anderen geben.«
»Schon richtig, aber Homburg gefällt das nicht. Und mir auch nicht.«
»Aber wir brauchen dringend mehr Pferde.«
»Ist ja richtig, aber mir wäre wohler, wenn sie nicht ausgerechnet von Gruber kämen.«
»Piepe, von wem sie kommen. Warum sollen wir nicht Pferde von Hans-Otto Gruber trainieren? An dem Mann kommt keiner vorbei. Warum er ausgerechnet uns seine Pferde geben will, steht auf einem ganz anderen Blatt. Es ist seine Entscheidung.«
»Homburg tut so, als hätten wir die Schuld. Als hättest du Gruber beschwatzt.«
»So ein Blödsinn«, wetterte Christian. »Kann ich hingehen und sagen: ›Herr Gruber, beim Homburg werden Ihre Gäule nicht gut genug trainiert, geben Sie sie uns, wir haben ein Patentrezept für Sieger.‹? Oder sollte ich vielleicht ablehnen: ›Tut mir leid, Herr Gruber, Dieter Homburg ist mein Freund, das kann ich nicht machen.‹?«
»Homburg meint, du hast das über Silvia gedeichselt.«

»Da siehst du mal, wie krank der Junge ist. Die Puppe kann ihrem Alten einen Wohltätigkeitsball einreden, das ja, aber bei seinen Pferden hat sie nichts zu melden. Außerdem ist zwischen ihr und mir Feierabend.«
»Glaubt er nicht«, sagte Cremer.
»Er soll denken, was er will. Morgen früh werden Grubers Pferde gebracht. Dann ist da noch was, Wolf: Ich habe mit Rolf Lesch gesprochen. Du erinnerst dich an ihn?«
»Allerdings, und mit Grausen.«
»Ich habe ihm angeboten, zu uns zu kommen.«
Der halbwegs zivile Ton war wie weggeblasen. »Bist du bescheuert? Diesen miesen Alkoholiker?«
»Keine Sorge, ich glaube nicht, daß er annehmen wird.«
»Das ist doch Quark! Als ich ihn das letztemal sah, konnte der Mann nicht mehr gehen und nicht mehr stehen. Und du bietest ihm einen Job an. Nicht zu fassen! Grubers Pferde und Lesch! Alles, ohne mich zu fragen! Feine Partnerschaft!« Auf einmal bekam er Stielaugen, richtete sich in den Steigbügeln auf und blickte hinüber zu den Ställen. »Findet auf dem Hof 'ne Grillparty statt?«
»Na, das ist vielleicht eine dämliche Frage! Wie kommst du denn darauf?«
Wolf wandte Thunderbird herum. »Dann brennt's bei uns!«
Christian sprang in seinen Wagen und drehte den Zündschlüssel. Wolf galoppierte aus dem Stand an, Thunderbird startete, als der Motor aufheulte, vor Schreck im Kreuzgalopp. Cremer mußte ihn durchparieren und erneut anreiten. Zu gleicher Zeit erreichten sie den Hof. Christian stoppte den Wagen an der Remise, Cremer band Thunderbird am Auto fest.
Aus den Stalltüren wälzte sich dicker Qualm, hinter Fensterscheiben züngelten Flammen, Pferde wieherten angstvoll, schlugen mit ihren Hufen gegen die Boxenverkleidung. Margit, Ella und Klaus verschwanden in den Rauchschwaden und führten hustend Tiere heraus.

»Gleich auf die Koppel!« brüllte Christian und rannte ebenfalls in den Stall.
Thomas und Peter rollten Schläuche aus und schraubten sie an den Hydranten. Christian brachte Samurai ins Freie, schnappte sich die Spritze und schrie: »Wasser marsch!«
Peter drehte den Hydranten auf, der dicke Strahl prasselte ins brennende Heu und wirbelte das glimmende Stroh hoch. Verräucherter Dampf legte sich beißend auf die Atemwege.
»Ich ruf' die Feuerwehr an!« schrie Ella.
»Nicht mehr nötig!« brüllte Christian.
Wolf hielt den Unterarm vor seine Augen und drang zwei Meter weit in den Stall ein. »Sind alle Pferde draußen?«
»Ja, der Stall ist leer!« antwortete Christian hustend und keuchend.
Zischend und knisternd verlosch die letzte Glut auf dem gekachelten Stallboden. Schwarze Aschenjauche floß ab. Ein paar Schwalben, die im Dachgebälk genistet hatten und erstickt waren, wurden weggeschwemmt.
Wolf drehte das Wasser ab, und Christian zog den Schlauch auf den Hof. »Hätte schlimmer kommen können.«
»Weiß Gott«, sagte Ella, »es ist gerade noch mal gutgegangen.«
»Das hätte gar nicht erst geschehen dürfen«, stellte Cremer fest und sah Klaus an. »Wie ist es passiert?«
Für alle erkennbar suchte Klaus nach einer Ausrede. »Weiß ich nicht. Ich wollte gerade Heu in eine Box bringen – da habe ich plötzlich Flammen gesehen.«
»Wo?«
»Zwischen dem Heu und dem Stroh am Ende des Mittelganges und in einer der Boxen, die wir grade aufgeschüttet hatten.«
»Und wer befand sich in der Nähe?«
»Keiner, soviel ich gesehen habe«, sagte Peter. »Wir haben gerade die Boxen auf der anderen Seite fertiggemacht.« Auch das klang nach Kumpanei.

Cremer verzog das Gesicht, doch wie ein Lächeln sah das nicht aus. »Typischer Fall von Selbstentzündung, was? Hat jemand von euch geraucht? Margit? Peter? Klaus? Thomas?«
Wie von Cremer erwartet, schüttelten alle den Kopf.
»Das Feuer fällt also vom Himmel, rennt über den Hof und marschiert in den Stall«, rief Christian. »Los, Taschen umdrehen!«
Sie zogen ihre Hosentaschen heraus, aber außer Putzlappen förderten sie nichts Verdächtiges zutage.
»Zieh mal das linke Hosenbein hoch, Thomas«, sagte Ella.
Er gehorchte widerstrebend. Ella bückte sich schneller, als er erwartete, holte aus seiner Socke Zigaretten und Feuerzeug. Anklagend hielt sie die Sachen ihrem Bruder hin.
»Damit ist noch lange nicht bewiesen, daß ich im Stall geraucht habe!« brauste Thomas auf. »Ich rauche nie im Stall! Fragen Sie doch die anderen! Margit zum Beispiel!«
Sie senkte unter Cremers Blick den Kopf und sagte leise: »Fragen Sie mich bitte nicht.« Damit gab sie Thomas zu verstehen, daß sie ihn nicht ein zweites Mal schützen werde.
Christian begriff sofort. »Okay, Thomas! Verschwinde! Wenn ich dich in zwanzig Minuten noch sehe, wirst du vom Hof geprügelt.«
Mit gekrümmtem Zeigefinger machte Ella ihm klar, ihr zu folgen. »Los! Sachen packen!«
Da erst bekam er mit, daß es ernst für ihn geworden war. Dennoch versuchte er, die Affäre für sich zu entscheiden. »Sie können mich nicht einfach rausschmeißen! Juristisch haben Sie nichts gegen mich in der Hand!«
»Wir können ja mal bei den anderen Stallbesitzern nachfragen, was du da so alles auf die Beine gestellt hast«, schlug Cremer vor. »Wir können dich auch wegen fahrlässiger Brandstiftung verklagen. Darauf steht die fristlose Kündigung. Such's dir aus.«
Verdrossen trottete Thomas hinter Ella her. Er brabbelte vor sich hin, aber niemand wollte sein Gemurmel verstehen.

»Der Junge war mir von Anfang an nicht geheuer«, sagte Christian.
Logisch, daß Wolf opponierte. »Behaupte bloß, er hat wie ein potentieller Brandstifter ausgesehen.«
Christian ging nicht darauf ein. »Ich sehe aus wie eine Sau, ich geh' mich waschen.«
»Und ihr anderen macht den Stall sauber«, ordnete Wolf an.
»Wenn der Qualm abgezogen ist, bringen wir die Pferde wieder in die Boxen.«
»Was lehrt uns das?« fragte Christian. »Wir brauchen einen Stallmeister.«
»Aber nicht Lesch.«
»Wir könnten ihm helfen, trocken zu werden.«
»Sind wir die Anonymen Alkoholiker?« fragte Wolf zynisch.
»Jedenfalls hätte das nicht passieren können, wenn er hier gewesen wäre«, verteidigte Christian den Plan der Gräfin Luise.
»Er hätte gleich mit Bier löschen können. Das meinst du doch, nicht wahr?«
»Rede keinen Quatsch, Partner! Aber darf ich mich mal höflich erkundigen, warum du diesen schmalen Sandfloh als Stallmädchen eingestellt hast – ohne mich zu fragen?«
»Aus pädagogischen Gründen.«
»Na, prima, Wolf, das paßt zu dir.«

3

Partner

Alle fünfzig Meter schimmerte durch die diesige, regnerische Nachtluft eine Straßenlaterne. Einige der erleuchteten Fenster in den Häuserfronten flimmerten kobaltblau vom Schein eingeschalteter TV-Geräte. Radiomusik schepperte. Auf den Oberflächen der Pfützen glitzerten Lichtreflexe, wurden mit jedem Regentropfen zu spukhaften Bildern. Ein Auto donnerte vorüber, und Regenwasser von der Bordsteinkante spritzte auf den Bürgersteig. Abgestorbene Blätter einer Linde fielen auf die Bank neben der längst geschlossenen Frittenbude.

»Sie!«

Rolf Lesch erschrak beim barschen Klang der Männerstimme. Er hatte keine Schritte gehört. Eine Taschenlampe wurde angeknipst, leuchtete in sein Gesicht. »Warten Sie auf jemanden, oder wollen Sie auf der Bank pennen?«

Lesch blinzelte und überlegte, wo er sich befand, sah sich außerstande, eine Antwort zu geben.

»Ich habe Sie was gefragt!«

Mit zitternder Hand schirmte Lesch seine Augen ab und erkannte einen Polizisten. »Sie ham mich was gefragt?«

»Richtig! Ob Sie auf jemanden warten!«

»Ich warte auf morgen«, antwortete Lesch.

»So, auf morgen! Haben Sie Papiere?«

»Ja.« Lesch rutschte an das andere Ende der Bank, weil er glaubte, er könne dem starken Lichtkegel der Taschenlampe entrinnen.

Mit drei kurzen Schritten folgte der Beamte ihm und tippte mit dem Zeigefinger nachdrücklich auf seine nasse Schulter.

»Nich anfassen«, brummte Lesch.

»Ich habe Sie aufgefordert, mir Ihren Ausweis zu zeigen!« Im Ton lag staatliches Begehren. »Glauben Sie, ich will die ganze Nacht hier mit Ihnen vertun?«
Lesch fiel es schwer, zu formulieren, was er ausdrücken wollte. »Sie ham mich gefragt, ob ich Papiere hab', und ich hab' ›ja‹ gesagt.«
»Zeigen Sie schon her.«
Nach längerem Tasten und Suchen in den Taschen fand Lesch seinen Personalausweis und reichte ihn dem Uniformierten. Der studierte die Eintragungen, verglich Lichtbild und Original, rechnete die Datenangaben nach. »Rolf Lesch. So. Hier ist ein fester Wohnsitz eingetragen. Warum sitzen Sie bei dem Scheißwetter hier auf der Bank? Sie sind schon völlig durchnäßt. Warum sind Sie nicht zu Hause?« Er neigte den Oberkörper und schnüffelte. »Getrunken haben Sie auch.« Er schnupperte noch mal, als könne er mit der Nase allein die Promillewerte bestimmen. »Und nicht zu knapp.«
»Zu Hause?« murmelte Lesch, und das klang, als wisse er die Bedeutung des Begriffs nicht zu definieren.
Der Streifenbeamte besann sich auf seine Helferrolle. »Haben Sie Probleme?«
Lesch wiegte den Kopf hin und her. »Wenn Sie meine Probleme kenn' würd'n, schmeißen Sie Ihre weg, das garantier' ich Ihn'.«
»Wissen Sie was, Herr Lesch, ich bringe Sie ein Stück. Sonst erkälten Sie sich noch. Sie wohnen ja in der Nähe.« Er reichte den Ausweis zurück. »Die Adresse stimmt doch noch, oder?«
Die vorgegebene Sorge um seine Gesundheit machte Lesch zutraulicher. Er stand mühsam auf, torkelte, bis er das Gleichgewicht gefunden hatte, und rief mit aufgesetzter Fröhlichkeit: »Immer nach Norden, Kam'rad!«
Sie trotteten schweigend durch den Regen, doch plötzlich kicherte Lesch prustend.
»Warum lachen Sie denn auf einmal?«

Rolf blieb stehen und musterte seinen Begleiter von der Mütze bis zu den derben Schuhen. »Ich hab' mir eben vorgestellt, wie's aussieht, wenn Polizisten bei Regen mit'm Schirm rumlaufen.«

Der Beamte äußerte sich nicht zu dem Geistesfunken, aber er wollte das Gespräch nicht abreißen lassen. »Sie haben was mit Pferden zu tun, nicht wahr?«

»Woher wissen Sie das?«

»Steht in Ihrem Ausweis.«

»Hatte ich.«

»Jetzt nicht mehr?«

»Nee. Aber 'n weltbekannter Rennstall hat mir 'n Angebot gemacht, als Stallmeister anzufangen«, schwadronierte Lesch, »bloß ich weiß nich, ob ich das annehme.« Er machte eine Verbeugung vor einem Unsichtbaren. »Ein Rolf Lesch nimmt nich jede Offerte an – Sie hätten mich mal früher sehen sollen.«

Der Polizist glaubte kein Wort. Er wußte, wie er betrunkene Spinner einzustufen hatte. Und weil er nicht wollte, daß sein Schützling sich in der Fama verlor, lenkte er ihn vom Thema ab. »Sagen Sie mal, Herr Lesch, gibt's auf der Rennbahn eigentlich todsichere Tips?«

Rolf gackerte hingerissen. »Nee, aber es gibt schlappe Kunden, die verdienen bei jedem Rennen. Die faulen Tipgeber, verstehen Sie? Die reden Ihn' bei jedem Rennen gegen 'ne prozentuale Beteiligung todsichere Tips auf. Und zwar so viele, wie Gäule laufen. Jedem ihrer Kunden nennen sie ein anderes Pferd als Sieger, das heißt...«

Der Ordnungshüter begriff sogleich. »Bei *einem* kann so ein Kerl immer kassieren!«

»Genau.«

»Und er findet so Dumme?«

»Immer, lieber Mann. Is ja kein Betrug. Der holt seinen Anteil nur von dem, der gewonnen hat. Von den Verlierern verlangt er keine Kohle. Und wenn so 'n Typ jeden Sonntag bei

durchschnittlich zehn Rennen seine Nummer abzieht, hat er per saldo 'n guten Schnitt gemacht.«
»Ich dachte, daß das immer Betrüger sind, die einem todsichere Tips gegen Gewinnbeteiligung aufdrängen.«
»Das sind ganz andere Typen, guter Mann.« Lesch ahmte den schleichenden Gang von nimmermüden Zockern nach. »Geben Sie Obacht: Da kommt einer, biedert sich an, ja, redet von krassen Außenseitern und was die für Chancen haben. Und wenn Sie nu nich wollen, ja, macht der Ihnen die Wette auf 'ne ganz doofe Masche schmackhaft. Er sagt: ›Machen wir halbe-halbe, wenn Sie kein' Mumm haben – ich beteilige mich an Ihrer Wette!‹ Da fallen viele drauf rein. Aber die Typen haben ihre eigenen Wetten längst am Schalter und wollen nu mit halben Kosten auf Krampen setzen, die normalerweise ohne Chancen mitrennen. Vielleicht kommt ja doch mal 'n Außenseiter als Erster an.« Er blieb vor einem Haus stehen, legte den Kopf in den Nacken und blickte nach oben. »Wenn mich nich alles täuscht, wohn' ich hier. Was mein' Sie?«
Der Polizeibeamte sah auf die Hausnummer. Es war die gleiche, die in Leschs Ausweis angegeben war. »Richtig, hier wohnen Sie. Hat mich gefreut, Ihre Bekanntschaft gemacht zu haben. Kommen Sie mit dem Schlüssel zurecht?«
Lesch reagierte empört. »Klar! Denken Sie, ich bin besoffen?«
»Dann gute Nacht, und schlafen Sie gut! Und noch etwas, Herr Lesch: Sie sollten sich öfter rasieren. Auf dem Ausweisfoto machen Sie einen ganz properen Eindruck. Aber so, wie Sie jetzt aussehen, sollten Sie sich nicht wundern, wenn Sie kontrolliert werden.«
Rolf drehte sich erschrocken um und starrte den Polizisten verdattert an. »Wie – wie sehe ich denn aus?«
»Fürchterlich, Herr Lesch!«

Wolf und Christian waren mit den Pferden von Hans-Otto

Gruber auf der Trainingsbahn. Klaus ritt die Spitzen-Stute Blue Queen. Doch das Tier konnte sich weder auf den Reiter noch auf das Geläuf einstellen. Klaus tat sein Bestes, aber Blue Queen reagierte kaum oder gar nicht.
Christian nahm das Megaphon und rief über die Bahn: »Klaus! Bring sie zurück in den Stall, und nimm dir Thunderbird! Die anderen ein paar Minuten im Schritt und dann eine Runde Trab!«
Wolf trat zu ihm und verfolgte den müden Tritt der Stute. »Verstehst du das?«
»Nein. Sie will einfach nicht rennen. Sie scheint sich überhaupt nicht dafür zu interessieren. Gruber wird nicht begeistert sein.«
»Wann kommt er?« wollte Cremer wissen.
»Sieh dich mal um.«
Vor dem Gittertor im hohen Maschendrahtzaun stand Grubers Luxuskalesche, der mit kühnem Beinschwung Silvia entstieg. Hans-Otto hatte die Hände in den Hosentaschen und blickte kritisch Blue Queen hinterher.
Cremer stöhnte. »Daß der Mann hier dauernd angekrochen kommt, hatten wir nicht einkalkuliert.«
»Wir müssen damit leben.«
»Und mit seiner Frau.« Wolf konnte sich ein hinterhältiges Grinsen nicht verkneifen.
»Gesund ist sie doch, oder?« fragte Christian.
»Wer? Silvia Gruber oder Blue Queen?«
Christian schaute ihn perplex an und freute sich. »Mensch, Wolf, endlich machst du mal 'n Scherz. Das wäre wirklich das Größte, wenn du deine alte Form wiederfändest.«
Cremer schien selbst über sich erstaunt zu sein. »Über Silvias Gesundheitszustand weißt du sicher besser Bescheid. Blue Queen fehlt nichts. Der Tierarzt hat sie sich angesehen.«
»Die Stute war ein lebhaftes Pferd. Sie blühte richtig auf im Rennen. Und jetzt? Lustlos.«
»Vielleicht ist die Dame durcheinander«, vermutete Cremer.

»Vielleicht gewöhnt sie sich schwer an die neue Umgebung. Manche Pferde brauchen Zeit, um sich einzugewöhnen.«
»Morgen, die Herren!« brüllte Gruber von der Einfahrt her und stakste über die holprige Grasnarbe. Silvia hielt ihren engen Rock gerafft und trippelte wie auf heißer Lava hinter ihrem Mann her.
»Sei ein bißchen diplomatisch«, flüsterte Christian mit unbewegten Lippen wie ein Bauchredner und sagte dann laut: »Morgen, die Herrschaften.«
Gruber trat zwischen die beiden und klopfte ihnen jovial auf die Schultern. Es sah fast wie eine doppelseitige Umarmung aus. »Stimmt was nicht mit Blue Queen? Warum muß sie schon zurück in den Stall?«
»Sie ist scharf geritten worden«, antwortete Cremer, »das ist alles.«
»Ist das Pferd bis zum Rennen in vierzehn Tagen fit?«
»Warum nicht? Der Stallwechsel hat sie zwar ein bißchen durcheinandergebracht, aber das gibt sich.«
»Hoffentlich! Ich habe ein paar sehr wichtige Gäste auf der Rennbahn. Die sollen miterleben, wie meine Frau den Siegerpokal in Empfang nimmt.«
Christian besichtigte ausgiebig Silvias knalleng sitzendes Kostüm. »Wir werden unser Bestes tun, um Ihre Frau, ich meine Ihre Gäste, nicht zu enttäuschen.«
Gruber blieb die Adlersche Augengymnastik nicht verborgen, und die Bemerkung fand er tückisch. »Wenn es Ihnen nichts ausmacht, Herr Adler, unterhalte ich mich jetzt mit Ihrem Partner allein!« Er machte eine einladende Armbewegung zum Fußweg an der Außenkante der Übungsbahn. »Auf ein Wort, Herr Cremer!«
Klaus ritt im Leichtsitz mit Thunderbird auf die Bahn und rief Christian zu: »Er soll in Deauville starten. Ist da was dran?«
»Ja. Der Stall Hayn-Hohenstein will dort präsent sein. Reite ihn nicht zu scharf. Nur richtig warm machen.«
Silvia, ständig darum bemüht, von Insidern als Fachfrau an-

erkannt zu werden, äugte angestrengt durch ihr Fernglas und verfolgte die Pferde auf dem Geläuf. Ohne diese Haltung zu verändern, sagte sie: »Ich langweile mich schrecklich.« Dann hatte sie Klaus in der Optik. »Wer ist dieser Bursche da?«

Christian verfolgte die Richtung ihres Feldstechers. »Klaus Schmittgen. Noch zu jung für dich, fürchte ich.«

»Er wird erwachsen werden. Er reitet nicht übel.«

»Sag ihm das bloß nicht, sonst verlangt er mehr Geld. Warum ist dir langweilig?«

»Rate mal.«

Unklugerweise wollte Christian dem Zustand abhelfen. »Kann ich dich morgen zum Mittagessen einladen?«

Sie sah ihn überrascht an. »Kannst du jederzeit. Auch zum Abendessen mit anschließendem Frühstück.«

»Um ein Uhr bei Max im Restaurant?«

»Ist das nicht etwas zu öffentlich, mein Lieber? Warum nicht bei mir zu Hause? Ich mache dir ein Omelett – wie in alten Zeiten.«

Gruber schaute sich während des Gesprächs mit Cremer ständig um, weil er Silvia und Adler mißtraute. Doch dann schwand sein Argwohn, denn Silvia peilte eisern durch ihr Fernglas wie ein U-Boot-Kommandant im Einsatz.

»Gestatten Sie mir eine Frage«, sagte Cremer. »Warum haben Sie Dieter Homburg die Pferde weggenommen? Er hat sie doch erfolgreich trainiert.«

»Was will der Mann? Er behält ja noch sechzehn.«

»Ihr Entschluß hat uns bei ihm unbeliebt gemacht. Er meint, wir verhalten uns nicht kollegial.«

»Beliebt oder arm, wie? Und was ist schon Kollegialität im Geschäftsleben? Können Sie sich was dafür kaufen? Wissen Sie, wie man das macht? Ellenbogen breit, Augen zu und durch!«

»Für Sie zählt wohl nur, was sich in Mark und Pfennig ausdrücken läßt.«

»Das ist a) keine schlechte Philosophie, Herr Cremer, und b) – bei mir funktioniert sie.« Gruber blieb stehen und blickte Wolf nachdenklich an. »Sagen Sie mal, Sie haben doch noch Platz in den Ställen. Können Sie noch ein weiteres Pferd aufnehmen?«

»Selbstverständlich. Wieder von Homburg?«

»Nein.« Er nahm Cremers Oberarm. »Kommen Sie, wir gehen zurück. Nein, der Hengst steht im Augenblick in England. Black Lace, ein Dreijähriger. Ich kann ihn zu einem günstigen Preis bekommen.« Er hielt beide Hände trichterförmig vor den Mund und rief: »Silvia! Wir müssen los!«

»Ich höre wegen Black Lace von Ihnen?« fragte Wolf.

Gruber nahm die Diagonale über die Wiese zu seinem Wagen. »Ich rufe Sie an!«

Silvia hopste in ihren Riemchenpumps über den unebenen Boden und erreichte stolpernd das Auto. »Bist du zufrieden mit deinem Trainer-Duo?«

Er betätigte die Zentralverriegelung in der Wagentür. »Die Stunde der Wahrheit kommt erst. Laß uns ein paar Rennen abwarten.«

Sie lächelte verschlagen. »Deine schauspielerische Leistung war jedenfalls bewundernswert.«

»Würdest du dich bitte näher erklären.«

Silvia breitete beide Arme aus und neigte den Kopf mit zum Kuß gespitztem Mund nach rechts und links. »Du kannst Christian Adler auf den Tod nicht ausstehen, aber deine Umarmungspolitik nimmt man dir voll ab.«

»Ist das so? Na fein! Und wie ist deine Umarmungspolitik ihm gegenüber?«

Die verschlagene Nuance in ihrem Lächeln verschwand. »Ich werde selbstverständlich nie etwas tun, was dir schaden könnte, Hans-Otto.«

»Den Satz vergiß mal nicht! Du weißt, wie ich bin: Ich kann Menschen umarmen, aber ich kann auch so fest zudrücken, daß sie keine Luft mehr kriegen.« Er griff über das Verdeck nach ihrer Hand und preßte sie, bis Silvia vor Schmerz aufschrie.

Nach dem Morgentraining zogen Roß und Reiter wie eine müde Karawane von der Bahn zurück zu den Ställen. Die Pferde mußten abgesattelt, getrocknet und versorgt werden – erst dann gab es Frühstück für die Mannschaft. Ella achtete streng darauf, daß der Ablauf eingehalten wurde.
Adler und Cremer liefen zu Fuß hinterher, und Christian fragte: »Was wollte er von dir?«
»Er bringt noch ein Pferd.«
»Wieder von Dieter?«
»Das habe ich ihn auch gefragt. Nein. Einen Dreijährigen aus England. Black Lace. Er will den Hengst kaufen...«
Cremer stockte, weil Dieter Homburg ihnen vom Haus her entgegenkam und ohne Begrüßung vorbeigehen wollte.
»Hallo, Dieter«, rief Christian.
»Ich habe die Pferdepässe und Impfkarten von Grubers Pferden gebracht«, erwiderte Homburg kühl und ging weiter. »Sie liegen drin im Büro auf dem Tisch.«
»Bleib doch mal stehen!«
»Keine Zeit! Ich hab' mehr zu tun, als Handlanger für eure unfairen Geschäfte mit Gruber zu sein!«
»Mann, bist du stur!« sagte Christian.
»Erwartest du, daß ich freundlich grinse? Du steigst mit Grubers Frau ins Bett, bequatschst sie, und sie macht ihren Alten an, mir die Gäule wegzunehmen!«
Christian nahm die schon bekannte Anschuldigung nicht besonders ernst und sagte verschmitzt hinter seinem Handrükken vorbei: »Also – du rätst nicht, was ich alles mit einer Frau im Bett anfange! Aber *eine* Sache mache ich garantiert nicht: Ich brabbele nicht mit ihr über Pferde. Gruber hat mir die Sache angetragen, seine Frau hat damit nichts zu tun. Ich habe Gruber sogar zu verstehen gegeben, er soll die Tiere bei dir lassen, aber davon wollte er nichts wissen.«

»Zu mir sagte er, du hättest ja noch sechzehn von ihm«, wurde Christian von Wolf unterstützt. »Offenbar langt das seiner Meinung nach.«
»Im Renngeschäft ist genügend Platz für uns alle«, gab Christian seiner Überzeugung Ausdruck. »Bei Gruber weiß man doch nie, was er morgen im Sinn hat. Vielleicht nimmt er uns dann die Pferde wieder weg und bringt sie zu dir zurück – oder gibt sie einem dritten Trainer. Auf alle Fälle kannst du sicher sein, daß ich nichts tue, um dir zu schaden.«
»Vorsicht«, warnte Homburg. »Ich habe dich als Jockey erlebt. Du hattest alle Tricks drauf. Aber das ist nur eine sachliche Feststellung. Mach's dir nicht zur Gewohnheit, Pferde von mir zu übernehmen.«
Christian lachte hilflos. »Du mußt deinen Ärger nicht bei uns ablassen. Besser, du sagst Gruber, er soll seine Pferde nicht aus deinem Stall abziehen.«
Homburg ging zu seinem Wagen und rollte vom Hof. Sogar das Anfahren klang böse.
»Eigentümlich«, wunderte Wolf sich, »daß er und Gruber zur gleichen Zeit bei uns auftauchen, sich aber mit großem Bogen aus dem Weg gehen.«
Christian hob die Schultern. »Isses a Wunder?«
»Hast recht.« Wolf schlug sich mit der Hand gegen die Stirn. »Ich gehe frühstücken. Kommst du mit?«
»Nein, ich muß mal zu Monika in den Laden und in meine Wohnung. Ein paar Dinge stehen an. Bis später.«
Auf dem Weg zur Remise, in deren Nähe sein Auto stand, hörte Christian plötzlich die Stimme von Rolf Lesch, der hinter der dem Hof abgewandten Schuppenseite hervorlugte.
»Hallo, Herr Adler – Sie haben mir einen Job angeboten …«
Christian betrachtete ihn angewidert. Lesch sah so heruntergekommen aus wie bei der letzten Begegnung vor drei Tagen. »Sie haben reichlich lange gebraucht, um sich das zu überlegen. Außerdem sind Sie nicht vorzeigbar. Sie sehen entsetzlich verkommen aus. Gut, daß Sie sich versteckt ha-

ben. Ich habe ihnen Geld gegeben, und wenn Sie schlau gewesen wären, hätten Sie sich ein paar saubere Klamotten gekauft. Aber Sie haben das nicht ernst genug genommen mit dem Job. Sie haben das Geld versoffen, stimmt's?«
»Herr Adler...«
»Tut mir leid, wir werden ohne Sie auskommen müssen.« Er kletterte in seinen Wagen, startete den Motor und hörte nicht mehr, daß Lesch abermals rief: »Herr Adler...«

Neben Monikas Boutique lag der Bücherladen von Bernhard Schadenstedt. Zum Mißfallen seiner zwölfjährigen Tochter Jenny ein ruhiger, echt freundlicher, unheimlich zuvorkommender Mann. Sie hätte gern einen kecken, verwegenen Vater gehabt, einen Draufgänger in allen Lebensbereichen. Aber nein, ihr Bernhard – Jenny sagte Bernhard zu ihm – war ein schlichter Bourgeois. Die Nachmittage verbrachte sie bei ihm im Geschäft, half beim Einordnen der Bücher, schwatzte über deren Inhalte altklug mit Kunden, versuchte bei jeder sich bietenden Gelegenheit, an Bernhard herumzuerziehen, ihm zu den unpassendsten Gelegenheiten einzureden, daß Nachbarin Monika Adler gewiß eine angenehme Freizeitbeschäftigung, wenn nicht mehr, für ihn wäre. »Weißt du, was dir guttun würde, Bernhard?«
Er stand auf einem Tritt am Regal und rief hinunter: »Mir genügt, wenn du das weißt.«
»Ich will's aber nicht für mich behalten.« Jenny warf sich in Vampositur. »Guck mal! Eine Frau von Format. Eine, die dich mitreißt.«
»In welchem Buch hast du denn das gespannt? Liebesromane lesen, aber mies in Mathe – das ist meine Tochter.«
»Lieber 'ne Fünf in Mathe als gar keine persönliche Note.«
Schadenstedt hätte gern gegrinst, doch er zog es vor, den Erziehungsberechtigten zu mimen. »Hast du noch mehr von den dummen Sprüchen drauf?«
»Lieber niederträchtig als hochschwanger.«

Er gab sich verzweifelt. »Womit habe ich dich verdient? Du bist kein Mädchen, sondern eine Zumutung.«
»Du nimmst mich nicht ernst«, klagte sie. »Manchmal frage ich mich wirklich, für was du mich hältst.«
»Für vorwitzig, naseweis, dreist, altklug, taktlos. Willst du noch mehr hören?« Er kletterte vom Tritt.
»Ich könnte mich beölen, Bernhard!« quietschte Jenny. »Noch was?«
»Rotzig, ungezogen, vorlaut, schnodderig, frühreif, überheblich, unverschämt, unverfroren, beknackt! Mehr fällt mir nicht ein.«
»Fabelhaft«, sagte sie anerkennend, »mir gegenüber gehst du richtig aus dir raus. Aber wenn's mal drauf ankommt, verschlägt's dir die Sprache.«
»Du tust gerade so, als ob ich ein Depp wäre.«
»Das habe ich damit nicht gemeint.« Sie redete mit ihm wie mit einem kranken Hund. »Du sagst immer bloß: ›Guten Morgen, Frau Adler‹, ›Mahlzeit, Frau Adler‹, ›Schönen Abend, Frau Adler‹.«
»Und was sollte ich deiner Meinung nach tun?«
»Ein Mann wie du muß 'n paar flotte Sprüche draufhaben.«
»Wie du, ja?«
»Genau!«
Also gab er sich Mühe. »Warum nimmst du nicht deinen Besen und reitest nach Hause?«
Jenny strahlte. »Siehste, bei mir kannst du das.« Sie gestikulierte mit Armen und Beinen, und das sah aus, als habe ein Stenz zu enge Schuhe an. »Sag doch mal zu ihr: ›Frau Adler, ich suche 'ne pflegeleichte Dame zum Frühstück, oder so...‹«
Unbemerkt trat Monika in den Buchladen. »Guten Tag, Herr Schadenstedt.«
Er fuhr zusammen. Hatte sie Jennys Frechheit gehört oder nicht? Und wenn sie sie gehört hatte, was dann? Himmel, wäre das peinlich. »Guten, äh, guten Tag, Frau Adler.« Er

wußte bei Gott nicht, wie er sich verhalten sollte. »Jenny kennen Sie ja schon.«
Monika nickte dem Mädchen zu. »Jenny kenne ich schon.« Sie beguckte sich die neuesten Taschenbücher auf einem Drehständer. »Wie gehen die Geschäfte?«
»Im Augenblick ist es ruhig, Frau Adler. Es gibt Zeiten, da kaufen die Leute keine Bücher.«
Monika wußte nichts von Kaufintervallen im Buchhandel, doch das Gespräch lief haargenau in die erwünschte Richtung. »Geht mir auch so, Herr Schadenstedt. Es gibt Zeiten, da kaufen die Damen keine Wäsche.«
Davon wußte nun wieder Vater Bernhard nichts. »Was Sie nicht sagen. Aber ein Problem bleibt: die Miete...«
»Sie sprechen es aus.«
»Warum kaufen die Damen im Augenblick keine Unterwäsche?« wollte Jenny wissen. »Liegt das am Wetter oder geht man jetzt ohne?«
»Jenny«, mahnte Schadenstedt.
»Man wird ja wohl noch fragen dürfen, Bernhard.« Jenny war nicht zu bremsen. »Ich jedenfalls möchte mal so prima Hemdchen haben, wie sie bei Frau Adler im Schaufenster liegen.«
Er spürte die Angriffsrichtung seiner Tochter ganz genau, und er hatte auf einmal das schwer zu bezähmende Verlangen, ihr ein paar zu feuern – was er noch nie gemacht hatte. Doch er hatte sich im Griff und sagte zu Monika: »Wenn die Hausbesitzer durchkommen mit dieser Mieterhöhung, kann ich meinen Laden zumachen.«
»Es ist der reine Wahnsinn«, bekräftigte sie. »Mein Mann hat mit dem Gruber geredet...«
»Gruber? Muß ich den kennen? Nie gehört.«
»Das ist der Kerl, der die Passage hier gebaut hat. Und der steckt auch hinter der Hausverwaltungsgesellschaft.«
»Und? Hat Ihr Mann was erreicht?« Schadenstedt sah, daß Monikas Gesicht sich ärgerlich verzog.

»Er hat mir leider nicht erzählt, was die Unterredung ergeben hat. Die Mieterhöhung ist jedenfalls bisher nicht zurückgenommen worden.«
»Wie lange läuft Ihr Vertrag?«
»Noch sechs Monate«, erwiderte Monika, »so lange habe ich Ruhe.«
»Wir sollten mit einem Rechtsanwalt reden«, schlug er vor.
»Das sollten wir.« Monika nahm wahr, daß jemand ihre Boutique betrat. »Oh, entschuldigen Sie, Herr Schadenstedt, bei mir im Laden ist Kundschaft! Wiedersehen.«
Mit vor Freude roten Ohren rief er hinter ihr her: »Auf Wiedersehen, Frau Adler.«
Jenny war erschüttert. »Ich krieg' mich nicht mehr ein! Ihr habt salbadert wie zwei Bescheuerte! Du und Frau Adler im Fernsehen, und die Leute schmeißen den Apparat aus dem Fenster!«
Er holte tief Luft und wandte sich einem Bücherstapel auf dem Kassentisch zu. »Jenny! Ich fürchte, du mußt jetzt nach Hause gehen!«
Sie nahm das wörtlich. »Wenn du davor Angst hast, Bernhard, bleibe ich lieber bei dir.«

Der Kunde in Monikas Laden war Christian. Hingerissen betrachtete er das überschlanke Mannequin auf dem Werbeposter einer Miederfirma.
»Du kommst wie gerufen«, sagte Monika. »Eben habe ich mit dem Buchhändler nebenan über die verdammte Mietgeschichte geredet. Der ist ebenso schlimm dran wie ich. Aber passiert ist in der Sache noch immer nichts. Obwohl du große Töne gespuckt hast, wie du das regeln kannst.«
»Irgendwo ist da der Wurm drin, Monika. Du redest, als ob ich schuld an der Erhöhung sei. Ich habe versucht, bei Gruber was zu erreichen.«
»Und der Erfolg? Null! Und warum? Weil der Mann sicher ganz genau weiß, daß du mit seiner Frau was gehabt hast!«

Er ging im Laden auf und ab, verschränkte seine Hände auf dem Rücken und mühte sich, nicht zu explodieren. »Du kannst dich von dem Thema nicht trennen, nein? Was gehabt hast! wie sich das anhört! Ein alter Hut und längst vergessen. Aber du willst das nicht begreifen.«
»Ich begreife sehr gut, mein Lieber. Wenn ich mich in die Lage der Gruber versetzen müßte, käme ich auf die Idee, mich an dir zu rächen. Eine Frau hat das nämlich nicht gern, von ihrem Liebhaber so mir nichts dir nichts verlassen zu werden. Sie wird beschließen, sich zu rächen. Und das hat die Gruber getan, wie wir wissen.«
»Indem sie deine Miete erhöht?« Christian grunzte befremdet. »Komm! Sei nicht albern! Erst machst du Gruber verantwortlich, weil ich ihm Hörner aufgesetzt habe, und nun Silvia, weil die Sache zu Ende ist. Das paßt doch nicht zusammen.«
Monika machte es sich leicht mit der Schuldzuweisung. »Beide haben einen Grund, dir am Zeug zu flicken. Und das Geschäft gehört zur Hälfte dir. Sie benutzt mich und den Laden, um wieder an dich ranzukommen.«
»Jetzt hast du noch einen Grund gefunden. Wenn ich wieder mit ihr ins Bett gehe, tritt die alte Miete wieder in Kraft? Will sie das mit deinem Nachbarn Schadenstedt auch? Ist dem deshalb auch die Miete erhöht worden? Du hast vielleicht 'ne bizarre Phantasie. Das wäre ja eine ganz perverse Nummer. Glaube ich nicht. Ich habe sie heute morgen getroffen, und da war sie ganz friedlich.«
Triumphierend stellte sie sich vor ihn hin, als habe sie ihn erneut überführt. »Ach – du hast sie getroffen? Eben noch hast du behauptet, es ist aus!«
»Laß mal Luft ab, Monika. Ihr Mann war dabei. Er hat Wolf und mir einige seiner Pferde zum Training gegeben.«
»Das ist ja reizend!« Sie hatte sich eingependelt und konnte nicht aufhören, ihrem Affen Zucker zu geben. »Früher hast du ständig geflucht über diesen Mann, und jetzt läßt du dich

von ihm bezahlen. Und ich war naiv und habe geglaubt, daß du dich mit ihm meinetwegen anlegst.«
Christian ging zur Ladentür und schloß sie, weil er spürte, daß seine Stimme an Lautstärke gewinnen würde. »Ich habe mich nicht wegen dir mit ihm angelegt, das will ich mal klarstellen! Ich war mit ihm über Kreuz wegen einer Wettgeschichte! Ich möchte dich bitten, deine Mietprobleme und meine Berufskontakte mit Gruber nicht durcheinanderzumengen! Habe ich mich verständlich genug ausgedrückt?«
»Natürlich kann ich das«, beharrte sie eigensinnig. »Es geht schließlich um meine Existenz.«
»Um meine auch! Ich habe 70000 Mark Schulden wegen Samurai.«
»Niemand hat dich gezwungen, diesen albernen Gaul zu kaufen!« schrie Monika.
»Wenn ich mein Kapital aus diesem Scheißladen abziehe, mußt du zumachen!« brüllte er zurück.
»Nur die verdammten Pferde sind wichtig! Was aus mir wird, ist dir wurscht! Das ist das alte Lied, und so wird das immer bleiben.«
Um die unerquickliche Auseinandersetzung zu beenden, zwang Christian sich zur Ruhe. »Natürlich werde ich mich um deine Probleme kümmern.«
Monika hingegen flüchtete in pure Hysterie. »Gut, dann starte mal und reite die Kuh auf Sieg! Ich bin sicher, bei geschickter Schenkelhilfe und sauberem Speed wird sie sich im Ziel die Sache mit der Miete noch mal überlegen, Meisterjokkey!«

Christian flüchtete in sein Appartement, riß sich die Sachen vom Leib, feuerte sie in die Gegend und stellte sich aufatmend unter die kalte Dusche. Als er merkte, daß der Streß sich allmählich abbaute, ließ er warmes Wasser auf seinen Rücken prasseln. Er schloß die Augen, genoß die Massage und gestand sich nach längerem Überlegen widerwillig ein,

daß Monika in einem entscheidenden Punkt recht hatte: die Gruber.
Er konnte sich an jedes Wort aus dem Gespräch mit Silvia erinnern, obwohl sie ihn damals ständig befummelte und ihm Sekt einflößte. Er hatte ihr gegenüber behauptet, daß es keinen Grund für sie gebe, sich in die Immobiliengeschäfte ihres Mannes einzumischen. Und was hatte sie geantwortet? – »Es gibt einen. Dich. Ich liebe dich. Sei einfach so zu mir wie früher, und Hans-Otto zieht die Mieterhöhung für das Damenwäschegeschäft Monika Adler zurück.«
Genau das...
Die Türglocke schepperte anhaltend, als sei ein Daumen auf dem Klingelknopf eingeschlafen. Christian drehte die Brause ab und schlüpfte in seinen Bademantel. Er öffnete die Tür. Rolf Lesch stand draußen. Aber ehe Christian auf den unerwarteten Besuch reagieren konnte, schlug Lesch mit der Faust zu.
Christian taumelte zurück, Lesch setzte nach, schlug abermals zu und traf genau jenen Punkt auf Christians Kinnspitze, der das Ziel aller Boxer ist.
Christian fiel um: Filmriß!
Wie lange der gedauert hatte, wußte er nicht. Als er zu sich kam und erschrocken an seinen Unterkiefer faßte, stand Lesch racheschnaubend über ihm, packte die Revers des Bademantels und befahl wütend: »Los, stehen Sie auf!«
Kaum stand Christian auf den Beinen, holte Lesch erneut aus, aber Christian kam dem Angriff mit einem harten Schlag in Rolfs Magengrube zuvor. Gekrümmt, mit beiden Unterarmen den Bauch pressend, rannte Lesch ins Wohnzimmer und ließ sich stöhnend in einen Sessel fallen.
Christian folgte ihm. »Was halten Sie davon, wenn wir uns wie zivilisierte Menschen benehmen? Vielleicht schaffen wir das, wenn wir uns Mühe geben.«
»Sie eingebildeter Fatzke. Wollen Sie mir Benimmregeln beibringen? Heute morgen wollte ich mit Ihnen reden, aber Sie

haben ja nicht zugehört.« Er machte Christians Tonfall nach: »Tut mir leid, wir werden ohne Sie auskommen müssen.«

»Und das stört Sie jetzt?«

»Ich bin ziemlich tief gesunken, Herr Adler, aber ich bin noch nicht ganz unten! Ich bin vielleicht ein Säufer, aber ich bin kein Arschkriecher. Nur weil Sie kommen und mir ein paar Scheine auf den Tisch knallen, mache ich vor Ihnen nicht Männchen. Ich mußte mir auch erst darüber klarwerden, ob ich noch zu retten bin. Bei manch einem dauert das eben etwas länger, nicht wahr? Die Vernunft ist uns nicht angeboren, Herr Adler, denn sonst hätten sie ja alle Menschen.«

»Entschuldigung.«

»Sie brauchen sich nicht mehr zu entschuldigen. Ich weiß, wie schwer das ist, von einem so hohen Roß runterzusteigen.« Lesch atmete tief ein und aus, drückte mit den Händen auf seinen Leib und schien sich besser zu fühlen. »Darum habe ich Ihnen ja gleich was aufs Maul gegeben. Und, ehrlich gesagt, ich bin ganz schön fröhlich, daß ich noch so einen Bums draufhabe. Ich hatte nicht damit gerechnet, daß Sie umfallen.«

Christian massierte sein Kinn und bewegte den Unterkiefer nach links und rechts. »Damit habe ich auch nicht gerechnet. Und was ist mit Ihnen? Haben Sie noch Schmerzen?«

Lesch schüttelte den Kopf. »Ich habe ein paar schlimme Tage hinter mir...«

»Sie brauchen mir gegenüber wirklich keine Erklärung abzugeben. Wenn Sie ein neues Leben anfangen wollen, sollten Sie das nicht mit Selbstanklagen beginnen. Ich mache Ihnen einen Vorschlag: Sie gehen unter die Dusche und rasieren sich. Der Apparat liegt unter dem Spiegel. Dann gehen Sie an den Kleiderschrank und suchen sich eine Hose und ein Hemd heraus.«

Lesch schaute sich im Wohnzimmer um, das übersät war mit Christians Kleidungsstücken. »Ist das hier der Schrank, oder gibt's noch ein anderes Behältnis?«

»Richtig, ich muß mal aufräumen. Aber Sie finden sicher noch was im Schlafzimmer. Während Sie sich restaurieren, ziehe ich mich an und mache Ihnen einen Kaffee. Fühlen Sie sich wie zu Hause – ich hab' gleich 'ne Verabredung mit Gräfin Hayn-Hohenstein.«
Christian verschwand in der Küche und Lesch im Badezimmer. Nachdem das Rauschen der Dusche verstummt war, rief Christian: »Wir bauen einen Trainingsstall auf – Wolf Cremer und ich. Dafür brauchen wir den besten Stallmeister, den es gibt. Deshalb besuchte ich Sie. Weil ich denke, Sie sind der richtige Mann.«
»Das bin ich schon lange nicht mehr.«
»Unsinn! Ich habe das feste Gefühl, daß Sie gar nicht so weit abgesackt sind, wie Sie tun. Sie gefallen sich bloß in der bemitleidenswerten Rolle.«
»Machen Sie kein Psychodrama aus mir. Ich bin auch ohne Neurosen ein hoffnungsloser Fall.«
»Sehen Sie, genau das meine ich. Denken Sie mal positiv.«
»Hab' ich verlernt.«
»Das kann man nicht verlernen«, entgegnete Christian, »das kann man allenfalls für einen gewissen Zeitraum verdrängen.«
Lesch trat aus dem Badezimmer, die eine Wange glattrasiert, die andere noch mit Schaum bedeckt. »Dies Gespräch würde gar nicht stattfinden, wenn Adam und Eva nicht aus dem Paradies vertrieben worden wären. Wir säßen heute noch da, Herr Adler. Aber zurück ins Paradies kommen wir nur mit dem Leichenwagen.«
»Warum wollen Sie mir unbedingt beweisen, wie groß Ihr Pessimismus ist?«
Lesch trat wieder zurück ins Badezimmer und schabte weiter an seinem Fünftagebart. »Weil ich an eine entscheidende Änderung meines Lebens noch nicht glauben kann.«
»Das klingt, als ob Sie andere dafür haftbar machen wollen. In gewisser Weise haben Sie allerdings recht. Ich muß erst

Cremer überzeugen, daß Sie der geeignete Mann für uns sind.« Er nahm eine Tasse aus dem Bord, stellte eine Flasche Whisky und ein Glas mit auf das Tablett und brachte alles ins Wohnzimmer. »Wenn Sie fertig sind, kommen Sie bitte. Der Kaffee ist durchgelaufen.«
»Kann ich was von Ihrem Rasierwasser nehmen.«
»Bedienen Sie sich. Ich bin in ungefähr einer Stunde wieder hier. Kaffee steht im Wohnzimmer.«

Es ging zu wie in einer antiken Tragödie. Im Salon von Schloß Hayn-Hohenstein standen Wolf Cremer und Gräfin Luise einander gegenüber wie Caligula und Caesonia kurz vor der Würgeszene, und Christian – als Octavius auf den günstigsten Augenblick zum Dolchstoß lauernd – umkreiste die beiden.
»Ich muß Tomaten auf den Augen gehabt haben«, maulte Wolf, »weil ich nicht früher erkannt habe, daß die Idee mit Lesch von Ihnen stammt, Luise!«
»Wir könnten ihn einen Monat auf Probe einstellen«, schlug Christian vor.
»Nein! Nicht mal einen Tag!«
»Offenbar hat Ihr Partner einen guten Eindruck von ihm«, sagte Luise. »Liege ich damit richtig?«
»Der Mann braucht eine Chance«, bestätigte Christian.
Wolf brauste auf: »Dann soll er sie woanders suchen! Auch auf die Gefahr hin, daß ich mich wiederhole: Wir sind keine Filiale der Anonymen Alkoholiker!«
Luise schüttelte ungehalten den Kopf über so viel Verbohrtheit. »Sie kennen ihn nicht mal. Wenn Sie wenigstens mit ihm reden würden. Auf so viel Entgegenkommen hat jeder Mensch Anspruch.«
»Können wir dieses Thema bitte beenden?« fragte Cremer erzwungen ruhig. »Wir sind hier, um mit Ihnen die Starterangaben für Deauville festzulegen.«
»Das ist deine Vorstellung von gleichberechtigter Partner-

schaft?« rief Christian wütend. »Wenn dir ein Thema nicht paßt, schiebst du es vom Tisch, und alle anderen sollen deine Entscheidung akzeptieren.«
Theresa öffnete die Salontür und erkundigte sich scheinheilig: »Haben Sie gerufen?«
Luise winkte ab. »Stecken Sie Ihre neugierige Nase nicht in Dinge, die Sie absolut nichts angehen. Würden Sie uns bitte allein lassen.«
Beleidigte Hausdamen tun es wie andere Erboste: Theresa schloß die Tür zwei Nuancen zu laut.
»Wir reden doch hier nur um den Schwanz vom Esel!« behauptete Cremer und schaute Christian giftig an. »*Du* bist zu Lesch gegangen, *du* bist bei Gruber gewesen, ich sollte *deine* Entscheidungen akzeptieren!«
»Mit Lesch, das war meine Schuld«, sagte Luise.
»Sie halten sich da raus, bitte!« Es hörte sich wie ein Befehl an. »Das ist eine Sache zwischen mir und ihm!«
»Lesch weiß Bescheid«, äußerte Christian. »Ich habe ihm gesagt, er kann den Job nicht ohne deine Einwilligung bekommen.«
»Und die gebe ich nicht! Dann können wir das wohl abhaken!«
Christian merkte, daß seine Hände zitterten. Sein Hals wurde so eng, als stecke ihm ein Kloß in der Kehle. »Du machst dir das einfach, verdammt noch mal! Abhaken, ablehnen, absagen! Sperr jetzt mal deine verkalkten Ohren auf: Ich schmeiße dir die Partnerschaft vor die Füße, weil sie nicht funktioniert und nie funktionieren wird, Herr *Chef!*«
Cremer suchte Zuflucht bei triefender Ironie. »Ah, mein kleiner Erpresser! Weil ich nicht bei Lesch nachgebe, gehst du, ja? Stelle ich Lesch ein, bleibst du! Glaubst du, daß mit solchen Methoden eine Partnerschaft erzwungen werden kann?«
»Rolf ist nicht das einzige Problem. Es vergeht kaum ein Tag, an dem wir nicht streiten. Mache ich einen Vorschlag, du

schmetterst ihn ab. Ich bin offenbar kein Partner, sondern nur einer von deinen Stallburschen.«
»Und ich bin seit über dreißig Jahren in diesem Geschäft! Und plötzlich kommst du und willst schon nach einem Monat alles besser wissen.«
»Ich weiß nicht alles besser! Habe ich nie behauptet! Ich weiß nur, daß ich mit einem starrköpfigen, engstirnigen alten Mann zusammenarbeiten muß! Und das kotzt mich jetzt an!«
Wolf zitterte vor Wut. »Du Anfänger! Dir gehört mal ein anständiger Schlag zwischen die Augen!«
»Prima, dann muß ich dich wenigstens nicht mehr sehen.«
Luise war außer sich. Zwei Männer, von Hause aus gut erzogen und mit zivilisierten Umgangsformen vertraut, brüllten sich in einer Weise an, die sie nicht akzeptieren durfte. »Hören Sie sofort auf! Wenn die Herren sich bitte auf ihre Kinderstube besinnen wollen! Und vor allem auch auf einen sehr wichtigen Punkt: Ich bin auch noch ein Partner!«
»Sie sollen sich nicht einmischen!« blaffte Wolf.
»Ich würde es begrüßen, wenn Sie sich etwas mäßigen würden«, bellte Luise zurück. »Ich habe gesagt, ich werde mich nicht in die Führung des Trainingsstalles einmischen. Aber was jetzt vorgeht, steht auf einem anderen Blatt. Wenn Christian geht...«
»Gehen Sie mit ihm und ziehen Ihre Pferde ab, das wollten Sie doch sagen, oder?« mutmaßte Cremer.
»Meine Sätze kann ich selbst zu Ende reden, und außerdem mag ich nicht, wenn mir jemand das Wort im Mund verdreht. Was Sie eben ausgesprochen haben, Wolf, habe ich nicht gesagt.«
»Schon gut«, sagte Christian zornig. »Sie brauchen nicht Partei zu ergreifen. Ich gehe. Die Formalitäten erledigen wir in den nächsten Tagen.« Er schritt zur Tür, öffnete sie und wandte den Kopf. »Ich melde mich bei Ihnen, Gräfin.«
Wo der lange Flur in die Eingangshalle mündete, trippelte

Theresa wie ein aufgescheuchtes Huhn über das Parkett. Ihr Warten zahlte sich aus, ein Zeuge der gräßlichen Auseinandersetzung erschien. »Derart häßliche Töne hörte ich noch nie in diesem Haus, Herr Adler.«
»Hallo, mein Schatz«, rief er, und er war gar nicht so zerknirscht, wie sie das erwartete. »Sie müssen das nicht allzu ernst nehmen. Das ist gut für die seelische Ventilation, wenn Leute mal so richtig Dampf ablassen. Ist nicht gut für den Teint, wenn man alles in sich hineinfrißt.«
Theresa strich sich mit den Fingern prüfend über Stirn und Wangen. »Ehrlich? Ich nehme Hautcreme.«
Christian blieb total ernst. »Au revoir, Theresa. Ich muß nach Hause.«
Im Salon hatten Luise und Cremer eine Schweigeminute beendet, in der beide sich darüber klarzuwerden versuchten, weshalb es zu diesem außergewöhnlichen Zusammenstoß gekommen war. Wolf brachte sein Forschungsergebnis auf einen unkomplizierten Nenner: »Dieser verdammte Lesch!«
Sie sah ihn betroffen an. »Sie machen sich das sehr einfach, muß ich sagen. Es geht nicht nur um Lesch. Es geht um mehr. Und das wissen Sie. Gut, Christian ist impulsiv, aber er hat auch Talent und kennt sich mit Pferden aus. Seine Menschenkenntnis ist nicht schlecht. Was er tut, macht er nicht, um den Betrieb zu ruinieren. Er will den Erfolg. Als Partner hätten Sie sich wenigstens Ihr eigenes Urteil über Lesch bilden können. Dazu darf ich anmerken, daß Sie – ohne Christian zu konsultieren – Margit, Peter und Thomas eingestellt haben. Thomas ist inzwischen wieder entlassen worden –«
»Ich will keinen Trinker in meinem Stall haben!« unterbrach er sie.
»Aber einen Brandstifter, ja?«
»Das eine hat mit dem anderen nichts zu tun, Luise. Das war schließlich keine vorsätzliche Brandstiftung.«

»Woher wissen Sie? Auch Fahrlässigkeit birgt einen gewissen Vorsatz in sich. Im Stall ist das Rauchen verboten. Das wußte Thomas. Er hat trotzdem geraucht.«
Überheblich antwortete Wolf: »Soll ich in meinem Stall noch ein Schild annageln, auf dem ›Trinken verboten‹ steht?«
Zum erstenmal in diesem erbitterten Stehkonvent gestattete Luise sich einige entspannte Schritte. »Mir fällt auf, Wolf, daß Sie soeben zum zweiten Mal gesagt haben, in *meinem* Stall. Ihr Stall? Sie haben Christian nicht als Partner akzeptiert, weil Sie nicht wahrhaben wollen, daß das nicht mehr nur *Ihr* Stall ist. Wenn in einer Ehe nur einer das Sagen hat, nur seinen Kopf durchsetzt, zerbricht die Verbindung über kurz oder lang. Ihrer Katharina hatten Sie schließlich auch eingeräumt, mitzubestimmen. In einer geschäftlichen Partnerschaft ist es nicht anders. Verzeihen Sie, daß ich so offen rede, aber ich meine, unsere Freundschaft gibt mir das Recht dazu.«
Er machte einen verwirrten, bejammernswerten Eindruck. Sie wußte, woran das lag. Sie hatte den Namen seiner verstorbenen Frau als Waffe eingesetzt und genau ins Ziel getroffen. Sie ging wieder auf ihn zu und blieb Angesicht zu Angesicht vor ihm stehen. »Sie brauchen nichts zu sagen, Wolf. Wir haben eine lange Reihe von Jahren gemeinsam hinter uns gebracht, und ich kenne Sie gut. Ich möchte Sie wirklich von ganzem Herzen bitte, Ihre Voreingenommenheit über Bord zu werfen.« Sie blickte ihn mitleidig an. »Ist das denn so schwer?«
Er brauchte einige Zeit, um das zu verdauen. Dann suchte er ihre Hand und drückte sie fest.
Luise erwiderte den Druck und sagte aufatmend: »Ich gebe heute abend eine kleine Gesellschaft. Wollen Sie kommen?«
»Danke für die Einladung, Luise, aber mir ist nicht danach zumute.«

»Kann nicht wahr sein!« Christian schaute perplex in sein

Wohnzimmer. Es glänzte, seine verstreute Garderobe war weggeräumt, und inmitten der Sauberkeit saß Rolf Lesch, rasiert, mit neuem Hemd und eleganter Hose – der ganze Mann sah frisch gebügelt aus. Und das Überraschendste: Er hatte die Whiskyflasche nicht angerührt. Christian nahm verwundert die Möbelparade ab. »Wie Zauberei. War in der Zwischenzeit eine Aufwartung hier und hat saubergemacht?«

Lesch, glänzend gelaunt, juchzte mädchenhaft verschämt: »Rolfi hat den bösen, bösen Staub im Stübchen weggewischt.«

»Sie sind wirklich ein As, Herr Lesch. Vielen Dank. Hätte ich nicht erwartet.«

»Genau jetzt fängt mein neues Leben an«, rief Rolf.

»Meins auch.« Christian ließ sich auf die Couch fallen. »Ich habe mich nämlich mit Cremer verkracht. Nicht zu glauben.«

Lesch war entsetzt. »Wegen mir?«

»Sie waren nur der Auslöser.«

»Menschenskind, Herr Adler! Was werden Sie jetzt anfangen? Wär's nicht gescheiter, das mit Cremer wieder einzurenken?«

»Ich glaube nicht, daß das geht. Bei allen seinen Vorzügen als Trainer – man kommt nicht mit ihm aus. Verstehen Sie mich nicht falsch, ich respektiere ihn in seinem Job, und ich habe ihn auch ganz gern.«

»Vielleicht denkt er ähnlich über Sie, wäre ja möglich. Ist auch nicht einfach, mit ihnen auszukommen. Als Sie noch Jockey waren, sind Sie immer stur so geritten, wie es Ihnen gepaßt hat – Stallorder hin, Stallorder her. Oder halten Sie sich für einen Mann ohne Ecken und Kanten?«

Christian war von sich überzeugt. »Per saldo, ja.«

Lesch nickte versonnen. »Das ist ja der verdammte Haken. Darum ist es so schwierig, miteinander zu leben, weil jeder sich – per saldo – für einsame Klasse hält.«

Christian hatte den Eindruck, es sei ein Adler-Kritik-Tag angebrochen. Er klatschte in die Hände, um die Rüffel zu verscheuchen. »Darf ich mal einen Vorschlag machen?«
»Zum Thema?«
»Absolut nicht, lieber Freund! Ich habe rasenden Hunger. Wir gehen jetzt was essen und beraten, wie die Zukunft aussieht, okay?«

Das Aufregendste an der kleinen Sommerabendgesellschaft auf Schloß Hayn-Hohenstein war für Heidelinde von Schönermarck die Nachricht, daß man einige gemeinsame Tage in Deauville verbringen werde. Sie klopfte mit der flachen Hand auf ihre Hüfte, was Emanuel veranlaßte, sofort an ihre Seite zu eilen. »Was amüsiert dich, Liebste?«
»Es ist wahnsinnig aufregend!«
»Was, bitte, Heidelinde?«
»Wir laufen gegen die Gräfin! In Deauville!«
Emanuel zupfte am silberfarbenen Plastron, das zu dicht unter seinem Kinn saß, und fixierte Luise neugierig durch sein Abendmonokel. »Ach – Sie sind auch am Start?«
»Nein, eines meiner Pferde. Ich habe Thunderbird für den ›Prix Morny‹ gemeldet.«
»Wir schicken Magicien ins Rennen«, teilte Heidelinde mit, »ein zauberhafter Hengst. Ich freue mich schon unheimlich auf die internationale Konkurrenz. Ich bin sicher, mein Magicien steckt alle in die Tasche. Nicht wahr, Emanuel?«
»Sicherlich, meine Liebe. Selbst wenn Magicien nicht das schnellste Pferd ist – das schönste ist es auf alle Fälle.« Er neigte den Kopf zu Luise. »Wann reisen Sie, Gräfin?«
»Freitag. Wollen wir nicht zusammen in meinem Wagen nach Deauville fahren? Was halten Sie von der Idee?« Sie nahm die Antwort schon vorweg. »Großartig, nicht wahr?«
Hans-Otto und Silvia Gruber waren Nesthäkchen der gräflichen Abendgesellschaft. Die anderen Herrschaften, alle im Alter von Heidelinde und Emanuel, fanden sich damit ab,

daß jugendlicher Geldadel ungestüm nachdrängte. Das bedeutete allerdings nicht, daß den Grubers Eingang zu Cliquen gewährt wurde; sie bewegten sich isoliert vom Sekt zum Kaviarhäppchen, vom Gravelachs zum Hummerschwänzchen.

Dennoch war Hans-Otto zufrieden. »Hat Wunder gewirkt.«

»Was, bitte?« fragte Silvia mit vollem Mund.

»Unsere kleine Spende beim Wohltätigkeitsfest. Wir werden von Leuten hofiert, die uns früher die Tür vor der Nase zugemacht haben. Wenn die Hayn-Hohenstein uns einlädt, sind wir in die vornehmen Rennsportkreise aufgenommen. Bei nächster Gelegenheit geben wir eine Party, daß den feinen Pinkeln Hören und Sehen vergeht. Dagegen wird das hier ein Kindergeburtstag sein.«

Silvia hörte nicht zu. Sie erspähte Monika Adler, und das bedeutete, Christian konnte nicht weit sein. Sofort gefiel ihr die Seniorengesellschaft besser, das kalte Büfett wirkte bunter, der Champagner schmeckte prickelnder.

»Mußt du mal auf die Toilette?« wollte Gruber wissen.

»Wie kommst du denn darauf?« fragte sie befremdet.

»Weil du so unruhig bist.«

Sie lächelte nachsichtig. »Würdest du mich für einen Augenblick entschuldigen?«

»Siehste, wußte ich doch.« Er nahm das Silbertablett mit kaltem Fasan in Augenschein. Da das Arrangement jedoch noch nicht angebrochen war, scheute er sich, das Werk zu zerstören, und nahm statt dessen abermals eine gehörige Portion roten Kaviar.

»Guten Abend, Frau Adler«, wünschte Silvia. »Nett, Sie hier zu sehen. Sie und ich scheinen die Jüngsten in der Runde zu sein. Sind Sie allein hier?«

»Ja.«

Silvia verbarg ihre Enttäuschung glänzend. »Ist auch mal ganz amüsant, ohne Anhang auszugehen – finden Sie nicht? Ein entzückendes Kleid haben Sie übrigens an, wirklich.«

Das letzte, was Monika sich wünschte, war ein Smalltalk mit Silvia. Krampfhaft überlegte sie, mit welchem diplomatischen Kompliment sie sich diskret absetzen konnte. An der Gruber war nahezu alles perfekt. Die Frisur, das Dekolleté, der Busen, der Schmuck, das schmale Kleine Schwarze aus Angorawolle mit gestreiftem Glitzerstrick, die Lacklederpumps. »Ich gehe schon seit einigen Monaten ohne Anhang aus. Amüsant? Na, ich weiß nicht.« Sie tat, als sei sie völlig vernarrt in Silvias Locken. »Die Abendfrisur haben Sie sicher bei Ferry machen lassen. Reizend.«
»Nein, ich habe den Coiffeur gewechselt. Ferry war mir in letzter Zeit zu einfallslos.«
Dem Gesellschaftlichen, fand Monika, war damit Genüge getan. »Ich möchte Sie etwas fragen, Frau Gruber. Macht es Ihnen eigentlich Spaß, die Miete in der Passage so wahnsinnig zu erhöhen, daß ich mit meinem Laden ruiniert bin?«
»Was Sie mich da fragen, sind für mich böhmische Dörfer«, log Silvia. »Von den Geschäften meines Mannes habe ich nicht die geringste Ahnung.«
»Soviel mir bekannt ist, hat Christian mit Ihrem Mann über diese Angelegenheit gesprochen.«
»Ich bin wirklich überfragt, Frau Adler.«
»Dann rede ich jetzt mit Ihrem Mann.«
»Aber ich bitte Sie! Doch nicht heute abend. Wir sind zum Vergnügen hier und nicht, um über Mieten zu verhandeln.«
Gräfin Luise hatte den Eindruck, als bedürfe Monika dringend der schnellen Rettung. Heiter steuerte sie die beiden Damen an. »Meine liebe Monika! Unaufhörlich ging mir in den letzten Minuten etwas durch den Kopf, was ich Ihnen sagen sollte.« Sie deutete auf die Champagnerbar. »Sie entschuldigen uns, Frau Gruber.«
»Danke«, wisperte Monika.
Als die Gläser eingeschenkt waren, fragte Monika: »Haben Sie Christian nicht eingeladen, oder kommt er später?«
»Er schmollt.«

»Ach du lieber Gott. Wenn er Ihre Einladung ausschlägt, muß es aber arg sein.«
»Ja. Ich mache mir große Sorgen um ihn und Wolf Cremer. Sie stehen sich gegenüber wie zwei Cowboys um zwölf Uhr mittags. Keiner will nachgeben. Ich bekomme Herzschmerzen, wenn ich zusehe. So was Dummes. Beide sind aufeinander angewiesen. Christian kann von Wolfs Erfahrung profitieren, und Wolf braucht Christians Elan. Aber nein, sie benehmen sich nicht wie vernunftbegabte Männer.«
»Und was kann ich dabei tun? Ich hatte kaum Einfluß auf Christian, als wir noch zusammen waren. Und jetzt? Da muß man nicht lange nachdenken.«
»Ich glaube, Sie unterschätzen sich, Monika. Sie sollten wenigstens einmal über Ihren Schatten springen. Ich werde versuchen, auf Wolf einzuwirken, und Sie müßten zwei, drei ernste Worte mit Christian reden.«
»Zwecklos, das kann ich Ihnen jetzt schon sagen. Es gibt nur Krach – wie immer, wenn wir uns treffen. Erst fängt alles zahm an, aber schon nach kurzer Zeit haben wir uns in der Wolle.«
»Ich äußere mal einen ganz, ganz dummen Verdacht: Sie lieben ihn immer noch. Und Sie wollen sicher, daß er glücklich und zufrieden ist.«
»Sicher, ich möchte, daß er glücklich und zufrieden ist. Aber der Verdacht mit der Liebe? Nein, Gräfin, was Sie glauben, trifft nicht zu. Christian hat geschafft, daß dieses Gefühl bei mir verödet ist, verschüttet, was weiß ich. Ungeachtet dessen – ich will Ihnen gern den Gefallen tun und mit ihm reden, versuchen zu reden. Versprechen kann ich gar nichts.«

Ella fühlte sich von ihrem Bruder Wolf in die Enge getrieben. Er hatte zum zweiten Mal das Mittagessen verweigert. Es ging ihr nicht darum, daß er nicht essen wollte. War ja sein Magen, der knurrte. Ungesund war der Eindruck, den sein Trotz auf die Leute machte. Sein Platz am Tisch blieb leer, und Ella war gezwungen, halbherzige Kommentare über seine Abwesenheit zu erfinden.

Nachdem alle abgefüttert waren, packte sie auf seinen Teller ein paar rohe Kartoffeln und trug sie in sein Büro. »Deine Mittagsportion! Iß!«

Er schaute gar nicht hin, sondern starrte auf das Telefon. »Ich habe keinen Appetit.«

Ellas kleine Gemeinheit war verpufft. »Wie du willst! Aber das sag' ich dir: Ich hasse deine Verbohrtheit! Für wen spielst du eigentlich den Märtyrer? Du gefällst dir in der Rolle, was? Aber wenn du zu feige bist, Christian anzurufen, bitte, ich kann dir das abnehmen, ich habe keine Hemmungen.«

Cremer wedelte mit beiden Armen, als wollte er einen Bienenschwarm verjagen. »Luise hat mich schon den ganzen Vormittag über bearbeitet. Fang du jetzt nicht auch noch an.«

»Ich habe noch gar nicht angefangen, mein Lieber! Aber jetzt geht's los! Du bist ein sturer alter Sack! Christian ist das Beste, was dir je passiert ist! Aber was machst du? Du ekelst ihn raus!«

»Ich habe diesen Schnösel nicht nötig!« brüllte er sie an. »Weder ihn noch sonst jemanden!«

»Du redest wie ein Schwachsinniger! Du hast jeden nötig, der dir helfen will. Vor ein paar Wochen bist du am Ende gewesen. Du konntest nicht einmal die Rechnungen fürs Futter bezahlen. Du warst kurz davor, den Stall schließen zu müssen! Der Pleitegeier saß schon auf dem Dach, und der Gerichtsvollzieher stand schon Gewehr bei Fuß vor dem Tor. Und wenn nicht die Gräfin und Christian gekommen wären...«

Cremer preßte seine Hände auf die Ohren. »Halt den Mund und verschwinde!«

»Typisch deine Reaktion«, schimpfte Ella. »Du kannst nicht ertragen, die Wahrheit zu hören! Die ganze Welt soll deiner Meinung sein, ja? Erst dann wärst du glücklich.«

Er hieb mit der Faust auf den Schreibtisch. Der Teller sprang hoch, und die rohen Kartoffeln flogen polternd auf den Fußboden und rollten in die Ecken. »Laß mich allein! Raus!«
»Mit Vergnügen!« Ella lief zur Tür und rief von dort: »Aber vergiß nicht, Christian Adler anzurufen!«
Wolf griff den Teller und schmetterte ihn hinter seiner Schwester her. Das Porzellan zerbarst am Türpfosten.

Silvia kam sich ein wenig überfordert vor. Sie war im Supermarkt gewesen, eine Handlung, die sonst ausschließlich Butler Georg oblag. Da der Einkauf jedoch dem körperlichen Wohl von Christian galt, suchte sie eigenhändig in den Regalen. Mit der Tüte im Arm stand sie vor dem Appartement und tippte das Erkennungszeichen auf den Klingelknopf. Dreimal kurz, einmal lang.
Danach hatte sie den Eindruck, eine Ewigkeit gewartet zu haben, ehe er öffnete. »Darling! Sag bloß nicht, du hast es vergessen.«
»Hat jemand Geburtstag?«
»Nein! Du hast mich zum Essen eingeladen.« Sie ging an ihm vorbei in die Küche und stellte eine Tüte mit Lebensmitteln ab. »Ich habe sogar Eier für das Omelett mitgebracht. Aber um ein Haar wäre ich nicht gekommen.«
»Wäre vielleicht besser gewesen.«
»Wie redest du denn mit mir? Aber was rege ich mich auf. Du hast mich in den letzten Wochen anyway behandelt, als würde ich für dich nicht mehr existieren. Warum dann die Einladung?«
Noch immer ließ sie Ausdrücke aus ihrer Stewardessen-Vergangenheit einfließen. Anyway, stand-by, gecancelt...
»Ich wollte mit dir reden«, sagte er.
»Ich will keine Gespräche führen. Du weißt ganz genau, was ich will. Ich habe das neulich ernst gemeint, daß ich mich langweile. Ich brauche dich.«
»Silvia, ich bin im Augenblick gar nicht so gut drauf.«

»Mir geht das genauso. Aber ich kenne ein sehr probates Mittel dagegen.« Sie legte die Arme schmeichelnd um seinen Nacken, rutschte auf seinen Schoß und knabberte an seinem linken Ohr herum.

»Silvia, hör mal...«

»Das einzige, Darling, was ich hören möchte, ist: Silvia, ich liebe dich. Sag's schnell!« Sie küßte ihn fordernd auf den Mund, löste jedoch die Lippen enttäuscht, weil sie jeden Enthusiasmus seinerseits vermißte. »Was ist mit dir los? Bist du krank?«

»Ich muß unbedingt mit dir reden.« Er wollte sich aus ihrer Umarmung befreien, was ihm jedoch nicht gelang. »Wegen der Mietgeschichte in der Ladenpassage.«

Silvia legte ihm den Zeigefinger auf die Lippen. »Reden können wir später noch immer. Eines nach dem anderen.«

Christian versuchte, Zeit zu schinden. »Und das Omelett?«

Jetzt küßte sie ihn echt besitzergreifend. »Auch später. Das brauchst du dann dringend.«

Sie kletterte von seinem Schoß, und er konnte einer gymnastischen Übung zuschauen, die ihm – immer – wie pure Zauberei vorkam. Ihre Arme verschwanden für kurze Zeit auf dem Rücken, wo ihre Hände emsig tätig wurden. Ihr Gesäß schwenkte in unnachahmlicher Weise elegant von rechts nach links und wieder nach rechts. Beide Knie swingten kurz und ungeduldig im Gegentakt vor und zurück. Die Arme erschienen, die Hände zupften anmutig unterhalb der Hüften, und nach zwei winzigen Schleuderbewegungen mit den Schultern glitten sämtliche Textilien wie in einem Stück hinunter zu den Fußknöcheln. Silvia trug nur noch Haut.

Genau in dieser Sekunde wußte Christian: Charakterfestigkeit war nicht seine Stärke. Er nahm noch wahr, daß Silvia tänzerisch leicht aus dem Stoffwulst stieg, doch sofort danach verschwand jedes reale Denken unter ihrer furiosen Angriffswut, der – unter anderem – auch seine Bekleidung zum Opfer fiel.

In einem kurzen, lichten Moment vernahm er zwei Dinge kurz hintereinander.
Silvia flüsterte luftschnappend an seinem linken Ohr: »Ich glaube nicht, daß ich es noch bis zum Bett schaffe!«
Mit dem rechten hörte er hingegen die Flurklingel und ungeduldiges Klopfen an der Wohnungstür.
Sogleich fand er in die Realität zurück, und Silvias Bemühungen wirkten auf ihn nur komisch. Sich defensiv zu äußern fiel ihm daher leicht: »Moment mal eben.«
»Geh einfach nicht hin«, murmelte sie und trachtete zielstrebig danach, gesunden Geist und gesunden Körper in größtmögliche Übereinstimmung zu bringen.
Daß es ein Alleingang werden würde, merkte sie spätestens in dem Moment, als Christian an der Tür fragte: »Wer ist da?«
Er blinzelte durch den Spion, erblickte die liebe Monika, optisch auf Fingergröße geschrumpft, und er kam sich vor wie Hamlet. Er murmelte jedoch nicht: »Der Rest ist Schweigen«, sondern: »Ach, du lieber Himmel!«
»Was ist los?« nervte Silvia aus dem Wohnzimmer.
»Huhu!« rief Monika betont wertfrei vor der Tür.
Er hakte die Schließkette aus, drückte die Klinke herunter und riß die Tür auf. Daß sein Habitus allenfalls mit einer soeben stattgehabten ärztlichen Untersuchung zu entschuldigen gewesen wäre, kam ihm nicht vollends zum Bewußtsein.
»Warum stehst du im Freien?« fragte Monika ohne Argwohn.
Nun fiel es ihm siedendheiß ein. »Ich wollte gerade unter die Dusche.«
»Dann mach das. Ich hab' was zum Mampfen mitgebracht. Was Chinesisches.« Sie marschierte an dem verwirrten Christian vorbei in die Küche und rief von dort: »Ich mache das Essen zurecht, während du duschst.«
»Wie du willst.« Das klang verdammt verzagt.

Silvias Tüte raschelte, und Monika fragte: »Warum hast du so viele Eier gekauft?«
Er stellte sich vor die Küchentür. »Ich wollte mir ein Omelett machen.«
Eingedenk des Gesprächs mit der Gräfin bemühte Monika sich um friedliche Koexistenz. »Ich war gestern abend eingeladen – im Schloß.«
»Hat dir Luise von dem Krach mit Wolf erzählt?«
»Ja, und deshalb dachte ich, ich schau mal vorbei und quatsche ein bißchen mit dir.« Sie zog die Warmhaltefolie von den Packungen ab.
Christian schaute und bekam wider Erwarten Appetit. »Jetzt ist das Zeug noch heiß. Vielleicht ist es besser, ich dusche hinterher.«
»Aber zieh dir was an.«
»Gleich. Ich wollte nur noch sagen, ich habe noch einen Vorstoß unternommen wegen der Miete.«
Großzügig winkte Monika ab. »Über *meine* Probleme können wir später reden. Viel wichtiger ist doch, daß die verfahrene Kiste mit Cremer eingerenkt wird.«
Im Wohnzimmer hörte Silvia, daß ihre große Chance gekommen war. Flink schlüpfte sie in Christians Oberhemd, knöpfte es nicht zu und schritt barfüßig zur Küche. »Christian, mein Liebling, du hättest mir doch sagen können, daß deine Frau vorbeikommt. Dann hätte ich mehr Eier mitgebracht. Jetzt reichen sie nur für dich.«
Monika bekam zwar rote Wangen, doch sie sprach mit süßöliger Stimme: »Nein, nein, ich muß mich entschuldigen, liebe Frau Gruber. Ich habe ihn unangemeldet überfallen, obwohl ich weiß, wie sehr er es haßt, in manchen Situationen gestört zu werden – und diese spezielle gehört dazu.«
Christians Vermittlungsversuch erschöpfte sich in einem Wort. »Monika ...«
Jetzt hatte sie ihren großen Auftritt. Versonnen nahm sie den ersten Behälter vom Küchentisch, wog ihn bedächtig in der

Hand und schüttete den Inhalt genußvoll auf den Boden. »›Pork sweet and sour‹, für Anfänger: ›Schweinefleisch süßsauer‹.«
Dann nahm sie den zweiten Behälter und kippte ihn ebenso gekonnt aus. »›Chop suey mit Huhn‹.«
Die dritte Schachtel war dran. »›Doppelt gebratenes Fleisch mit Lauch‹.« Es patschte und spritzte, und Monika fragte: »Reis oder Nudeln? Ich habe beides mitgebracht. Ich wußte ja nicht, auf was Christian Appetit haben würde.« Sie schüttete Reis und Nudeln in die Pampe auf dem Boden.
Abermals brachte Christian nur ein gedämpftes Wort zustande: »Monika...«
Sie lächelte geziert und zeigte triumphierend auf das Menü zu ihren Füßen. »Ihr seid eingeladen! Guten Appetit!« Mit einem großen Schritt stieg sie über Chinas Köstlichkeiten, verließ geradezu erleichtert das Appartement, und sie rief, bevor sie die Tür mit Bravour zuknallte: »Zu deiner Information – ich bin mit guten Vorsätzen hergekommen!«
Silvia umarmte Christian von hinten, schmiegte sich an ihn und hauchte: »Du meine Güte! Bin ich ihr etwa zu nahe getreten?«
Er spürte am Rücken Dinge, die nicht zu seinem Oberhemd gehörten, und er hatte das dumpfe Gefühl, der Gefahr, die doch nur mittelbar mit Monikas Miete zu tun hatte, noch lange nicht entronnen zu sein.

Seine Hände zitterten nicht, er litt nicht unter fliegender Hitze und Appetitlosigkeit, spürte weder Unruhe noch Schlaflosigkeit, vermißte Trockenheit im Mund und den Zwang, zumindest Wasser zu trinken, und er hatte nicht das Bedürfnis, in die nächste Kneipe zu rennen. Rolf Lesch schlenderte auf der Straße entlang, betrachtete sein Spiegelbild in jeder Schaufensterscheibe, an der er vorbeikam, richtete sich immer mehr auf – so lange, bis ihm seine stramme Haltung unnatürlich vorkam. Vor den Auslagen eines Fri-

sörs blieb er stehen, musterte eingehend den Lesch in der Scheibe und sprach lautlos zu ihm: »Du bist ja gar kein Alkoholiker, du Affenarsch – bloß Depressionssäufer!«
Das Glockenspiel an der Tür klimperte die ersten Takte von Tschaikowskys Klavierkonzert Nr. 1, als er den Laden betrat.
»Haarschneiden und Rasieren.«
»Sie waren lange nicht hier«, stellte der Barbier fest, schnürte ihn in den weißen Umhang ein und stopfte ihm eine Lage Krepp in den Kragen.
»Richtig.« Das war für die Zeit der Behandlung das letzte Wort, das Lesch von sich geben konnte. Der Frisör wurde als Alleinunterhalter am Kundenkopf tätig, und als Rolf schließlich seine verschönte Fassade betrachtete, kannte er die Fehler aller Politiker, den einfachsten Weg zur Beseitigung der Berliner Mauer und zur Befriedung weiterer Krisengebiete, und natürlich den katastrophalen Umstand, daß die Mehrwertsteuer dem Frisörgewerbe besonders arg zusetzte. Der Handspiegel umkreiste seinen Hinterkopf. »Zufrieden, der Herr?«
Endlich wußte Lesch, an den Schultern vom Meister servil abgebürstet, daß er wieder gleichberechtigter Mitmensch geworden war. Diese Erkenntnis bestärkte ihn, ohne Zögern Wolf Cremer auf die werte Pelle zu rücken.
Eine halbe Stunde später trabte er durch das Tor auf die Ställe zu, wunderte sich, daß Grubers Blue Queen ihr Domizil bei Cremer gefunden hatte, und stolperte beinahe über Margit Franke, die um die Stufe herumwuselte.
»Du machst sie nervös, Mädchen«, tadelte er. »Sieh dir ihre Ohren an. Die hat sie zurückgelegt. Raus aus der Box.«
»Ich mach' sie nervös?« empörte Margit sich. »Blue Queen ballert gegen die Wände, und beim Training spielt sie lahme Ente.« Arrogant setzte sie hinzu: »Das liegt nicht an mir, bester Mann.«
Rolf grinste. »Dann verrate dem besten Mann mal, wo ich Herrn Cremer finde.«

Margit musterte ihn, und der Eindruck, den er auf sie machte, schien so schlecht nicht zu sein. »Wenn Sie privat kommen, drüben im Haus.« Sie zeigte auf das Wohngelände. »Wenn's aber dringend ist, dann in der Futterkammer.« Ihr ausgestreckter Arm wies auf eine offene Tür im Stallgebäude.
»So feine Unterschiede macht er?« Lesch fuhr Blue Queen mit der Hand über die weiche Nase.
»Privater Besuch geht eigentlich immer erst zu Tante Ella, verstehen Sie?«
»Ich verstehe.« Er bewegte sich auf die Futterkammer zu. »Ohne Tante Ella.«
Cremer hatte längst vernommen, daß ein Fremder auf dem Hof war und ihn suchte. Mißgelaunt wie üblich kam er ins Freie, stemmte die Hände in die Hüften und schätzte Rolf Lesch ab. »Sie wollen mich sprechen?«
»Ja. Ich habe gehört, daß Sie einen Stallmeister suchen.«
»Wo haben Sie das gehört?«
»Christian Adler hat mir das erzählt.«
»Sind Sie etwa Lesch? Ich habe Christian gesagt –«
»Daß Sie mich nicht sehen wollen. Genau. Hat er mir ausgerichtet, Herr Cremer.«
»Und warum sind Sie trotzdem gekommen?«
Margit folgte dem Gespräch interessiert, Cremer scheuchte sie davon. »Hilf Klaus in der Futterkammer, dalli!«
»Ich fühle mich verantwortlich für das, was zwischen Ihnen beiden passiert ist«, bekannte Lesch, »daß Sie wegen mir aneinandergeraten sind. Ja – tut mir leid. Und um noch mal auf den Stallmeister zurückzukommen: Ich kann nicht leugnen, daß ich den Job gerne hätte. Aber es geht nicht nur darum.«
»Sondern?«
»Na, wie ich schon erwähnte: Es wäre jammerschade, wenn Sie und Christian sich trennten. Er respektiert und bewundert Sie. Und wenn Sie mich fragen: Sie sind ein tolles Team.«

Cremers Laune verschlechterte sich um eine weitere Nuance. »Hat Herr Adler Sie etwa als Advokaten eingestellt, um mir das zu sagen?«
»Natürlich nicht. Sie denken in die falsche Richtung. Christian hat sich für mich eingesetzt, und da hatte ich das Gefühl, auch für ihn etwas tun zu müssen.«
»Und Sie meinen, das ist der richtige Weg?«
»Wissen Sie einen besseren?«
»Ich will bei mir im Stall Ruhe und Frieden haben.«
»Bezieht sich das auf Christian oder auf mich?«
»Auf Sie.«
»Haben Sie den Eindruck, ich störe Ihre Ruhe und Ihren Frieden?«
Diese direkte Frage vermochte Cremer nicht direkt zu beantworten. »Man hört so allerlei.«
»Zum Beispiel?«
»Man sagt, Sie trinken ganz gerne.«
»So, sagt man das?«
Der Wortwechsel lockte Ella ans Fenster, doch so sehr sie sich auch bemühte, etwas zu verstehen, über den breiten Hof erstarben die Sätze zu Gemurmel.
Cremer nickte. »Es heißt, Sie sind von drei Trainern gefeuert worden.«
»Und das hängt mir nun ewig an?«
»Wissen Sie – das will ich damit nicht behaupten.«
Lesch fühlte sich in glänzender Verfassung. Daß Cremer ihn ständig anmachte, steckte er weg. »Kann es nicht sein, daß ein Mensch sich ändert? Daß er Entwicklungen durchmacht, manchmal auch unfreiwillig? Sind *Sie* noch der Wolf Cremer von vor, was weiß ich, zehn oder zwanzig Jahren? Ich jedenfalls bin von meiner Vergangenheit, wie man so sagt, als geheilt entlassen worden.«
»Nachdem Christian bei Ihnen gewesen ist?«
»Richtig, das hat dazu beigetragen.«
»Und was noch?«

»Ein nächtliches Gespräch mit einem Bullen, der zufällig durch den Regen kam. Wir haben miteinander geschwatzt, und dabei ist mir aufgegangen, wo ich gelandet war.«
»Und dann?«
»Ich sagte schon: Als geheilt entlassen.«
Cremer fand Leschs Art zu reden nicht übel. Und die Erscheinung des Mannes flößte ihm kein Unbehagen ein. Aber eingestehen wollte er sein positives Urteil nicht. »Wie schön für Sie.«
Rolf grinste wieder. »Jetzt fällt mir ein, was ich Ihnen schon vorhin sagen wollte. Dieses lütte Mädchen hat mir erzählt, daß Blue Queen in einer Krise steckt. Wissen Sie, woran das liegt?«
»Nee. Aber ich habe das Gefühl, Sie sagen's mir gleich.«
»Die Stute fühlt sich einsam. Bei Dieter Homburg hat sie die Box mit einem Pony geteilt, und jetzt sehnt sie sich nach ihrem Freund. Holen sie das Pony, und die Krise ist behoben. So einfach ist das. Soll ich Ihnen noch was verraten? Könnte nämlich wichtig für Sie sein.« Er schaute auf seine Armbanduhr. »Christian sitzt zur Zeit bei Max im Lokal.« Er wandte sich zum Gehen. »Wiedersehen, Herr Cremer.«
»Moment, Herr Lesch! Warum denn so hastig? Haben Sie denn was Wichtiges vor?«
»Logisch! Ich suche mir meine Identität zusammen. Den größten Teil hab' ich schon gefunden.«
»Stöbern Sie doch hier mal nach den Resten. Mir fällt nämlich gerade ein, daß ich auch zu Max fahren wollte.«

Christian trank eine Mixtur aus einer halben Flasche Malzbier und einer halben Flasche Pilsner. »Suppe« nannte er das Getränk, und Max ekelte sich davor. »Wenn alle Gäste das Zeug trinken würden, könnte ich meinen Laden bald zumachen.«
»Mach doch«, frotzelte Christian. »Du wolltest dir ja schon immer ein Gestüt zulegen.«

»Das kann ich mir doch gar nicht leisten ohne Kneipe. Wenn schon, dann würde ich das Gestüt ganz nebenbei betreiben.«
»Du hast vielleicht Vorstellungen! Meine Fresse! Nebenbei! Nicht zu fassen! Einen Hengst und eine Stute, und dann bumm-bumm, ja?« Er schlug beide Fäuste mehrmals gegeneinander. »Und dem Fohlen hängst du dann gleich den Sattel um den Hals – fertig ist der Derbysieger! Was weißt du schon von Pferdezucht?!«
»Ich bin nicht so blöd, wie ich aussehe. Ich bin seit Jahren mit Trainern, Jockeys, Besitzern und Pferden zusammen, und ich habe gut aufgepaßt. Ich werde mir jemanden suchen, der mir hilft, und wer weiß, vielleicht züchte ich eines Tages den Superchampion.«
»Wunder gibt es immer wieder.«
Max war hoffnungsfroh. »Du rätst mir zu?«
»Es gibt viele Möglichkeiten, sein Geld schnell auszugeben. Bei Pferden sind die Chancen am größten.«
Max fühlte sich wie unangespitzt in den Boden gerammt. Christian war anscheinend nicht der richtige Mann für den Plan. »Ich habe einen ganz fabelhaften Apfelstrudel mit Zimtstreuseln. Hast du Appetit? Zum Malzbier schmeckt das sicherlich köstlich ...«
Er unterbrach sich, weil ein neuer Gast in der Pinte auftauchte und sich an den Tresen setzte.
»Cremer«, sagte Max leise. »Warum setzt er sich nicht zu dir? Ihr kennt euch doch gut.«
»Nur flüchtig.«
»Mein Gott, bist du albern.« Max ging hinter der Theke zu Wolf. »Hallo, Herr Cremer. Was darf's sein? Ich habe gerade Christian erzählt, daß ich in die Pferdezucht einsteigen will. Natürlich in kleinem Rahmen – Sie verstehen.«
»Viel Glück und ein Bier für mich.«
»Vielleicht können Sie mir eines Tages aus meiner Zucht einen Derbysieger herrichten. Wie wäre das?«

»Kommt drauf an. Erst mal muß ich dann das Einverständnis meines Partners einholen.«
»So streng sind bei euch die Bräuche?«
»Wir entscheiden gemeinsam.« Wolf tat, als bemerke er erst jetzt, daß Christian ein paar Meter entfernt von ihm saß. »Wo warst du die ganze Zeit? Ich habe dich gesucht.«
Christian heuchelte Interesselosigkeit. »Kann mir nicht denken, daß was Wichtiges gewesen ist.«
»Ich habe einen Stallmeister gefunden. Ich würde ihn gern auf Probe einstellen, wenn du einverstanden bist.«
Christian nahm es, wie es von Wolf gemeint war – als Entschuldigung. Und die Regeln geboten, daß man umeinander herumschlich. »Stallmeister? Den möchte ich aber erst mal auf Herz und Nieren prüfen.«
»Na, das wird wohl nicht nötig sein.« Cremer hob sein Glas und prostete Christian zu. »Er ist mir von einem erstklassigen Mann empfohlen worden.«
Jetzt war es nur noch Jux. »Von wem?«
»Von dir.«
»Dann kann die Probezeit entfallen.«
»Meinst du?« Wolf zeigte sich skeptisch.
»Ganz sicher. Übrigens – falls du mal was ganz Exquisites essen willst: Max hat einen fabelhaften Apfelstrudel mit Zimtstreuseln.«
»Schon probiert?«
»Nee, ich wollte erst abwarten, ob er dir schmeckt. Sonst noch was?«
Cremer rutschte von seinem Hocker und setzte sch neben Christian. »Deauville. Am Nachmittag holt der Sammeltransporter Thunderbird ab. Hattest du das vergessen?«
»Was hältst du von mir? Aber ich dachte, mein Partner wird's schon richten. Fährst du mit?«
»Nein! Du! Und Klaus!«

Gräfin Luise und Heidelinde von Schönermarck schauten

durch ihre Ferngläser zur Startmaschine, Emanuel genoß Deauville ebenfalls durch seinen Feldstecher, doch was er von der Tribüne aus ins Visier nahm, hatte nur zwei Beine, war vornehmlich knapp gewandet, selbstverständlich weiblich und unter zwanzig. Weil die Rennen nur über kurze Distanzen gingen, mußte er ständig neue Mädchen im Gewühl ausmachen. Als Heidelinde schließlich das Interesse am spektakulären Geschehen auf der Bahn verlor, weil ihr Magicien ein hoffnungsloser Fall war, hatte Emanuel kaum einen Blick auf die Galopper geworfen.

Für Thunderbird aus dem Stall Hayn-Hohenstein langte es nur für einen achten Platz. Christian hatte mehr erwartet und versuchte, Gräfin Luise Trost zu spenden. »Wir müssen uns noch zwei andere Jockeys anlachen. Für meine Begriffe hat der Bartholomä den Hengst nicht richtig gebracht. Zu lange im Mittelfeld und dann den Anschluß verpaßt. Schlechte Taktik.«

Daß Luise auch keinen Erfolg gehabt hatte, versöhnte Heidelinde nicht mit der Tatsache, mit Magicien nur eine Nummer unter »Ferner liefen« am Start gehabt zu haben. »Ich verstehe nicht, warum er so zurückhaltend gelaufen ist.« Verzagt sah sie ihren Mann an.

»Zurückhaltend?« Emanuel hüstelte, um ein Kichern zu verdecken. »Er war letzter!«

»Sozusagen in Schönheit gestorben«, sagte Luise freundlich. »Auf den ersten Plätzen waren nur Ausländer. Nicht ein einziges deutsches Pferd. Nicht zu glauben. Auch Hengste, die Homburg trainiert hat, erzielten allenfalls einen dritten oder vierten Platz.«

»Die Ausländer haben nun mal bessere Sprinter als wir«, erklärte Emanuel. »Bei uns wird ganz anders gezüchtet. Wir gehen vornehmlich auf Distanzen von 2200 bis 2400 Meter, während die Ausländer sehr viel mehr Sprintrennen zwischen 1000 und 1600 Meter starten. Sie nehmen deswegen hervorragende Sprinthengste und Sprintstuten in die

Zucht.« Er schaute auf das Geläuf. »Das Ergebnis sind diese schnellen Flitzer da unten.«
»Du hast nicht ein einziges Mal auf die Bahn geguckt«, mäkelte Heidelinde.
»Eben drum«, antwortete er. »Ich muß das nicht sehen.«
»Warum bist du dann mitgekommen?«
Emanuel küßte Heidelindes Hand. »Um in deiner Nähe zu sein, schönes Weib.«
Luise beneidete Heidelinde...
Christian lief zum Absattelplatz, um Thunderbird in Empfang zu nehmen. Klaus Schmittgen führte den dampfenden Hengst zum Abkühlen herum, Jockey Bartholomä war zum Wiegen gegangen.
Auch Dieter Homburg hatte wegen seiner Placierungen keinen Grund, fröhlich zu sein. »Wenn ich sehe, in welchem Stil französische Spitzentrainer arbeiten können und wie sie leben – man könnte sich in den Hintern beißen. Zweihundert Pferde, riesige Stallanlagen vom Feinsten, ein Heer von Helfern, ein Schlößchen zum Wohnen. Da bringen wir unsere Zossen mit dem Sammeltransporter her und wundern uns, wenn wir auf den hinteren Plätzen landen.«
»Aber für unsere Verhältnisse hast du's weit gebracht.«
»Meine Bilanz hier in Deauville könnte besser aussehen! Obwohl ich mit fast allen Pferden von Scheich Al-Hakim hier bin.«
»Warum hat er nicht die Pferde starten lassen, die er hier in Frankreich trainiert? Warum das Transportrisiko?«
»Zerbrichst du dir den Kopf über die undurchsichtige Strategie der Besitzer? Ich nicht mehr. Bringt doch nichts. Bis später. Ich muß mich um meine Gäule kümmern.«
Auf dem Weg zum Tribünenrestaurant kam Christian eilig ein junger Araber entgegen und fing ihn vor der Tür ab. »Entschuldigen Sie – Sie sind Herr Adler?«
»Ja.«
»Ich komme im Auftrag von Scheich Al-Hakim. Er möchte

Sie kennenlernen. Würden Sie die Freundlichkeit haben, ihn im Hotel ›Royal‹ zu treffen?«

»Nichts spricht dagegen. Ich bedanke mich für die Einladung.«

Homburg nahm die kurze Begegnung verbittert zur Kenntnis. Er hatte zwar nicht hören können, was gesprochen wurde, doch nun ging er nicht zu seinen Pferden in den Stall, sondern folgte Christian mißtrauisch zum Taxenplatz, nahm ebenfalls einen Wagen und wies den Chauffeur an, dem Kollegen diskret hinterherzufahren. Als Christian vor dem »Royal« aus seinem Taxi stieg, war der Fall für Homburg sonnenklar: Adler hatte abermals eine krumme Tour vor. Er stieg ebenfalls aus, zahlte und bezog im gegenüberliegenden Straßencafé Warteposition.

Seine wütende Neugier wurde nicht allzulange auf die Folter gespannt. Schon nach zehn Minuten erschien Christian wieder vor dem Hotel. Rachedurstig überquerte Homburg die Fahrbahn und stellte seinen vermeintlichen Gegner. »Was wolltest du von Al-Hakim?«

»Du mußt spinnen, Dieter! Ist es schon so weit, daß du mir hinterherspionierst?«

»Ja, so weit ist es gekommen!« motzte Homburg. »Ich hab' gesehen, daß du dich mit seinem Sekretär getroffen hast! Du willst dich bei ihm ranschmeißen als Trainer!«

Im Eiltempo marschierten sie nebeneinander her, und Christian äußerte verärgert: »Du mußt krank sein. Er wollte mich nur kennenlernen.«

»Nur kennenlernen, ja? Mensch, hältst du mich für naiv? Du hast ihn bequatscht, daß er dir seine Pferde geben soll! So wie du Gruber weichgeknetet hast! Du spielst doch bloß den guten Freund! In Wahrheit willst du mich ausbooten!«

Christian war ratlos. »Kein Mensch will dich ausbooten. Was soll denn das?«

»Wenn ihr nicht über Pferde und mich geredet habt, worüber dann? Über den Koran?«

»Idiot! Natürlich haben wir über den Galoppsport gesprochen. Was anderes interessiert deinen Scheich doch gar nicht.«

Homburg packte Christian bei den Schultern und schüttelte ihn. Ein paar Passanten schauten mäßig interessiert. »Und du hast gewartet, bis er dir seine Pferde aufgedrängt hat, ja? Wie Gruber, nicht? Von dem hast du ja auch behauptet, er habe dir seine Zossen regelrecht aufgenötigt!«

Christian machte sich los. »Ich hab' die Schnauze voll, Dieter! Ich muß mir das nicht anhören!«

Homburg aber hatte sich total verrannt. »Ich kann mir genau vorstellen, wie das gelaufen ist: ›Wissen Sie, Scheich, ich hätte da ein paar Dinge ganz anders gemacht als der Herr Homburg...‹«

»Hör mal, wenn du unter Erfolgszwang stehst, brauchst du dich nicht bei mir abzureagieren.«

»Laß die Finger von meinen Besitzern!« drohte Homburg. »Ich habe hart für meine Karriere gearbeitet! Und du wirst sie mir nicht kaputtmachen! Du nicht!«

»Gib mir mal deine Kontonummer!« sagte Christian leise.

»Was denn? Ausgerechnet jetzt? Wozu?«

»Ich überweise dir sofort die 70000 Flöhe, die ich dir noch schulde. Dann habe ich wenigstens ein gutes Gewissen, wenn ich dir ein paar in die Fresse haue!«

4

Ein Hengst aus England

Dr. Arnfried Weber, auf Scheidungen spezialisierter Anwalt, war als juristischer Beistand begehrt, als Gesprächspartner empfand seine Klientel ihn jedoch eher als Nervensäge. Webers Vokabular schien nur aus Gesetzestexten zu bestehen, in die er private Worte nur selten einfließen ließ. Und wenn, dann knapp und distanziert. Er hatte die deutsche Rechtsordnung im Kopf. Nachschlagewerke standen zwar reihenweise in seinem Büo, er betrachtete sie jedoch als Wandschmuck und nicht als Gedächtnisstütze. Er spielte nicht zerstreut mit Füller oder Stiften, blätterte nicht in Akten, putzte nicht in Intervallen seine Brille. Nichts lenkte ab. Der unverbaute Schreibtisch bot freie Sicht auf ihn. Nur ein schmales Diktiergerät stand zwischen ihm und Monika Adler.

Weber faltete die Hände und blickte Monika unter hochgezogenen Augenbrauen an. »Sie sind also der Meinung, daß Ihre Ehe so tief zerrüttet ist, daß die Wiederherstellung einer ihrem Wesen entsprechenden Lebensgemeinschaft nicht mehr erwartet werden kann. Ist das so, Frau Adler?«

»Sonst wäre ich nicht hier, Herr Dr. Weber.«

»Seit wann leben Sie und Ihr Mann getrennt?«

»Etwas länger als ein Jahr.«

»Wer hat die gemeinsame Wohnung verlassen?«

»Er.«

»Warum?«

Fast heiter antwortete sie: »Ich habe ihn rausgeworfen.«

»Weshalb?«

»Er hat mich betrogen.«

Weber taxierte Monika eingehend. »Wie ich die Situation be-

urteile«, sagte er, »Herr Adler ist mit dem Scheidungsbegehren nicht einverstanden?«
»Muß er das?«
Weber schob ihr das Formular für die Vollmacht über die Schreibtischplatte zu. »Seine Zustimmung würde das Verfahren natürlich vereinfachen.«
Sie unterschrieb. »Ich habe ihn telefonisch unterrichtet, daß ich zum Anwalt gehe.«
Er nahm das Formular wieder an sich. »Wie reagierte er?«
»Er lachte!« entgegnete Monika.

Die Sprechweise von Manfred Hollein, Leiter der Bankfiliale, die Christians Konto führte, unterschied sich kaum von der des RA Dr. Arnfried Weber. Sie war, bei aller Vertraulichkeit, ebenso knapp und präzis. »Tut mir leid, Herr Adler, ich kann Ihnen nicht helfen. Ein Pferd als Sicherheit für ein Darlehen?« Er schüttelte den Kopf.
In Christians zuversichtlicher Stimme schwang plötzlich Verzweiflung mit, eine Klangfarbe, die im geschulten Gehör von Bankleuten Alarmglocken zum Klingeln bringt. »Dieses Pferd wird viel Geld gewinnen! Es ist gut, es hat Rasse, es wird erstklassig trainiert!«
Herr Hollein behandelte den Kunden Adler nachsichtig. »Sie müssen einsehen, daß wir die vagen Karriereaussichten eines Rennpferdes nicht – ich wiederhole mich – als Sicherheit für einen 70000-Mark-Kredit akzeptieren können. Wie stehen wir da, wenn, was die Vorsehung verhüten möge, dem Tier was passiert?«
Christian wischte die Bedenken kurzerhand beiseite. »Ich schließe für Samurai eine entsprechend hohe Lebensversicherung ab, die ich Ihnen überschreibe.«
»Das deckt das Risiko im Todesfall. Was aber wird, wenn Ihr Samurai gesund und munter bleibt und auf der Rennbahn eine Niete ist?«
»Er ist keine Niete!« Christians Zuversicht schien grenzenlos.

»Haben Sie Wertpapiere, Schmuck, Immobilien?« wollte der Bankmensch wissen.
»Was für eine Frage, Herr Hollein. Sie kennen doch meine Finanzverhältnisse.«
»Darauf will ich hinaus, Herr Adler. Sie haben von uns ein größeres Darlehen bekommen, mit dem Ihre Frau ein Geschäft eröffnet hat.«
»Ich zahle die Raten pünktlich.«
»Sie bekamen von uns einen Kredit, um Ihre berufliche Existenz als Trainer zu begründen. Ich denke, Sie sollten Ihre finanziellen Verhältnisse konsolidieren, ehe ...«
»Soll heißen, ich habe so viel Schulden, daß Sie mir kein Geld geben können?«
»Exakt.«
»Und? Was soll ich tun, Ihrer Meinung nach?«
»Entweder bleiben Sie bei Ihrem privaten Kreditgeber –«
»Unmöglich! Dem *muß* ich das Geld zurückgeben.«
»Oder Sie verkaufen Ihr Pferd.«

Silvia war extra in einen neuen, seidenen Hausanzug geschlüpft, doch als zum Scheckempfang bei ihrem Mann Wolf Cremer statt Christian Adler auftauchte, verlor sie sofort die Freude am neuen Stück. Sie setzte sich auf die weiße Ledercouch und blickte schmollend zu Butler Georg, der zwei Reisekoffer für Hans-Otto bereitstellte.
Schwungvoll leistete Gruber die Unterschrift und überreichte Cremer den Scheck. »Das ist Ihr Trainingshonorar bis Ende des Monats. Kompliment übrigens zu Blue Queen. Sie macht jetzt wirklich eine gute Figur. Der Tip mit dem Pony war goldrichtig.«
»Seit der kleine Freund bei ihr in der Box steht, ist sie wieder gierig aufs Rennen. Sie sehen, mein neuer Stallmeister ist Profi.«
»Lesch – war mal 'n guter Mann. Hoffentlich haben Sie Glück mit ihm. Noch was – ich sagte das schon Adler: Morgen wird der Hengst aus England angeliefert.«

»Ich weiß, Black Lace.«
Gruber ging zu Silvia an die Couch, strich ihr über das Haar und spielte eheliche Übereinstimmung. »Ich habe ihn angemeldet für das Schwarz-Gold-Rennen in Düsseldorf. 2200 Meter müßten ihm liegen. Letztes Jahr hat er über diese Distanz zwei Rennen in England gewonnen.«
Wolf schluckte die Kröte als erste Probe dafür, was er in Zukunft von Gruber zu erwarten hatte. »Mir wäre lieber gewesen, Sie hätten sich vor der Meldung mit mir abgesprochen. Ein Trainer vergewissert sich gern selbst vor einem Start, ob ein Pferd fit ist.«
Gruber zeigte, wer die Anordnungen traf. »Dann machen Sie den Hengst fit! Dafür werden Sie schließlich bezahlt!«
Cremer biß die Zähne zusammen und wollte das Penthouse verlassen.
»Noch was«, rief Gruber, »ich verreise für einige Tage. Während meiner Abwesenheit ist meine Frau für die Pferde verantwortlich. Sie hat alle Vollmachten.«
»Wünsche gute Reise«, sagte Wolf, ehe Butler Georg die Tür hinter ihm schloß. Cremer durfte nicht den Privatlift benutzen.
Das Theater »Einklang und Harmonie« wurde sofort von Gruber beendet. »Paß auf, daß Cremer nicht pennt, wenn ich weg bin! Ich will, daß Black Lace gewinnt! Kapiert? Ich hab' eine 10000-Mark-Wette laufen. Wenn der Hengst nicht gewinnt, will ich wissen, woran das gelegen hat!«

Die Zeit stimmte überein: Gruber gab auf dem Flugplatz seine Bordkarte ab, und Silvia drückte auf den Klingelknopf von Christians Appartement. Dreimal kurz, einmal lang. Unruhig wartete sie, bis er endlich die Tür aufmachte. »Lästig, Darling! Du mußt mir einen Schlüssel geben.«
Er dachte sogleich an die »Zinsen« von Monikas Miete. »Ich habe dich nicht erwartet.«
»Das ist ja das Verheerende, Darling. Deine Sehnsucht hat

nachgelassen.« Im Vorübergehen gab sie ihm einen Kuß, lief zielstrebig in sein Schlafzimmer und brachte engagiert das Bett auf Vordermann.
»Möchtest du einen Kaffee?« fragte er muffelig.
»Ein Glas Champagner wäre mir lieber.«
Christian ging in die Küche. »Champagner! Es hat sich auschampagnert!«
»Welche Laus ist dir denn über die Leber gelaufen?«
»Eine mit vier Beinen und Hufeisen dran.«
Kopfkissen und Zudecke waren aufgeschüttelt, das Laken glattgezogen. »Probleme mit euren Pferden?«
»Mit Samurai.«
Silvia setzte sich auf die Bettkante und streifte ihre Schuhe ab. »Ist er verletzt?«
»Nein.«
»Ich habe keine Lust, dir die Würmer einzeln aus der Nase zu ziehen!« Sie kicherte. »Komm zur Mami und erzähle, was los ist.«
Er erschien an der Schlafzimmertür und lehnte sich an den Rahmen. »Du kannst deinem Mann ausrichten, er kann Samurai kaufen. Zu dem Preis, den ich bezahlt habe.«
»Was wird deine Frau dazu sagen? Du hast den Hengst auf ihren Namen eintragen lassen. Sie ist die Besitzerin.«
»Auf dem Papier. Was mit Samurai passiert oder nicht passiert, ist Monika völlig piepe.«
»Aber dir nicht.«
»Du bist vielleicht scharfsinnig. Ich hänge sehr an dem Tier. Und wie ich den Hengst beurteile, wird er ein erstklassiger Galopper, der das große Geld bringt. Aber ich kann's drehen und wenden, wie ich will, ich kann die Sache nicht finanzieren. Ich muß Samurai weggeben, und nur dein Mann kommt als Käufer in Frage. Er wird doch noch interessiert sein, oder?«
Sie knipste die Strapsklammern am rechten Strumpf auf. »Hans-Otto? Der hätte dich am liebsten umgebracht, als du mir den Hengst bei Ziehlmann weggeschnappt hast.«

»Nur mich? Du wärst auch beinahe dran gewesen, weil du nicht weitergeboten hast und kampflos ausgestiegen bist. Ich biete ihm Samurai jetzt offiziell an. Wirst du ihm das sagen?«

»Werde ich nicht tun.« Der linke Strumpf war dran.

Christian beschlich Unbehagen. »Warum nicht?«

Sie öffnete die asymmetrische Knopfleiste ihres Shiftkleides.

»Weil ich eine bessere Idee habe.«

Er sah auf ihren Busen. »Damit?«

»Ich mach's mir nur bequem.« Ein notwendiger Blick traf ihn. »Nimm ein Stück Papier und einen Stift.«

»Soll ich dich malen?«

»Sei nicht albern. Hol das Zeug und setz dich zu mir.«

Er trabte ins Wohnzimmer und suchte außergewöhnlich lange auf seinem kleinen Schreibtisch herum.

»Wann kommst du endlich?« rief sie.

»Gleich. Ich suche noch.« Er nahm Block und Kugelschreiber von der Tischplatte und lief ins Nebenzimmer. »Und nun?«

Silvia klopfte mit der flachen Hand auf das Laken. »Komm und schreib: ›Schuldschein. Hiermit erkläre ich, daß ich Frau Silvia Gruber DM 70000, in Worten: siebzigtausend, schulde.‹ Jetzt setz deinen Friedrich Wilhelm und das Datum drunter und gib den Wisch her.«

»Das kann ich nicht annehmen«, protestierte er schwach, doch abermals schaute sie ihn nötigend an, und er schrieb gehorsam den Text nieder.

Aus der Handtasche zog sie einen rotledernen Terminkalender, in dem Schecks steckten, und füllte ein Formular aus. »Warum nicht? Ich gebe dir die Chance, Samurai zu behalten.« Sie küßte den Besiegten auf die Stirn. »Und ich verlange keine Zinsen.«

»Du meinst, dein Mann macht da mit?«

»Hans-Otto erfährt davon gar nichts. Ich habe mein eigenes Konto.«

Sie gab ihm den Scheck, nahm den Schuldschein entgegen,

verstaute ihn in ihrer Handtasche und begann hurtig mit ihrer Entblätterungsschau.
Ehe die Hüllen fielen, stand Christian geschäftig auf. »Was denn nun noch?«
»Die Zinsen!«
»Zinslos, hast du gesagt. Und die Mieterhöhung für das Geschäft meiner Frau kann jetzt kein Thema sein, denke ich.«

Der Hengst Black Lace, in dicker Reisedecke, mit Transportgamaschen und gepolstertem Gurt, wurde auf Cremers Hof aus einem Pferdeanhänger vorsichtig rückwärts herausgeführt. Cremer, Rolf Lesch, Margit und Klaus halfen den beiden Engländern, die ihn gebracht hatten – dem Fahrer, auf dessen Jochbein eine tiefe Narbe saß, und dem Bereiter, der sein bestes Berufsalter längst überschritten hatte.
Ein neuer Stallbursche, Ludger, den Wolf engagiert hatte, stand hinter dem Transporter hilflos im Weg, aber als Black Lace ausgeladen war, wurde er sicherer, griff zu und zeigte ohne Anweisung, daß er seinen Job beherrschte.
»Warum warst du so zimperlich?« raunte Margit.
»Ich halte mich ungern hinter fremden Pferden auf. Ein Gaul hat mir mal einen Tritt verpaßt.«
Peter kam aus dem Stall und machte sich daran, den Hengst von seiner Reisemontur zu befreien. Lesch wanderte abschätzend um das Tier herum. »Er sieht nicht gerade wie ein klassischer Sieger aus. Keine Rennkondition, und ein bißchen mollig für meinen Geschmack.«
»Wahrscheinlich hat er zu lange gestanden«, vermutete Cremer. »Er braucht Bewegung. Drehen Sie mit ihm später ein paar Runden – gegen Samurai und Blue Queen. Wo ist Herr Adler?«
»Er wollte zur Bank gehen«, sagte Lesch.
Cremer zog dem jungen Hengst ein Augenlid herunter und sah sich die Bindehaut an. Sie war sekretfrei und gut feucht.
»Weil wir gerade beisammen sind: Ich möchte, daß ihr auf

Herrn Lesch genauso hört wie auf Herrn Adler und mich«, sagte er zu den jungen Leuten. »Herr Lesch ist der neue Stallmeister. Er hat unser Vertrauen. Wenn ihr Sorgen oder Probleme habt, sprecht zuerst mit ihm.«
»Wir werden uns schon zusammenraufen«, sagte Rolf, und auf dem Weg zum Stall fragte er die schmalhüftige Margit: »Kommen Sie hier zurecht?«
»Wegen Emanzipation und so?«
»Das meine ich nicht. Ich möchte wissen, ob die Arbeit nicht zu schwer für Sie ist.«
»Schwer nicht, aber endlos.« Sie stöhnte. »Es hört einfach nicht auf, wissen Sie? Von morgens um sechs bis in die Nacht – immer ist irgendwas.«
»Bis in die Nacht?« wunderte er sich. »Kein gescheites Timing, scheint mir. Aber wenn es so hart ist, warum sind Sie dann geblieben?«
»Ich liebe Pferde.«
»Das ist zwar ein guter Grund, aber nicht gut genug für meine Frage.«
»Es macht mir Spaß, mit Herrn Adler zu arbeiten.«
Lesch blieb stehen. »Geht mir auch so. Bin immer noch nicht zufrieden.«
»Ich hatte ein Problem mit meinen Eltern.«
»Wollen Sie's mir sagen?«
»Die haben mich nur hierhergelassen, weil sie glaubten, daß mir die Arbeit zu stressig wird und ich mit fliegenden Fahnen in Mamas Arme zurückflüchte. Mein Dad will, daß ich ins Büro gehe. Aber aus mir wird nie 'ne Sekretärin.«
»Kannst du reiten?«
»Logisch. Warum wollen Sie das wissen?« fragte sie hoffnungsvoll und sah sich schon um die Bahn galoppieren.
»Nur so. Kümmere dich um das neue Pferd. Nimm einen feuchten Schwamm und mach ihm Augen, Nüstern und Maul sauber.« Er zeigte auf Ludger. »Und was ist mit ihm? Wie stehst du zu dem?«

»Was soll die Frage? Der ist ja erst zwei Tage hier. Ich kenne ihn kaum.«
»Er steht auf dich wie tausend Mann.«
»Der?« Margit machte Stielaugen. »Hat er Ihnen das gesagt?«
»Nee – aber ich sehe doch, wie er um dich rumschleicht. Wie eine Katze um den heißen Brei.«
»Der Schlaffi soll durch die Socken pfeifen«, sagte sie verächtlich.
Lesch schlug ihr freundschaftlich auf die Schulter. »Da hast du eben noch ein Problem. Bis später – ich sehe mir nach dem Essen Hufe und Eisen von Black Lace an, und dann gehen wir ein bißchen auf die Bahn. Ich muß mich jetzt mal um die beiden Engländer kümmern.«

Ein Mann mit hellblonden Strähnen und faltigem Babygesicht drückte sich im Stall herum, schaute in die Boxen und studierte Namensschilder und Siegesschleifen. Margit stutzte, als sie mit Ludger vom Essen zurückkam. »Was machen Sie hier? Suchen Sie was?«
»Ich suche Christian Adler. Haben Sie eine Idee, wo ich ihn finden kann?«
»Er ist drüben bei Herrn Cremer.«
»Danke.« Der gealterte Blondkopf verließ den Stall jedoch nicht, sondern ging interessiert auf die Box von Black Lace zu. »Sieht gut aus. Bißchen fett vielleicht. Läuft er nächste Woche in Düsseldorf?«
Margit beobachtete den jungen Mann genau. »Wir können Ihnen keine Auskunft geben, und außerdem – Fremde dürfen sich nicht im Stall aufhalten.«
»Immer wachsam, was?« Er öffnete die Boxentür, um den Hengst genauer betrachten zu können.
»Kommen Sie aus der Box!« rief Ludger. Wegen seiner Wuschelhaare wirkte er größer als das Babygesicht.
»Nun mal ganz ruhig, mein Junge!« Der Mann sprach anma-

ßend und nahm eine selbstgefällige Positur ein. »Ich bin Bruno, der Bruder von Christian Adler!«
Schon wollte Ludger sich nicht mehr mit dem Mann anlegen, aber Margit behielt die Übersicht. »Und wenn Sie der Bundeskanzler höchst persönlich wären – Sie haben hier nichts zu suchen! Wir haben unsere Anweisungen. Gehen Sie da raus, wo Sie reingekommen sind!«
Bruno gab sich ungezwungen. »Gut, gut, gut. Ich will euch nicht von der Arbeit abhalten. Aber vielleicht kann mir einer von euch zeigen, wo das ist – ›bei Herrn Cremer‹.«
Ludger ging aus dem Stall und zeigte draußen hinüber zum Wohnhaus. »Dort ist die Wohnung vom Trainer.«
»Danke. Wie war dein Name?«
»Ludger.«
»Und wie heißt das Mädchen?«
»Margit.«
Bruno griff in die Tasche und holte einen Zwanzigmarkschein heraus. »Danke für die Auskunft, Ludger. Hier, kauf dir was Anständiges zu trinken.«
»Kann ich nicht annehmen.«
»Hör mal, ich weiß doch, wie schlecht ihr bezahlt werdet«, sagte Bruno vertraulich. »Ein kleines Trinkgeld ab und zu kann doch nicht schaden, oder?«
Ludger schaute den Schein in seiner Hand so an, als ob der ihn gleich beißen würde. »Aber das sind zwanzig Mark.«
»Steck den Lappen endlich weg«, verlangte Bruno. »Muß ja nicht jeder sehen. Bist 'n netter Kerl. Wo nehmt ihr denn mal einen zur Brust nach Feierabend?«
»In der Rennbahn-Klause«, antwortete Ludger arglos.
Bruno Adler grinste wie ein spendabler Onkel. »Na, vielleicht sieht man sich mal, was, Ludger?«
Er ging vom Hof, und Ludger rief ihm hinterher: »Ich denke, Sie wollten zu Ihrem Bruder.«
»Eilt nicht.« Er zeigte auf Cremers Haus. »Ich warte, bis er dort rauskommt.«

Auf der Trainingsbahn lag Black Lace unter Rolf Lesch knapp in Führung vor Samurai und Thunderbird. Auf den letzten 200 Metern wurde der englische Hengst langsamer, Samurai ging mit starkem Speed an ihm vorbei und ließ sogar Thunderbird hinter sich, der von Klaus Schmittgen locker geritten wurde.
»Man kann noch nicht viel sagen«, nörgelte Cremer, »aber in Form ist der Engländer nicht.«
»Der ist nicht nur nicht in Form«, sagte Christian, »der ist völlig außer Form. Und Gruber hat von dir verlangt, der soll siegen? Kann doch nicht wahr sein!«
»Es war quasi ein Ultimatum. Du kennst ihn ja. Komm, laß uns mal den Plan ansehen.«
Sie fuhren zurück auf das Stallgelände. Christian bemerkte seinen Bruder nicht, der auf dem Parkplatz vor dem Tor herumlungerte.
An der Wand in Cremers Büro hing eine große Übersichtskarte mit den Terminen der deutschen Galopprennbahnen, den Totalisatorumsätzen, den Rennpreisen, den Strecken. Christian tippte mit dem Zeigefinger auf die einzelnen Spalten. »Baden-Baden?«
Cremer schüttelte den Kopf. »Eher Dortmund.«
Das wiederum war Christian nicht angenehm. »2800 Meter. Ich bitte dich. Dann lieber Düsseldorf. Ein Rennen über 2400 Meter. Die Bahn ist für Thunderbird gut. Und Black Lace wird auf dem festen Boden auch ganz gut marschieren.«
Cremer blickte auf die Renntermine von Frankfurt, Gelsenkirchen-Horst, Köln und Krefeld. »Gelsenkirchen, 1200 Meter. Die würde er mit Ach und Krach schaffen. Wenn er morgen beim Training wieder so abbaut, sollten wir ihn für Düsseldorf nicht melden.«
»Die ersten 1000 Meter läuft er doch gut. Wir könnten ihn als Schrittmacher für Thunderbird einsetzen. Thunderbird bleibt in seinem Fahrwasser bis zum Einlauf und zieht dann vorbei.«

»Es geht mir einfach gegen die Berufsehre, das zu tun, Christian. Ich kann dem Pferd die Rennstrapazen nur zumuten, wenn es topfit ist. Was hättest du in deinen Jockeyzeiten gesagt, wenn ich dich auf ein Pferd gesetzt hätte, das nur hinterherlaufen kann?«
»Darf ich dich daran erinnern, daß die Pferde Gruber gehören? Und da wir ohne den Mann ziemlich alt aussehen würden, bleibt uns nur übrig, nach seiner Pfeife zu tanzen. Erst kommt das Geld und dann die Moral.«

Christian mußte scharf bremsen, als sein Bruder ihm spektakulär und dumm feixend vor den Wagen lief. »Du kannst doch nicht ganz dicht sein, Bruno! Was willst du hier?«
»Ich wollte dich sprechen.«
»Du weißt, wo ich wohne, und Telefon gibt's auch. Warum also diese Kinkerlitzchen?«
»Es ist dringend.«
»Ach nee! Du bist wieder mal pleite, was? Ich hab' dir schon tausendmal gesagt, daß ich dir nicht mehr helfe.«
»Ich will dich nicht anpumpen«, rief Bruno inständig, »aber ich muß mit dir reden.«
»Also bitte! Steig ein. Worum geht's?«
Bruno sprang auf den Beifahrersitz und zog die Tür knallend zu. »Meine Frau muß dringend ins Krankenhaus. Ich will natürlich, daß sie so gut wie möglich behandelt wird. Ich habe sie in einer Privatklinik angemeldet. Sehr teuer.«
»Also geht's ja doch um Geld!«
»Aber nicht aus deiner Tasche«, sagte Bruno beschwichtigend. »Alles was ich brauche, ist 'ne Glückssträhne. Ein paar gut placierte Wetten.«
»Geht das schon wieder los mit dir! Ich gebe keine Tips. Das kann ich gar nicht. Und selbst, wenn ich das könnte, würde ich das nicht tun. Das macht nur die Quoten kaputt. Und du hast sowieso bloß Dreck an den Pfoten. Kapiert? Ich weiß nichts, und ich sage dir nichts.«

»Aber du kriegst doch mit, was bei den anderen Trainern läuft. Du weißt ganz genau, welche Pferde in Form sind und welche nicht. Das ist alles, was ich von dir hören will. Den Rest mache ich schon. Ich hab' mein System.« Er verlor sich im Zockerjargon. »Mann, wenn da ein Gaul mit dreißig für zehn auf der Anzeige steht, das sind 18000 für 6000...«
Christian mußte lachen. »System! Du tickst doch nicht richtig.«
»Ich brauche bloß noch mal 'ne Chance...«
Christian gab keine Antwort. Verbissen schweigend fuhr er zu Max, stellte den Wagen vor dem Lokal ab und forderte Bruno auf: »Komm rein und iß oder trink was.«
Max grüßte Christian, nahm jedoch von Bruno mit Absicht keine Notiz und legte die Speisekarte auf den Tisch.
»Bruno«, sagte Christian eindringlich, »schon vor einem Jahr habe ich dir empfohlen, die Pfoten von den Pferden zu lassen. Du bist beim Wetten nur auf die Schnauze gefallen, und du hast dich kaputtgemacht. Du hast nicht das Zeug zum Zocker. Du bist nur eine Wetthure.«
Bruno Adler brachte es fertig, Tränen zu fabrizieren und eine richtige Trauershow abzuziehen. »Ich hätte wissen müssen, daß es Zeitverschwendung ist, dich um Hilfe zu bitten. Linda stirbt vielleicht, weil ich ihr nicht helfen kann.« Er schluchzte und flüsterte klagend: »Brustkrebs...«
»Was kostet diese Behandlung?«
»Ich weiß es noch nicht. Es kommt darauf an, ob es sich noch lohnt, zu operieren.«
»Du bist doch in einer Krankenkasse.«
»Wegen der Arbeitslosigkeit hab' ich nicht immer die Prämien eingezahlt.«
»Idiot!« Er schrieb einen Scheck über 1000 Mark aus und gab ihn seinem Bruder. »Es ist ein Darlehen, verstanden? Soll heißen, ich will es irgendwann zurückhaben. Den Rest mußt du woanders auftreiben. Der Scheck ist auf den Namen deiner Frau ausgestellt, okay?«

Bruno war enttäuscht, zeigte das aber nicht. Seine Trauer war wie weggeblasen. »Ja, ja, ist schon in Ordnung, und vielen Dank, Christian. Ich wußte, daß du mich noch nicht ganz abgeschrieben hast.«
»Spar deine Worte. Ich tue das für Linda, und ich drücke die Daumen, daß sie gesund wird. Aber schreib dir hinter die Löffel: Bei uns im Stall will ich dich nicht noch einmal rumhängen sehen!«
Beflissen erhob Bruno sich. Er hatte erreicht, was er sich vorgenommen hatte. »Natürlich nicht, ganz wie du willst. Und nochmals vielen Dank. Ich verschwinde jetzt.«
»Nicht zu glauben, daß dieser Hallodri dein Bruder ist«, sagte Max. »Wie von zwei verschiedenen Vätern.«

Rolf Lesch hatte Black Lace aufgesattelt. Ludger saß schon auf Blue Queen, Klaus auf Samurai und Peter auf Thunderbird. Peppo, das Pony in der Box von Blue Queen, verfolgte neugierig alle Vorbereitungen für das Morgentraining. Margit sah neidisch auf die Reiter und fragte Lesch: »Kann Peppo auf die Koppel?«
»Von mir aus. Aber sei vorsichtig, wenn du ihn rüberbringst. Er wird uns hinterherrennen wollen. Wenn er dann in der Gegend rumtobt, haben wir leicht 'ne Latte von Rechtsproblemen am Hals.«
»Wegen Peppo?« fragte sie zweifelnd.
»Wegen Peppo, ganz richtig! In Deutschland ist auch die Tierhaltung bis ins kleinste Detail von Juristen geregelt worden.« Er gab das Zeichen zum Abmarsch auf die Bahn.
Cremer verließ das Haus und rief: »Alles in Ordnung?«
Lesch ritt zu ihm. »Morgen, Chef. Soweit ist alles in Ordnung. Ich möchte Sie aber bitten, die Augen offenzuhalten. Ich meine, beim Training sind Leute aufgetaucht, die ich nicht kenne, und ich werde das Gefühl nicht los, daß die beiden Engländer, die Black Lace gebracht haben, noch immer in der Gegend rumschwirren.«

»Muß keinen böswilligen Grund haben. Vielleicht wollen die Briten sich das Rennen in Düsseldorf ansehen. Ist schließlich kein Geheimnis, daß Black Lace gemeldet wurde. Und jetzt ab! Sonst steht meine Schwester nachher mit dem fertigen Frühstück rum, und wir sind noch auf der Bahn.«
Die Gruppe ritt los, und Cremer ging zu Fuß hinterher. Auf dem Parkplatz stieg Christian aus seinem Wagen und schloß sich Wolf an. »'n Morgen.«
»Wie siehst du denn aus? Hast du Ärger?«
»Monika will sich scheiden lassen.«
Wolf war nicht überrascht. »Habe ich beinahe erwartet. Und schon sehr viel früher.«
»Hellseher!«
»Dazu gehört nicht viel. Ich habe mich schon immer gewundert, daß sie dich an der langen Leine gelassen hat. Die paar Mädchen, in die du dich verirrt hast, wird sie verdaut haben, aber Silvia Gruber war ganz sicher der Schlußpunkt. Und wenn ich mir vergegenwärtige, wie lange du mit der Dame rumgekramt hast, muß ich Monika bewundern.«
»Ich werd's ausrichten«, sagte Christian sarkastisch.
»Bist du mit der Scheidung einverstanden?« fragte Wolf.
»Natürlich nicht. Da hängt ja auch 'ne Menge dran. Der Laden und so.«
»Das ist alles? Ich denke, du liebst sie – hast du jedenfalls immer behauptet.«
»Das auch.«
»Ich glaube, es ist zwecklos, mit dir darüber zu reden. Soll ich dir mal was raten? Schmeiß die Gruber raus und versöhn dich mit Monika. Was Besseres gibt's nicht für dich.«
»Beides geht nicht. Monika interessiert sich absolut nicht für Pferde...«
»Du sollst mit ihr keinen Reitstall führen, sondern eine intakte Ehe. Es gibt Tausende von Frauen, die sich für den Job ihres Mannes nicht die Bohne interessieren, und zu Hause stimmt's trotzdem. Du willst doch nicht etwa behaupten,

daß du mit der Gruber deshalb schläfst, weil sie angeblich was von Pferden versteht. Die hat keine Ahnung, sage ich dir.«

»Sie hat von mir einen Schuldschein über 70000.«

»Bist du bekloppt? Wie kannst du dich denn in so eine Abhängigkeit begeben? Eines Tages läßt die dich ins offene Messer laufen, wenn du nicht spurst! Und warum hast du den Blödsinn gemacht?«

»Samurai.«

»Alles klar! Brauchst gar nicht weiterzuerzählen! Du hast ihn für die siebzig bei Ziehlmann gesteigert, aber du bist damals nicht flüssig gewesen! Jetzt geht mir ein Riesenlicht auf! Homburg wollte dich als Stalljockey engagieren, hieß es, und er hat dir einen anständigen Vorschuß gegeben. Richtig? Und den mußtest du jetzt zurückzahlen!«

»Ich mußte nicht. Ganz freiwillig, verstehst du?«

»Hast du in Deauville wieder Ärger mit ihm gehabt?«

Christian war das Thema leid. »So was Ähnliches. Ich wollte frei sein von ihm.«

»Wenn du dich in deiner Haut wohl fühlst.« Cremer hob vielsagend die Schultern. »Ich beneide dich nicht.«

Sie hatten die Bahn erreicht, blieben an der Außenbarriere stehen und sahen Lesch und seiner Gruppe hinterher, die die Pferde warm machten. Cremer nahm sein Fernglas hoch und blickte über das Geläuf. »Lesch meint, wir hätten beim Training unerwünschte Zuschauer.«

»Die gibt's immer. Keiner kann seine Tiere so abschotten, daß die Tagesform geheim bleibt. Es sei denn...«

»Sprich dich aus.«

»Es sei denn, es läuft ein größerer Deal.«

»Glaube ich nicht. Von unseren Pferden gehört keins zur internationalen Elite.«

»Oder Black Lace liegt jemandem besonders am Herzen. In unserem Job muß man mit jedem Scheiß rechnen.«

Rolf Lesch legte einige Zwischenspurts ein, parierte den

schnaubenden Black Lace durch und ritt heran. »Ich weiß jetzt, warum er Tempo verliert, Chef. Die Atmung stimmt nicht. Er keucht, und es pfeift da drin, wenn er rennt.« Er klopfte dem Hengst an den Hals.
Cremer trat an das Tier heran und lauschte eine Weile. »Klingt doch ganz normal.«
»Es passiert nur, wenn er extrem belastet wird«, sagte Lesch. »Sonst hätte ich das ja vorher bemerkt. Eine Lungengeschichte eventuell? Oder hat er irgendwann eine Druse-Erkrankung gehabt?«
»Keine Ahnung«, gestand Cremer. »Die Papiere haben wir noch nicht, die sind anscheinend noch bei Gruber.«
»Fiebriger Nasenkatarrh«, sinnierte Christian. »Eine üble, ansteckende Sache – gerade bei jüngeren Pferden. Vielleicht wollte der vorherige Besitzer ihn deswegen loswerden.«
»Aber ausgeheilt«, sagte Lesch. »Genaues wissen wir erst, wenn wir den Impfschein gesehen haben.«
Cremer blickte Christian schräg an. »Hoffentlich hat uns dein Gruber nicht ein Kuckucksei ins Nest gelegt.«
»Wieso *mein* Gruber?«
»Du bist doch mit ihm verschwägert, oder?« Cremer grinste über die eigene Ironie.
»Ich hab' schon mehr gelacht«, sagte Christian verärgert und verließ die Bahn.
»Wo willst du hin?«
»Muß mit Monika reden. In 'ner Stunde bin ich zurück.«

Bernhard Schadenstedt fummelte gebückt am Schloß der Eingangstür von Monikas Boutique herum. Der Schlüssel steckte, ließ sich nicht drehen, aber auch nicht mehr abziehen.
»Lassen Sie mich noch mal versuchen«, forderte Monika genervt. »Warum klemmt das verdammte Ding bloß?«
»Man müßte Öl oder so was haben«, meinte Schadenstedt. »Meine Tochter wüßte sofort, was man da macht.«

»Ich habe irgend so ein Sprühzeug«, erinnerte Monika sich, »aber das ist drin im Laden.«
»Vielleicht mit Graphitpulver, Frau Adler.«
»Haben Sie welches?«
»Nein.«
»Und wenn Sie welches hätten, wie wollen Sie das da ins Schloß hineinbekommen? Erst muß der Schlüssel raus.«
Sie rüttelte und schüttelte, Schadenstedt schlängelte seine Arme durch die Freiräume, versuchte zwischen Monikas Fingern ein Plätzchen am Schlüssel zu ergattern, ruckelte und zuckelte ebenfalls und knirschte: »Wenn wir so weitermachen, brechen wir ihn ab.«
»Er ist reingegangen, also muß er auch wieder rausgehen«, entschied sie. »Ist doch ganz logisch, oder? Bloß gut, daß noch keine Kunden gekommen sind.«
»Ich habe eine Zange«, sagte er plötzlich. »Die liegt irgendwo bei mir im Laden.«
»Na, dann holen Sie die doch«, rief sie vorwurfsvoll.
Ihn regte das nicht auf. Den Ton war er von seiner Tochter gewohnt. Er flitzte in sein Geschäft und erschien nach kurzer Zeit triumphierend mit einem winzigen Zängelchen, das allenfalls dazu geeignet schien, Heftklammern zu entfernen.
»Jetzt werden wir's gleich haben, Frau Adler.«
Skeptisch sah sie zu, wie Schadenstedt zuversichtlich ans Werk ging. Sie beugte sich über ihn und mahnte: »Bloß vorsichtig, und daß Sie ja nicht den Schlüssel abbrechen. Dann muß der Hausmeister erst das Schloß ausbauen.«
Bei seinen Versuchen, die Technik zu überlisten, bewegten ihn jedoch ganz andere Gedanken. »Ich habe zwei Karten für den Zirkus. Ich wollte mit Jenny hingehen. Wissen Sie, was sie gesagt hat?«
»Die Zange rutscht ja dauernd ab, Herr Schadenstedt!«
»Sie hat gesagt: ›Bernhard, mit dem doofen Nostalgiegetue kannst du mir den Buckel runterrutschen und mit der Zunge bremsen.‹ Wie finden Sie das?«

Monika, halb über ihn geneigt, fand sein Desodorant hinreißend und widersprach Tochter Jenny: »Ich fand Zirkus immer ganz toll.«
»Fabelhaft. Würden Sie heute abend mit mir hingehen?«
»Sehr gern. Wenn wir die Tür bis dahin aufhaben.«
»Ich muß gestehen, daß ich ein bißchen Angst hatte, Sie zu fragen.«
»Wie schön, daß Sie sich überwinden konnten.«
Gemeinsam und verstärkt widmeten sie sich nun dem aktuellen Problem, ohne größeren Schaden anzurichten, in die Boutique für Damenunterbekleidung einzudringen.
In diesem Moment erschien Christian auf der Bildfläche. Was bei ungenauem Hinsehen wie ein unentschiedener Ringkampf im griechisch-römischen Stil aussah, deutete er als Bemühen eines unerfahrenen Freiers, der Dame seiner Wahl unauffällig nahe zu sein. Er fühlte sich aufgerufen einzuschreiten.
»Entschuldigung«, sagte er.
»Was suchst du denn hier?« wollte Monika wissen. »Kennen die Herren sich? Das ist mein Mann...«
»Angenehm, Schadenstedt.« Es war ihm überhaupt nicht angenehm. »Wir bemühen uns, die Tür zu öffnen, Herr Adler.«
Christian faßte den Schlüssel, wackelte, zupfte und zog ihn schadenfroh aus dem Schloß. »Und? Warum haben Sie's nicht gemacht?«
Bernhard Schadenstedt zog sich in seinen Buchladen zurück, und Monika empfand Christians Anwesenheit als störend. »Auch schön, was du gemacht hast. Aber ich wollte in den Laden hinein.«
»Es ist der falsche Schlüssel.«
»Wer sagt das?«
»Ich.«
»Und woher weißt du das?«
Er gebärdete sich klug. »Man kann ihn hineinstecken, und

man kann ihn herausziehen. Schwer allerdings. Gett aberr quietscht, wie die Russen sagen würden. Nur drehen läßt er sich nicht. Also ist es der falsche Schlüssel.«
Monika kramte hastig in ihrer Handtasche. »Ich habe keinen anderen dabei.«
»In der Wohnung vielleicht?« Christian betrachtete das Objekt der vergeblichen Bemühungen. »Menschenskind, das ist der Sicherheitsschlüssel von deiner Wohnungstür. Schau doch auf den Anhänger.« Er schwenkte das verschnörkelte M am Silberkettchen hin und her. »Habe ich dir mal geschenkt. Laß uns rauffahren und den Ladenschlüssel holen.«
Auf dem Weg zum Lift im Seitentrakt fragte sie: »Nun sag schon, warum du so früh hier auftauchst.«
»Kannst du die Minute noch warten, bis wir in der Wohnung sind? Es ist eine Sache, die nur dich und mich was angeht.«
Nachdem sie die Tür ihres Appartements aufgeschlossen hatte, wedelte er vor ihrer Nase mit vier aneinandergehefteten Din-A4-Seiten herum. »Was soll das sein? Da schreibt mir ein Anwalt, daß du dich von mir scheiden lassen willst!«
Monika wehrte die raschelnden Papiere ab. »Warum regst du dich auf? Und warum tust du so, als wenn du von nichts wüßtest? Ich hab's am Telefon angedeutet.«
»Angedeutet! Mir kommen die Tränen! Und ich hab' gedacht, du hast bloß schlechte Laune. Ich konnte das einfach nicht ernst nehmen.«
»Das ist ja das Problem. Du nimmst mich nie ernst.«
»Noch immer kein Grund, gleich zum Anwalt zu rennen. Wir hätten darüber reden können.«
»Herrgott! Wie oft habe ich versucht, mit dir darüber zu reden! Du hast nie zugehört. Alles, was ich sagte, war für dich offenbar nur Gewäsch von der kleinen dämlichen Frau.«
»Na na, das ist aber ein bißchen sehr weit hergeholt! Aber gut, *jetzt* höre ich zu.«
»Ich will frei sein.«

Er geriet außer sich. »Du hast doch jede Freiheit, verdammt noch mal! Deine eigene Wohnung, dein Geschäft, dein eigenes Leben. Was willst du mehr? Andere Frauen würden ihren Männern die Füße küssen, wenn sie so frei sein könnten wie du!«

Beim letzten Satz hatte Monika sich die Ohren zugehalten. »Ich ahnte nicht, wieviel Blödsinn du absondern kannst. Diese Art von Freiheit habe ich mir nicht gewünscht. Ich habe dich geheiratet, weil ich mit dir zusammenleben wollte. Aber du hast ja vorgezogen, dein eigenes Leben zu leben. Ohne mich. Diese Freiheit, die ich jetzt habe, hast du mir notgedrungen zugebilligt, damit du deine eigenen Wege gehen kannst.«

»Du verdrehst alles.«

»Wenn wir geschieden sind, kannst du glücklich werden mit deiner Meinung. Ich möchte jetzt wissen: Bist du mit der Scheidung einverstanden?«

»Nein!«

»Und warum nicht?«

»Weil ich dich liebe.«

»Spar dir bloß deine billigen Sprüche. Du weißt doch gar nicht, was das Wort Liebe bedeutet. Wenn du überhaupt etwas liebst, dann deine Pferde. Und das ganze Brimborium, das dazugehört. Das verdammte Viehzeug ist dir noch wichtiger als deine Freundinnen. Um von dir geliebt zu werden, muß man vier Beine haben, sehr dumm und sehr schnell sein.«

»Siehst du, das ist es«, erregte er sich. »Es sind immer wieder die Pferde. Du bist nur voreingenommen. Außerdem bin ich kein Jockey mehr, sondern Trainer, und mein Leben wird in sehr viel zivileren Bahnen laufen. Laß es nun noch einmal miteinander versuchen.«

»Und wie soll das aussehen? Am Tag kümmerst du dich um deine Gäule, nachts um irgendeine Geliebte, und mit mir gehst du irgendwann mal essen – falls es dir in den Kram

paßt. Und möglichst schlicht – zu Max. Da kannst du dann mit deinen Kollegen über Pferde schwatzen, und ich sitze da wie Piksieben. Wer sitzt denn dann allein am Tisch? Die kleine süße Frau von Christian Adler! Gestatte, daß ich lache!«
Er fühlte sich an die Wand gedrückt und versuchte, einen Tiefschlag zu landen. »Ich hätte nichts dagegen, wenn du dir ebenfalls ein paar Pferde hieltest. Samurai ist ja schon auf deinen Namen eingetragen.«
»Darf ich auch einen Geliebten haben?« fragte sie sarkastisch. »Herrn Buchhändler Schadenstedt vielleicht? Dann habe ich immer was zum Lesen...«
»Er kann dir auch die Seiten umblättern«, scherzte er einfältig.
Monika begann zu kochen. »Wenn du nichts weiter im Kopf hast als so einen Schwachsinn, dann hau ab! Einmal möchte ich erleben, daß du ernsthaft bleibst! Aber nein! Welches Thema auch dran ist: Du wirst albern!«
Christian geriet aus dem seelischen Gleichgewicht. Er nagte an seinen Lippen und ordnete die ohnehin schwirrenden Gedanken auf der Suche nach Wiedergutmachung. Was ihm einfiel, war nicht stark. »Ich hab' das nicht so gemeint. Das sollte sinngemäß zu verstehen sein. Sagen wir mal, es wäre vielleicht machbar, wenn es gewissermaßen zu einer Interessengemeinschaft käme...«
»Für deine Interessen, versteht sich. Hast du mal was von fifty-fifty gehört?«
»Gott, na ja, bei deinem Geschäft kann ich nicht mehr tun, als stiller Teilhaber zu sein. Grußmaxe für feine Miederwaren an deiner Ladentür wäre albern – mußt du zugeben.«
»Weiß man's? Vermutlich würde sich mir ein völlig neuer Kundenkreis erschließen.«
Er setzte an, um ausführlich über Maßunterwäsche für Damen zu referieren, doch Monika sah ihm an, welches Thema ihr bevorstand. Sie bremste ihn, ehe er eindeutig werden

konnte. »Ich sehe dir an der Nasenspitze an, wie du in der Branche tätig werden willst. Da kommen nicht nur Kundinnen mit den Idealmaßen 93-75-99, sondern gestandene Frauen mit 140-130-150. Wie ich dich kenne, rennst du dann weg.«
Beide lachten nun, erleichtert, daß sie Schuldzumessung und Scheidung vorerst unter den Teppich gekehrt hatten. Er war sich seiner Wirkung auf sie in diesem Augenblick sogar derart sicher, daß er sie umarmte, an sich zog und sie, noch immer lachend, in die Halsbeuge küßte.
»Hau ab!« rief sie abermals, trommelte erst mit beiden Fäusten auf Christians Rücken, packte dann seine Schultern und stemmte seinen Oberkörper auf Distanz.
Er hielt sie fest, und sein Lachen wurde zum genußvollen Grinsen, denn von der Hüfte abwärts wurde der Kontakt immer enger, je kräftiger Monika den Abstand der Oberkörper vergrößern wollte.
Plötzlich merkte sie, daß ihre Bewegungen bedrohlich der Schrittkombination eines argentinischen Tangos glichen, und das löste bei ihr, zu spät, Erbitterung aus. »Du machst dir wirklich jede Situation zunutze!«
»Wie sich das anhört!« murmelte er und zog sie ganz behutsam wieder an sich.
Nicht daß Monikas Armkraft nun physisch erlahmte – es war schiere psychopathische Muskelerschlaffung. Sie ließ sich treiben, auffangen, festhalten. Geistig und körperlich nahezu willenlos, duldete sie seine Küsse. Konturen und Gegenwart verschwammen. Sehnsucht nach Geborgenheit, Zärtlichkeit und Versöhnung überfluteten sie. Wie ausgelöscht schien die Vergangenheit.
Während er sie noch küßte, blinzelte er zur Digitaluhr auf ihrem Schreibtisch, und er sagte in ihren hingebungsvoll geöffneten Mund hinein: »Entschuldige, ich muß weg.«
Wie im Schlaf fragte sie: »Was sagst du?«
»Es ist blöd, aber ich muß weg.« Er löste sich geschäftig von

Monika. »Wir sind hart im Training für Düsseldorf. Wolf wartet mit den Pferden auf mich.«
Was eben noch wie Versöhnung ausgesehen hatte, wurde für Monika zur Riesenenttäuschung. Sie merkte, er hatte sich nicht geändert, er war auch nicht herzlos – er war wie immer.
»Die Pferde!« klagte sie. »Die sind natürlich wichtiger!«
Er war schon an der Tür, winkte und rief: »Und nicht böse sein.«
In ihrer Reichweite stand ein wertvoller Porzellanleuchter. Sie packte ihn und warf ihn mit voller Kraft hinter Christian her. Die Tür war leider schon zu...

Einen Tag vor dem mit 210000 Mark ausgestatteten Galopprennen in Düsseldorf wandelte Tante Ella in den Spuren von Agatha Christies Miss Marple. Mit einem Schächtelchen in der einen und einer Lupe in der anderen Hand eilte sie ins Büro zu ihrem Bruder und rief: »Rate mal, was ich hier habe!«
Wolf telefonierte, sah unwillig hoch und deckte den Hörer ab. »Ich habe Gruber am Rohr. Warte einen Moment.«
Ella hörte Gruber brüllen: »Kaum bin ich ein paar Tage weg, da jammern Sie meiner Frau die Ohren voll, daß Black Lace nicht in Ordnung sei. Ich verlange, daß der Hengst gewinnt. Ich habe Ihnen das früh genug gesagt!«
»Offenbar war er in England krank.« Cremer las aus dem Handbuch für Pferdekrankheiten den lateinischen Namen ab: »Coryza contagiosa equorum.«
»Reden Sie deutsch mit mir!« belferte es aus dem Hörer.
»Kotzbrocken!« wisperte Ella.
»Druse«, sagte Cremer. »Eine ansteckende Krankheit, hervorgerufen durch das Bakterium Streptococcus equi...«
Er mußte den Hörer vom Ohr nehmen, weil Gruber abermals explodierte: »Verschonen Sie mich mit dem ausländischen Scheiß!«

»Eine komplizierte Form der Pferdegrippe«, erläuterte Wolf, »führt zu Vereiterungen der Lymphknoten und zu Abszessen in den Atemwegen. Nasenkatarrh und so weiter.«
»Das englische Tierarztgutachten bescheinigt ihm beste Gesundheit!« polterte Gruber. »So schlimm kann es also nicht sein! Wie äußert sich das, was Sie behaupten?«
»Nach tausend Metern bekommt er Probleme mit der Atmung. Wenn wir ihn morgen beim Rennen überfordern, kann er einen bleibenden Schaden behalten.«
»Aber abgesehen von der Atmung – ist er fit!«
»Topfit.«
Grubers Stimme wurde freundlicher. »Schauen Sie her, Cremer, Black Lace hat morgen praktisch keine Konkurrenz – außer vielleicht Gräfin Luises Thunderbird. Ich würde sagen, wir lassen ihn laufen!«
»Okay, es ist Ihre Entscheidung. Sagen Sie nachher nicht, ich hätte Sie nicht gewarnt.«
»Schon gut, Sie haben mich gewarnt! Mehr als genug! Ich muß deshalb doch nicht etwa annehmen, daß Sie der Gräfin den Sieg für ihr Pferd versprochen haben, oder?« Es knackte im Hörer, Gruber hatte die Verbindung unterbrochen.
Cremer legte auf, und Ella schimpfte: »Also, wenn einer mies ist, dann der! Das interessiert den Kerl nicht, ob sein Pferd eingeht. Hauptsache, er macht seinen Reibach.«
»Reg dich nicht auf. Er ist der Besitzer. Es ist sein Geld. Wenn er den Hengst zum Kaputtmachen gekauft hat – wie soll ich ihn hindern? Für die meisten Besitzer sind doch Pferde nichts weiter als Aktien. Tu bloß nicht so, als ob du das nicht wüßtest.«
»Aber Gräfin Luise ist nicht so«, meinte Ella.
»Sie hat noch eine gesunde Beziehung zum Tier«, gab er zu. »Nun mal zu dir. Was wolltest du? Du hast ein Vergrößerungsglas mitgebracht.«
»Das auch.« Sie hob die Schachtel. »Aber hier!«
»Mach's nicht so spannend.«

»Ohrringe!« sagte Ella und klappte die Schachtel auf.
»Hast du dir die gekauft?«
»Nein. Sie gehören Margit. Echt Silber. Jedes Stück zwei kleine Hufeisen.«
»Und? Was geht mich Margits Schmuck an? Sollte sie keine Ohrringe besitzen, oder wie soll ich das verstehen? Silber ist nicht besonders teuer.«
»Da hast du völlig recht. Silber ist nicht teuer für Leute, die ein bißchen betucht sind. Für Margits Eltern beispielsweise. Aber die haben ihr diese Ohrringe nicht geschenkt.« Ella drehte die Schachtel herum und stellte sie vor Wolf auf den Schreibtisch. »Sieh mal! Ganz moderne Ohrstecker! Süß, nicht? Hundert bis hundertzwanzig Mark kosten die bestimmt. Ich habe sie mir mit der Lupe angesehen. Gute gestempelte Ware. Die sind ganz bestimmt nicht aus dem Bonbon-Automaten.«
»Komm mal auf den Kern der Sache«, verlangte er ungeduldig. »Warum bist du mißtrauisch? Hat sie die Dinger geklaut, oder hat ihr die jemand geschenkt, der dir nicht paßt?«
»Ludger.«
»Warum soll er nicht?«
»Ist ja gut«, schmollte sie. »Ich dachte nur, du solltest das wissen.«
»Ella, ich muß arbeiten.« Auf einmal fiel bei ihm plumpsend der Groschen. »Was sollte ich wissen?«
»Ich hab's doch grade gesagt. Ludger macht Margit ein so teures Geschenk. Der Junge ist arm wie eine Kirchenmaus! Aber wenn du meinst, es geht uns nichts an, bitte, ich werde nicht mehr darüber reden.«
»Warst du dabei?«
»Wobei? Als er die Dinger gekauft hat? Nein.« Sie war gereizt. »Ich hab's zufällig mitgekriegt, als er sie ihr nach dem Mittagessen überreicht hat. Mit ganz roten Ohren, weißt du? Und Margit bekam auch so einen Kürbiskopf.« Ella hob ihre Hände und hielt sie auf Halbmeterdistanz rechts und links

neben ihre Frisur. »Und als die beiden dann in den Stall mußten, hat sie mich gebeten, die Schachtel in ihr Zimmer zu legen.«

»Du sagtest hundert bis hundertzwanzig Mark?« Er rechnete die finanziellen Möglichkeiten der Stallburschen nach. »Das ist mehr, als er zum Monatsende im Portemonnaie haben kann.«

»Sage ich doch! Soll ich ihn mal herrufen?«

»Nein, dann ist er möglicherweise verstockt. Ich gehe in den Stall und rede zuerst mit Lesch und Christian.« Er streckte die Hand aus. »Gib mal her das Zeug.«

Cremer ging hinüber ins Stallgebäude und rief: »Wo ist Herr Lesch?«

»Ich bin in der Futterkammer, Chef.« Rolf mischte Kraftfutter und wollte seine Arbeit unterbrechen, als Cremer eintrat.

»Machen Sie bitte weiter«, sagte Cremer. »Ich möchte nämlich nicht, daß einer unserer Knaben wachsam wird. Folgendes: Ludger macht Margit Geschenke, für die er eigentlich kein Geld haben kann.« Er zeigte Lesch den Silberschmuck. »Nicht unter hundert Mark zu haben, sagt meine Schwester.«

Rolf lachte. »Der steht auf das Mädchen wie tausend Mann. Sicher will er ihr imponieren. Aber woher hat er die Kohle?«

»Das frag' ich mich die ganze Zeit. Kennen Sie seine Kontakte nach draußen? Oder hat hier jemand rumgehangen in letzter Zeit? Wir brauchen uns nichts vorzumachen, Herr Lesch: Für Nachrichten aus Konkurrenzställen wird noch immer was bezahlt.«

»Fremde habe ich bei uns nicht gesehen. Nur Herrn Adler.«

»Das ist ja wohl selbstverständlich.«

»Nicht Christian, Chef. Bruno Adler, seinen Bruder.«

Cremer kniff die Augen zusammen. »Da war doch mal was, wenn ich mich richtig erinnere.«

Lesch nickte vielsagend. »Er fuhr Trabrennen und verlor wegen einiger Betrügereien seine Fahrerlizenz. Zwei- oder drei-

mal hat er seinen Gaul zum Galoppieren veranlaßt, damit Außenseiter zum Zuge kamen, auf die er gesetzt hatte. Dann hat er ein paar krumme Dinger mit dem Sulky gemacht – mit dem Rad mal unterm Bauch und mal an die Fesseln von anderen Pferden. An andere Sachen kann ich mich nicht mehr erinnern. Irgendwann war's dann den Rennleitungen zuviel. Zu Hause hat er sich wohl auch nicht ganz astrein benommen. Christian hatte die Beziehungen zu ihm abgebrochen.«
»Wo ist Christian?«
»In der Box von Samurai. Er striegelt ihn selbst – nicht zu glauben, was?«
Beide verließen die Futterkammer zum Stallgang. Margit putzte Leder in der Sattelkammer, und Ludger reparierte das Lüftungsfenster über der Raufe in der Box von Blue Queen. Cremer ging zu Margit und klappte die Schachtel mit der eingeprägten Adresse des Juweliers auf. »Ich möchte gern mal sehen, wie sie dir stehen. Steck sie mal an.«
Ihr kamen Zweifel. »Bei der Arbeit?«
»Warum nicht?«
Sie nahm die Schachtel. »Tante Ella sollte die in mein Zimmer bringen ...«
»Alles in Ordnung«, beruhigte er sie. »Zerbrich dir nicht den Kopf. Ich hab's gerne, wenn Mädchen hübsch aussehen.«
Margit nahm die silbernen Hufeisen heraus und praktizierte die Stecker in die Löcher ihrer Ohrläppchen und sicherte sie mit den winzigen Schräubchen.
»Fabelhaft«, freute Cremer sich. »Komm, das zeigen wir auch Herrn Adler.«
Christian verzog gerade den Schweif von Samurai, als Wolf, Margit und Rolf Lesch an die Box kamen. »Prozession, oder was?«
Margit drehte wie ein Mannequin ihren Kopf, und Cremer fragte: »Sieht das nicht wundervoll aus?«
Christian begutachtete den silbernen Ohrschmuck, begriff

jedoch nicht, was die Show bezwecken sollte. »Hast du Geburtstag?«
»Nein, sie hat einen Verehrer«, sagte Wolf väterlich, »und der hat ihr diese silbernen Dinger geschenkt.«
Christian nahm das von der heiteren Sache und blickte Lesch voller Zweifel an. »Ist Margit nicht ein bißchen jung für Sie?«
»Sie ist nicht zu jung für mich, ich bin zu alt für sie. Das ist ein großer Unterschied, Herr Adler.« Er zeigte zur Box von Blue Queen. »Ludger ist derjenige, welcher.«
Cremer verstellte sich perfekt und nickte wohlwollend. »Ludger spart sich seine paar Kröten offenbar vom Mund ab, um Margit etwas zu schenken.«
Auch Lesch spielte seinen Part gut und zeigte auf die Ohrringe. »Zehn Mark kosten die bestimmt.«
Margit blickte zu Ludger, der in ihren Augen offenbar sein Ansehen verlor. »Das ist bloß Talmi? Ich denke, das ist echtes Silber. Hast du doch gesagt, oder?«
Er stand auf der Futterkrippe und schaute selbstsicher auf Margit und die anderen hinunter und merkte nicht, daß er ins offene Messer lief. »Das *ist* Silber!«
»Für *den* Preis?« zweifelte Lesch.
»Wer sagt denn, daß die Ohrringe zehn Mark gekostet haben?« rief Ludger, reif zum Abschuß. »Hundertzwanzig Mäuse habe ich ausgegeben dafür.«
»Das wollte ich bloß von dir hören«, sagte Cremer. »Komm mal da runter und verrat mir, bei wem du dir das Geld gepumpt hast. Oder hast du ein fettes Sparbuch?«
Ludger kletterte von der Krippe und verließ die Box. »Ich hab' mir nix gepumpt.« Unsicher sah er Cremer, Christian und Rolf Lesch an. »War mein Geld.«
Nachdem der Trick geklappt hatte und der »Täter« überführt war, fand Cremer zum gewohnten Stimmvolumen zurück. »Und wer hat's dir gegeben? Sag die Wahrheit und lüg uns nicht an!«

»Vielleicht Bruno Adler?« half Lesch, der verhindern wollte, daß Ludger sich in eine große Flunkerei verstrickte.
Christian blickte Rolf finster an. »Was hat mein Bruder damit zu tun?«
»Er hat hier im Stall herumgelungert und Sie gesucht«, antwortete Margit. »Erst hat er sich Black Lace eingehend angesehen, und dann hat er sich von Ludger zeigen lassen, wo das Büro ist.«
Cremer sah fragend zu Christian. »Im Büro war er nicht. Hat er irgendwo auf dich gewartet?«
»Draußen auf dem Parkplatz.« Christian trat aus Samurais Box, packte Ludger an der Hemdbrust und zog ihn dicht an sich heran. »Was wollte er von dir?«
»Er wollte wissen, wo wir abends ein Bier trinken gehen.«
»Weiter!«
»Ich hab' ihm gesagt, in der Rennbahn-Klause.«
Christian schüttelte ihn. »Kannst du uns nicht in flüssiger Rede darüber Auskunft geben, was zwischen dir und Bruno Adler gelaufen ist?«
»Er wollte was wissen über die Rennen in Düsseldorf. In welcher Form Thunderbird ist und wie Black Lace läuft und wie Sie und Herr Cremer die Aussichten beurteilen.«
»Und was hast du gesagt?« Christian brauchte eigentlich keine Antwort zu hören. Er sah förmlich vor sich, wie der harmlose Junge seinem Bruder auf den Leim gegangen war. Wie er selbst. Er vergegenwärtigte sich die weinerliche Stimme Brunos: »Linda stirbt vielleicht, weil ich ihr nicht helfen kann...«
Ludger war vor Angst käseweiß im Gesicht. »Daß Black Lace nicht gut rennt und daß Thunderbird besser ist. Mehr habe ich nicht gesagt.«
»Was hat er dir für die Auskunft gegeben?« fragte Cremer.
»Hundert Mark.«
Cremer war unzufrieden. »Die Ohrringe für Margit haben aber hundertzwanzig gekostet.«

»Zwanzig Mark hat er mir schon hier auf dem Hof geschenkt.«
»Wofür?«
»Weil ich ihm gezeigt habe, wo das Büro von Herrn Cremer ist.«
»Und du hast gedacht, das macht der Kerl aus reiner Sympathie für dich, ja?« Christian schüttelte ihn nochmals. »So blöde kannst du doch nicht sein! Der wollte dich bloß anwärmen und dir zeigen, wo's noch mehr Kohle gibt!«
»Ich wollte das Geld nicht annehmen«, verteidigte Ludger sich. »Er sagte aber, ich sollte das alles nicht so eng sehen, er hätte genug Kohle.«
»Wirklich? Sagte er, er hat genug Geld?« Christian ließ Ludger los, stützte sich auf die Bohlenbekleidung von Samurais Box und murmelte mit abgewandtem Gesicht: »Dieses verdammte Schwein!«
»Hört mir gut zu und merkt euch«, sagte Cremer zu Ludger und Margit, »wenn ihr jemals wieder angesprochen werdet, Mund halten und mir oder Christian Adler oder Herrn Lesch sofort Bescheid sagen! Es gibt niemanden, der euch ohne Gegenleistung Geld schenkt! Besonders nicht in diesem Job! Und jetzt wieder an die Arbeit!«
Er stellte sich neben Christian. »Und was nun? Wir wissen beide nicht, in wessen Auftrag dein Bruder hier tätig geworden ist. Bestimmt nicht für Gruber. Mit dem habe ich telefoniert. Der weiß längst, daß Black Lace nicht in Bestform ist. Für ihn kann das also keine Neuigkeit sein, und er braucht keine Spione einzusetzen.«
»Was soll ich dazu sagen, Wolf? Ob diese beiden Engländer mitmischen? Wie sollen wir das beweisen?«
»Willst du was unternehmen gegen deinen Bruder?«
»Juristisch ist nichts drin, das weißt du. Und was nutzt es, wenn ich ihm eins auf die Rübe gebe?«
»Manchmal wirkt so was Wunder«, dozierte Cremer und ließ ihn mit seinem familiären Problem allein.

An den Ställen der Düsseldorfer Rennbahn schien pure Eintracht zu herrschen. Thunderbird und Black Lace hatten die Pferdetransporter verlassen, Christian sprach mit den Jockeys Bartholomä und Whiteman, die Thunderbird und Black Lace reiten würden, Gruber drosch sein Stroh vor Rolf Lesch, und Cremer erläuterte Gräfin Luise die Chancen der anderen im 4. Rennen gemeldeten Konkurrenten. Dann verschoben sich die Grüppchen – Christian redete mit Luise, Lesch mit den beiden Jockeys, Wolf mit Gruber.

Pferde für das 1. Rennen wurden zum Führring gebracht, Jockeys gingen mit ihren Sätteln zum Wiegen, Stallburschen hielten sich für zentrale Persönlichkeiten, Lobbyisten von Reitzubehör-Firmen pflegten artig Kontakte.

»Thunderbird macht wirklich einen prächtigen Eindruck«, sagte Gräfin Luise zu Christian. »Wie sehen die Vorwetten im vierten Rennen aus?«

»Grubers Pferd ist Favorit.«

Luise war frei von Neid. »Ich hätte nichts dagegen, wenn Gruber Zweiter wird. Aber wer auch zum Schluß Sieger bleibt, Christian, ein Gewinner steht schon fest: das Trainerteam Cremer/Adler. Zwei Pferde in einem Gruppenrennen, und beide mit guten Chancen.«

Gedränge herrschte vor den Wettschaltern. Der britische Fahrer mit der Narbe auf dem Jochbein, der Black Lace aus England gebracht hatte, setzte 4000 Mark auf Thunderbird, Nummer 3, dessen Eventualquote mit 300 für 10 auf dem Monitor stand. Eindeutiger Favorit vor Thunderbird war Black Lace, Nummer 9, mit 20 für 10. Der Einsatz konnte bei einem Sieg von Black Lace also verdoppelt, beim Sieg von Thunderbird verdreißigfacht werden. Kalkulierbares Risiko. An der Nebenkasse riskierte der englische Bereiter von Black Lace 500 Mark auf Thunderbird. Am Schalter des Rennbahn-Buchmachers wollte Bruno Adler einen dicken Fisch an Land ziehen und setzte die von Christian erschwindelten tausend Mark auf Thunderbird. Er rechnete fest mit Thunderbirds

Sieg, denn die heißen Nachrichten aus dem Trainingsstall Cremer/Adler, die er auch an die beiden Engländer weitergegeben hatte, waren verläßlich.
Als das 4. Rennen angekündigt wurde, verfolgte der Engländer mit der Gesichtsnarbe das Geschehen vor einem Bildschirm in der Wetthalle. Gräfin Luise und die Grubers saßen in ihren Logen, Wolf Cremer und Christian standen mit anderen Trainern in einer Tribünenecke, und Bruno Adler wartete, nervös an seinen Fingernägeln knabbernd, unweit der Wettschalter, wo er vom Rennverlauf nur wenig sehen konnte.
Doch direkt über ihm orgelte einer der Lautsprecher: »Die Endstrecke beträgt für dieses Rennen 1600 Meter, am Start sind zwölf Dreijährige. Alle Pferde stehen in den Boxen – und das ist der Start für die 1600 Meter. Antonow unter Gerd Hubert setzt sich an die Spitze, dicht bei ihm die Nummer 9, der in England gezogene Hengst Black Lace unter Dave Whiteman. An der Innenkante schiebt sich jetzt Palladium Gold nach vorn zusammen mit Ty Brack, in der Mitte Saint Martin, außen greift Thunderbird aus dem Stall Hayn-Hohenstein an unter Jockey Bartholomä, gewinnt schnell an Boden. Black Lace, Favorit und Neuerwerbung von Hans-Otto Gruber, hält sich gut im Mittelfeld, kann sich nicht frei machen.«
Der Mann mit dem Narbengesicht grinste zufrieden, als er das Bild der fahrbaren Fernsehkamera auf dem Bildschirm verfolgte. Thunderbird setzte zum Speed an.
Der Sprecher ließ Temperament erkennen. »Gerd Hubert zeigt Antonow den Stock, kommt aber nicht an Thunderbird vorbei. Jetzt wird Black Lace von Dave Whiteman gefordert!«
»Paß auf, jetzt wird er zurückfallen«, sagte Cremer.
Christian widersprach: »Glaube ich nicht.«
»Die Spitzengruppe scheint im Einlauf schon festzustehen«, orakelte der Bahnsprecher. »Thunderbird, Ty Brack, Black

Lace, Allegretto. Aber da bringt Dave Whiteman Black Lace, geht an Ty Brack vorbei, ist mit Thunderbird gleichauf, Bartholomä zeigt Thunderbird die Peitsche, aber zu spät, meine Damen und Herren! Black Lace geht mit einer Kopflänge vor Thunderbird ins Ziel! Ergebnis: Erster die Nummer 9, Black Lace, Zweiter die Nummer 3, Thunderbird, Dritter die Nummer 1, Allegretto, und Vierter die Nummer 8, Antonow.«

»Begreif' ich nicht«, staunte Cremer.

Christian freute sich diebisch. »Ist doch egal, Wolf! Wir haben den ersten und den zweiten Platz gemacht! Was willst du mehr?«

Niedergeschmettert zerriß Bruno seine Wettscheine. Entgeistert verließ der narbige Fahrer seinen Platz in der Wetthalle. Seine 4000 Mark waren in den Sand gesetzt. Ebenso erschrocken folgte ihm sein Kollege, der mit ihm aus England gekommen war.

Gruber erhob sich. Seine ganze Erscheinung zeigte, wie sehr er den Sieg genoß. »Hätte ich nicht auf den Start von Black Lace bestanden, sondern auf Cremer gehört...«

Silvia fand es nicht unter ihrer Würde zu sagen: »Hans-Otto, du bist der Größte!«

»Diesen Sieg wollen wir feiern«, ordnete er an. »Sorg dafür, daß es 'ne Riesenparty wird! Richtig trommeln, verstehst du?«

Suchend drängten die beiden Engländer sich durch die Zokker, die auf die Wettschalter zuströmten. Wachsam blickten sie in jedes Gesicht. Dann erspähten sie Bruno, ihren Tipgeber, den Mann mit den heißen Verbindungen.

Bruno sah sie und begann zu laufen. Ohne Rücksicht rannte er zwischen den Zuschauern hindurch, riß einen Mann um, sprang über eine Barriere, verschwand zwischen Wirtschaftsgebäuden und hetzte zu der Einfahrt, die Anliegern, Feuerwehr und Krankenwagen vorbehalten war.

Die beiden Briten blieben ihm auf den Fersen, verloren ihn kurzfristig aus den Augen, blieben wachsam stehen, hörten

seine stampfenden Schritte und nahmen die Verfolgung wieder auf.
Bruno war so zerfahren, daß er das Tor zur Freiheit nicht öffnen konnte. Mit flatternden Händen versuchte er, die Riegel des Tores aufzuzerren, die mit Maschendraht bespannten Rohre umzubiegen, den Zweimeterzaun zu erklimmen, in eine andere Richtung zu fliehen.
Der Mann mit der Narbe auf dem Jochbein erreichte und packte ihn, schleuderte ihn gegen den Maschendraht und schmetterte ihm die Faust ins Gesicht. Bruno war sofort ohne Besinnung...

Fünfundzwanzig durstige Personen bevölkerten das Grubersche Penthouse. Silvia hatte die High-Society des Rennsports geladen. Butler Georg, mit einer Hilfskraft in der Küche, versorgte die Besucher allein und hatte alle und alles fest im Griff.
Wolf Cremer, seit Black Lace' Sieg etwas kleinlaut, fühlte sich verpflichtet, Gruber gegenüber verbindlich zu sein. »Ich gebe zu, ich habe mich geirrt.«
Grubers gute Laune wuchs noch. »Tja, mein lieber Cremer, so können Sie auf Ihre alten Tage noch was lernen: Besitzer haben manchmal auch recht!«
Silvia gelang es nicht, Christian für eine Verabredung ins Gespräch zu ziehen. Er stand bei Gräfin Luise und war um gutes Wetter bemüht. »Tut mir leid wegen Thunderbird.«
»Macht nichts, Christian. Immerhin ist er Zweiter geworden. Ich bin ganz zufrieden.«
Im Überschwang seiner Gefühle wurde Gruber zum reinen Überflieger, hakte sich bei Cremer und dann bei Homburg ein und zog die beiden verfeindeten Freunde mit sich in eine Ecke, wo auf einem Sideboard gefüllte Champagnergläser standen. »Ich wollte mal mit meinen beiden Trainern anstoßen. Konkurrenz belebt das Geschäft – auch unter Freunden, meine Herren.«

Heidelinde und Emanuel von Schönermarck bewunderten pflichtschuldig den neuen Pokal von Silvia, und besonders Emanuel, von dem Heidelinde wußte, daß ihn das einen Dreck interessierte, wuchs über sich hinaus und lobte: »Ganz herrlich. Sie sind sicher sehr stolz – bestimmt haben Sie schon eine Menge Trophäen.«
»Vierzig«, sagte Silvia geschmeichelt.
»Einzigartig.« Er gab sich hingerissen. Daß er im Laufe seines langen Lebens an die 200 Pokale gewonnen hatte, die irgendwo in einem Keller verrotteten, sagte er nicht.
Butler Georg trat unauffällig an Wolf heran und flüsterte diskret: »Besuch für Sie. In der Diele, wenn ich bitten darf.«
Rolf Lesch wartete dort draußen, aufgeregt wie nie zuvor.
»Ist was nicht in Ordnung?« fragte Cremer.
»Die Rennleitung hat bei Black Lace eine Blutprobe ziehen lassen«, murmelte Rolf.
»So was ist nicht neu. Routine, würde ich sagen.«
»Mag ja sein.« Er dämpfte seine Stimme noch mehr. »Aber es ist ein Dopingmittel nachgewiesen worden!«
Wolf Cremer faßte sich genervt an die Stirn. »Das darf doch nicht wahr sein! Menschenskind, das muß uns passieren.«
Lesch gab ihm einen Zettel. »Sie sollten sofort die Rennleitung anrufen. Das hier ist die Durchwahlnummer vom Tierarzt.«
»Danke, Herr Lesch, daß Sie sofort hier aufgekreuzt sind. Mache ich gleich. Ich komme dann sofort nach Hause. Bis später. Georg, wo kann ich bitte telefonieren?«
»Im Arbeitszimmer vom gnädigen Herrn. Wenn Sie mir folgen wollen.«
Während Cremer das Gespräch führte, erschienen wie hingezaubert Gruber und Christian im Allerheiligsten des Hausherrn. Butler Georg hatte ganze Arbeit geleistet.
Grubers Gesicht war hochrot. »Das geht doch nicht mit rech ten Dingen zu! In einem gut geführten Trainingsstall darf das nicht passieren! Einen Dopingskandal können wir nicht ge-

brauchen! Mal ganz abgesehen davon, daß Black Lace keine Aufputschmittel brauchte!«
»Mir ist das einfach schleierhaft«, sagte Christian niedergeschlagen, weil er sich der Konsequenzen bewußt war. »Keines unserer Pferde bekommt Medikamente – es kann also keine Verwechslung gegeben haben. Der Tierarzt war in den letzten Tagen auch nicht da. Es kann also auch nicht aus Versehen dem falschen Pferd etwas gespritzt worden sein. Mir ist das schleierhaft.« Aber er fragte sich, ob Bruno seine Finger im Spiel haben könnte...
Gruber hatte ungeduldig zugehört. »Trotzdem scheint es Tatsache zu sein, daß Black Lace gedopt worden ist! Egal von wem, Sie und Cremer sind verantwortlich! Das Pferd befand sich unter Ihrer Aufsicht! Sie halten den Kopf hin!«
»Sicher tun wir das. Aber lassen Sie uns erst mal herausfinden, was wirklich vorgefallen ist.«
Silvia trat ins Zimmer und beschwerte sich: »Du kannst die Gäste nicht allein lassen, Hans-Otto! Das ist *deine* Party.«
»Ich kann, wenn ich will, und jetzt will ich!«
Da seine Stimmung völlig umgeschlagen war, fragte sie nur vorsichtig: »Ist was vorgefallen?«
»Wenn du zuhörst, weißt du's!«
Wolf beendete das Telefonat mit der Rennleitung und sagte: »Sie haben Theobromin im Blut und im Urin von Black Lace gefunden.«
»Was ist das für Zeug?« wollte Gruber wissen.
»Ein Aufputschmittel«, erklärte Cremer. »Es steht auf der Liste der verbotenen Drogen. Relativ harmlos, aber doch stark genug, Black Lace trotz seiner Atembeschwerden gewinnen zu lassen. Frage: Wer hat ihm das verabreicht?«
»Ihre Aufgabe, das unverzüglich herauszufinden«, blaffte Gruber.
Silvia schaute von einem zum anderen. »Warum ist ausgerechnet bei unserem Pferd ein Doping-Test gemacht worden? Hat uns jemand angeschwärzt?«

Gruber sah seine Frau böse an. »Angeschwärzt! Bist du nicht ganz dicht? Kümmere dich um die Gäste!«
»Wahrscheinlich ist es Zufall, daß Black Lace kontrolliert worden ist«, bemerkte Christian. »Vor jeder Veranstaltung findet eine geheime Auslosung jener Rennen statt, deren Siegerpferde untersucht werden. Hätte Thunderbird gewonnen, wäre er im Test. Aber der Sieger heißt nun mal Black Lace.«
»Was passiert jetzt?« wollte Silvia wissen.
Cremer hob die Schultern. »Das Direktorium für Vollblutzucht und Rennen wird den Fall untersuchen.«
»Das heißt, meine Siegprämie ist schon mal futsch!« schrie Gruber. »Und wenn ich Pech habe, bekomme ich Rennverbot, oder ich verliere die Rennfarben.«
Wolf Cremer wollte seinen Brötchengeber beruhigen. »So schlimm wird's nicht werden. Da müßten Sie schon das Doping selber veranlaßt haben.«
»Was heißt, so schlimm wird's nicht werden? Es ist schon schlimm genug, daß mein Name in einem Atemzug mit einem Skandal genannt wird. Ich habe einen Ruf zu verlieren!«
»Ich auch«, antwortete Wolf. »Und darüber hinaus steht meine Existenz auf dem Spiel.«
Gruber sprühte Gift. »Geschieht Ihnen recht!«
»Meine Lizenz ist meine Lebensgrundlage. Niemand ist mehr an der Aufklärung der Geschichte interessiert als ich.«
»Dann klären Sie mal schön, Herr Cremer! Und Sie auch, Herr Adler! Aber eines dürfte jetzt schon klar sein: Ihrer Nachlässigkeit und Ihrer Unfähigkeit haben wir das alles zu verdanken!«
Rot vor Zorn verließ Cremer das Büro. Christian folgte ihm, ohne Gruber und Silvia eines Blickes zu würdigen.
»Wo wollen Sie denn hin?« rief Gruber.
»Das lassen Sie mal unsere Sorge sein!« sagte Christian.
Cremer fuhr nach Hause, um das Personal ins Gebet zu neh-

men, und Christian brauste zur Wohnung seines Bruders. Er rannte die Treppen des Mietshauses hinauf, klingelte und schlug zugleich wütend an die Wohnungstür. Sie war nur angelehnt und gab sofort nach. Er trat ein, blickte sich um und rief: »Bruno!«

Dann erst erkannte er, daß die Räume sich in desolatem Zustand befanden. Die meisten Möbel waren demoliert, alle Schubfächer herausgerissen und umgeschüttet, sämtliche anderen Behältnisse durchwühlt – eine Trümmerlandschaft.

Nochmals rief Christian: »Bruno?«

Er hörte mühevolles Stöhnen aus der Küche. Er stieß die Tür auf und fand seinen Bruder auf dem Boden liegend. Das Gesicht war zerschlagen und blutig, die Augen zugeschwollen, die Kleidung zerrissen, und aus der Körperstellung schloß Christian, daß zumindest ein paar Rippen oder das Schlüsselbein gebrochen waren.

Die aufgestaute Wut, die Christian abladen wollte, verflog. Er kniete neben Bruno nieder und lauschte auf den unregelmäßigen, röchelnden Atem. »Kannst du sprechen? Wer hat das gemacht?«

An wenigen Zuckungen erkannte Christian, daß sein Bruder versuchte, sich zu bewegen und die Augen zu öffnen. »Bruno, ich bin's. Sag was.«

»Ich dachte, ich hätte sie abgeschüttelt – aber sie haben hier auf mich gewartet...«

»Wer hat hier gewartet?«

»Harold und der andere Mann aus England...«

»Wer ist Harold?«

Bruno hustete schmerzgeplagt. »Gib mir was zu trinken...«

»Bleib ganz ruhig. Ich hol' dir was, und ich rufe den Notarzt an!«

5

Die Untersuchung

Bruno Adler war infolge der schmerzhaften Verletzungen, die ihm zugefügt worden waren, zu taktischen Überlegungen, wie er sich schützen könnte, nicht fähig. Christian nutzte diesen Zustand seines Bruders und preßte alles aus ihm heraus, was er über den englischen Hengst Black Lace und seinen spektakulären Sieg auf der Düsseldorfer Galopprennbahn wußte.

Harold, der Engländer mit der Narbe auf dem Jochbein, war Abgesandter eines Londoner Wett-Syndikats. Mit einem Helfer brachte er, als Fahrer getarnt, Black Lace nach Deutschland. Nach wochenlangen Beobachtungen der deutschen Rennszene hatte das Syndikat sich Hans-Otto Gruber als potenten Partner ausgesucht, mit dem das Geschäft eigens für das Düsseldorfer Rennen zu machen war. Über einen solventen Händler wurde ihm der dreijährige Hengst Black Lace angedient, der nach einigen Siegen als Klassepferd galt und mit seiner Favoritenstellung die Wettquoten auf den englischen Galoppbahnen auf sich zog. Verschwiegen wurde beim gezielten Verkauf an Gruber, daß der Hengst nach seinem letzten Rennen an Druse erkrankte und nur noch als Reitpferd, jedoch nicht mehr als Rennpferd taugte.

Als in London bekannt wurde, daß Gruber den jungen Hengst dem Trainer Wolf Cremer anvertrauen wollte, dessen Partner der ehemalige Spitzenjockey Christian Adler war, schloß sich der Kreis. Harold wurde beauftragt, das schwarze Schaf der Familie Adler, Bruno, den verkrachten Traberjockey, zu aktivieren. Der mußte herausfinden, welches Pferd als wahrer Sieger in Betracht kam, denn Black

Lace war nur noch auf dem Papier der große Favorit. Nachdem aufgrund seiner Recherchen feststand, daß Thunderbird topfit war und das Rennen machen würde, setzten Beauftragte des Wett-Syndikats insgesamt 70000 Mark auf Thunderbird, dessen Quote 300 für 10 bei Sieg einen Riesengewinn versprach.

Die Beichte, zu Hause und im Krankenwagen abgelegt, wurde durch die ärztliche Behandlung im Hospital unterbrochen, doch als Bruno verpflastert und verbunden auf der Station im Bett lag, tauchte Christian im Zimmer auf und fragte weiter: »Und woher weißt du das alles?«

»Harold quatscht gern, wenn er 'n paar Bier intus hat.«

»Nun mal weiter«, sagte Christian. »Black Lace gewann jedoch das Rennen! Gegen alle Erwartungen des Londoner Syndikats! Der Plan war im Eimer! Keiner verdiente eine Mark an Thunderbird. Nur die Zocker, die an Black Lace glaubten, hätten beinahe ein paar satte Mäuse einsacken können...«

Bruno stöhnte: »Alles tut weh. Die haben mich ganz schön zugerichtet. Erst haben sie mich auf der Rennbahn umgenietet, mir meine Schlüssel abgenommen und die Wohnung gefilzt, ob irgendwo Geld lag. Als ich nach Hause kam, waren Harold und der andere noch da, und sie haben wieder auf mich eingedroschen.«

Christian rührte das nicht. »Dein Pech.«

»Und warum hat Black Lace nichts gebracht? Du hast gesagt ›beinahe‹.«

»Irgendwann in der Nacht vor dem Rennen ist Black Lace ein Dopingmittel verabreicht worden. Die Sache ist beim Test aufgeflogen.«

»Wahnsinn!«

»Genau. Das große Geschäft, das ihr mühsam eingefädelt habt, hat euch jemand zunichte gemacht. Aber wer? Black Lace galt als Favorit, er brauchte nicht schneller gemacht zu werden, sondern allenfalls langsamer. Er ist aber schneller

gemacht worden. Wozu? Nur die Leute von unserem Stall, Besitzerfamilie Gruber und die englische Gruppe, zu der du gehörst, wußten, daß Black Lace nicht in Form war. Ihr konntet auf keinen Fall interessiert sein am Sieg des Hengstes. Hans-Otto Gruber glaubte echt, daß sein Pferd siegt, denn er hatte 10000 Mark gesetzt. Bei der Quote 20 für 10 hätte er das Doppelte rausbekommen. Alles im Eimer – plus Siegprämie und Pokal.«
»Dann war's einer von euch«, sagte Bruno.

Die »Versammlung der Niedergeschlagenen«, wie Lesch die Zusammenkunft bezeichnete, fand in Cremers Büro statt. Er stand hinter seinem Schreibtisch und sah einen nach dem anderen an. »Herr Lesch, Sie setzen sich hier auf meinen Sessel. Margit und Ludger, ihr setzt euch auf die beiden Stühle am Fenster, und Klaus und Peter, ihr hockt euch mal auf den Tisch.« Er schaute auf die Uhr, weil er eigentlich auf Christian warten wollte. »Wie ernst die Sache ist, muß ich euch nicht lang und breit erklären. Wenn Herr Adler und ich die Trainerlizenz verlieren, seid ihr ohne Job...«
Genervt blickte er das klingelnde Telefon an. »Man wird zum Sklaven von diesem Scheißding!« Wütend nahm er den Hörer. »Cremer!«
»Adler! Ich hab' meinen Bruder ins Krankenhaus bringen müssen. Die haben ihn übel zusammengeschlagen.«
»Hat er was erzählen können?«
»Ja. Hinter der Geschichte steckt ein englisches Wett-Syndikat. Die hohen Quoten auf Thunderbird haben nichts mit dem Doping zu tun.«
»Bist du sicher, daß dein Bruder dir keine Märchen auftischt?«
»Ganz sicher. Das falsche Pferd hat gewonnen. Dieses Syndikat hat alles auf Thunderbird gesetzt, weil denen bekannt war, daß Black Lace hinterherrennen würde. Durch das Doping ist der Coup geplatzt, und daraufhin haben die Kerle ih-

ren Tipgeber Bruno fast umgebracht. Die Einzelheiten erzähle ich dir nachher.«
»Und wer hat Black Lace die schnelle Pulle verpaßt?«
»Einer von uns! Bis später, Wolf!«
Christian legte auf, und Cremer sah den Hörer an, als hielte er eine Viper in der Hand. Fassungslos wiederholte er: »Einer von uns...«
»Was sagt Herr Adler?« fragte Lesch.
»Das Zeug, daß sie bei Black Lace festgestellt haben, muß ihm hier bei uns verpaßt worden sein.«
Für einen Moment schien es, als hätten alle im Raum zu atmen aufgehört.
»Wie hieß das Mittel?« fragte Lesch.
»Theobromin.«
»Der Name kommt mir bekannt vor, Chef. Da war schon mal was vor Jahren.« Rolf Lesch ging zum Wandregal, zog den Lexikonband T–Z heraus und begann zu blättern. »Hier: Theo... Theobald... Theobroma... Theobromin! In Kakaobohnen, schwarzem Tee und Kolanüssen enthaltenes Alkaloid mit leicht harntreibender und die Herzkranzgefäße erweiternder Wirkung.«
Er stellte den Band zurück ins Regal und ging nachdenklich zur Tür. »Darf ich mal bitten, Chef? Ich möchte Ihnen draußen was zeigen.« Er wandte sich zu den anderen. »Wir sind gleich zurück.«
Cremer folgte ihm auf den Hof, wo Lesch auf den Misthaufen hinter dem Stall zumarschierte. »Haben Sie den Fall gelöst, Sherlock Holmes?«
»Kann sein, kann nicht sein.« Rolf bückte sich und fingerte eine leere Pralinenschachtel aus dem Pferdemist. »Das liegt obenauf, und zuletzt sind die Boxen von Black Lace und Thunderbird frisch geschüttet worden.« Er zeigte mit dem Daumen zum Büro. »Wir müssen jetzt nur noch erfahren, wer die Schokolade in die Box von Black Lace praktiziert hat. Sicher ist, daß der Hengst die geschluckt hat...«

»Weil Schokolade zu großen Teilen aus Kakao besteht«, sagte Cremer, »und im Kakao ist Theobromin!«
»Das haben Sie unheimlich schnell erfaßt, Chef«, sagte Lesch grinsend und drückte Cremer die leere Packung in die Hand.
Wolf machte auf den Hacken kehrt und rannte zurück ins Haus. Im Büro hielt er die Pralinenpackung hoch. »Das haben wir eben im Mist gefunden. Hat jemand von euch gestern abend im Stall Schokolade gegessen?«
Alle verneinten, nur Margit sagte: »Gegessen noch nicht, die Schachtel Pralinen hat Ludger mir geschenkt. Ich hab' sie aus Versehen liegenlassen.«
»Kannst du dich erinnern, wo?«
»In der Box von Black Lace.«
Cremer sah Lesch an und trat zu Margit. Er zeigte ihr die Rückseite der Schachtel. »Ich les' dir mal vor, was hier über die Zutaten steht, die da drin sind: ›Schokolade, halbbitter, Kakaobestandteile mindestens 35 Prozent.‹ Jetzt muß dir doch ein Seifensieder aufgehen! Was Herr Lesch im Lexikon gefunden hat, hast du noch im Kopf, ja? Im Kakao ist das Theobromin enthalten! Wenn der Hengst den ganzen Schachtelinhalt gefuttert hat, brauchen wir uns gar nicht zu wundern, wenn er high war und wie die Feuerwehr gerannt ist! Ist dir klar, was ihr angerichtet habt? Grob fahrlässig war das! Ihr solltet eigentlich wissen: Niemals Süßigkeiten in der Nähe von Pferden liegenlassen! Niemals!«
»Sie wird bei der Untersuchung als Zeugin aussagen müssen«, vermutete Lesch.
Margit weinte und schluchzte: »Vor Gericht?«
»Beim Direktorium für Vollblutzucht und Rennen«, erklärte Cremer und wandte sich an Ludger. »Und warum hast du die Schokolade in den Stall geschleppt? Die konntest du ihr überall woanders genauso geben, und es wäre nichts passiert!«
»Ich hab' mir nichts dabei gedacht.«

Abgeklärt entgegnete Cremer: »An dem Satz, mein Junge, geht die Menschheit eines Tages zugrunde!«
»Und was wird nun mit Black Lace?« erkundigte Klaus sich. »Der Hengst ist doch 'n Riesenverlust für den Besitzer, wenn er keine Rennen mehr laufen kann.«
»Das ist Grubers Bier. Er wird das Pferd verauktionieren lassen oder für ein paar Kröten an eine Reitschule verkaufen, damit ein paar Sonntagsreiter drauf rumrutschen.«

Alles beim »Direktorium für Vollblutzucht« war ein bißchen zu gediegen für Grubers Geschmack: Die Villa, der Garten, die Inneneinrichtung, das Büro des Generalsekretärs und der Mann selbst, der weißhaarige Gerhard Thiel. Der saß vor dem überdimensionalen Ölgemälde eines Araberhengstes, trug eine schottische Weste, einen englischen Langbinder und das Einstecktuch im gleichen Dessin. An einem Tischchen im Eck hockte seine Schreibkraft.
Thiel verkörperte die Güte selbst. »Meine Aufgabe ist lediglich, mit Ihnen vorab zu klären, ob überhaupt ein Verfahren vor dem Ordnungsausschuß eingeleitet werden muß.«
Trotzdem war Gruber nervös. »Ich verstehe.«
Thiel entfaltete einen Notizzettel. »Bei dem Pferd, das unter dem Namen Black Lace registriert ist und das für das Düsseldorfer Samstag-Rennen um sechzehn Uhr dreißig gemeldet war, hat der von uns beauftragte Tierarzt bei der Routinekontrolle Spuren des Aufputschmittels Theobromin gefunden. Eine Gegenanalyse hat den Befund bestätigt.«
»Ist mir bekannt. Ich verstehe überhaupt nicht, wie das passieren konnte. Ich war in Mailand, als das Pferd bei meinem Trainer angeliefert wurde. Ich bin erst einen Tag vor dem Rennen zurückgekommen.«
»Ich beschuldige Sie ja nicht, dem Hengst etwa selbst das Mittel verabreicht zu haben«, sagte Thiel verbindlich. »Aber als Besitzer teilen Sie die Verantwortung mit den Trainern.«
»Das erscheint mir unfair.«

»Dazu möchte ich keine Erklärung abgeben.« Die Antwort ließ offen, ob Thiel das gleichfalls als unfaire Verordnung ansah. »Sie wissen als Autobesitzer, der Halter eines Fahrzeugs ist neben dem Fahrer ebenfalls haftbar, ganz egal, ob er den Wagen bewegt hat.«
»Der Vergleich hinkt. Ich hätte Black Lace nie geritten.«
Thiels Schreibkraft blickte den Generalsekretär strafend an, weil ihm das Gespräch aus dem Ruder lief.
Thiel verstand. »Sie haben das Pferd erst kürzlich in England erworben – sechs Tage vor dem Rennen.«
»Das ist richtig.«
»Unser Tierarzt sagt, der Hengst leide an Atembeschwerden, die möglicherweise von einer früheren Krankheit herrühren. Wußten Sie das?«
»Mein Trainer hat das kurz erwähnt.«
»Und wie reagierten Sie?«
»Ich glaubte nicht, daß es etwas Ernstes sein könnte«, erklärte Gruber leichthin.
»Das ist sicher eine Frage der Einstellung. Gaben Ihnen die Engländer ein tierärztliches Zeugnis, als Sie das Tier übernahmen?«
Gruber fischte aus seinem Aktenkoffer ein britisches Formular und reichte es Thiel. »Das ist es. Wie Sie sehen werden, ist keine Krankheit erwähnt.«
Thiel prüfte das Blatt, hielt es schräg gegen das Licht. »Das ist allerdings seltsam.«
»Ich verstehe nicht, was daran seltsam sein soll.«
Weil Gruber offensichtlich nicht verstehen wollte, sagte Thiel vorwurfsvoll. »Das Gutachten des englischen Verkäufers ist neu, mutmaßlich am Tag des Verkaufs ausgestellt. ›Without findings‹ – ohne Befund. Die Beschwerden des Hengstes sind jedoch so neu nicht, wie unser Arzt feststellte. Sind Sie nicht auch meiner Meinung, daß der Ordnungsausschuß daraus den Schluß ziehen könnte – könnte, sage ich –, daß dem Tier das bereits erwähnte Theobromin deshalb verab-

reicht wurde, um es zu größeren Leistungen anzutreiben – trotz seiner Atemnöte?«

Gruber versuchte, den Tonfall Thiels möglichst genau zu treffen: »Und sind *Sie* nicht meiner Meinung, daß ich daraus den Schluß ziehen könnte – könnte, sage ich –, daß Sie mich verleumden und falsche Anschuldigungen vorbringen? Tut mir leid, aber ich muß diese Form der Voruntersuchung ablehnen! Eine weitere Zusammenkunft kann nur in Anwesenheit meines Anwalts stattfinden! Guten Tag, Herr Thiel!«

Blitzartig schossen Theresa Möglichkeiten durch den Kopf, die zwei Männer verleitet haben mußten, die gewohnten Lederblousons, Pullis und Cordhosen gegen feine City-Anzüge zu vertauschen. Christian Adler und Wolf Cremer machten auf sie den Eindruck, als stände eine Taufe, ein hoher Geburtstag, ein Jubiläum, eine Grundsteinlegung, eine Hauseinweihung oder ähnliches bevor. Als sie jedoch die beiden Gesichter betrachtet hatte, tippte sie auf Beerdigung.

»Hallo, mein Schatz«, rief Christian. »Wir sind...«

»Ich weiß, Sie sind nicht wegen mir gekommen. Frau Gräfin befinden sich im Gestütsgarten. Sie wissen, wie Sie dorthin kommen...«

Sie trafen Luise auf halbem Weg, und sie gab zu: »Nach dem Telefonat bin ich verdammt neugierig gewesen. Ich habe schon ein paarmal nach euch Ausschau gehalten. Die Sache ist wahnsinnig interessant. Wir müssen das mal zu Ende denken: Wenn den Engländern der Coup gelungen wäre...«

Cremer beendete den Gedanken: »Wenn zum Beispiel der Sieger Thunderbird aus dem Stall Hayn-Hohenstein gewesen wäre.«

»Ja! Was dann?« Luise war echt schockiert. »Die Gewinnquoten wären derart hoch gewesen, daß die Rennaufsicht sofort zugeschlagen hätte.«

»Ein Blinder wäre darüber gestolpert«, sagte Christian.

»Der Favorit Black Lace nach tausend Metern hinten im Feld, wie wir das erwartet hatten, und Thunderbird als Erster im Ziel! Bis dahin wäre ja alles in Ordnung gewesen.« Cremer hob beschwörend beide Hände. »Wenn da nicht eine englische Gruppe enorm hoch auf ihn gewettet hätte.«
»Reizend!« stöhnte Luise.
»Es hätte eine Untersuchung gegeben, und wir wären ganz automatisch mit zum Galgen gegangen«, erklärte Christian. »Und natürlich wäre keine müde Mark ausgezahlt worden.«
»Und jetzt?« fragte Wolf. »Was ist anders? Jetzt stehen wir unterm Galgen, weil Black Lace Theobromin gepinkelt hat! Im anderen Fall wären wir wegen Rennbetrug drangewesen! Was sagte Luise Gräfin Hayn-Hohenstein kurz vor dem Rennen? Erinnert ihr euch? ›Ein Gewinner steht schon fest: Das Trainerteam Cremer/Adler.‹«
Christian hatte beschleunigten Puls. »Immer die Trainer.«
»Reizend!« ächzte Luise abermals.
»Das finde ich jetzt auch«, gab Cremer zu.
Luise flüchtete sich in Sarkasmus. »Wer kann schließlich ahnen, daß der Favorit von hochangesehenen Trainern gedopt wird! Mit Schokolade! Igitt!«
»Bitte, Luise, säbeln Sie nicht mit dem Messer in der Wunde hin und her«, bat Wolf. »Es ist schon schlimm genug.«
»Nun macht euch nicht zuviel Sorgen. Ihr habt doch eine plausible Erklärung für die ganze Geschichte.«
»Fragt sich, was Generalsekretär Thiel und der Untersuchungsausschuß unter plausibel verstehen«, gab Cremer zu bedenken. »Unangenehm ist die Sache so und so. Irgendwas bleibt von der Schokoladennummer an uns hängen. – Nun, in einer Stunde sind wir sehr viel schlauer.«
»Rufen Sie mich gleich an«, bat die Gräfin.
»Macht Christian. Der ist in solchen Sachen groß. Er hat dem Thiel bereits einen schriftlichen Bericht eingereicht und ihm die Sache aus unserer Sicht geschildert.«

Hans-Otto Gruber gab in seinem Penthouse für Silvia eine Privatvorstellung mit verteilten Rollen in Sachen Presse. Er flitzte beinahe um sich selbst herum und hob manchmal einen imaginären Fotoapparat. »Du glaubst nicht, wie diese Heinis sich aufführen! ›Können Sie einen Kommentar zu den Untersuchungen abgeben?‹, ›Wissen Sie, wer für das Doping von Black Lace verantwortlich ist?‹, ›Halten Sie die deutschen Dopingbestimmungen für übertrieben?‹, ›Machen Sie sich Sorgen um den Ausgang des Verfahrens?‹, ›Werden Sie Ihre Trainer jetzt feuern?‹ ... Zum Kotzen, kann ich dir sagen!«

»Was hast du geantwortet?«

»Was man in solchen Fällen sagt: Kein Kommentar!«

»Das hast du aus dem Fernsehen«, frohlockte Silvia, »von den Politikern.«

Gruber ging auf den Scherz nicht ein. »Diese Publicity macht mir am meisten zu schaffen. Die Rennzeitungen sind ganz wild. Ich hoffe nur, daß nicht auch die übrige Presse einsteigt.« Er schaute sich um. »Ich brauche einen Drink.«

Butler Georg mixte im Handumdrehen, servierte auf leisen Sohlen, verschwand wie ein Spuk.

Silvia schnippte mit den Fingern, und Hans-Otto ließ sie am Glas nippen. »Du hast mir aber immer erklärt, jede Art von Publicity sei gut und daß es ganz egal sei, was man von dir sagt – Hauptsache, man redet über dich.«

Er blickte nachsichtig. »In der Geschäftswelt und in Künstlerkreisen stimmt das, im Galoppsport kann das tödlich sein. Mein Broker hat Pferde, mein Banker hat Pferde, einer meiner größten Kunden züchtet Pferde. Und die ganze feine Clique, in die wir mit Gewalt vorgedrungen sind! Kannst du dir vorstellen, was die hinter meinem Rücken tratschen werden? ›Der Gruber gewinnt nur mit Hilfe von Doping!‹ Das ist für die dasselbe wie Mogeln beim Kartenspiel. Warum habe ich bloß diese verdammten Trainer engagiert?«

»Die kannst du wohl kaum verantwortlich machen«, sti-

chelte Silvia. »Du hast Cremer gegenüber darauf bestanden, daß Black Lace fit sei fürs Rennen. Ich war dabei!«
»Aber ich habe nicht verlangt, daß dem Pferd Drogen gegeben werden! Oder hast du das etwa gehört? Die beiden Trottel werden dafür ganz schön büßen müssen!«
»Willst du deine Pferde woandershin geben?«
Gruber ging ans Fenster und schaute auf die Dächer der Stadt. »Das hat im Moment keinen Sinn. Solange die Affäre nicht geklärt ist, wird kein namhafter Trainer meine Pferde übernehmen. Außerdem gibt es noch einen wesentlichen Aspekt: Meinen Verlust! Preisgeld futsch, Pokal futsch, und ich hatte auf den Sieg von Black Lace 'ne 10000-Mark-Wette laufen. Auch futsch!«
»Das Geld kannst du verkraften...«
»Aber die üble Nachrede nicht! In diesem Zusammenhang sollten wir eines vereinbaren: Solange die Presse hinter mir her ist, wirst du vorsichtiger sein!«
»Was soll das heißen?« fragte sie leicht empört. »Inwiefern bin ich unvorsichtig?«
»Das soll heißen: Halte dich von Christian Adler und vor allen Dingen von seinem Bett fern! Ich will nicht, daß auch dieser Skandal in die Zeitung kommt!« Er stellte das Glas ab und nahm seinen Aktenkoffer. »Ich gehe rüber ins Büro. Wenn das Telefon läutet, laß erst Georg an den Apparat. Ich bin sicher, daß noch ein paar Journalisten anrufen. Er kann die Leute besser abwimmeln.« Er streckte hoheitsvoll das Gesicht vor und äffte seinen Butler nach: »Hier bei Gruber – bedaure, die Herrschaften sind außer Haus!«

Die Stammbesetzung war unverändert. Gerhard Thiel hinter seinem Schreibtisch, seine Sekretärin im Eck, der Araberhengst in Öl und gerahmt an der Wand.
Wo vor kurzer Zeit noch Hans-Otto Gruber protestiert hatte, saßen Christian Adler und Wolf Cremer. Ihre Lage war jedoch nicht besser als die von Gruber.

Thiel hatte den von Christian getippten Bericht vor sich. »Ich möchte noch einige Punkte klären: Sie schreiben hier, daß ein Stallmädchen am Abend vor dem Rennen in der Box des fraglichen Pferdes eine Schachtel Pralinen vergessen hat. Das bedeutet im Klartext: Ein gravierender Verstoß gegen Ihre Aufsichtspflicht.«
»Diese Kritik müssen wir wohl akzeptieren«, lenkte Cremer ein.
Für Christian war das schon zuviel Einsicht. »Das Mädchen sagt, es war ein unglücklicher Zufall...«
»Herr Adler, das steht ja alles in Ihrem Bericht. Wichtig ist: Glauben Sie diesem Mädchen?«
»Es gibt keinen Grund, an der Aussage zu zweifeln.«
»Warum sind Sie so sicher?« fragte Thiel zweifelnd.
»Weil die Dopinggeschichte, die in Wahrheit keine ist, absolut nichts zu tun hat mit dem versuchten Wettbetrug, hinter dem das Londoner Syndikat steckt. Ich habe das doch deutlich genug aufgelistet...«
»Offenbar nicht«, vermutete Cremer.
Christian preßte die Handflächen gegeneinander und legte die Fingerspitzen ans Kinn. »Diese englische Interessentengruppe ging davon aus, daß der als Favorit annoncierte Black Lace verliert. Das wußte hier niemand! Das konnte man allenfalls ahnen, als Thunderbird am Wettschalter unerwartet teuer wurde. Weiter: Einer unserer Leute ist bestochen worden, über die Tagesform von Black Lace und Thunderbird zu berichten. Dieser Bericht entsprach den Erwartungen der Leute, die Gruber das Pferd untergejubelt hatten.«
»Es war Ihr Bruder, der Ihren Stallburschen bestochen hat, Herr Adler.«
»Ist ja gut, ist mir nicht neu, steht ja da drin in meinem Bericht. Das hat aber nichts mit der Schokolade zu tun, Herr Thiel. Und nur darum geht es hier. Mein Bruder hat nicht zu unserem Stallburschen Ludger gesagt: ›Hier, gib dem Hengst den Kasten Pralinen zu fressen, damit er morgen ab-

fährt wie ein Bomber!‹ Er hat ihm vielmehr hundertzwanzig Mäuse in die Hand gedrückt für die Bestätigung der in einschlägigen Londoner Kreisen längst bekannten Tatsache, daß Black Lace eine Krampe ist.«
»Und daß Thunderbird gewinnt?« fragte Thiel hinterhältig.
»Ich bin fest davon überzeugt, daß die Form von Thunderbird drüben bekannt gewesen ist. Die leben schließlich vom Zocken und kennen alle Pferde. Daß mein Bruder bei uns spioniert hat, bot sich an, weil ich der Partner von Wolf Cremer bin. Ebenso überzeugt bin ich, daß man sich auch in den Ställen der anderen Starter nach der Tagesform der einzelnen Pferde erkundigt hat. Das herauszufinden ist Ihre Sache. Jedenfalls: Thunderbird blieb schließlich übrig.«
Thiel war uneinsichtig. »Und der steht aus reinem Zufall bei Ihnen. Wissen Sie was, meine Herren, wir machen jetzt Pause, und am Spätnachmittag möchte ich mit den beiden Stallhilfen sprechen, die mit der Sache zu tun haben. Außerdem schiene es mir hilfreich zu sein, wenn bald eine schriftliche Stellungnahme von Herrn Bruno Adler vorläge.«
Christian holte eine Tonbandkassette aus der Tasche und gab sie Thiel. »Ich habe meinem Bruder einen Recorder ins Krankenhaus gebracht und ihn veranlaßt, alles zu sagen, was er weiß. Schreiben kann er leider nicht. Zwei Engländer haben ihn zusammengeschlagen. Er ist ziemlich schwer verletzt. Außerdem haben sie seine Wohnung demoliert.«
»Weil Black Lace siegte...«
»Sehr scharfsinnig, Herr Generalsekretär.«
Thiel lächelte gequält, kam um seinen Schreibtisch herum und legte Cremer flüchtig die Hand auf die Schulter. »Können wir beide kurz unter vier Augen reden?«
»Entschuldigung, Christian«, sagte Cremer. »Fahr du schon los und bring Ludger und Margit auf Trab. Ich nehme mir ein Taxi.«
»Dann mußt aber du Luise Bericht erstatten.«
»Okay – fahr zu.«

Thiel öffnete die Terrassentüren und forderte Cremer mit einladender Armbewegung auf, die Unterredung im Freien fortzusetzen. »Ich kenne dich seit dreißig Jahren, Wolf. Ich kann mir unmöglich vorstellen, daß du dich an unsauberen Geschäften beteiligst. Gestatte mir trotzdem eine Frage: Wußtest du, daß Herr Gruber 10000 Mark auf sein Pferd gesetzt hatte?«

»Ich hörte davon. Aber es ist schließlich Usus, daß der Besitzer sein eigenes Pferd unterstützt.«

»Auch, wenn es gar nicht fit ist?« fragte Thiel, dem kein Trick des Renngeschäfts fremd war.

»Darüber müssen wir uns nicht unterhalten. Das ist seit tausend Jahren eine Ermessensfrage, ob ein Gaul fit ist oder nicht.«

»Und in diesem speziellen Fall?«

»Ich wollte Black Lace wieder streichen, als wir beim Training feststellten, daß er unsauber atmete. Ich habe Gruber davon unterrichtet. Er hat sich jedoch auf das englische Gesundheitsattest berufen.«

»Ich halte es für ein Gefälligskeitsattest. Ich werde in London rückfragen, ob der englische Veterinär, ein gewisser Harlow, bei der ›Association‹ zugelassen ist. So weit, so gut. Gruber hat also nicht auf deinen Rat gehört.«

»Er ist ein sehr eigensinniger Mann«, antwortete Cremer vorsichtig.

»Eigensinnig ist noch gelinde ausgedrückt«, stellte Thiel fest. »Der Ordnungsausschuß könnte annehmen, Gruber habe sein Pferd deshalb nicht streichen lassen, weil er wußte, daß es ein Aufputschmittel bekommen würde.«

»Mein lieber Gerhard, ich fürchte, du schießt über das Ziel hinaus. Gruber ist ein harter Geschäftsmann. Aber er ist kein Gauner. Er hat mit dem Schokoladen-Doping nichts zu tun. Ich weiß hundertprozentig, daß meine Margit und mein Ludger mitleidig bei dem Hengst in der Box saßen und ihm gut zuredeten. Wir alle wußten, daß er nach tausend Metern schlappmacht. Der Junge schenkte Margit Schokolade – aus menschlicher Zuneigung, das hatte mit dem Pferd nichts zu tun –, und er mußte nicht damit rechnen, daß sie die Schachtel in der Box vergessen würde. Da ist kein Vorsatz, das ist schiere Fahrlässigkeit.«

Thiel zog den Krawattenknoten nach und betastete ihn auf korrekten Sitz. »Dann ist immer noch Thunderbird bei euch im Stall, und Christian Adlers Bruder, der für die Engländer gekundschaftet hat. Bitte versteh mich nicht falsch, ich rede so, wie der Untersuchungsausschuß die Sache sehen wird. Du kannst das drehen, wie du willst, ein Außenstehender wird den Eindruck nicht los, daß euch das alles belastet. Und es kann passieren, daß Christian Adler ganz besonders in Verdacht gerät.«

»Unsinn! Er schämt sich für seinen Bruder, zu dem er längst die Beziehung abgebrochen hatte und der plötzlich und ungebeten wieder auftauchte. Er bettelte Christian um tausend Mark an, weil seine Frau angeblich ins Krankenhaus mußte. Was hat er mit dem Geld gemacht? Auf Thunderbird gesetzt und verloren. Erst nachdem alles gelaufen war, hat Bruno die Geschichte mit dem Wett-Syndikat gebeichtet. Nee, nee, Gerhard, Christian hat von dem Mist vorher nichts gewußt, dafür lege ich meine Hand ins Feuer.«

In den Glaskästen der einzelnen Büros zeigten sich die unterschiedlichsten Mienen, als Boß Gruber über den Mittelgang zu seinem Arbeitszimmer schritt: lächelnde, servile, verkniffene, desinteressierte. Er tat, als nähme er von den Anwesenden Kenntnis, grüßte nach rechts und links, bemerkte jedoch nur sein eigenes flüchtiges Spiegelbild in den großen Scheiben.

Die Chefsekretärin, Frau Holthaus, als Fachkraft und nicht als Augenweide eingestellt, billigte ihm eine schickliche Karenzfrist zu, ehe sie mit Unterschriftenmappe und Stenoblock eintrat. Zu sprechen begann sie erst, als er gnädig auf-

sah. »Herr Thiel vom Direktorium für Vollblutzucht hat angerufen...«
»Himmel noch mal, hat der Mann es eilig!« polterte Gruber. »Was hat er gesagt?«
Sie blickte auf ihre Notizen. »Er habe mit der ›International Horses Association‹ in London gesprochen. Ein Tierarzt Harlow sei dort nicht bekannt. Das Gesundheitszertifikat für den Hengst Black Lace könne deswegen vom Direktorium nicht anerkannt werden. Er stelle Ihnen anheim, aus diesen Tatsachen eigene Schlüsse zu ziehen.«
So abgebrüht Gruber im Geschäftsleben war, jetzt fühlte er sich elend. Sie hatten ihn mit einem simplen Gaul aufs Kreuz gelegt...
»Soll ich Ihnen einen Kaffee machen?« fragte Frau Holthaus besorgt.
Er blickte zu ihr auf, als erwache er aus tiefer Meditation. »Wissen Sie, was ich jetzt brauche? Eine Tasse heiße Bouillon mit einem Schuß Wodka.«
Sie wunderte sich über den ausgefallenen Geschmack. »Für was soll das gut sein?«
»Das schärft den Blick, Frau Holthaus.«
Sie übermittelte den Wunsch des Chefs einer zweiten Sekretärin und schlug die nächste Seite ihres Stenoblocks um. »Herr Flansdorf hat angerufen wegen der Läden in der Passage. Einige der Mieter haben sich zusammengetan und einen Anwalt genommen mit dem Ziel, die ihrer Meinung nach ungerechtfertigte Mieterhöhung anzufechten.«
»Weiß Flansdorf, wer dahintersteckt?«
»Sprecher der Mieter sind Frau Monika Adler und Herr Bernhard Schadenstedt.«
»Frau Adler? Wie interessant.« Er streckte seine Hand zur Unterschriftenmappe aus. »Muß ich was unterschreiben?«
Frau Holthaus übergab den Ordner und verließ seinen Büroraum. Gleich darauf kehrte sie mit der blickschärfenden Kraftbouillon zurück und stellte die Tasse vor ihm ab.

Gruber süffelte mit Genuß. Blickmäßig stellte er zwar keine Veränderung fest, doch als seelischen Muntermacher hielt er die heiße Mixtur für außerordentlich brauchbar. Er suchte eine Telefonnummer heraus und tippte sie ins Tastenfeld des Apparates.
Er bekam nur Verbindung mit dem Anrufbeantworter. »Hier ist die Detektei und Auskunftei Hartmann. Unser Büro kann nicht dauernd besetzt sein. Bitte legen Sie nicht gleich auf, sondern hinterlassen Sie uns nach dem Pfeifton eine Nachricht. Wir rufen Sie sofort an. Bitte sprechen Sie.«
»Hier ist Hans-Otto Gruber. Herr Hartmann, ich habe einen Job für Sie. Besuchen Sie mich im Büro sobald wie möglich.«

Für Heidelinde von Schönermarck war die Doping-Affäre Gruber entzückende Genugtuung. Nur ganz selten hatte Emanuel seine Frau so andächtig erlebt, so fernab von allem anderen Geschehen wie bei den ausführlichen Erzählungen der Gräfin im Schloß Hayn-Hohenstein. Heidelinde hing beseligt an Luises lästernden Lippen und genoß das langsame Zerrupfen Grubers in seine niederträchtigen Einzelteile.
Sie schlug sich, ganz köstlich amüsiert, auf ihre Hüfte und höhnte glücklich: »Wenn ich mir ins Gedächtnis zurückrufe, wie dieser Schnösel...«
»Parvenü«, verbesserte Emanuel.
Etwas irritiert schaute sie ihn an. »Parvenü, ja. Wie er also mit seinem mageren Vokabular zum Wohltätigkeitsball einlud, wie er sich wie eine Made zwischen uns drängen wollte. Und nun ist er gestolpert.«
»Auf die Schnauze gefallen«, korrigierte Emanuel. »Die Sache mit der Schokolade wird ihm ewig anhängen.«
»Die Welt vergißt so schnell«, gab Luise zu bedenken.
»Ich nicht!« rief Heidelinde mit Nachdruck. »Und wenn ich mir das Naschen angewöhnen muß: Wenn der Kerl auf der Rennbahn in meiner Nähe auftaucht – ich werde immer eine Schachtel Pralinen dabeihaben, eine nach der anderen essen

und ihn nur starr ansehen!« Sie machte vor, wie sie sich das dachte. »Nach einiger Zeit wird er davon träumen, glaubt mir!«
Emanuel, die Horrorvision in all ihrer Fürchterlichkeit erkennend, hob die rechte Augenbraue, sein Monokel fiel herab und schaukelte am Band. »Ich hab' dein Bild im Traum gesehen, nun fürcht' ich mich, ins Bett zu gehen...«
»Herr Cremer ist gekommen«, meldete Theresa.
Heidelinde machte ein Gesicht, als stünde ihr die Begegnung mit dem Komplizen eines Mörders bevor. »Sicher hat er interessante Neuigkeiten.«
»Bestimmt«, bestätigte Luise, »aber wie ich ihn kenne, er wird sie nicht coram publico erzählen. Ich lasse euch einen Augenblick allein.« Sie zeigte auf Tee und Kuchen. »Ihr bedient euch?«
Emanuel wußte, daß Luise alsbald zurückkehren und das Füllhorn ausleeren würde. Als sie sich erhob, lüftete er höflich das Gesäß; sich zu erheben hielt er in Anbetracht der langen Freundschaft für entbehrlich. »Mit dem größten Vergnügen, Gräfin.«
Theresa hielt die Tür vom kleinen Salon auf, und als Luise auf gleicher Höhe war, tuschelte die Hausdame: »Er sieht nicht fröhlich aus. Waren die Herren bei einer Beerdigung?«
»Gewissermaßen«, raunte die Gräfin. »Wo ist er?«
»Am Rondell.«
Den Mittelpunkt dieses mit Spalierobstbäumen eingefaßten Rondells bildete ein Zierteich, in dem zwei träge Goldfische schwammen. Cremer stand davor, beobachtete sie und wartete vergebens auf Bewegungen und Flossenschläge. Als Luise auf ihn zukam, sagte er: »Die Stimmung im Direktorium könnte besser sein. Christian kämpft wie ein Löwe mit einleuchtenden, mit logischen Argumenten. Das heißt, *mir* leuchtet alles ein, *mir* erscheint alles logisch...«
Luise war nicht überrascht. »Aber nicht dem Thiel, habe ich recht?«

»Man kann nichts Schlechtes über ihn sagen. Das ist nun mal sein Job. Wenn ich an seiner Stelle säße, würde ich vielleicht auch alles verdächtig finden. Bei Galoppern und Trabern geht's oft haarscharf am Rand der Legalität vorbei, und Thiel ist halt ein Profi.«
»Was eigentlich kein Grund sein darf, ständig Kriminelle zu suchen. Aber Mißtrauen ist überall, wo Geld verdient wird, machen wir uns da nichts vor. Wir haben uns im Galoppsport engagiert und müssen uns deshalb mit mancherlei unliebsamen Zutaten abfinden. Wie geht's nun weiter bei Thiel?«
»Abwarten und Tee trinken. Er hält das britische Gesundheitszertifikat für Black Lace für unecht, und er will nachher Margit und Ludger zum Doping-Fall hören.«
»Von dem Begriff Doping sollten Sie sich schnellstens trennen«, mahnte Luise. »Das Pferd ist nicht gedopt worden. Es hat Pralinen gefressen. Es ist ein Schokoladen-Fall. Klar, daß Generalsekretär Thiel an einer kriminellen Version festhalten möchte. Schließlich ist an den Wettschaltern Unruhe entstanden.«
Cremer, der geborene Pessimist, widersprach: »Ich kann das so simpel nicht sehen mit der Schokolade. Die Fahrlässigkeit ist nicht vom Tisch zu reden, das steht mal fest. Es ist in meinem Stall, in meinem Verantwortungsbereich passiert. Das ist das Problem. Ich kann mir gut vorstellen, daß Sie Ihre Pferde woandershin geben möchten. Das wäre besser für Ihren Ruf in der Branche.«
»Ihre Untergangsstimmung ist wirklich einzigartig!« erregte Luise sich. »Kann es sein, daß meine Goldfische Sie trübsinnig stimmen?«
»Ich sehe nur den Tatsachen ins Auge«, entgegnete er mißmutig.
»Dann sehen Sie auch dieser ins Auge: Wenn ich meine Pferde wegnehme, habt ihr nur noch Grubers Tiere. Und wenn der Mann eventuell seine Pferde abzieht, steht ihr mit

leerem Stall da. Was wollen Sie dann machen? Esel züchten?«
»Ich gehe in Pension.«
»So einen Quatsch habe ich lange nicht gehört! Das vergessen Sie bitte schnell!« Luise ging einige Schritte voraus auf den Vorplatz des Schlosses zu, wo Cremers alter Geländewagen stand. »Wie nimmt Christian das alles auf?«
»Er ist auch deprimiert, aber ich sagte schon, er kämpft wie ein Löwe.«
»Das sollten Sie auch tun«, warf sie ein.
»Er macht sich heftige Vorwürfe wegen seines Bruders. Der Name Adler hat durch Bruno einige schwarze Flecken.«
»›Bin ich der Hüter meines Bruders?‹ So steht es schon in der Bibel«, sagte Luise.
Insgeheim nahm sie sich vor, Monika abermals zu überreden, Christian moralisch aufzurichten. Erstens hielt sie die andauernde Trennung der beiden für unverantwortlich, und zweitens war sie der festen Überzeugung, nur Monika könne dauerhaft einen guten Einfluß auf Christian ausüben.

So unauffällig, so nichtssagend, so farblos hatte Gruber sich den Privatdetektiv nicht vorgestellt. Hartmann hatte keinerlei Ähnlichkeit mit einem der jungen smarten TV-Serien-Helden. Sein hagerer Körper wurde von einem Lodenmantel umhüllt, er trug eine grünkarierte Sportmütze, die er nicht abnahm, weil er sonst an seinem kahlen Schädel fror. Darauf hatte er nach der Begrüßung entschuldigend hingewiesen.
»Ich möchte mich«, sagte Gruber, »vorsorglich wappnen gegen Schritte, die gegen mich eingeleitet werden.«
»Schon der Verdacht genügt«, sagte Hartmann mit außergewöhnlich tiefer Stimme.
»Eine der beiden Personen ist eine Frau, die mir, im weitesten Sinn, geschäftlichen Schaden zufügen könnte.«
Hartmann schwieg, sein nichtssagendes Gesicht schien jedoch beruflich bedingte Ekelgefühle auszudrücken.

»Die zweite Person, die beobachtet werden müßte, ist ein Mann, der sowohl in geschäftlicher Hinsicht als auch privat außerordentlich störend zu wirken beginnt.«
Hartmann nickte. »Verstehe. Im weitesten Sinn.«
Gruber bestätigte: »Sozusagen.«
»Darauf ist mein Unternehmen spezialisiert«, versicherte Hartmann. »Wünschen Sie, daß die Personen nur optisch oder auch elektronisch überwacht werden?«
»Ihre Arbeitsmethoden muß ich Ihnen überlassen, Herr Hartmann. Ist ja Ihr Job, nicht wahr? Mich interessiert am Ende nur das Ergebnis.«
»Sie werden zufrieden sein. Darf ich Namen und Adresse der zu observierenden Personen erfahren?«
Gruber reichte seinem Gegenüber einen Zettel. »Monika Adler und Christian Adler. Adressen und Telefonnummern habe ich Ihnen aufgeschrieben. Die Herrschaften sind zwar miteinander verheiratet, leben jedoch getrennt.«
Hartmann reichte ebenfalls einen Zettel über den Schreibtisch. »Keine Fragen. Meine Kontonummer und die Zahlungsbedingungen habe ich Ihnen aufgeschrieben. Danke für den Auftrag, Herr Gruber.«

Tante Ella nahm von Christian die immer noch aufgeregte Margit in Empfang und führte sie ins Cremersche Wohnzimmer, das unter normalen Umständen für die Angestellten tabu war. »War diese Aussage bei dem Thiel nun so schlimm, wie du sie dir vorgestellt hast?«
»Ich hatte gedacht, es sei schlimmer. Trotzdem – Sie sehen ja.« Sie zeigte ihre Hände, die ein bißchen zitterten. »Aber was sollte groß passieren? Ich habe genau geschildert, wie's gewesen ist in Black Lace' Box mit Ludger und der Schokolade. Ich hatte nicht den Eindruck, daß Herr Thiel glaubte, ich lüge. Er war sehr freundlich.«
»Dann beruhige dich doch. Es ist ja alles vorbei, du brauchst dir keine Sorgen mehr zu machen.«

»Mach' ich mir aber.« Margit sah Ella verschüchtert an. »Was wird nun mit mir? Ist es vielleicht besser, wenn ich hier weggehe?«
»Das würde ich mir an deiner Stelle aber stark überlegen. Dein Vater springt in die Luft vor Freude, wenn er recht behalten hat und du reuevoll nach Hause zurückkehrst.«
»Ich werde mit Herrn Adler darüber sprechen. Mit ihm kann man leichter reden als mit Herrn Cremer.«
»Na, da täusch dich mal nicht. Der Herr Adler kann auch sehr hart sein. Der wirkt bloß so charmant auf Frauen.«
Über Margits Gesicht huschte ein Lächeln. »Aber er war sehr besorgt um mich. Während der Autofahrt hat er mir gesagt, wie man sich bei so einer Vernehmung verhält. Zuerst war ich auch verdammt aufgeregt, aber dann dachte ich, ich kann Herrn Adler nicht im Stich lassen, weil er mir vertraut. Da habe ich mich unheimlich sicher gefühlt, und alles ging gut. Es war so, als hätte er neben mir gesessen und meine Hand gehalten.«
»Ach – so ist das also mit Herrn Adler.« Ella blickte ergeben zum Kronleuchter und konnte das Geständnis nur schwer verdauen. Eigentlich gar nicht.

Samurai schwitzte außerordentlich beim Morgentraining und bewegte sich lustlos. Rolf Lesch nahm ihn von der Bahn und ließ ihn in den Stall bringen. Nachdem der Hengst abgesattelt und versorgt in seiner Box stand, wandte er öfter den Kopf zu seinem Leib herum, ließ sich nieder, wälzte sich, stand jedoch bald wieder auf. Lesch tippte auf Kolik, legte den Kopf auf Samurais Bauch, hörte jedoch nichts. Erhöhte Temperatur konnte er ebenfalls nicht feststellen. Als der Hengst sich abermals legte und unruhig die Beine bewegte, ließ Lesch durch Klaus die beiden Trainer in den Stall bitten.
»Kolik ist es nicht, aber Bauchschmerzen hat er«, erklärte Lesch und strich Samurai über den Leib.
Cremer wollte sich dem Urteil des Stallmeisters nicht sofort

anschließen. »Weiß nicht. Wir müssen versuchen, ihn auf die Beine zu kriegen, ohne daß sein Magen eingeklemmt wird – wenn's Bauchschmerzen sind. Nicht an der Mähne zerren, Klaus, sonst tritt er einem von uns die Zähne ein. Laß ihm den Kopf frei. Rede mit deinem Pferd, Christian. Wo ist Margit?«
Sie blickte über die Wand von Blue Queens Box. »Hier, Herr Cremer.«
»Hol eine große Pferdedecke aus der Sattelkammer! Fix!«
Margit startete schnell wie eine Maus im Zeichentrickfilm und kam ebenso expreß zurück. Vorsichtig schoben Cremer und Lesch die Decke ausgebreitet unter Samurais Beine, während Christian beruhigend auf das Tier einredete. Cremer nahm das linke Vorderbein, Lesch das rechte. Behutsam zogen sie die Hufe unter dem Leib hervor nach vorn, Christian und Klaus stützten den schweren Körper, und Rolf Lesch rief plötzlich ermunternd: »Na, los, alter Junge! Mach uns keinen Kummer! Steh mal auf!«
Samurai streckte den Kopf, drückte die Vorderbeine durch, suchte Halt mit den Hinterbeinen, stemmte sich hoch, und Rolf spornte ihn nochmals an: »So ist es prima! Das machst du gut! Du bist ein Klassekerl!«
Samurai stand und schaute um sich. Christian ging dicht an ihn heran und flüsterte: »Junge, was machst du für Geschichten? Da wird einem ja angst und bange.«
»Herr Lesch, gehen Sie mit Samurai auf und ab, bis er sich beruhigt hat«, ordnete Cremer an. »Ich tippe auf eine leichte Darmverschlingung. Geben Sie ihm heute kein Kraftfutter. Samurai wird auf Diät gesetzt.«
Er verließ den Stall, und auf dem Hof fragte Christian ihn: »Gibt's noch was, das ich wissen muß über dein Vier-Augen-Gespräch mit Thiel?«
»Sein Mißtrauen ist schwer abzubauen. Festgebissen hat er sich meiner Meinung nach an dem blöden Umstand, daß es in diesem Fall die Gebrüder Adler gibt.«

»Der glaubt doch nicht wirklich, daß ich meine Hände im Spiel habe!«
»Obwohl ich ihn lange kenne, ist schwer zu sagen, was er glaubt. Er hat mich gewarnt vor dem Untersuchungsausschuß. Offenbar wittern dort manche Leute hinter allem ein Komplott.«
»Kann ich mir denken. Diese Herren sind nicht besonders gut auf Jockeys zu sprechen. Und was hat er noch gesagt?«
»Aus dem, was er angedeutet hat, konnte ich heraushören, daß die Chancen sechs zu vier gegen uns stehen.«
»Bei deinem Renommee sollte die Chance wenigestens fifty-fifty sein. *Ich* bin das Problem, stimmt's?«
Cremer mochte absichtlich nicht verstehen. »Was willst du damit andeuten?«
»Ich war Jockey, und ich bin neu als Trainer. Vielleicht glauben die da oben am grünen Tisch, mir eine Lektion erteilen zu müssen. Kann gut möglich sein, nicht? Wie wäre es, wenn ich aussteige?«
Wolf legte den Kopf schief, als leide er unter einem Hörsturz. »Noch mal!«
»Raus aus der Partnerschaft. Dann ist bestimmt Ruhe im Karton. Ich gebe die Trainerlizenz zurück und bleibe nur als Mitarbeiter oder Berater bei dir.«
»Wir wollen das noch mal durchkauen, ja?« Cremer stemmte seine Hände in die Hüften. »Ich wollte nie einen Partner haben. Daß wir zusammenarbeiten, hat uns Luise eingebrockt. Aber ich fange gerade an, mich an dich zu gewöhnen. Und wenn ich mal nicht mehr da bin, wirst du den Stall übernehmen!« Er machte eine Pause, um den nächsten beiden Worten Gewicht zu verleihen. »Einschließlich Ella! – Und nun will ich nichts mehr von diesem Unsinn hören! Wir stecken beide da drin auf Gedeih und Verderb! Laß mich also jetzt nicht allein, wo ich deine Hilfe am nötigsten brauche.« In Wolfs Augen glitzerte es feucht, weil er gerührt war über sein Eingeständnis.

»In Ordnung, Partner«, sagte Christian. »Und jetzt ruf' ich den Tierarzt an, damit er sich Samurai ansieht.«

Der Zweispänner vom Schloß Hayn-Hohenstein mit den beiden Cleveland-Bay-Pferden rollte vom Waldweg über eine Lichtung. Einer der Stallburschen vom Gestüt steckte in legerer Livree und lenkte das Gespann. Hinter ihm saßen Gräfin Luise und Monika Adler, und hinter der Kutsche her fuhr Theresa den gräflichen Rolls, in dessen Kofferraum die Zutaten für ein umfangreiches Picknick verstaut waren.
»Wer war das eigentlich am Telefon, als ich Sie anrief?« fragte Luise. »Bitte, Monika, ich will nicht indiskret sein. Sie müssen mir das nicht sagen – aber erschrocken war ich schon, eine Männerstimme zu hören.« Um ihrer Neugier weitere Peinlichkeit zu nehmen, plauderte Gräfin Luise munter weiter: »Sie kennen sicher das Gefühl: Man hat sich geschmacklich auf eine Spätlese eingestellt, man trinkt, und im Glas ist ein herber, trockener Wein. So ging mir das.«
»Bernhard Schadenstedt.«
»Bitte?«
»Er heißt Bernhard Schadenstedt«, sagte Monika. »Er hat eine Buchhandlung neben meinem Geschäft. Wir bereiten eine Aktion gegen den Hausbesitzer vor, der uns die Miete bis über die Grenze des Zumutbaren erhöht hat.«
»Das freut mich zu hören.«
»Daß meine Miete erhöht worden ist?«
»Daß Sie mit Herrn Schadendorf...«
»...stedt.«
»Daß Sie mit Herrn Schadenstedt nur eine Aktion gegen den Hausbesitzer vorbereiten.« Damit ihre Feststellung richtig wirken konnte, wies Luise den Kutscher an, zu halten und die Pferde auszuspannen. Sie hob die Hand, damit Theresa rechtzeitig die Bremse des Rolls betätigte, zeigt auf das hübsche Fleckchen, das sie für die Pause in ihrem Wald ausgesucht hatte, und sagte: »Voilà.«

Theresa verließ den Wagen, trat an die Kutsche und sagte unernst: »Darf ich die Damen ersuchen, einen kleinen Spaziergang zu machen, damit ich meine Fähigkeiten, das Picknick zu richten, ungestört entfalten kann?«
»Sie spricht das lustig hin«, äußerte Luise, »aber lassen Sie sich nicht täuschen, Monika – es ist ein Befehl.«
Nach ein paar Metern Fußmarsch nahm Luise das alte Thema wieder auf. »Haben Sie in letzter Zeit mal mit Christian gesprochen?«
»Wir verkehren nur über unsere Anwälte miteinander.«
»Das hört sich gar nicht gut an«, tadelte die Gräfin. »Wissen Sie, daß er und Cremer in eine Affäre verwickelt sind, die sie möglicherweise die Trainerlizenz kosten kann?«
»Nein, weiß ich nicht! Wer soll mir was erzählen? Ich habe keine Verbindung zu seinen Kreisen. Ist es tatsächlich so ernst?«
»Ich fürchte, ja. Eigentlich geht es mich ja nichts an, aber Christian könnte im Moment etwas Unterstützung, etwas Zuspruch gebrauchen.«
»Geht das an meine Adresse? Wie Sie wissen, bekommt er den Zuspruch, den er braucht, woanders!«
»Das sagt man so. Ich glaube das nicht. Diese Sache kann zu einem Bruch zwischen Trainer und Besitzer führen. Dann wird die fragliche Dame sich eher an das Huhn halten, das die goldenen Eier legt.«
»An den Hahn«, verbesserte Monika.
»An den Hahn – wie recht Sie haben.«
Über die Lichtung schallte der historische Theatersatz: »Frau Gräfin, es ist angerichtet!«
»Wie macht sie das bloß so schnell?« wunderte Monika sich.
»Dazu gehört eine besondere Begabung.«
»Erraten. Deshalb sehe ich über Theresas kleine Frechheiten, ihre Raserei mit dem Auto und ihren Schloßkoller, den sie manchmal bekommt, großzügig hinweg – wegen ihrer besonderen Begabung.«

In der Picknick-Kulisse fand Luise nach dem ersten Glas Rosé einen Durchschlupf in die Vergangenheit. Zögernd zuerst. »Früher haben wir das alles ganz genauso gemacht. Eigentlich jeden Sonntag, soweit ich mich zurückerinnern kann. Fahrten mit ausgedehntem Imbiß. Natürlich nicht immer mit der Familie. Ich lernte einen jungen Mann kennen. Einen Kavallerieoffizier. Wie lange ist das jetzt her?« Sie begann nachzurechnen und knabberte dabei versonnen Gebäck. »Fünfzig Jahre? Er sah fabelhaft aus, und es war schön, mit ihm zusammen zu sein. Leider war er ein schrecklicher Frauenheld. Er hat mich sehr an der Nase herumgeführt – mindestens einmal in der Woche brach er mir das Herz.«
»Schrecklich«, sagte Monika mitfühlend, und Theresa, um den Service bemüht, doch mit den Ohren tief in Luises Vergangenheit, führte betroffen die Hand an die Lippen, damit ihr kein mitleidiges Wort herausrutschte.
»Irgendwann beschloß ich, daß es so nicht weitergehen konnte. Das ging mir einfach auf den Geist, wie man heute sagt. Ich bin an den Golf von Neapel gefahren und in Amalfi wie eine Blödsinnige in den Museen und Kirchen herumgerannt, um ihn zu vergessen.«
»Ich vermute, das hat nicht geklappt«, sagte Monika etwas forscher, und Theresa verharrte stocksteif, weil ihr ein so wundervoller Liebeskummer bisher nicht widerfahren war. Auch die Aussichten, ihn nachzuholen, standen schlecht.
»Ganz richtig, Monika. Es hat nicht geklappt. So etwas beansprucht schließlich eine gewisse Zeit, und die ließ er mir nicht. Nach drei Tagen kam er hinterhergereist. Geknickt und schuldbewußt. Er ist vor mir auf die Knie gefallen, hat mir ewige Liebe geschworen mit dem klitzekleinen Zusatz, seine anderen Freundinnen nie mehr wiederzusehen...«
Monika dachte an Christian und warf ein: »So einen kenne ich auch.«
»Einen Monat später haben wir in einer kleinen Kapelle in Amalfi geheiratet. Sie glauben gar nicht, wie glücklich ich ge-

wesen bin. Nicht so sehr wegen der Hochzeit, sondern weil ich ihn für mich allein hatte.«
Theresa schlug hinter Luises Rücken lautlos die Hände zusammen, was soviel wie »Gottseidank« bedeuten sollte, und Monika sagte: »Wundervoll, dann haben Sie das Happy-End doch noch geschafft.«
Luise ließ ihr Glas von Theresa nachfüllen. »Um Himmels willen, Monika, wo denken Sie hin? Ein Leopard verliert doch nicht über Nacht seine Flecken! Als wir wieder in Deutschland waren, da dauerte es keine drei Monate, und er traf sich wieder mit all seinen Damen, denen er im Angesicht Capris eben noch hoch und heilig abgeschworen hatte.«
»Und Sie haben das toleriert, obwohl Sie nun mit ihm verheiratet waren?«
»Zur damaligen Zeit und bei unserer gesellschaftlichen Stellung hatte ich keine andere Wahl. Eine Scheidung wäre ein fürchterlicher Skandal gewesen.«
»Haben Sie sich wenigstens gerächt, sich einen Liebhaber zugelegt?« wollte Monika wissen, und Theresa spitzte angestrengt die Ohren.
Luise dachte einen Augenblick nach. »Diese Art von Rache wird meines Erachtens überschätzt. Weil mein Mann mich betrog, sollte ich mit einem anderen ins Bett gehen?« Luise amüsierte sich herrlich. »Beim Ablauf der Dinge wäre bei mir bestimmt nicht das Gefühl der Rache aufgekommen. Ich hätte mir allenfalls auf angenehme Weise die gewisse Freiheit erschlichen, die Ehe nicht ernst zu nehmen. Und, Monika, meinem Mann hätte das in keiner Weise geschadet. Im Gegenteil, das hätte ihn nur bei seinen amourösen Abenteuern bestärkt. Nein, ich habe gelernt, damit zu leben.«
»Wie kann man das?«
»Das ist eine gute Frage. Es gibt Frauen, die machen sich verrückt vor Eifersucht. Ich habe einfach abgewartet. Nach und nach fielen seine Damen von ihm ab wie welke Blätter. Wissen Sie, eigentlich hat er sich nie wirklich etwas aus ihnen ge-

macht. Sie waren nur zur Bestätigung seiner Eitelkeit da. Und auf einmal waren wir sehr glücklich miteinander, wenn Sie verstehen, was ich meine. Jetzt hatte ich ihn wirklich für mich allein. Mit jedem Tag schien es schöner zu werden, und wir trennten uns nur sehr schwer voneinander.«

Monika war baff. »Sie haben sich dann doch getrennt – bei so viel Liebe?«

»Gezwungenermaßen. Der Krieg brach aus.«

»Und danach?«

»Ein Danach gab es für uns nicht mehr. Er ist in Rußland gefallen.«

Betroffen hauchte Monika: »Oh...«

»Für Beileidstelegramme ist es jetzt zu spät«, sagte Luise burschikos. »Wenn ich nicht ab und zu sein Foto an der Wand im kleinen Salon betrachten würde, wüßte ich heute nicht mehr zu sagen, wie er ausgesehen hat. Er wäre heute fünfundsiebzig Jahre alt und vermutlich genauso klapprig wie unser Freund Emanuel von Schönermarck.«

Monika zog die Bilanz. »Das war kein übliches Picknickgespräch, richtig? Sie haben mir das alles nicht völlig grundlos erzählt.«

»Sie dürfen unsere kleine Unterhaltung aber auch nicht als zweckgebunden auffassen«, wiegelte Luise ab. »Ich wollte Ihnen nur zu verstehen geben, daß mit Eile nichts getan ist, auch nicht in dieser schnellebigen Zeit. Man soll die Dinge gelassen sehen und von toleranter Warte aus. Man heiratet nicht, weil der Notausgang Scheidung offenbleibt.«

»Aber wo sind die Grenzen der Toleranz? Ich habe mich immer von den Dingen getrennt, die ich nicht bewältigen konnte.«

»Und Christian ist so ein Ding?«

»Um Ihren Ausdruck zu benutzen: Die Damen sind bisher nicht von ihm abgefallen wie welke Blätter.«

»Warten Sie's ab.«

»Ich warte schon fast ein Jahr.«

»Ist Herr Schadenstedt der von Ihnen ins Auge gefaßte Rachepartner?«
»Einen Versuch wäre er wert.«
»Das würde die Kluft zwischen Ihnen und Christian nur vergrößern.«
»Wirklich?« rief Monika ironisch. »Und wenn *er's* tut, bleibt die Kluft, wie sie ist?«
»Sie sollen sie nicht vergrößern, verdammt!«
»Soll ich nach Amalfi fahren?« Monika kam von ihrer Ironie nicht los. »In Museen und Kirchen rennen? In der Blauen Grotte auf Christian warten und hoffen, daß er Capri überhaupt findet?«
Luise blieb gelassen. »Bleiben wir doch auf dem Boden der Tatsachen. Ich weiß, daß das nicht geht, denn Sie müßten für diesen Schachzug Ihr Geschäft schließen. Es wäre schon hilfreich, wenn er sich aussprechen, wenn er sich seinen Ärger vom Herzen schwatzen könnte. So einfach ist das nämlich nicht, in eine Affäre verwickelt zu werden, an der man unschuldig ist.«
»Er hat jemanden, bei dem er sich ausweinen kann!«
»Sie wiederholen sich, und den Standpunkt möchte ich als kurzsichtig bezeichnen. Als Christians Frau sind Sie seine Geliebte und in gewissem Sinn seine Mutter – nämlich immer dann, wenn er getröstet werden will. Wenn Sie diese wichtige Funktion einer Fremden überlassen, haben Sie Ihre Lektion nicht gelernt.«
»Und wer tröstet mich?«
»Ihre Retourkutschen gefallen mir nicht. Warum nehmen Sie den Begriff Liebe nicht wörtlich?«
»Habe ich versucht – Männer sind nicht fähig zur Liebe.«
»O doch! Im Rahmen ihrer geringen Möglichkeiten schon. Aber Ihr Urteil ist mir zu pauschal, Monika. Es geht nicht um die Männer an sich, sondern nur um Christian Adler.«
»Ich will Christian aus meinem Leben streichen.«
»Auch aus dem Herzen? Es gibt Momente, in denen wir

Frauen unseren Stolz überwinden müssen, wenn wir jemanden lieben und ihn behalten wollen. Und noch etwas zu Ihrer konfusen Strategie: Vergessen Sie mal das Bett und alles, was damit zusammenhängt. Konzentrieren Sie sich auf den fremden Gegenstand, der drinliegt. *Gegen ihn* müssen Sie etwas unternehmen – nicht gegen Ihren Mann!«

Das größte Problem für Silvia Gruber war die Langeweile. Das Leben an der Seite Hans-Ottos war im Grunde eintönig, es stellte keinerlei Forderungen an sie. Silvia schlief, wann sie Lust hatte, stand auf, wann es ihr zweckmäßig erschien. Die einzigen Fixpunkte im Jahresablauf waren einige wichtige Renntermine, die sie an der Seite ihres Mannes wahrnehmen mußte, einige Partys, Verabredungen mit dem Friseur, dem Schneider, der Visagistin. Das war alles.
Kein Wunder, daß Lieblingsgespiele Christian Adler den größten Raum in ihrem ungenutzten Gedankengut einnahm und dort wie eine Lichtgestalt herumgeisterte. Besonders lästig empfand Silvia die strikte Anweisung Hans-Ottos, während der Black-Lace-Affäre den Umgang mit Christian zu meiden. So wurde er Mittelpunkt von Denksportaufgaben, deren Lösung darin bestand, H.-O. Grubers Verbot zu umgehen. Ihre Laune litt unter der eingeengten Lebensqualität zusehends.
Ihr Mann erkannte den Zustand sehr wohl und bemängelte: »Es ist wirklich schade, daß du keine Freundinnen hast.«
»Die hast du alle vergrault, weil du deine Finger nicht bei dir behalten konntest.« Silvia nahm ein Modeheft auf, sah es jedoch nicht an, sondern warf es auf die weiße Ledercouch. »Möchtest du, daß ich einem Hausfrauenzirkel beitrete und über Kochrezepte und Kindererziehung plaudere?«
»Die haben bestimmt auch andere Interessen«, nahm er an.
»Natürlich. Häkeln und Stricken. Zwei links, zwei rechts, eine fallen lassen. Und dazu plappern sie über Seitensprünge ihrer Männer – oder ihre eigenen.«

Ohne Rücksicht sprach er aus, was er dachte. »Zumindest bei dem letzten Thema könntest du mitreden. Du wärst der Star des Hausfrauenzirkels.«
»Aber nur mit Uraltgeschichten. Mit aktuellen Erlebnissen kann ich leider nicht dienen. Oder hast du vor, die Schranken wieder zu öffnen?«
»Wenn ich dich um Diskretion gebeten habe, heißt das noch lange nicht, daß du zu Hause eingesperrt bist. Das ist deine Auslegung gewesen. Ich habe mir auch überlegt, ob du gern eine Reise machen würdest.«
»Willst du damit dein schlechtes Gewissen mir gegenüber beruhigen?«
»In keinster Weise. Als du noch Stewardeß warst, kamst du ziemlich herum in der Welt. Ich dachte, das fehlt dir vielleicht.«
»Soll heißen, ich soll allein fliegen.«
Er nickte. »Ich kann nicht weg. Im Moment hab' ich viel um die Ohren.«
»Was schlägst du vor? Wohin soll ich fahren?«
»Wohin du willst. Auf die Seychellen vielleicht.«
»Hast du da Immobilien gekauft?« fragte sie schneidend. »Muß ich die inspizieren, weil sie auf meinen Namen eingetragen sind? Es ist immer ein Haken dabei, wenn du den generösen Gatten spielst.«
Das nahm er ihr sofort übel. Sein Gesicht wurde hart, er kniff die Augen zusammen und brüllte wütend: »Ich habe die Schnauze voll von deinen ewigen Sticheleien, deinem ungerechtfertigten Sarkasmus, deinem Egoismus, deiner Undankbarkeit!«
»Schrei mich nicht an!« keifte sie zurück. »Für was soll ich dankbar sein? Daß ich mit dir verheiratet bin? Daß du mich in einem goldenen Käfig hältst?«
»Aus dem du ausbrichst, wenn es dir paßt, um dir von deinem reitenden Gigolo Hohe Schule beibringen zu lassen! Ist das Leben mit mir tatsächlich so unerträglich? Du hast alles,

was du dir wünschen kannst! Ich arbeite wie ein Tier, um dir ein Leben im Luxus zu ermöglichen...«
»Habe ich das verlangt?« fragte sie eisig.
Schnell wich sie zurück, als er grollend auf sie zukam. »Bist du verrückt? Willst du mir vorwerfen, daß du wie die Made im Speck lebst, daß ich deine Untreue toleriere? Aber wenn dir ein Leben in völliger Freiheit besser gefällt: Ich kann dich sofort auf die Straße setzen!« Er schnippte mit Daumen und Mittelfinger. »Dann sieh zu, wie weit du ohne mich kommst!«
Silvia ging noch immer rückwärts, weil sie fürchtete, er würde zuschlagen. »Du wirst mich nicht los! Über die Hälfte deiner krummen Geschäfte läuft auf meinen Namen. Ohne mich kannst du irgendwann Konkurs anmelden!«
Mit diesem geschäftlichen Fehler, vor Jahren hochtrabend aus Verliebtheit begangen, konfrontiert zu werden, machte ihn rasend. Er sprang auf Silvia zu, packte sie an den Schultern, ergriff den Ausschnitt ihres Kleides, riß es nach rechts und links bis hinunter zu den Hüften auseinander und brüllte in sinnloser Wut: »Ist es dir lieber, wenn ich dich so behandle?«
Sie waren vor dem Alkoven mit dem Billardtisch stehengeblieben. Hans-Otto ließ das zerfetzte Kleid los, das langsam auf den Boden rutschte. Er starrte auf ihren entblößten Busen und ächzte: »Hallo, Freunde, lange nicht gesehen!«
Silvia war zuerst wie gelähmt. Doch als sie erkannte, wie unsicher er wurde, weil er zu weit gegangen war, goß sie noch Öl ins Feuer: »Na schön, Tarzan, mach weiter!«
Er biß die Zähne aufeinander, wandte sich von ihr ab und verließ das Penthouse.
Silvia raffte die Kleiderfetzen auf, schleuderte sie auf dem Weg zum Wohnzimmer in den Vorraum und rief: »Georg, werfen Sie das bitte in den Müll!«

Bernhard Schadenstedt paßte einen günstigen, kunden-

freien Moment kurz vor Ladenschluß ab, flitzte in Monikas Boutique und legte zwei Bücher auf den Kassentisch. »Sie stammen beide aus den zwanziger Jahren. Jugendstilmode. Wundervolle Zeichnungen.«
»Vielen Dank.« Monika blätterte die Bände durch. »Wie lange darf ich sie behalten?«
»Es hat keine Eile«, antwortete er. »Die machen sich gut als Dekoration in Ihrer Vitrine.«
Monika lächelte. »Mit einem Schild: Leihgabe der Firma Bernhard Schadenstedt?«
»So habe ich das aber nicht gemeint, obwohl das natürlich nicht falsch sein könnte.«
»Leider kann ich mich schlecht revanchieren.« Sie wies auf die Damenwäsche in den Auslagen. »Man würde dann bei Ihnen ganz andere Bücher erwarten.«
Bernhard äugte zum Schaufenster, zu den Regalen, in die gläsernen Verkaufsvitrinen und hielt Monikas Scherz für nicht ganz gelungen. »Kommen Sie heute abend zum Mietertreffen?«
»Ich fürchte, ich kann nur ganz kurz vorbeischauen. Ich habe eine Verabredung.«
Er war unheimlich enttäuscht. »Schade – ich wollte Sie anschließend zum Abendessen einladen.«
»Tut mir wirklich leid. Vielleicht können wir das auf morgen oder übermorgen verschieben. Ich treffe mich heute abend mit meinem Mann.«
»Um über die Scheidung zu reden?« hoffte er.
»Diesmal nicht. Er hat berufliche Probleme. Vielleicht ist es nützlich, wenn ich mit ihm darüber spreche.«
Den Funken Eifersucht konnte er nicht unterdrücken. »Nützlich für Sie oder für ihn?« Da sie befremdet schien, sagte er schnell: »Na, dann will ich Sie nicht länger aufhalten. Es ist ja auch Zeit, abzuschließen.«
»Wo ist Ihre Tochter?«
»Jenny ist im Kino, weil ich ja dachte...«

Er tat ihr leid. »Morgen früh verabreden wir uns, okay?« Wie zufällig berührte er ihren Oberarm. »Ich freue mich schon. Mehr als Sie ahnen.«

Christian wollte Monika zeigen, wie angenehm ihm ihr Besuch war. Weil er aber für Hausarbeit in jeder Form zwei linke Hände besaß, stammten Essen und Dekoration von einem Party-Dienst, der Christians Wohnzimmer zu einer Art Liebeslaube umfunktioniert hatte. Das Licht war so gedämpft, daß die Delikatessen auf dem Tisch nur schwer zu erkennen waren. Er zündete noch drei Kerzen an, damit er Melonenscheiben mit Schinken und Pasteten auseinanderhalten konnte und das Etikett der Sektflasche im Kühler richtig zur Geltung kam.

Als Monika auf die verabredete Minute pünktlich erschien, blieb er nicht der distinguierte Gastgeber, sondern legte sich ein Serviertuch über den Unterarm, spielte albern Oberkellner und fragte: »Ein Tisch für eine Person, oder erwarten gnädige Frau noch einen Gast?«

Beim Anblick der verdunkelten Köstlichkeiten geriet Monikas Plan durcheinander, seelensamariterisch tätig zu werden. Es fehlten die Voraussetzungen, um Gräfin Luises Ratschlag, Christian »mütterlichen« Beistand zu leisten, zu befolgen. »Willst du mich verführen, oder wie darf ich das verstehen?«

Er bat sie zu Tisch, entkorkte die Sektflasche, goß ein und prostete ihr zu. »Ich speise immer so.«

»Bist du sicher, daß du nicht für jemand anderen gedeckt hast?«

Heiter schob er Häppchen, Salate und Toast in ihre Reichweite. »Sei nicht so mißtrauisch. Für wen sonst als für dich?«

»Für deine Geliebte.«

Er animierte sie zum Trinken. »Das ist jetzt alles endgültig vorbei.«

Sie zweifelte. »Der Satz kommt mir bekannt vor – und abgenutzt.«
»Ich schwöre.«
Nach der Eidesleistung pickte Monika in Näpfchen und auf Tellerchen herum, führte die Bissen graziös zum Munde, trank den Sekt schnell wie Tischwein, luchste voller Appetit in andere Schälchen und Kasserollen und sagte damenhaft, eingedenk des gräflichen Auftrags: »Man hört so allerlei.«
Christian, ständig besorgt um Monikas leibliches Wohl, legte nach, schob ihr, den Inhalt erläuternd, dieses und jenes Töpfchen zu, goß Sekt nach, toastete Weißbrot, schnitt Gurken und Selleriestangen in mundgerechte Stückchen, empfahl ihr verschiedene Soßen mit und ohne Knoblauch, und nachdem er sie genügend abgelenkt hatte, erkundigte er sich nach der kleinen Nebensache: »Was hört man?«
»Du bist in irgendwas verwickelt«, sagte sie. »Du und Cremer. Könnte es sein, daß ihr eure Lizenz einbüßt?«
»Das glaube ich nun wiederum nicht. Es handelt sich nur um den Verzehr einer Schachtel Pralinen.«
Sie hielt ihr Glas zum Einschenken parat. »Das ist doch nicht verboten.«
»Grundsätzlich nicht. Nur, wenn Galopprennpferde zur falschen Zeit Schokolade essen, kann es unter gewissen Umständen Verwicklungen geben.«
»Tierquälerei?«
»Das ist ein Aspekt, den man auch beachten sollte.« Er entkorkte die zweite Flasche und beschloß, Monika mit dem Thema nicht zu behelligen. Dabei spielte weniger der Umstand eine Rolle, daß sie, nach seinem Dafürhalten, keinen Eingang in die Problematik finden würde – er hatte keine Lust, sich den exzellenten Abend zu vermurksen. Ohnehin stand er morgen in der Angelegenheit wieder bei Thiel auf der Matte – wenn der sein »Urteil« verkündete.
Monika gestattete sich hinter vorgehaltener Serviette ein diskretes, damenhaftes Bäuerchen, was nur Champagnertrin-

ker erschrecken konnte, die vor Genuß die Perlen herausquirlen. »Es schmeckt hervorragend bei dir.« Sie hob ihr Glas und setzte als Trinkspruch schalkhaft hinzu: »Man sollte sich viel öfter scheiden lassen.«

So spaßig fand er das gar nicht. »Hätte es nicht dabei bleiben können, daß wir getrennt leben? Eines Tages wäre alles wieder ins rechte Gleis gekommen. Wenn wir uns jetzt scheiden lassen, müssen wir später ein zweites Mal heiraten. Das wird verdammt umständlich.« Er hob die Flasche aus dem Kühler und goß Monikas Glas voll. »Iß doch noch was.«

»Ich bin rundum satt. Aber bequemer hinsetzen würde ich mich gerne.« Sie klopfte sich auf den Magen. »Guck mal meinen Bauch an – ganz dick.«

Sie zogen mit Gläsern und Flasche in die gemütliche Ecke um, und bei Überwindung der drei Meter Distanz gab Monika zu: »Fahren kann ich jetzt nicht mehr.« Aufatmend ließ sie sich auf die Couch fallen und legte die Beine auf einen Sessel. Sie schloß die Augen und verarbeitete, was er locker in die Gegend gesprochen hatte. »Warum müssen wir später ein zweites Mal heiraten?«

Christian antwortete mit einer Gegenfrage: »Warum müssen wir uns scheiden lassen?« Er nutzte ihre durch den Sekt verlangsamte Kopfarbeit, ging schnell in die Küche und holte eine dritte Flasche aus dem Kühlschrank.

Monika kicherte müde. »Eigentlich solltest du mich nach Hause fahren.«

»Ich habe auch schon zuviel getrunken.«

»Dann nehme ich ein Taxi und hole mein Auto morgen.« Sie rekelte sich in eine bequemere Lage, schlug die Beine übereinander und angelte das leere Glas vom schmalen Couchtisch. »Gib mir noch einen letzten Schluck.«

Christian goß nach und behielt die Flasche gleich in der Hand. »Prost, Christian, mit dir trinke ich am liebsten«, alberte er.

»Sagtest du was?« fragte sie schläfrig.

»Willst du einen Kaffee?«

»Bist du krank? Der wirft mich um Stunden zurück.« Sie süffelte ihren Sekt aus. »Kannst ja mal anrufen, ob ein Taxi kommt und mich ins Bett bringt.«
Er stellte die Flasche in ihre Nähe, machte sich am Telefon zu schaffen, wählte jedoch die letzte Nummer vom Taxiruf nicht mit und rief bedauernd: »Besetzt. Kein Wunder um diese Zeit.«
Sie nahm von der Nachricht keine Kenntnis. »Kannst du dich an das Fest in München erinnern? Da hatte ich auch einen mächtigen Schwips.«
»In München? Welches Fest?« Er konnte sich nicht entsinnen. »Wie kommst du jetzt da drauf?«
Monika summte, etwas falsch, einen Schlager und hatte das Fest schon wieder vergessen. »Gibt's noch was von dem Knallwasser?«
Hurtig füllte er nach, verschwand vorübergehend, um das Schlafzimmer zu kontrollieren, fand alles ordentlich hergerichtet und kehrte heiter und leicht schwankend zurück.
Monika hatte ausgetrunken. Ihre Augen waren nur halb geöffnet. Sie kicherte zufrieden. »Kommt das Taxi?« Es klang, als sei sie der Wirklichkeit entrückt.
»Es wartet«, versicherte Christian, schob seine Arme unter sie und trug sie hinüber ins Schlafzimmer.
Daß sie zum Taxi getragen werden mußte, wollte ihr nicht einleuchten. Als er sie auf das Bett legte, wußte sie für eine kurze Zeitspanne, daß dies auf gar keinen Fall ein Auto sein konnte. Also protestierte sie halb schlafend: »Wir wollen uns doch scheiden lassen...«
»Das mußt du nicht so überspitzt sehn.« Mit dem festen Willen, Monikas Scheidungsabsichten zu unterlaufen, legte er sich neben sie und schlief sofort ein. Ordentlich gekleidet mit Sportjackett, Gabardinehose, schmalem Schlips und dunkelbraunen Schuhen. Monika, ganz leise schnarchend, trug Romantikrock mit Taillenschleife, schwarzweiße Karobluse und schwarze Rauhlederpumps.

Generalsekretär Gerhard Thiel deutete Christians verkaterten Blick auf das Pferdegemälde an der Wand als Huldigung an die Darstellungskunst. »Das ist der Hengst Sweetbriar, schon vor 1800 gemalt von George Stubbs, dem berühmtesten englischen Pferdemaler. Das Original hängt in der Walker Gallery in Liverpool.« Dann nickte er den drei Männern vor seinem Schreibtisch wohlwollend zu. »Herr Gruber, Herr Cremer, Herr Adler – guten Morgen.«

Die Besucher – in Erwartung der allerhöchsten Entscheidung – neigten ebenfalls die Köpfe, doch Christian überlegte fieberhaft, ob in der Nacht zwischen ihm und Monika etwas stattgefunden hatte. Oder nicht? Oder vielleicht doch?

Die Sekretärin saß ohne Schreibzeug in ihrer Ecke. Nur so. Als Zuhörerin.

Thiel wandte sich an Gruber. »Sie sind der Besitzer des Pferdes Black Lace. Deshalb muß ich Sie besonders darauf hinweisen: Es gehört in die Verantwortung eines jeden Besitzers, dafür Sorge zu tragen, daß ein zum Rennen angemeldetes Pferd gemäß der Rennordnung nicht unter dem Einfluß von Dopingmitteln steht. Im vorliegenden Fall ist es mir eine Genugtuung, feststellen zu können, daß Sie keine Kenntnis von der Manipulation hatten. Ich habe deshalb beschlossen, von eventuellen Weiterungen gegen Sie Abstand zu nehmen.«

Gruber bedankte sich erleichtert, Cremer zeigte sich zufrieden, und Christian grübelte verzweifelt: War was, oder war nichts? Sie war angezogen, und ich auch. Trotzdem …

»Im Hinblick auf Ihre Rolle als Trainer«, sprach Thiel zu Wolf und Christian, »ist es wohl müßig, Ihnen zu sagen, daß es sich bei der Duldung der Verabreichung von Stimulanzien zur Leistungssteigerung – oder -minderung – um einen schweren Verstoß gegen die Rennordnung handelt.«

Cremer rechnete jetzt mit dem Schlimmsten, Christian jedoch sann hin und her, wann mit Monika geschehen sein konnte, was er mit ihr zu tun beabsichtigt hatte.

Thiel musterte Christian und befand dessen Gesichtsausdruck und Körperhaltung als durchaus bußfertig. »Ich habe mich im wesentlichen auf die Aussagen Ihrer beiden Stallgehilfen und das Tonbandprotokoll von Herrn Bruno Adler gestützt. Die Ehrlichkeit Ihres Personals hat mich beeindruckt, und ich bin der Überzeugung, daß die Wahrheit gesagt worden ist.« Thiel räusperte sich kunstvoll. »Ein Wort zu Ihnen, Herr Adler.«

Christian schreckte auf aus gedanklicher Fahndung. Als er in der Frühe im zerknautschten Anzug aufgewacht war, war sie verschwunden unter Hinterlassung eines Zettels: »War wirklich nett bei dir. Ein Paar Schlüssel für Fahrstuhl und Haustür geliehen. M.«

Der Generalsekretär sah ihn fest an. »Weit weniger beeindruckt hat mich die Aussage Ihres Herrn Bruders. Zu Ihren Gunsten nehme ich jedoch an, daß seine Aktivitäten in dieser Angelegenheit außerhalb Ihres Einflusses liegen.« Er entließ Christian aus seinem suggestiven Blick und schaute wieder allgemein. »In Anbetracht dessen und bei Würdigung aller mir zur Verfügung stehenden Erkenntnisse aus der Angelegenheit habe ich dem Ordnungsausschuß nahegelegt, in Ihrer Sache keine – ich wiederhole: keine – weiteren Schritte zu unternehmen.« Er erhob sich. »Das ist alles, meine Herren!«

Das gute Einvernehmen war wiederhergestellt, jeder Makel beseitigt, die Herren schüttelten sich über Kreuz zufrieden die Hände und trennten sich.

Draußen vor der Tür warteten Vertreter der Fachpresse, kreisten das Thema ein, ließen sich von Gruber unterrichten und schließlich loben. »Ich darf Ihnen allen für Ihre Geduld und Ihre Toleranz in dieser schwierigen Phase danken. Mir war von vornherein klar, daß Sie und Ihre Leser tiefes Vertrauen in meine Unschuld hatten. Ich habe immer gesagt, daß wir es nur der Wachsamkeit der Presse zu verdanken haben, daß unser schöner Rennsport stets seine Integrität behalten hat und behalten wird.«

Das freute die Journalisten, und sie stellten flink eine private Atmosphäre her. »Werden Sie heute abend feiern?«
»Auf jeden Fall«, tönte Gruber.
»Mit Ihren Trainern?«
»Mit meinen Trainern! Ist doch logisch! Ohne meine Trainer bin ich nichts!«
Er sonnte sich in der Aufmerksamkeit, die ihm zuteil wurde. Das gab Christian Gelegenheit, Wolf zu fragen: »Auf seine Kosten?«
»Hört sich so an.«
»Dann laß uns jetzt abhauen.«
Gruber betätigte nochmals die joviale Walze. »Bis heute abend, Freunde! Meine Frau ruft Sie an, wo wir uns treffen!«

In Begleitung seiner Tochter Jenny erschien Bernhard Schadenstedt mit Werken aus der antiquarischen Ecke seines Buchladens. Stolz wie ein erfolgreicher Archäologe erklärte er: »Puppenkleider, Ausgang des 18. Jahrhunderts, Frau Monika.« Er betrachtete teilnahmsvoll ihr übermüdetes Gesicht.
»Hatten Sie eine schlechte Nacht?«
»Sieht man das?«
»Richtig verschimmelt«, bestätigte Jenny.
»Ehrlich?« Monika erschrak und betrachtete sich forschend im Spiegel an der Mittelsäule der Boutique. »Ich muß zugeben, ich habe nicht besonders gut geschlafen.«
Schadenstedt sorgte sich um das Nächstliegende, nämlich um das noch ausstehende Abendessen. »Hoffentlich muß ich nicht damit rechnen, daß unsere Verabredung auch heute ins Wasser fällt?«
»Geht doch gleich ins Schwimmbad«, schlug Jenny vor.
»Halte du dich bitte raus«, mahnte Vater Bernhard und sah Monika abwartend an. »Ich brauche Ihnen nicht zu versichern, wie enttäuscht ich wäre, wenn wir unseren Plan abermals verschieben müßten.«
Einen Augenblick lang dachte Monika an das exzellente Es-

sen mit Christian, die Atmosphäre hatte so etwas von einem Chambre séparée gehabt. Es erschien ihr verlockend, Schadenstedt einen Korb zu geben. Abends ins Bett kriechen und schlafen – nur das reizte sie. Um Zeit zum Überlegen zu schinden, erkundigte sie sich: »An welches Lokal haben Sie gedacht?«
»An das ›Ambassador‹. Ich war da noch nie, aber ich habe mir fest vorgenommen, mit Ihnen dorthin zu gehen. Das Essen soll hervorragend sein, und man kann auch tanzen.« Er bekam rote Ohren. »Ich tanze sehr gern.«
»Er tanzt manchmal allein zu Hause vorm Spiegel«, plauderte Jenny aus dem intimeren Familienleben.
Schadenstedt wollte in den Boden versinken. Zu seinem Leidwesen tat der sich nicht auf, doch aus der fatalen Lage rettete ihn unverhofft Monikas Telefon. Während sie zum Apparat ging, zischte er seiner Tochter die heftigste Beleidigung zu, die er kannte: »Du bist ein richtiges Stück Mist!«
Monika hob ab, und Christian meldete sich. Etwas unsicher und gar nicht so selbstbewußt wie üblich. »Bist du gut nach Hause gekommen?«
»Ja. Hast du meinen Zettel gefunden?«
»Ja. Wann bist du gegangen? Ich hab' nichts gemerkt.«
»Gegen fünf.« Sie drehte sich zur Wand, deckte Mund und Sprechmuschel mit der Hand ab und fragte leiser: »Wann bist du aufgewacht?«
»Um sieben. Ein Termin wegen der Doping-Affäre.«
»Was für eine Doping-Affäre?« fragte sie erstaunt.
Sogleich wurde er unduldsam. »Habe ich dir doch erzählt.«
»Wann?«
»Gestern abend.«
»Kein Wort.« Sie war bereit zum Schwur. »Wir haben zum Beispiel über Schokolade und Tierquälerei gesprochen.«
»Genau das. Kurz und gut, wir sind da raus, und Gruber hat uns eingeladen, heute abend mit ihm zu feiern.«
»Ich verstehe kein Wort. Wegen der Schokolade?«

»Monika, laß uns die Sache abkürzen. Kommst du? Ich würde das gut finden.«
»Wohin?«
»Ins ›Ambassador‹.«
Sie riskierte einen schnellen Seitenblick zu Schadenstedt, der auf seine Tochter einzuwirken versuchte, aber offensichtlich nur silbenweise zu Wort kam. »Um wieviel Uhr?«
»Um acht. Du kommst?«
»Du hast mich überredet.« Sie legte auf und grübelte, wie sie Schadenstedt schonend beibringen konnte, daß er wieder einen Abend lang Single sein durfte.
Seine von Jenny verratene Tanzerei wähnte Bernhard in Vergessenheit geraten. »Was halten Sie vom ›Ambassador‹?«
»Glänzende Idee. Nur nicht heute. Aus Geschäftsrücksichten mußte ich eben zusagen, einen Generalvertreter der Textilbranche zu treffen. Tut mir leid, aber Sie wissen ja, wie das manchmal ist.«

Nach der Entscheidung von Generalsekretär Thiel wieselte Margit Franke um Christian herum, fand jedoch nicht den Mut, mit ihm über den Fortgang der Dinge zu reden. Bis ihm ihre ständige Nähe auf den Wecker fiel. »Bin ich dein Typ, oder hast du was auf dem Herzen?«
»Es handelt sich mehr um mich.«
»Dann schieß los.«
»Ich würde gern hierbleiben, wenn Sie und Herr Cremer nichts dagegen haben.«
»Wir haben über dich gesprochen, und wir haben nichts dagegen. Wir wollen dir aber ein bißchen mehr Verantwortung aufbürden. Was hältst du davon?«
»Ehrlich? Und wie?«
»Wir wollen dich als Lehrling behalten. Natürlich erst mal zur Probe.«
»Phantastisch! Ich wollte schon immer Jockey werden!«
»Ein hartes Leben, ich warne dich. Du mußt ständig auf dein

Gewicht achten. Das heißt, du mußt in zweifacher Hinsicht die Finger von der Schokolade lassen. Und du wirst mit vielen Vorurteilen zu kämpfen haben. Für die meisten Leute in der Branche sind weibliche Jockeys ein Unding.«

»Wenn Sie mir helfen, werde ich das schaffen«, sagte sie zuversichtlich. »Wann geht's los?«

»Glaubst du, daß du fit genug bist, um eine Lehre als Jockey anzufangen?«

Von Selbstzweifeln war sie nicht geplagt. »Logo! Topfit und kein Gramm Fett zuviel.«

»Na, dann wollen wir mal sehen. Sattle zwei ruhige Gäule, und dann gehen wir beide auf die Bahn.«

»Sie wollen reiten?«

»Nee – nur Schritt und leichter Trab. Ich bin bloß noch als Herrenreiter zu gebrauchen.«

Er schob sie in Richtung Stall und ging zu Wolf Cremer ins Haus. »Ich gebe Margit jetzt die erste Lektion, und dann werden wir sehen, ob sie das Zeug zum Lehrling hat.«

»Ich halte sie für zäh.«

»Abwarten. Und was ist mit heute abend? Fahren wir zusammen ins ›Ambassador‹?«

Cremer zog eine schmerzvolle Grimasse. »Guck mich mal an! Bin ich noch ein Typ, der in Nachtlokale geht? Du mußt zugeben: nein. Und wenn ich mir vorstelle, daß ich einen Pflichttanz mit Silvia machen und freundlich grinsend mit Gruber anstoßen muß – also wirklich, Christian, saufen kann ich hier bequemer.«

»Du kannst gar nicht tanzen, gib's doch zu.«

»Du wirst lachen, ich kann tanzen. Beim Bockbierfest würde ich mich trauen, im feinen Zwirn in der Bar nicht mehr. Geh mit Monika hin. Und mich entschuldigst du bei den Leuten.« Er wechselte zum Falsett. »Ich bin unpäßlich.«

»Mal Scherz beiseite, Wolf. Dein Brötchengeber freut sich, daß er ungeschoren aus der Sache rausgekommen ist, und du düpierst ihn. Finde ich nicht so gut.«

»Hab' nichts dagegen, daß er sich freut. Ich freue mich auch. Aber nicht mit ihm zusammen.«
»Und was soll ich wirklich sagen?«
»Ella ist krank, und ich bin der beste Bruder der Welt. Das schluckt der.«
Christian merkte, daß er Wolf nicht umstimmen konnte. »Falls du mich suchst, ich bin auf der Bahn.«
Gemächlich ritt er später an der Seite von Margit auf eine ausgediente Startmaschine zu, deren intakte Hälfte zur Schulung der Rennpferde benutzt wurde. »Ich probier' dich erst mal über fünfhundert Meter, okay? Steig ab.«
Sie schaute ihn verblüfft an. »Absteigen? Wozu?«
»Tu, was ich dir sage, Lehrling!« Seine Stimme klang barsch, sein Gesicht drückte Härte aus.
Sie stieg ab. Hatte Tante Ella nicht angedeutet, er könne ganz schön hart sein? »Und jetzt?«
»Zieh die Reitstiefel aus!«
»Meinen Sie das im Ernst?«
»Wenn du meinst, dein Beruf besteht aus Jux und Tollerei, kannst du gleich gehen!«
Sie zog die Stiefel von den Füßen und schob die weichen Schäfte unter den Sattel.
»Die Socken auch!«
Eine kleine Ewigkeit lang stand sie unentschlossen im Sand und überlegte, ob das nun immer so weitergehen würde mit dem Ausziehen. Sie zerrte ihre Socken von den Füßen und steckte sie in die Taschen. »Hosen auch?«
»Dir wird das Grinsen gleich vergehen!« Christian nestelte eine Stoppuhr hervor, die an einem Band um seinen Hals hing. »Stell dir jetzt vor, du bist in der Startmaschine und wartest auf den Start.« Er hob den linken Arm. »Wenn ich den Arm runterlasse, rennst du los!«
»Was denn? Ohne Pferd?«
»*Du* bist das Pferd, Margit! Fertig?«
»Ja«, sagte sie konsterniert.

Er senkte den Arm, und Margit rannte los. Er trabte neben ihr her und gab nach den ersten fünfzig Metern Anweisungen.
»Jetzt etwas langsamer laufen. Bring deine Atmung unter Kontrolle. Die nächsten fünfzig Meter in gleichmäßigem, ganz lockerem Tempo, und dann wieder zwanzig Meter Sprint.«
Keuchend wetzte sie die Bahn hinunter, manchmal ungläubig zu ihm aufsehend. Nach dem Intervallsprint pustete sie ermattet.
»Jetzt müßtest du noch Reserven haben«, rief er. »Gleich kommt der Endspurt. Bist du bereit?«
Sie brachte so etwas wie Nicken zustande.
»Also, Margit, auf geht's! Da vorn ist das Ziel!« In ruhigem Trab zog er an ihr vorbei. Sie versuchte, Schritt zu halten, doch nach weiteren fünfzig Metern rang sie nach Atem, stolperte und fiel in den Sand.
Christian drehte den Hengst und kam zurück, stieg ab und half Margit auf die Füße. »So – jetzt weißt du, wie sich ein Pferd fühlt. Wenn man Jockey werden will, muß man das wissen.«
Unfähig zu antworten, hing sie lahm in seinen Armen, schnappte nach Luft und lehnte ihre schweißnasse Stirn an seine Lederjacke.
»Von heute an läufst du zweimal am Tag fünfhundert Meter«, ordnete er an. »Morgens und abends. Wenn du das bequem schaffst, erhöhen wir auf achthundert Meter. Dann fangen wir mit Gewichtheben an. Einverstanden?«
»Ja, Herr Adler«, röchelte sie.
»Fein. Nach einem halben Jahr hast du Muskeln wie ein Boxer.«

Die Grubers und die Adlers saßen nahe der Tanzfläche im »Ambassador«, und es sah tatsächlich so aus, als verbrächten zwei zufriedene Ehepaare einen gemütlichen Abend miteinander.

»Warum ist Cremer nicht mitgekommen?« wollte der gutgelaunte Gruber wissen.
»Seine Schwester ist wohl nicht ganz auf dem Posten«, log Christian. »Er wollte sie nicht allein lassen. Ich soll ihn entschuldigen.«
Silvia gab vor, sie sei hingerissen von Monikas Kleid. »Sie müssen mir unbedingt den Namen Ihres Couturiers verraten.«
»So etwas bekommt man unter anderen schönen Dingen in Monika Adlers Boutique.«
»Ich muß irgendwann mal vorbeikommen.«
»Bitte tun Sie das.«
Auch Gruber wollte sich am Smalltalk beteiligen. »Wo genau ist eigentlich Ihre Boutique, meine Liebe?«
»In der Passage. Das wissen Sie sicher. Schließlich gehört Ihnen das Gebäude.«
Ihm gelang ein überraschtes Lachen. »Tatsächlich? In der Passage? Ich überlasse diese Seite des Geschäfts immer meinen Verwaltungsleuten. Ich hoffe, der Laden floriert.«
»Das hat er, bis Ihre Verwaltungsleute« – sie betonte das Wort süffisant – »meine Miete verdreifacht haben.«
Die Combo spielte eine Jazz-Samba. Silvia wipple sofort im Rhythmus.
»Aber das ist ja ungeheuer!« Er blickte seine Frau an, als sei er fassungslos. »Warum erfahre ich so etwas nicht?«
Alle am Tisch wußten es besser.
Gruber spielte mit dem Glas. »Ich werde mich gleich morgen früh darum kümmern, Frau Adler!« Er erhob sich mit einer Verbeugung. »Darf ich um diesen Tanz bitten?«
»Und du tanzt jetzt mit mir«, forderte Silvia, nachdem ihr Mann und Monika den Tisch verlassen hatten.
Christian dachte daran, wie gut Wolf Cremer es jetzt zu Hause hatte und stand auf. »Eines sage ich dir gleich: Ich bin müde wie ein Droschkengaul. Viel Temperament kannst du von mir nicht erwarten.«

»Wart's ab.« Silvia schmiegte sich an ihn, und um den engen Körperkontakt nicht zu gefährden, machte sie nur winzige Schrittchen. Nach kurzer Zeit merkte er, daß da noch eine Menge Temperament in ihm steckte.
Sie nahm es huldvoll zur Kenntnis. »Siehst du? Und dir ist doch auch klar, wie der Abend ausklingt?«
»Wie denn?« fragte er tölpelhaft.
»Hans-Otto fliegt heute nacht mit der letzten Maschine nach Paris.« Sie schaute auf ihre mit Brillanten besetzte Armbanduhr. »In drei Stunden. Dann komme ich zu dir.«
»Du bist ja gut...«
Jede Widerrede erstickte sie im Keim. »Denk an die zinsfreien 70000, mein Engel!«
Nachdem Christian in der nächsten Stunde noch ein paarmal mit Silvia getanzt hatte, leuchtete ihm ihr dringender Vorschlag ein.

Monika nahm in ihrem Appartement einen Schlummertrunk Orangenlikör und zog die Bilanz der letzten beiden Tage. Zwei Abende auf Tuchfühlung mit Christian. Eine Reihe von ungetrübten, vertrauensvollen Stunden. War er tatsächlich zur Besinnung gekommen – wie er das beschworen hatte? Sie prüfte sich und fand sich mutig genug, auf die Scheidung zu verzichten. Es hatte schließlich einige wundervolle Jahre mit ihm gegeben. Warum sollte es nicht möglich sein, die Vergangenheit wieder heraufzubeschwören? Sie hatte den guten Willen – wenn auch er bereit war...
Sie nippelte am Glas und kam sich plötzlich ungemein listig vor. Da war ja noch sein Schlüssel. Was sprach dagegen, wenn sie den jetzt zurückbrachte? Nichts. Ein Sesam-öffne-dich-Gefühl beherrschte sie.
Sie stieg in ihren Wagen und fuhr zu Christians Wohnung. Im Lift tupfte sie schnell etwas Parfüm hinter ihre Ohrläppchen und an die Halsbeuge. Leise schob sie den Schlüssel ins Schloß und öffnete die Tür.

Schummriges Licht fiel aus dem Schlafzimmer. Auf dem Flur lagen zwei hochhackige Damenschuhe. Vor der Schlafzimmertür, offenbar in größter Eile abgestreift, lag das Kleid, das Silvia Gruber im »Ambassador« getragen hatte.
Monika stand wie angenagelt, die Hand auf dem Türknauf. Bitterkeit, Leere, kalte Dusche. Das alles. Und alles auf einmal.
»Autsch!« sagte Christian kichernd.
»Hab dich nicht so!« tadelte Silvia in tätiger Nächstenliebe.
»Flittchen!« sagte Monika, enttäuscht von ihrer Menschenkenntnis und der Situation. Was hatte Gräfin Luise geraten? »Vergessen Sie das Bett. Konzentrieren Sie sich auf den fremden Gegenstand, der drinliegt. Gegen ihn müssen Sie was unternehmen – nicht gegen Ihren Mann.«
Sie warf die Schlüssel auf den Teppichboden und schloß die Tür von außen.
»Laß mal«, flüsterte Christian, schob sich aus dem Bett und blieb lauschend stehen.
»Wo willst du hin?«
»Da war was. Jemand hat ›Flittchen‹ gesagt, und dann ist die Tür zugemacht worden.« Er ging hinaus in den Flur und sah das Schlüsselbund auf dem Boden liegen.
Silvia rekelte sich und kicherte. »Du spinnst. Ich habe nichts gehört. Vielleicht beim Nachbarn.«
Er kam zurück. »Vermutlich.« Aber er wußte, daß Monika dagewesen war.
»Wir werden eine wundervolle nächste Woche haben«, kündigte Silvia an. »Hans-Otto wird in Deauville bei der Auktion ein paar Pferde kaufen. Er bleibt mindestens drei Tage weg. Christian, hörst du mir überhaupt zu?«

6

Gewitterwolken

Was Christian Adler auch tat auf der Bahn, beim Training, bei der Pferdepflege – Margit Franke war immer dabei. Alles, was sie für ihre Kondition, ihren Beruf, ihre Zukunft unternahm, machte sie offenbar für ihn. Tante Ella sah es mit Sorge, und ihre Gespräche drehten sich immer um Christian, obwohl nicht einmal sein Name fiel. Margit hatte ihr Leitbild gefunden.

Christian ging auf der Trainingsbahn neben dem von Klaus im Schritt bewegten Samurai her. Einen knappen Meter hinter ihnen folgte geschäftig Margit, und als Christian mit Klaus sprach, nickte sie manchmal bestätigend, als würden alle Anordnungen mit ihrer Billigung getroffen.

»Ich habe beschlossen, daß du erstmals Seide tragen wirst.«

Den Begriff wollte Margit erklärt haben. »Was heißt das?«

»So nennt man den ersten Galoppeinsatz von Jockey und Pferd.« Christian schaute hoch zu Klaus. »Du reitest Samurai bei dem Nachwuchsrennen. Ich gebe dir für dein Debüt als Jockey das beste Pferd, und ich erwarte, daß du es einfühlsam und liebevoll behandelst – als wäre es dein eigenes.«

»Ist doch ganz klar, Herr Adler.«

»Denk immer daran: Samurai soll tun, was *du* willst, aber du darfst von ihm immer nur das verlangen, was er geben kann. Wenn du ihn überforderst, verliert er die Lust am Rennen. Er soll aber Spaß haben, es darf für ihn keine Quälerei sein. Nur wenn du das beherzigst, kann aus ihm ein großes Rennpferd werden. Alles verstanden?«

Nun guckte auch Margit zu Klaus hoch, um zu kontrollieren, ob er auch wirklich alles kapiert hatte.

»Alles okay, Herr Adler«, sagte er.

Margit war zufrieden, legte einen 50-Meter-Spurt ein in der Hoffnung, Christian würde ihre leichtathletischen Fortschritte zu würdigen wissen, bog in lockerem Joggingtrab zu den Ställen ab, rannte über den Hof zum Wohnhaus und spazierte mit einigen entspannenden Armbewegungen in Tante Ellas Küche. »Hunger.«
»Mach dir ein Brot.«
»Ich bin auf Diät. Ein Apfel reicht.«
Ella stand mit allem, was als Diät umschrieben wurde, auf dem Kriegsfuß. Abnehmen hielt sie für einen unnatürlichen Eingriff in den Körperhaushalt. Vor allem bei jungen Mädchen. »Unsinn! Nur Maden können von Äpfeln leben.«
»Und Eva.«
Auf die frühe Menschheitsgeschichte konnte Ella sich nicht flink genug umstellen. »Welche Eva?«
»Die im Paradies«, erklärte Margit.
Ella ging ein Lichtchen auf. »Und was passierte? Sie wurde schwanger.«
Für einen winzigen Augenblick ließ Margit sich verblüffen. »Von einem Apfel?«
»Ich wollt's bloß mal erwähnt haben, Mädel!« Sie betrachtete kritisch Margits Figur. Dünn. Nichts Handliches dran. »Ludger lungert herum und wartet auf dich.«
»Nach dem Training, das mir Herr Adler verordnet hat, bin ich immer viel zu müde, um noch was zu unternehmen, Tante Ella. Ehrlich. Ludger will mich bloß in den neuen Disco-Schuppen abschleppen. Kein Bock drauf.«
»Er wird enttäuscht sein. Er hat neue Jeans an. Wer weiß, was er sich alles vorgenommen hat.«
Margit lachte spöttisch. »Wenn er die neuen Jeans angezogen hat, nimmt er sich gar nichts vor. Er sitzt da wie 'n Fuzzi und paßt auf, daß sie keinen Fleck bekommen. Wenn doch, dann ist er ganz finster drauf. Ich weiß nicht, was ich mit ihm machen soll. Er hängt an mir wie eine Klette.«
»Klette hin, Klette her. Er ist in dich verliebt.«

»Aber er geht mir auf den Keks. Als ich ihn zum erstenmal sah, dachte ich, er ist der Größte...«
»Und jetzt?« fragte Ella erwartungsvoll. »Ist er abgemeldet? Oder hast du dich in einen anderen verguckt?«
»Hab' ich nicht gesagt.« Klang sehr verhalten.
Für den Ton hatte Ella eine Antenne. »Hör auf mich, und vergiß den Mann!« Sie meinte nicht Ludger. »Der ist nichts für eine Siebzehnjährige! Viel zu alt für dich!«
»Ist das echt 'ne Altersfrage?« zweifelte Margit. »Ich will ihn ja nicht heiraten.«
»Davon war auch gar nicht die Rede«, ereiferte Ella sich. »Ich hab' ja bloß ganz allgemein gewarnt.« Vor dem Stallgebäude erspähte sie Samurai mit Klaus und Christian, und sie stellte sich vor, wie fix das Mädchen auf einen süßholzraspelnden Christian hereinfallen würde.
»Es soll nicht unverschämt klingen, Tante Ella: Aber zwischen dir und mir liegen auch einige Jährchen, und denkst du nicht ein bißchen zu eng? Er hat gar keine Ahnung davon, was ich für ihn empfinde. Sagen werde ich ihm das nicht.«
Ella fühlte sich auf ihrer klösterlichen Warte wohl. »Der Mann hat mehr Frauen unglücklich gemacht, als du denkst. Der weiß genau, wie sie auf ihn reagieren, und er spielt mit ihren Gefühlen wie auf einem Klavier. Vergiß ihn, bevor dir das Herz bricht. Halte dich lieber an Ludger.«
Vom Büro her brüllte Cremer: »Christian! Telefon!«
Aus dem Küchenfenster verfolgte Ella, wie der »Klavierspieler« über den Hof trabte. Margit hatte den Eindruck, daß Tante Ella bedauerte, in ihrem Alter nicht mehr in den Kreis jener Unglücklichen zu gehören, denen von Trainer Adler das Herz gebrochen wurde.
Cremer streckte ihm den Hörer entgegen und flüsterte: »Gruber für dich. Er will zu 'ner Vollblut-Auktion. Ich habe ihm gesagt, ohne mich! Aber du willst ihn ja immer bei Laune halten!«
»Adler.«

»Ich möchte mir ein paar Jährlinge ansehen und eventuell kaufen. Kommen Sie mit? Hübscher kleiner Flug nach Deauville.«
»Ja, ich hörte schon davon«, antwortete Christian unbedacht.
»Von wem?« bellte Gruber.
Siedendheiß fiel Christian ein, daß Silvia darüber gesprochen hatte im Zusammenhang mit einer wundervollen Woche, die durch Grubers Reise bevorstand. Er sah Cremer an. »Äh – von meinem Partner.«
»Dem habe ich kein Wort von Deauville gesagt«, äußerte Gruber zurückhaltend und musterte Silvia, die sich gelangweilt auf seinen Schreibtisch setzte. »Na, wie dem auch sei. Kommen Sie mit? Ich meine, es soll kein Befehl sein, aber ich brauche den Rat meines Trainers. Und wenn Sie und Cremer meine Pferde weiter trainieren wollen, schlage ich vor, daß Sie sich die Zeit für die kleine Reise nehmen!«
»Wenn Sie das für richtig halten...«
»Ich wußte, Sie verstehen mich.« Er schlug Silvia auf die Finger, weil sie völlig sinnlos Papier in den Locher schob und Konfetti fabrizierte. »Ich habe eine Maschine für den Flug nach Deauville gechartert. Wir treffen uns morgen früh um acht am Flughafen! Ende!« Er legte auf.
Es war kein konspiratives Telefongespräch gewesen, und Silvia hatte mitbekommen, mit wem ihr Mann sich verabredet hatte. »Kann ich dich nach Frankreich begleiten?«
»Vor drei Tagen habe ich dich darum gebeten! Und was hast du gesagt? Nein, du hättest dich auf einer Schönheitsfarm angemeldet! Ich hasse dieses Hü und Hott!«
»Als Pferdebesitzer oder als Mensch?«
Er ging nicht auf ihren Sarkasmus ein. »Was ist nun mit der Schönheitsfarm?«
»Es war kein Zimmer mehr frei.«
Er glaubte ihr kein Wort. »Es wird ein interessanter Flug für uns drei werden!«

»Wer kommt noch mit?« fragte sie gewollt naiv. »Cremer?«
Er kam hinter seinem Schreibtisch hervor, und auf dem Weg zur Tür grollte er: »Ich kann mir nicht vorstellen, daß du mit *dem* in Deauville schlafen würdest!«

Schon mehrmals im Laufe des Tages hatte Monika in Bernhard Schadenstedts Buchhandlung geschaut, doch erst am frühen Nachmittag sah sie keine Kunden an den Regalen. Sie nutzte den günstigen Zeitpunkt, nahm ein Schreiben von Gruber aus der Handtasche und lief an seine Ladentür. »Die Mieterhöhung wird zurückgenommen. Heute morgen kam der Brief von der Hausverwaltung. Haben Sie ihn auch?«
Er schien unheimlich geistesabwesend zu sein. Das Buch, in dem er blätterte, hatte ihn offenbar dieser Welt total entrückt. Er grüßte nicht und gab auch keine Antwort. Selbst Jenny, gerade aus der Schule eingetroffen, schaute befremdet zu ihm. »Deine Monika ist da!«
»Ich sagte: Die Mieterhöhung ist gestrichen worden, Herr Schadenstedt.«
Abermals reagierte er nicht. Monika sah Jenny an, hob bedauernd die Schultern und verzog sich wieder in ihre Boutique. Weiß der Himmel, was ihm über die Leber gelaufen war. Sicher mehr als eine Laus.
Nach kurzer Zeit schob Jenny sich mit schlauer Miene in Monikas Laden. »Bernhard ist schon seit 'ner Weile sauer.«
»Weißt du, warum? Hat er was gesagt? Ich habe ihn seit einigen Tagen nicht gesprochen.«
»Ich weiß nix, aber ich kann's mir denken.« Jenny wanderte in der Boutique herum und gebärdete sich, als habe sie eine Geheimnachricht zu verkaufen.
»Es nutzt mir wenig, wenn nur du dir das denken kannst«, protestierte Monika.
»Vor drei Tagen, glaube ich, war er abends aus, und da kam er nach Hause wie ein Stier. Nicht so wild, aber mit dem Blick.« Jenny hielt die Luft an und machte Basedowaugen.

»Tu dir keinen Zwang an. Hat dein Vater gesagt, wo er gewesen ist?«
»Sie sind ganz schön neugierig.« Jenny betrachtete in aller Ruhe die Auslagen in den Vitrinen und pfiff ohne Ton. Nur ein leises, melodisches Blasen war zu vernehmen.
Monika schätzte die Proportionen des Mädchens, zog die entsprechende Lade, packte eine Wäschegarnitur in der richtigen Größe ein und schob das Bestechungspäckchen über den gläsernen Verkaufstisch. »Also, ich höre?«
Wie ein umgedrehter Agent sprudelte Jenny los. »Erinnern Sie sich nicht? Er wollte mit Ihnen ins ›Ambassador‹ gehen. Dann klingelte Ihr Telefon, Sie wollten sich mit irgend so 'nem Typ treffen und haben Bernhard abgesagt.«
»Richtig. Du warst auch hier. Er hat mit dir gemeckert, weil du ausgeplaudert hast, er würde zu Hause vor dem Spiegel tanzen. Das fand er offenbar gar nicht lustig.«
»Genau! Weil Sie das nun wußten.«
»Und deshalb ist er noch immer sauer?«
»Nein, deswegen nicht!« Jenny zog sachte das Päckchen an sich. »Weil er abends allein ausgegangen ist! Irgendwas muß da schiefgelaufen sein.«
Monika machte sich die abenteuerlichsten Gedanken, in welchem Etablissement ein seit langem geschiedener Mann seine Abende verbrachte. »Verrat mir endlich, wo er war!«
»Im ›Ambassador‹.« Jenny klemmte das Paketchen unter den Arm und verschwand.
Niedergeschmettert überlegte Monika, was zu tun sei. Überraschend schnell kam sie zu dem Ergebnis, Schadenstedt auf sanfte Weise die Wahrheit nahezubringen. Sie konnte sich vorstellen, wie die Aufführung für ihn gelaufen war, als er, wohl nur aus Trotz, das »Ambassador« betrat und sie mit Christian und Gruber erblickte. Zechend und tanzend.
Wie ein Wirbelwind tauchte sie in seinem Buchladen auf und schnaufte: »Verdammt, mein Schlüssel geht schon wieder nicht raus!«

Schadenstedts spontane Hilfsbereitschaft siegte über seine Muffigkeit. Monika rannte zurück, und er eilte ihr hinterher. Jenny übernahm das Oberkommando über Bücher und Kunden.
Bernhard fand keinen verklemmten Schlüssel, jedoch eine offensichtlich bußfertige Monika Adler, die neben der verspiegelten Säule ihres Ladens stand und mit hilfloser Armbewegung die vertrackte Situation auslöschen wollte. »Entschuldigen Sie, Bernhard, ich wollte Sie nicht kränken. Ich fand es nur deplaziert, Ihnen zu gestehen, daß ich mit dem Besitzer der Passage wegen der erhöhten Miete verhandeln wollte. Mein Mann hatte die Zusammenkunft vermittelt.«
Das war zwar haarscharf an der Wahrheit vorbei, aber brauchbar. Flugs schob sie ihm auch den kleinen Schwarzen Peter zu. »Ich konnte wirklich nicht ahnen, daß Sie ohne mich ins ›Ambassador‹ gehen.«
Er ärgerte sich sogleich über seinen spontanen, unüberlegten abendlichen Ausflug. Wäre er zu Hause geblieben, hätte er nichts gewußt und sich nicht gegrämt. »Was ich nicht weiß, macht mich nicht heiß«, hatte seine Mutter gesagt, als er sich scheiden ließ, und sie pflegte heute noch ein harmonisches Familienleben mit seiner Ehemaligen.
Monika hißte die Friedensfahne vollends. »Heute abend, Bernhard, gehen wir beide bestimmt aus! Keine Widerrede! Essen, ja?«
Er war wie umgewandelt. »Schön, daß diese Unterredung wenigstens Erfolg hatte. Sie sind sicherlich nicht gern hingegangen.«
Sie sagte es demütig, beschlichen von der Erkenntnis, ein bißchen zu dick aufzutragen: »Nein – aber ich habe es auch für Sie getan.«
Schadenstedt fühlte sich hin- und hergerissen. »Ich ahnte das alles nicht. Ja – und ich freue mich sehr auf heute abend. Wir können erst in ein Restaurant gehen – ich habe schon Karten für ›Kabale und Liebe‹ gekauft. Mögen Sie Schiller?«

»Ich habe noch kein Stück von ihm auf der Bühne gesehen.«
»Sind Sie nie mit Ihrem Mann ins Theater gegangen?«
»Nein. Er hat meistens vor dem Videorecorder gesessen und hat sich x-mal Aufzeichungen von Pferderennen angeschaut und sich Notizen gemacht. Sehr oft war er gar nicht zu Hause. Ich beklage mich nicht. Es war keine schlechte Ehe in den ersten zwei Jahren.«
»Und wie ist es mit der Scheidung? Als ich Sie neben ihm sitzen sah, dachte ich, Sie hätten Ihren Entschluß geändert. Ich darf Ihnen versichern, daß das ein schrecklicher Gedanke für mich war.«
»Keine Angst, ich falle nicht um. Ich gestehe, daß es Momente gab, wo ich bereit war, es noch einmal mit ihm zu versuchen. Aber jedesmal kam die andere Frau dazwischen. Es war wie verhext. Ich bin es nun leid, an, wie sagt man, an ›Wiederauferstehung‹ zu glauben. Und ich mag auch nicht kämpfen, wie man mir das geraten hat. Ich will endlich meine Ruhe.«

Die Atmosphäre in der Deauviller Auktionshalle wirkte auf Laien eher langweilig. Pferde unterschiedlicher Provenienz wurden von Helfern vorgeführt, auf einer Anzeigetafel erschienen Ziffern und Daten, der Auktionator am Mikrofon betete Stammbäume herunter und jubelte Preise hinauf, klopfte plötzlich mit seinem Hämmerchen, das versteigerte Pferd verschwand aus dem Führring, ein neues wurde hereingebracht. Stundenlang die gleiche Prozedur. Nur der Auktionator kannte die besessenen Kunden und ihre geheimen Zeichen, mit denen sie ihr Interesse bekundeten und auf die Tiere boten. Sie kannten sich untereinander und belauerten sich. Sie bewegten ein wenig den Daumen nach oben, schlossen blinzelnd die Lider, hoben wie zufällig den Katalog, legten den Kugelschreiber ans Kinn, faßten sich an die Nase oder ans Ohrläppchen. Jeder auf seine ihm eigene Weise, und jede dieser Gebärden trieb den Preis nach oben.

Der Versteigerer nannte die Summen, und sein Holzhammer schwebte ständig, bereit zum Zuschlag, über dem kleinen Schlagbrett auf der Tischplatte.
»Was halten Sie von Position fünfzehn?« wandte Gruber sich flüsternd an Christian und zeigte auf eine Katalogseite. »Gunpowder Girl...«
»Gunpowder Girl – Vater ist Field Gunner, ein erstklassiger Hengst. Vor ein paar Jahren bin ich in England ein Rennen gegen ihn gelaufen. Der ist abgefahren wie ein D-Zug. Im Augenblick zählt er zur internationalen Top-Klasse der Zuchthengste. Eine Tochter von ihm ist sicher nicht unter einer Million Francs zu haben.«
Gruber hob die Schultern. »Egal. Wenn Sie meinen, die Investition lohnt sich...«
Als die Stute später aufgerufen wurde, waren mehrere Interessenten auf Gunpowder Girl scharf. In der letzten Versteigerungsphase hatte Gruber nur noch zwei Konkurrenten: einen Araber und einen Kunsthändler. Wie von Christian vorausgesagt, erfolgte der Zuschlag bei etwas über einer Million Francs.
Gruber war mit sich zufrieden. Position 15 gehörte ihm.

Die Bar der Deauviller Luxusherberge unterschied sich von anderen Edelzapfstellen durch schätzenswerte Umstände: Es rieselte keine Endlosmusik von den Wänden, die Räume erweckten nicht den Eindruck, als fände gerade eine Verdunkelungsübung statt, und es pichelten dort ausnahmslos Hotelgäste und keine Laufkunden. Man kannte sich untereinander, und die Trinkgelder für Barmann Yves und Barmaid Odette waren ebenso hoch wie die Rechnung.
Mittelpunkt der gediegenen Runde, in der nur Männer die Hauptrollen spielten und Frauen als Chargen auftraten, war Hans-Otto Gruber. Er hatte das teuerste Pferd der Vollblut-Auktion ersteigert. Anderswo hätte Silvia sich in seinem frischen Renommee sonnen können. Hier nicht. Allenfalls Ge-

stütsbesitzerinnen wie Luise Gräfin Hayn-Hohenstein wurden akzeptiert, und ihnen billigte der innere Kreis den Status »Herr« für einen begrenzten Zeitraum zu.
Gus Landmann, Kunsthändler und letzter Mitbieter auf Gunpowder Girl, hatte seine Niederlage nur durch den tröstenden Zuspruch seiner Tochter Inger verwunden, die ihm an fünf Fingern bewies, daß eine Million Francs auch zum Erwerb anderer Dinge nützlich sein konnte. Die Beispiele, die sie aufführte, betrafen zwar ausschließlich ihr eigenes Interessengebiet, doch der sechzigjährige betuchte Mann konnte sich den Argumenten seiner zwanzigjährigen Tochter nur schwer entziehen.
Inger war danach glänzendster Laune, ein Zustand, der sich immens steigerte, als Gruber ihr seinen Trainer Christian Adler vorstellte.
»Ich habe Sie oft reiten sehen«, sagte sie mit anbetendem Augenaufschlag. »Sie waren der Liebling aller meiner Freundinnen – soweit die den Mut hatten, das zu gestehen.«
Er steckte den Blumentopf bescheiden weg, doch Silvia bekam das Geständnis sofort in den falschen Hals. »Um Himmels willen, machen Sie ihm bloß keine Komplimente ...«
»Wird er dann übermütig?«
»Gewissermaßen – er frißt Sie mit Haut und Haaren.«
Genau das befand Inger als erstrebenswerte Erinnerung an diese Reise nach Deauville, und Silvia merkte, daß sie exakt die falsche Auskunft gegeben hatte. »Ich meine das natürlich nicht wörtlich.«
»Ich habe das auch nicht so verstanden«, sagte Inger liebenswürdig.
Christian zählte die Punkte. Es stand 3:0 für Landmanns Tochter, die ihren jugendlichen Forschungstrieb zum Ärger von Silvia nur schwer verbergen konnte. Dazu gehörte, daß Inger sich im bequemen Fauteuil auf Tuchfühlung zu Trainer Adler begab.
Gruber und Landmann fachsimpelten über Pferde im allge-

meinen und über die Neuerwerbungen im besonderen. Gruber hatte noch zwei Jährlinge gekauft, Landmann einen brauchbaren jungen Hengst, um nicht mit leeren Händen nach Hause zu fahren.
»Reiten Sie auch?« wollte Christian von Inger wissen, und Silvia hörte aus der Frage eine Zweideutigkeit heraus.
»Nicht sehr gut, fürchte ich.«
Die Antwort legte Silvia als Wunsch des jungen Mädchens aus, einem intensiven Training unterzogen zu werden. Von Herrn Adler, versteht sich.
»Das ist nur eine Frage der Übung«, sagte Christian, und Silvia platzte beinahe vor Wut.
Da sie von dem tiefsinnigen Gedankenaustausch zwischen Inger und Christian ausgeschlossen blieb, wandte sie sich an Gus Landmann. »Haben Sie heute etwas gekauft?«
Landmann schaute betreten, und Gruber grollte mit einer Stimme, die nicht nur vom Eis im Whisky gekühlt war: »Davon reden wir ja eben. Hast du nicht zugehört?«
Richtig wohl fühlte sie sich nun nicht, aber ihre Nerven begannen erst zu flattern, als sie vernahm, was Christian dem jungen Mädchen eindringlich an reiterlicher Theorie vortrug – Sätze, die einen anderen Sinn beinhalteten, Worte, die sie selbst in genau der gleichen Abfolge am Tag der ersten Begegnung von ihm gehört hatte. »Sie müssen beim Reiten das Gefühl bekommen, daß ein Pferd Teil von Ihnen ist. Sie spüren dann jede Bewegung am eigenen Körper, und Sie werden mit dem Tier zu einer rhythmischen Einheit. Dann kommt der Augenblick, in dem Sie eine vollkommene Harmonie empfinden – es gibt auf dieser Welt nichts, was mit diesem Schwebezustand vergleichbar ist.«
Silvia trank ihr Glas in einem Zug leer und bestellte bei Odette einen weiteren Drink. Gruber entschuldigte sich mit einem dringend zu führenden Telefonat und verließ die Runde. Inger vermutete: »Aber man muß das geeignete Pferd haben, nicht wahr, Herr Adler?«

Das ist die Voraussetzung, dachte Silvia, und Christian bestätigte: »Natürlich, Inger, das ist die Voraussetzung. Ein bißchen trainieren muß man natürlich.«
Das leuchtete der kleinen Landmann blitzschnell ein. »Ich hatte noch nicht die richtige Gelegenheit, ich meine, nie war das richtige Pferd zum Trainieren da.«
Christian wollte sagen, nie war die Gelegenheit so günstig und der Trainer so nah, doch er sagte artig: »Vielleicht hat Ihr Herr Vater jetzt das richtige Pferd für Sie erworben.«
Silvia fühlte sich wie ein Gaul, der in der Startmaschine steckengeblieben war. Fast erleichtert blickte sie in das sorgenumflorte Gesicht ihres Mannes, der aus der Hotelhalle zurückkehrte, um vielleicht durch ein anderes Thema von der Tatsache abgelenkt zu werden, daß Deauville für sie ein Schlag ins Wasser geworden war. Er sagte erregt: »Es gibt Probleme mit meinen Partnern in München. Ich muß hin.«
»Doch nicht etwa jetzt«, äußerte sie verwundert.
»Genau jetzt! Eine Krisensitzung! Ich nehme die Chartermaschine und fliege direkt nach München!«
»Und wie komme *ich* nach Hause?« Die Frage wuchs aus Silvias Erkenntnis, daß es keine Chance für sie gab, neben Inger Landmann zu bestehen.
»Du fährst morgen in aller Ruhe nach Paris, machst ein paar Einkäufe und nimmst eine Linienmaschine! Ist doch kein Problem, oder?« Das bedeutete: Kümmere dich um deinen eigenen Dreck.
Grubers überstürzter Aufbruch löste die kleine Runde auf. Das Abschlußgespräch zwischen Christian und Inger konnte Silvia nur mit halbem Ohr verfolgen, und sie bekam gerade noch seine wichtige strategische Frage mit: »Sie wohnen auch hier im Haus?«
»Zimmer neunzehn.« Inger wußte, daß unverzüglich mit dem Training begonnen werden mußte. »Aber wir stehen sehr früh auf.« Das war wichtig für Start und Ziel.
»Ich auch«, sagte Christian. »Ich muß unsere Pferde verladen

und den Transport einleiten. Gute Nacht.« Er küßte ihre Hand, und nach eilig gemurmelten Abschiedsworten verschwanden Landmann und Tochter aus der Bar ins Foyer.
Hans-Otto Gruber hatte seine Siebensachen bereits beim Portier – was Christian starkes Unbehagen im Hinblick auf die vorgegebenen Münchner Geschäfte einflößte –, warf sich in ein Taxi und ließ sich zum Flugplatz bringen.
»Streß«, sagte Christian auf dem Weg in die Hotelhalle. »Na ja, war auch ein anstrengender Tag für alle. Zeit fürs Bett.«
Silvia ging auf Distanz. »Für wessen Bett?«
»Für mein eigenes.«
»Ich verstehe«, sagte sie und ersparte sich jede Anspielung auf das Zimmer 19.
»Du verstehst gar nichts«, antwortete er und gefiel sich in gewundenen Ausreden, denn der Grund, warum Silvia nach Deauville mitgekommen war, mußte ad absurdum geführt werden. »Merkst du nicht, daß dein Mann uns eine Falle stellt? In die willst du reinstolpern? Ganz schön blöd. Ich glaube nicht an Geschäfte, die er mitten in der Nacht in München erledigen muß. Er wird zurückkommen, um dich und mich zu erwischen.«
»Gib nicht so an! Mitten in der Nacht!« Sie wies auf die Uhr in der Hotelhalle. »Es ist noch nicht mal neun! Eine Falle? Du spinnst wirklich!«
»Ich gehe jedenfalls kein Risiko ein!«
Ihr kurzes Lachen klang hysterisch. »Rede keinen Unsinn! Du willst mit der Landmann schlafen! Oder denkst du, ich bin blind?«
Durch erhöhte Lautstärke versuchte er, seiner Empörung über den Verdacht Ausdruck zu geben. »Wie kommst du denn darauf? Ich kenne sie kaum eine Stunde!« Das hielt er für ein starkes Argument. »Außerdem ist sie viel zu jung!«
Sie kannte ihn zu gut. »Warum tust du so, als ob das ein Hindernis wäre? Du hast deine ganzen alten Platten aufgelegt, um sie weichzumachen. Und du hast es wieder geschafft.«

Christian sah sich in die Enge getrieben und wurde unsachlich. »Schlimm genug, wenn man eine eifersüchtige Ehefrau hat – jetzt habe ich auch noch eine eifersüchtige Geliebte.«
»Wenn du mich damit meinst, dann hattest du eine!« schrie Silvia auf. »Mir reicht's nämlich jetzt mit dir!«
Er sah sich um. »Mach hier keine Szene!«
»Mir egal, was die Leute von mir denken. Kann ja jeder wissen! Wenn du mein Geld brauchst, bin ich gut. Aber sobald eine neue Tussi auftaucht, bin ich für dich gestorben, ja? Überleg dir bitte, wie und wann du mir meine 70000 Mark zurückzahlst. Ich kann den Schuldschein auch Hans-Otto geben, wenn dir das lieber ist!«
Christian verzog sich elegant, da verschiedene Hotelgäste sich von Silvias Ausbruch angenehm unterhalten ließen. Kaum war er verschwunden, faßte sie einen einsamen Entschluß und stolzierte zur Rezeption. »Wann geht die letzte Maschine von Paris nach Düsseldorf?«
Die Hosteß blickte auf den Flugplan an der Wand. »In neunzig Minuten, Madame.«
»Bitte, buchen Sie für mich einen Platz.« Dann zweifelte sie an der Durchführbarkeit des spontanen Plans. »Neunzig Minuten – schafft das der Helikopter-Service, mich rechtzeitig nach Paris zu bringen? Das ist verdammt knapp.«
»Wenn Madame sofort reisefertig sind...«
Silvia suchte ihre Kreditkarte in der Handtasche und legte sie auf den Tresen. »Dann machen Sie mir bitte die Rechnung und lassen Sie meine Koffer holen.«

Christian hatte mit seinen Zweifeln an Grubers Münchner Geschäften nicht falsch gelegen. Hans-Otto düste im schönen Glauben nach Düsseldorf zurück, Silvia würde sich in Deauville bewährten Händen anvertrauen. Er traf nach rund drei Stunden auf dem heimatlichen Flughafen ein, wo ihn Freundin Sandra erwartete, für die er das Spektakel mit der dringenden Geschäftsreise veranstaltet hatte. Butler Georg, vom außerplanmäßigen Treffen ebenfalls unterrichtet, überließ in so diskreten Stunden den Wagen nicht dem Fahrer, sondern chauffierte selbst, nachdem er im Gruberschen Penthouse alles für ein Stelldichein gerichtet hatte. Insgeheim kritisierte er das Vorhaben des Chefs, denn seiner Meinung nach mußte ein Mann vom Zuschnitt Grubers ein Ausweichquartier besitzen.

Sandra, schlank, biegsam, unkompliziert und im Gegensatz zu Silvia ein kumpelhafter Frauentyp, war an Überraschungen dieser Art gewöhnt. Wenn Hans-Otto rief – das kam nicht oft vor –, war sie zur Stelle, um sich geduldig anzuhören, was er auf dem Herzen hatte. Heute geschah es bei einem ausgiebigen Essen, das Georg vorbereitet hatte. Kauend, trinkend, Sandra zwischendurch entspannt küssend, schwadronierte Gruber über alles, was ihn bewegte – Geschäfte, Politik und Politiker, Pferdesport und Frauen. Er wußte viel und alles besser, und Sandra redete ihm nicht dazwischen.

Je mehr er redete, desto besser, desto überzeugender fand er sich, und er vergaß beinahe, daß er sich mit Sandra nicht nur zum Essen und Trinken verabredet hatte. Mitternacht war zwar längst vorbei – aber es blieb ja noch viel Zeit für die kleine Nachspeise.

Georg zog gerade eine zweite Flasche Wein auf, da erschien, von der Reise gestreßt, witternd, erstaunt, erschüttert über das trauliche Bild, Frau Silvia Gruber. Für zwei, drei Sekunden wirkte die Zusammenkunft wie eine Szene im Panoptikum. Georg hielt die Weinflasche in der einen, den Korkenzieher in der anderen Hand, Hans-Otto hatte eben vom Toast abgebissen und vergaß zu essen, Sandra schaute nur – sie kannte die Frau gar nicht, die dort in der Mitte des Raumes stand.

Silvia rang allerdings um Fassung, aber nicht lange. Sie musterte Sandra, um deren Qualität zu ergründen, und sagte ruhig: »Guten Abend. Ich glaube nicht, daß Sie viel mit ihm

anfangen können, aber versuchen können Sie es ja mal. Ich wünsche Ihnen eine gute Nacht.«
Sie drehte sich um, unterdrückte den Wunsch, in ein Hotel zu ziehen, und verschwand im Gästezimmer. Ihre Laune, weit unter dem Gefrierpunkt angesiedelt, besserte sich von Minute zu Minute. Endlich begriff sie, daß sie nach der schmerzlichen Niederlage in Deauville einen Riesenerfolg errungen hatte. Patt für Hans-Otto.

Butler Georg hatte den Frühstückstisch zwar für zwei Personen gedeckt, doch Gruber löffelte sein Ei allein und sortierte seine Privatpost. Georg war etwas verunsichert. »Soll ich die gnädige Frau bitten?« Er meinte nicht Sandra, denn die hatte er noch in der Nacht zu ihrer Wohnung fahren müssen.
Ohne die Brieflektüre zu unterbrechen, brummte Gruber: »Meine Frau kennt die Frühstückszeiten.«
Wie auf Kommando erschien Silvia, fertig zum Ausgehen gekleidet. »Seit wann schläfst du mit dieser Bohnenstange?«
»Hast du Beweise? Wenn du die nicht hast, halt die Klappe. Ich wollte dir nur zeigen, daß ich das Spiel auch spielen kann!«
»Also eine Retourkutsche, ja?«
»Das kannst du bezeichnen wie du willst – es interessiert mich nicht.«
»Hast du vor, diese Beziehung fortzusetzen?«
»Vielleicht.«
Sie erkannte, daß die Situation gar nicht so rosig für sie aussah, wie sie sich in der Nacht vorgegaukelt hatte. »Und was soll ich machen? Soll ich ab und zu außer Haus schlafen?«
»Gefällt dir das Gästezimmer nicht?«
Jetzt erst siegte Georgs Taktgefühl über seine Neugierde. Er nahm die Kaffeekanne vom Tisch, um sie in der Küche aufzufüllen.
»Sollen wir eine offene Ehe führen?« fragte Silvia.
»Weshalb plötzlich so besorgt? Du hast ja bisher gemacht,

was du für richtig hieltest. Oder hat sich dein Freund die kleine Landmann geangelt?«
»Ich habe Christian verlassen«, gestand sie.
Gruber vollführte weltumspannende Armbewegungen. »Ah, ich begreife! Deshalb die überstürzte Heimkehr! Niederlagen kannst du nicht verkraften, was?«
»Ich habe dich was gefragt.«
Er wurde wieder todernst. »Ich will keine offene Ehe führen! War es zuviel verlangt, daß ich Liebe und Loyalität erwartet habe?«
»Ich habe mich bemüht...«
»So, du hast dich bemüht! Sensationell! Auch zu einer Zeit, wo ich dringend gebeten hatte, jede – aber auch jede – unvorsichtige Handlung zu unterlassen, weil ich keinen Skandal brauchen konnte?« Er entfaltete ein langes Schreiben der Detektei Hartmann. »Ich lese dir ein paar Sätze vor, die dich nur überraschen werden, wenn du ein schlechtes Gedächtnis hast: ›7. 8., 23.30 Uhr. Die observierte männliche Person erhält Besuch einer Dame, die sich bis 6 Uhr morgens in dem Appartement aufhält, dann mit ihrem Wagen davonfährt. Nach Überprüfung der Zulassungsnummer: Silvia Gruber.‹ « Er sah kurz auf. »Folgt Adresse und so weiter...«
»Ist ja fabelhaft«, schrie sie, »du läßt mich von irgend so einem Fuzzi beobachten! Ich habe dir eine Menge zugetraut, aber daß du so ein Schwein bist...«
»Moment! Ich lasse nicht meine Frau überwachen – das wäre schäbig! Ich habe einen Detektiv auf Christian und Monika Adler angesetzt.« Er hob das Schreiben. »Es ist reiner Zufall, daß du im Rahmen der Observation auftauchst. Auch Frau Adler hat bei deinem Christian genächtigt. Und zwar am 6. 8., einen Tag nach dir. Und wie du dich sicherlich erinnerst, sind wir am 7. 8. mit Adlers im ›Ambassador‹ gewesen. In der Nacht bin ich nach Paris geflogen, und du hast die Chance sofort genutzt.«
»Du bist mies!«

»Aber reich! Wenn du weiterhin den Luxus genießen willst, die Frau eines reichen Mannes zu sein, bleibt dir nur absolute Loyalität! Denn eine Scheidung kommt natürlich nicht in Frage!«
»Man kann das alles in Ruhe besprechen.« Mehr fiel ihr nicht ein, so sehr am Boden zerstört fühlte sie sich.
»Wir tun die ganze Zeit über nichts anderes! Aber merke dir, ich will keinen Skandal. Ich will nicht, daß mein Name durch den Dreck gezogen wird. Also verhalte dich entsprechend, sonst kannst du dir von mir aus auf der Straße das Geld verdienen, daß du für dein schäbiges Leben brauchst. Und komm mir nicht wieder mit der billigen Drohung, ein großer Teil meiner Geschäfte liefe aus Tarnungsgründen über deinen Namen. Erstens glaubt dir niemand, denn du hast in deinem ganzen Leben noch kein ehrliches Wort gesagt, und zweitens bist du mir juristisch nicht gewachsen!«
Georg steuerte servil den Tisch an, um Kaffee nachzuschenken. Auch seine Loyalität wurde auf die Probe gestellt, nachdem Gruber das Penthouse verlassen hatte, um ins Büro zu fahren.
Silvia räumte das benutzte Frühstücksgeschirr auf ein Tablett und wollte es in die Küche tragen, ein Trick, Georg unauffällig aus der Reserve zu locken. Erwartungsgemäß rügte er sofort: »Das ist nicht die Aufgabe der gnädigen Frau.«
»Ich wollte Ihnen nur zur Hand gehen«, erklärte sie unschuldig.
Er wußte, um was es jetzt ging. Er wollte das Spielchen nicht ausufern lassen. Seine verantwortungsbewußte Pflichttreue den gnädigen Herrschaften gegenüber ließ es zu, daß er sachlich erklärte: »Das Fräulein, das den gnädigen Herrn zu kennen die Ehre hat, ist als Mannequin in einer jener Werbefirmen beschäftigt, die den Unternehmen des gnädigen Herrn zuarbeiten.« Er zog Taschenkalender und Schreiber aus der Weste, machte einige Notizen und riß das Blatt ab. »Das Fräulein heißt Sandra Alexandra Giess.« Er reichte Sil-

via den Zettel. »Adresse und Telefonnummer habe ich mir erlaubt aufzuschreiben. Ich darf der gnädigen Frau empfehlen, den telefonischen Kontakt am Vormittag zwischen neun und elf Uhr aufzunehmen. Das Fräulein Sandra hält sich um diese Zeit für fotografische Aufnahmen im Studio auf.«
Silvia wunderte sich nicht über Georgs Detailkenntnisse. Es gab ja nichts, was vor ihm geheimgehalten wurde oder was ihm verborgen blieb. Er hatte auch die Verabredungen mit Fräulein Sandra für den gnädigen Herrn getroffen.
»Können Sie mir die Verbindung herstellen?« fragte Silvia.
Er blickte auf die Uhr. Es war kurz nach neun Uhr. »Sehr wohl, gnädige Frau.«

Sie trafen sich in einem Schickeria-Café, und beide gehörten dazu – vom gesellschaftlichen Zuschnitt her und von der vormittäglichen Aufmachung. Sandra, very nice angedreßt in schwarzweißkarierter Bluse, schwarzer Hose mit Rundumsattel und Knopfverschluß, braunem Leinenblazer mit hochgeschobenen Ärmeln, saß schon, als Silvia auftauchte.
Sie war um vieles abenteuerlicher gekleidet als ihre Kontrahentin: weißer mit glänzenden Nieten verzierter Jeansoverall, breiter Straßgürtel und silberne Ballerinenschuhe.
Die Begegnung an neutraler Stätte und unter anderen, viel schätzenswerteren Voraussetzungen machte die beiden jungen Frauen einander sympathisch. Nach gegenseitigem Mustern, Beschnuppern und Abschätzen trafen sie die schweigende Übereinkunft, das Duell ohne Waffen auszutragen.
Sandra Giess trank Tee mit Zitrone ohne Zucker. Wegen der Linie. Silvia bestellte einen Espresso. Wegen der Müdigkeit.
Um sich nicht wie eine an die Wand gestellte Delinquentin fühlen zu müssen, eröffnete Sandra den Wortabtausch. »Ich wollte nicht in Ihre Wohnung gehen, glauben Sie mir. Es war seine Idee. Es ist schwer, ihm auszureden, was er sich in den Kopf gesetzt hat.«
»Sind Sie in ihn verliebt?«

»Um Gottes willen! Nein! Ich finde ihn attraktiv und amüsant. Ich muß zugeben, daß ich alle Männer attraktiv finde, die Macht und Erfolg haben.«
Silvia wunderte sich sehr. »Sagten Sie ›amüsant‹?«
»Wissen Sie das nicht?«
»Vielleicht kennt keine Ehefrau ihren Mann richtig«, lenkte Silvia ein. »Aber Hans-Otto und amüsant? Das paßt irgendwie nicht zusammen.«
»Dazu kann ich wenig sagen. Sie kennen ja das banale Sprichwort: Wie man in den Wald hineinruft, so schallt es heraus. Soll heißen, es gibt drei Faktoren: Den Wald, den, der reinruft, und das Echo.« Sie betrachtete Silvia von oben bis unten mit wissendem Blick. »Sie sind vor der Ehe ganz bestimmt nicht einsam gewesen – haben Sie keine anderen ›Wälder‹ kennengelernt? So was macht unheimlich schlau...«
Silvia lächelte. »Das verstärkte philharmonische Orchester und die Fußball-Nationalmannschaft – in der Richtung, ja? Ich bin immer auf der Suche nach dem richtigen ›Wald‹ gewesen, um bei diesem Terminus zu bleiben...«
»Oder Sie haben falsch hineingerufen...«
Beide stellten sich flugs allerlei entsetzlich komische Dinge vor, lachten gemeinsam und sehr hintergründig, und Silvia gestand: »Ich habe jetzt meine Abneigung gegen Sie endgültig überwunden.«
»Danke. Es war für mich genauso peinlich wie für Sie. Ich sitze da und esse, und plötzlich stehen Sie im Zimmer, und ich dachte: Noch 'ne Freundin mitten in der Nacht? Erst kurz danach ist mir aufgegangen, daß Sie seine Frau sind. Wissen Sie, was ich glaube? Er hat geahnt, daß Sie kommen. Er wollte Sie provozieren.«
Silvia entspannte sich vollends. »Sie meinen, Sie waren nur ein Mittel zum Zweck?«
»Ja. Als Sie sich zurückgezogen hatten, verlor er jedes Interesse an meiner Gesellschaft. Rein in den Mantel, rein ins

Auto, ab wie ein Postpaket. Haben Sie sich schon mit ihm arrangiert?«
»Nein.«
»Schade.«
Silvia stellte die letzte Frage: »Was haben Sie für ein Gefühl – wird Ihre Affäre mit Hans-Otto eine Dauereinrichtung?«
»Das halte ich für unwahrscheinlich.«
»Sind Sie sich ganz sicher, Sandra? Ich meine, können Sie eigentlich ›nein‹ sagen im richtigen Moment?«
Sandra nippte an ihrem Tee und schaute lieb. »Nein.«
»Verdammte Männer!« schimpfte Silvia.
Sandra gab zu, daß sie in dieser Beziehung gern zu den Unterlegenen gehörte. »Was sollen wir machen?«

Grubers Neuerwerbung Gunpowder Girl war ein Besen, ein Luder, eine elende Krücke, stellte sich heraus. Jeder vom Cremer-Adler-Stall fluchte. Die Stute biß und trat, freundete sich mit niemandem an. Ludger stand falsch und bekam einen Huf zwischen die Rippen, Rolf Lesch wurde am Halfter über den Hof geschleift. Dennoch gelang es ihm, mit dem nervösen Tier an der Longe zu arbeiten. Christian half mit Hafer und Zucker, die Stute bei Laune zu halten.
»Bist du sicher, daß sie schon geritten worden ist?« rief Wolf kritisch.
»Ja, jedenfalls wurde das bei der Versteigerung gesagt. Sie ist eben hochgezüchtet und leicht erregbar. Wir kriegen sie schon in den Griff. Aber darf ich mal fragen, warum du gleich in Panik machst? Es gab schon schwierigere Pferde.«
»Nicht das Pferd macht mir angst, sondern der Besitzer. Hast du dir mal ausgerechnet, wie die Balance aussieht? Mit diesen drei Neuen aus Deauville haben wir achtzehn Pferde im Training. Sechs gehören der Gräfin, zwei sind im Besitz vom Autohaus Kaarf, und zehn sind von Gruber. Das heißt, fünfundfünfzig Prozent.«
»Na gut, aber wo ist da der Haken?«

»Wir sind von Gruber abhängig, weil er mehr als die Hälfte unseres Einkommens bezahlt. Ich weiß nicht, wie es dir geht, aber mir bereitet das schlaflose Nächte.«
»Es wird sich ändern, es wird besser werden, mach dir keine Sorgen. Gruber ist ja nicht ganz doof. Er braucht uns, und wir brauchen ihn auch. Schön, er ist ein schwieriger Typ, aber in Deauville bin ich gut mit ihm ausgekommen.«
Wolf wechselte das für ihn unerfreuliche Thema. »Was ist mit Samurai? Er muß morgen rennen. Was für eine Order hast du Klaus gegeben?«
»Vom Start vordere Mitte im Feld bis 300 Meter vor dem Ziel. Ich glaube nämlich, Samurai kann im Endspurt noch Reserven mobilisieren. Nicht außen reiten, weil die Gefahr besteht, daß der unerfahrene Hengst ausbricht.«
»Und welchen Eindruck hast du von Klaus? Will er siegen?«
Christian kam an die Barriere. »Ich habe ihm gesagt, daß es weder auf Geld ankommt und schon gar nicht darauf, seinen beruflichen Ehrgeiz zu befriedigen.«
»Du warst bei deinem ersten Start Letzter, erinnerst du dich?«
»Nicht gern. Aber ich weiß noch, wie der Gaul hieß: Desiderius! Ein schönes Pferd. Und weißt du noch, wem es gehörte? Den Schönermarcks. Das haben die längst vergessen, daß ich mal für sie geritten bin.« Er flankte über die Umzäunung. »Weil wir gerade bei den feinen Leuten sind – hat dich die Gräfin zur Buchpremiere im Schloß eingeladen? Sie will so einen Pferdeschinken im Kunstdruck aus ihrem Verlag vorstellen.«
»Eingeladen ja, aber ich geh' nicht hin. Ich hab' dich schon mal gefragt: Was soll ich auf Partys?«
»Mensch, Wolf! Dich sehen lassen, nichts weiter. Es wird dir kein Stein aus der Krone fallen, wenn du als Trainer von Luises Pferden für eine halbe Stunde im Schloß auftauchst.«

In Grubers Penthouse herrschte eine Stimmung, die an vorweihnachtliches Versteckspiel erinnerte: Gedämpfte Neugier, weil beide wußten, daß keine Überraschungen zu erwarten waren. Distanz, um nicht vorzeitig zu verraten, was in petto gehalten wurde. Gruber wußte von Freundin Sandra, daß Silvia einen mutigen Vorstoß von Frau zu Frau unternommen hatte, und Silvia wußte, daß es zwischen Hans-Otto und Sandra keine echte Liebesbeziehung gab, allenfalls Tändelei. Da beide ihre Kenntnis einander nicht gestehen wollten, blieb Butler Georg – wie üblich – der Parlamentär zwischen den Parteien.

»Ich erlaube mir, darauf hinzuweisen, daß Gräfin Hayn-Hohenstein ins Schloß gebeten hat.« Georg hielt den Umschlag aus Büttenpapier in der Hand. »Werden der gnädige Herr der Einladung Folge leisten?«

»Nein. Ich muß nach dem Rennen eine geschäftliche Verabredung wahrnehmen. Ich habe bereits telefonisch abgesagt.«

»Möchtst du, daß ich auch absage?« fragte Silvia in hingebungsvollem Ton und signalisierte damit ihre Bereitschaft, Befehle entgegenzunehmen.

»Bitte nicht! Bei so einer Buchpremiere müssen wir vertreten sein. Die ganze Clique wird sich versammeln.«

»Demnach auch Christian Adler«, stellte sie fest und fuhr verbindlich fort: »Ohne deine Begleitung möchte ich ihn nicht treffen.«

Ihm gefiel ihre Sinnesänderung. »Aber, aber. Du wirst sicher wissen, wie du mit einem Ex-Liebhaber umgehen mußt. Außerdem, wenn du mich fragst – es gibt keinen ersichtlichen Grund für dich, ihm aus dem Weg zu gehen. Man kann Beziehungen nicht einfach abbrechen. Warum bleibt ihr nicht gute Freunde?«

Silvia war baff. »Ist das dein Ernst?«

»Warum soll ich Witze machen?« Gruber schaute erstaunt zu Georg und zu Silvia. »Grüß ihn von mir. Ich fange an, ihn zu mögen. Es ist der Typ Mann, mit dem ich klarkomme.«

»Seit wann weißt du das?« Da sie nicht an Wunder glaubte, konnte Hans-Ottos veränderte Einstellung zu Christian nur Teil eines neuen Planes sein.
»Was für eine Frage – ich bitte dich, Silvia! Die Einstellung zu einem anderen Menschen kann sich von Tag zu Tag ändern. Es gibt keinen zwingenden Grund, Vorbehalte ewig mit sich herumzuschleppen.« Er stellte sich stocksteif hin und legte den Kopf in den Nacken, damit der Butler ihm den Krawattenknoten ungehindert binden konnte. »Ich kann mir übrigens gut vorstellen, daß Gräfin Luise auch Monika Adler eingeladen hat...«

Bei der Buchparty im Garten von Schloß Hayn-Hohenstein stimmte alles, nur das Wetter spielte nicht mit. Luise hatte Sonne eingeplant, doch dicke Wolken machten einen Strich durch die Rechnung. Der drohende Regen beflügelte die Vertreter der Medien, das kalte Büfett besonders schnell auszuforsten, sich ein Exemplar des von Luises Verlag herausgebrachten Kunstdruckbandes über die Geschichte des Galoppsports zu sichern und dann in aller Ruhe die Getränke zu konsumieren. Luises Lektor, ihre Pressereferentin und drei Sekretärinnen aus dem Verlagshaus hatten wenig Mühe, die Journalisten bei Laune zu halten; die Damen und Herren waren sich selbst genug und tauschten, wie üblich, Redaktionsklatsch aus.
Cremer, immer nach einem Schlupfloch in der Nähe Ausschau haltend, um sich bei passender Gelegenheit unbemerkt abzusetzen, schwatzte fleißig durch die Gruppen und Grüppchen, damit er von möglichst vielen Anwesenden gesehen wurde. Er schaffte sein Pensum tatsächlich in einer halben Stunde. Danach fiel gar nicht auf, das er plötzlich fehlte im erlauchten Kreis.
Heidelinde von Schönermarck entdeckte Christian und zog Emanuel mit sich. »Ihr Samurai hat sich ja prächtig geschlagen bei seinem Debüt heute mittag. Ein dritter Platz, wir gra-

tulieren. Eigentlich hätte er Zweiter werden müssen, nicht wahr, Emanuel?«
»Samurai? Nie gehört.« Während des 5. Rennens, in dem Samurai gestartet war, hatte Emanuel von Schönermarck zwei bezaubernde Teenager im Feldstecher gehabt, deren Körperformen ihn über alle Maßen gefesselt hatten.
»Ich bin auch mit dem dritten Platz ganz zufrieden«, sagte Christian. »Pferd und Jockey hatten Premiere. Für große Siege ist noch Zeit genug.«
»Da ist Ihre Gattin sicher mächtig stolz.« Heidelinde sah sich um, ob sie Monika erspähte. »Das Pferd gehört schließlich ihr.«
»Sie konnte leider nicht kommen«, gab Christian Auskunft.
»O doch, mein Lieber, sie ist hier«, verriet Emanuel. »Ich habe sie am Büchertisch gesehen.«
»So, tatsächlich?« Von dem Thema wollte Christian weg. Er schaute in den Himmel: »Na, hoffentlich hält sich das Wetter.«
Luise führte Silvia Gruber vorbei, und er rief: »Hallo.«
Silvia, eingedenk der Ermahnung von Hans-Otto, sagte nicht ganz so eisig, wie sie sich das vorgenommen hatte, ebenfalls: »Hallo!«
Luise registrierte derartige Kleinigkeiten aufmerksam, brachte Silvia an den Büchertisch, an dem Monika in dem Prachtband blätterte. Betulich angelte Theresa ein Buch, um es Frau Gruber zu überreichen, aber ein mörderischer Blick Luises bremste sie mitten in der Bewegung. »Theresa, würden Sie sich bitte um den Kaffee kümmern! Wir kommen hier zurecht!«
Der Band glitt Theresa aus den Fingern auf den Tisch zurück, als sei er glühende Lava. Luise machte keine Anstalten, Silvia die Neuerscheinung zu verehren. Statt dessen sagte sie: »Monika, meine Liebe, würden Sie bitte Frau Gruber mit einem Exemplar versorgen?«
Monika tat es aus Höflichkeit der Gräfin gegenüber, und Sil-

via, alle Ermahnungen ihres Mannes geordnet im Hinterkopf, nahm das Buch freundlich lächelnd entgegen und sagte zu allem Überfluß: »Ganz reizend von Ihnen.«
Erste Regentropfen fielen. Gräfin Luise hakte sich bei beiden Damen ein. »Wir sollten uns einen Platz im Salon sichern und uns von Theresa einen Kaffee bringen lassen.«
Und da begann es in Strömen zu gießen. Alle Gäste flohen ins Schloß. Monika gewann den Eindruck, sogar das Wetter gehöre zu Luises Inszenierung für das Damenduett. In der Ecke des kleinen Salons stand Theresa schon mit dem Kaffee bereit, und Gräfin Luise, eine Entschuldigung parat, ließ Frau Gruber und Frau Adler allein.
Die Situation begann peinlich zu werden. Monika rührte endlos in ihrem Kaffee den Zucker um, Silvia begutachtete angestrengt die Abbildungen in dem teuren Buch.
Monika nippte an der Tasse und pustete: »Heiß.«
Silvia freute sich über ein Fohlenfoto. »Süß.« Danach blätterte sie die Seiten hastig und unkonzentriert durch und sagte: »Schade, er ist nie erwachsen geworden.«
Monika plagte die Neugier, wie die Sache sich entwickeln würde und entgegnete nichts. Sie hielt sich an ihrer Kaffeetasse fest und starrte auf die vorüberflitzenden Buchseiten.
Silvia klappte den Bildband zusammen. »Ich hörte, Sie wollen ihn nicht mehr?«
»Darüber wundern Sie sich?«
»Nein. Aber ich will ihn auch nicht mehr.«
»Ach? Und wie lange halten Sie an Ihrem Entschluß fest? Einen Tag? Eine Woche? Einen Monat? Das Risiko ist mir zu groß. Ich will meine Freiheit haben, es bleibt bei meinem Entschluß, mich scheiden zu lassen.«
»Scheidung! Blödsinn! Nehmen Sie ihn zurück! Es gibt keinen Hinderungsgrund. In Wirklichkeit wollen Sie gar keine Scheidung. Sie wollen ganz bestimmt weiter mit ihm zusammenleben, aber zu Ihren Bedingungen, nicht wahr? Sie wollen einen treuen, liebenden Ehemann. Ich kann das verste-

hen. Wenn er mein Mann wäre, ich würde ihn zu Hause anketten.«
Monika gewann den Eindruck, Christian habe Silvia kalt abserviert. »Warum gehen Sie plötzlich auf Distanz zu ihm?«
»Er ist wie ein kleiner Junge, der auf einmal entdeckt hat, daß es Spaß macht, Mädchen zu ärgern. Und wir, blöd wie wir sind, fallen darauf rein, weil das Spielchen Ähnlichkeit hat mit Liebe. Aber dieser nicht erwachsene Mann, von dem wir beide sprechen, liebt nur sich selbst...«
»Und die Pferde«, sagte Monika.
»Logisch.«
Monika fand es nun hinderlich, ihre Neugier weiter zu unterdrücken. »Verraten Sie mir, warum Sie sich auf meine Seite geschlagen haben?«
Silvia hob ihre Tasse an die Lippen, merkte, daß der Kaffee kalt geworden war, und stellte sie zurück auf den Tisch. »Ich befinde mich in ähnlicher Lage – nur mit anderen Vorzeichen. Ob ich jetzt schlau geworden bin, weiß ich nicht. Aber klüger bestimmt.«

Dunkle Regenwolken lasteten als grollende elektrische Glocke über dem Land. Der Abstand zwischen Donner und Blitzen wurde von Minute zu Minute kürzer. Rolf Lesch und seine Mannschaft brachten alle Pferde von der Koppel in den Stall. Gunpowder Girl, ohnehin so aufgeregt, daß Rolf sie nur noch »Miss Nervous« nannte, riß sich bei einem besonders nahen Donnerschlag los, stieg und galoppierte aus dem Stall. Sie wollte zur Koppel, raste zum geschlossenen Tor, nahm Maß, um es zu überspringen, startete jedoch mit dem falschen Fuß. Mit vollem Gewicht krachte sie gegen die Balken, Holz splitterte, die Wucht des Anpralls warf sie zurück.
Gunpowder Girl stürzte mit halber Drehung erst auf den Rücken, dann auf die linke Seite. Bei verdrehtem Hals schlug ihr Kopf auf, das linke Vorderbein knirschte unter ihrem Kör-

per, die Hinterbeine zuckten. Sie versuchte aufzustehen, konnte sich jedoch nicht erheben.
Rolf rannte los, Cremer, noch im dunklen Anzug, hastete aus dem Haus, Margit, Ludger und Peter eilten zum Tor. Lesch kniete sich neben die Stute und tastete sie ab. Nach wenigen Handgriffen blickte er auf zu Cremer, der fassungslos auf das Tier starrte. »Sie hat beide Vorderbeine gebrochen...«
Wolf biß sich auf die Lippen und drehte sich um. Nachdem er mit sich zu Rate gegangen war, ordnete er an: »Ludger, Margit und Peter – ihr macht den Stall dicht. Alle Türen und Fenster zu!« Als er mit Lesch allein war, bat er: »Trösten Sie das Tier noch ein bißchen. Ich komme gleich wieder.«
Er lief ins Haus und kehrte mit einem kurzläufigen Gewehr zurück. Er lud es und nickte Lesch zu. Der erhob sich und trat einen Schritt zur Seite. Margit blieb mit dem Gesicht zur Stallwand stehen. Ludger und Peter, mit offenen Mündern, glotzten zu Gunpowder Girl, das in Deauville eine Million Francs gekostet hatte.
Wolf Cremer wartete auf den nächsten Donnerschlag. Dann schoß er.

Erst kurz nach Mitternacht bekamen sie telefonischen Kontakt mit Gruber, und dreißig Minuten später trafen sie ihn im Konferenzsaal seines Geschäftshauses. Er saß an der Stirnseite des langen Tisches, forderte Christian und Cremer jedoch nicht auf, Platz zu nehmen. Er war nicht wütend, er tobte nicht, er zeigte keine erkennbare Gefühlsregung. Nach geraumer Zeit sagte er wie im Selbstgespräch: »Nichts weiter als totes Pferdefleisch – für eine Million.«
»Sie waren doch versichert«, sagte Cremer.
»Denken Sie im Ernst, daß mich das entschädigt für den Verlust eines Pferdes, das von einem der feinsten Hengste der Welt abstammt?«
Die kalte Sprache verbot Cremer und Christian jede Erwiderung.

»Lassen Sie uns Bilanz ziehen«, sagte Gruber geschäftsmäßig. »Eines meiner Pferde wurde in Ihrem Stall gedopt. Mein guter Ruf erlitt dadurch schweren Schaden. Ein anderes meiner Pferde bricht sich in Ihrem Stall die Beine und wird erschossen.« Er blickte Cremer an und danach Christian. »Wenn Sie in meiner Lage wären: Würden Sie Ihre Pferde noch einen Tag länger Trainern überlassen, denen das passiert?«
»Unfälle kommen in jedem Stall vor, das wissen Sie genausogut wie wir«, verteidigte Cremer sich.
Gruber ließ sich dadurch aus der Reserve locken. »Halten Sie sich zurück! Verallgemeinerungen machen die Sache nicht besser!«
»Wohin sollen Ihre Pferde transportiert werden?«
»Wenn ich Ihnen meine Pferde wegnehme, sind Sie innerhalb von drei Monaten pleite. Ist die Prognose realistisch, Herr Cremer?«
»Könnte sein.«
»Geben Sie's zu! Wie ich Ihre geschäftliche Lage einschätze, bestehen da keine Zweifel.«
Christian konterte: »Es gibt noch andere Pferdebesitzer.«
»Glauben Sie, Herr Adler, daß jemand, der alle Sinne beisammen hat, Ihnen seine Pferde anvertraut, nach alldem, was passiert ist? Außerdem haben Sie in dieser Saison keinen Sieger vorzeigen können. Sehen Sie ruhig den Tatsachen ins Auge. Es gibt für Sie nur eine Alternative, wenn Sie den Bankrott vermeiden wollen.«
Christian und Cremer hoben die Köpfe, stellten jedoch keine Frage. Gruber traf seine Entscheidung: »Ich werde den Grund und Boden, auf dem Ihr Stall steht, von einem Gutachter schätzen und Ihnen ein Angebot für das Anwesen zukommen lassen. Abzüglich Ihrer Schulden, versteht sich.«
Cremer wollte auf der Kommandobrücke untergehen. »Glauben Sie ernsthaft, daß Sie einen Trainingsstall führen können, Herr Gruber?«

»Nein, ich werde das gar nicht erst versuchen, auch wenn ich die Zeit dazu hätte. Ich werde kompetente Leute mit der Geschäftsführung beauftragen.«

»Welche kompetenten Leute?« rief Cremer kampfbereit.

»Regen Sie sich nicht auf. Sie haben ja Zeit, sich alles zu überlegen.« Gruber schlug den grünen Aktendeckel auf, der vor ihm lag und entnahm ihm eine Liste mit dem Briefkopf »Detektei und Auskunftei Hartmann«. Er überflog sie und sagte: »Falls das Ihre Überlegungen beschleunigt: Sie haben 250 000 Mark Schulden. Ihre monatlichen Fixkosten betragen 3000 Mark – ohne Löhne, ohne Lebensunterhalt. Die Bank gibt Ihnen keinen Kredit mehr. Wenn ich meine Pferde abziehe, machen Sie eine Bauchlandung ohne jede Startmöglichkeit. Wenn Sie sich also klargeworden sind, kommen Sie bitte zu mir.« Er schaute auf die Armbanduhr. »Heute noch. In meine Privatwohnung! Es genügt, wenn Herr Adler erscheint!«

Cremer war so niedergeschmettert, daß ihm die Lust zur Auseinandersetzung mit Christian fehlte. Das, was er sagte, hatte verdammte Ähnlichkeit mit einer Grabrede. »Ich habe immer vor dieser totalen Abhängigkeit von Gruber gewarnt. Aber du wolltest das nicht hören. Du warst ständig guter Dinge. Er hat über die Hälfte unserer Einnahmen gezahlt, und damit hatte er uns in der Hand. Wir waren von Anfang an ein Pleiteunternehmen, da brauchen wir uns gar nichts vorzumachen. Wir haben uns allenfalls in die Tasche gelogen mit der optimistischen Hoffnung, daß uns andere Besitzer ihre Pferde anvertrauen oder daß wir einen Sieger bringen. Ende der Fahnenstange, mein lieber Christian. Ich hatte schon lange den Verdacht, daß er nur auf einen günstigen Moment gewartet hat, um billig an unseren Stall zu kommen. Geh hin und sag ihm, daß wir unter Zwang akzeptieren müssen. Und denk dran, daß Silvia Gruber dich außerdem mit 70 000 Mark für Samurai in der Hand hat.«

»Es ist vielleicht alles meine Schuld«, murmelte Christian zerknirscht. »Ich hätte auf dich hören sollen.«
»Grüble nicht über Schuldfragen – das hilft uns jetzt auch nicht mehr aus der Scheiße. Geh hin zu der feinen Familie – ich fahre nach Hause und besaufe mich.« Er stieg in seinen alten Geländewagen und fädelte sich in den ruhigen Nachtverkehr ein.
Daß bei Gruber offenbar ein Stimmungsumschwung stattgefunden hatte, merkte Christian am übertriebenen Service von Butler Georg. Der stand schon zum Empfang bereit unten im Parterre an der Tür zum Privatlift. Und im Penthouse erwartete ihn ein aufgeräumter Gruber und eine sehr beflissene Silvia, die sogleich drei Drinks bereitete, was Georg, hinter Christian wartend, kritisch beobachtete.
Gruber brachte Christian ein Glas und stieß mit ihm an. »Es ist schon spät, und deshalb komme ich gleich zur Sache: Meine Frau hat mich davon überzeugt, daß es wichtig sei, eine gewisse Kontinuität sowohl beim Personal als auch bei der Behandlung der Pferde zu bewahren – auch, wenn der Stall eine neue Geschäftsführung bekommen würde.«
»Das ist sicher richtig.« Christian hob sein Glas Silvia entgegen. »Trotzdem möchte ich gern erfahren, wer diese Geschäftsführung übernehmen wird.«
»Cremer ist also einverstanden mit dem Verkauf?«
»Er akzeptiert mit Vorbehalt.«
Gruber schüttelte verständnislos den Kopf. »Ich weiß nicht, was dieser falsche Stolz bezwecken soll. Er ist über fünfundsechzig Jahre alt, und er hat keine andere Wahl.«
»Andere Männer haben in diesem Alter noch die Welt verändert.«
Gruber grinste ihn an. »Aber wir bleiben auf dem Teppich, nicht wahr, Herr Adler? Ich möchte Ihnen sagen, daß ich, trotz allem, was passiert ist, viel Respekt vor Ihren Fähigkeiten habe.« Jetzt schaute er Silvia an und setzte hinterhältig hinzu: »Was Pferde anbelangt, Herr Adler! Ich habe deswe-

gen beschlossen, nach Übernahme des Cremer-Adler-Stalles Sie zum geschäftsführenden Trainer zu machen.«

»Und was ist mit Wolf?«

»Er ist zu alt und zu unbeweglich.«

»Wenn Sie Cremer vor die Tür setzen, kann ich den Job nicht übernehmen.«

»Ich respektiere Ihre Loyalität, aber ich weiß auch, daß Sie ein ehrgeiziger Mann sind. Ich habe vor, diesen Stall zum größten in Deutschland zu machen. Sie werden sich das ganz gründlich überlegen! So eine Chance bekommen Sie nie wieder!«

Silvia kam herein, lächelte ein wenig rätselhaft und trank auf Christians Wohl. »Es ist ganz einfach – du brauchst nur ›ja‹ zu sagen...«

Epilog

Einrichtung, Speisenfolge und Bedienung waren gutbürgerlich. Bernhard Schadenstedt fühlte sich in diesem Restaurant gut aufgehoben, und die Küche sagte ihm seit fünf Jahren zu. Mit dem, was er verkonsumierte, war der Wirt zufrieden, und der Kellner war es mit dem Trinkgeld. Eine vertrauensvolle Atmosphäre war entstanden.
In diese ihm vertraute Umgebung hatte er Monika geführt. Andere Lokale flößten ihm Unbehagen ein, dämpften seinen Unternehmungsgeist, suggerierten ihm, er befände sich unter ständiger Beobachtung auf einer Bühne. Monika bemerkte verwundert, wie entspannt und wie offen Bernhard auf einmal sein konnte.
Seine ganze Erscheinung schien Zuneigung auszudrücken, als er nach dem Essen ohne Hemmungen gestand: »Ich liebe dich – ich liebe dich von ganzem Herzen, und ich möchte dich heiraten.« In schönem Selbstverständnis nahm er ihre Hand, streichelte und drückte sie. »Ich setze voraus, daß du mich haben willst.«
Monika sah verdattert auf die Weinflasche. Er hatte erst ein Glas getrunken. Ein Schwips konnte ihm also nicht Mut gemacht haben. Ein knappes Jahr kannte er sie, da ihre Ladengeschäfte benachbart in der Passage lagen. Zwar hatte er zurückhaltend bei passenden Gelegenheiten ihre Nähe gesucht, er war ihr mit kleinen Gefälligkeiten zur Hand gegangen – aber nie zuvor hatte er gewagt, sie zu duzen. Und eine Liebeserklärung aus heiterem Himmel? Du lieber Gott, was ging in dem Mann vor?
Er deutete ihre Schweigsamkeit als Zugeständnis, behielt ihre Hand, als gehörte sie ihm. »Nach den trüben Erfahrungen, die du gemacht hast, wird es wunderbar für dich sein,

einen Ehemann zu haben, der dich liebt und schätzt und dich immer anständig behandelt. Und mit mir kann man blendend auskommen, sagt Jenny...«

»Moment mal«, bremste sie ihn, »ehe Sie sich völlig verausgaben, Bernhard. Ich mag Sie sehr gern, und ich bewundere Sie auch, wie Sie das hinkriegen mit dem Buchladen und Ihrer Tochter. Aber ich liebe Sie nicht.«

Schadenstedt geriet ins Schleudern. »Nein? Ich kann mir das alles nicht eingebildet haben. Wir haben uns so gut wie jeden Tag gesehen, sind miteinander im Theater gewesen, und wir waren mal zum Abendessen aus. Auch Jenny kann Sie wirklich gut leiden – also aus dieser Ecke gäbe es gar keine Schwierigkeiten. Mit dem Kind kommt man gut zurecht.«

Er stockte, offenbar aus reinem Zufall. Daher kam Monika zu Wort. »Bernhard! Sie haben sich da in etwas verrannt, tut mir leid. Ich will Sie nicht heiraten, und deshalb kann ich auch nicht die Stiefmutter von Jenny werden.«

»Nicht?« Er begriff nicht, wechselte jedoch zum höflichen Pronomen zurück. »Werden Sie sich vielleicht gar nicht scheiden lassen?« Eine mühsam aufgebaute Welt ging an dem schlichten Kneipentisch für ihn unter.

Monika lächelte schmerzlich. »So eine schwere Frage sollten Sie mir nicht stellen. Ich kann sie nicht beantworten. Sicherlich wäre es sogar besser, wenn Sie sich völlig aus dieser Sache heraushielten.«

Schadenstedt fühlte sich herabgesetzt, beiseite gestellt, ungespitzt in den Boden gerammt. Das löste bei ihm die urtümlichste aller Reaktionen aus. Er wollte Monika verletzen. Kein Rachegefühl, nur Überlegenheit zeigen, ihren Entschluß erschüttern. »Sie glauben doch nicht im Ernst, daß die Affäre mit dieser Frau Gruber vorbei ist! Daß die Ihren Mann aus den Fingern läßt! Er hat nicht die Kraft, sich von der Dame zu befreien! Ich fürchte, Sie geben Ihrem Wunschdenken kritiklos nach!«

Genau verkehrt, was er sagte. Monika entwickelte eine Spur

Mitleid für Christian. Taktvoll wies sie ihren Verehrer zurecht: »Ich sprach ausführlich mit ihr. Von Frau zu Frau, wenn Sie verstehen, was das bedeutet. Ich gewann den Eindruck, sie langweilt ihn, und er langweilt sie.«
Schadenstedt wollte nicht aufgeben. »Wenn's nicht diese Frau ist, dann sucht er sich eben eine andere!«
Monika lächelte anmutig. »Nicht unken, bitte! Vielleicht bin ich's diesmal. Kann man doch nicht wissen, Bernhard! Oder?«

Erklärung einiger Fachausdrücke

Bomber:	Rennpferd, das kräftig und in Topform ist
bringen:	Wenn der Jockey mit seinem Pferd am Feld nach vorn vorbeizieht.
Crack:	Ein Pferd, einfach Spitze
Druse:	Ansteckende Pferdekrankheit, besonders bei jüngeren Tieren. Kennzeichen: Fieber und Nasenkatarrh
Führring:	Dort werden die Pferde vor dem Rennen dem Publikum gezeigt, damit Wettlustige vom optischen Eindruck her »ihren« Favoriten herauspicken können.
herrichten:	Das Pferd quasi über Nacht auf Sieg trainieren
Krampe:	Pferd ohne Klasse
managen:	Stallorder, wie, wann und wo ein Pferd siegen soll.
Pace:	Sehr flotte Gangart
Pilot:	Das im Rennen führende Pferd
Speed:	Hohes Tempo auf den letzten Metern
an den Stangen:	Auf der Innenbahn reiten
Seide tragen:	Erstes Galopprennen eines Pferdes (da der Jockey ein seidenes Blouson trägt)
Theobromin:	In Kakaobohnen, schwarzem Tee und Kolanüssen enthaltenes Alkaloid. (Das sind Kristalle, welche die Herzkranzgefäße erweitern.)
Timing:	Der Zeitpunkt, zu dem der Jockey sein Pferd nach vorn »bringt«.
Wetthure:	Einer, der ohne Konzept und ohne Überlegung beim Rennen wettet
Zocker:	»berufsmäßige« Wetter

Wettarten

Platzwette: Bei sechs gestarteten Pferden muß »Ihr« Pferd Erster oder Zweiter werden, bei sieben bis elf Pferden Erster bis Dritter. Gewinnquote bei 10 Mark Einsatz etwa zwischen 10 und 30 Mark. Das bedeutet: Risiko und Gewinn klein.

Siegwette: Die eventuellen Quoten der Siegwetten werden vor jedem Rennen im Umkreis der Wettschalter auf TV-Monitoren gezeigt. Die Chancen sind also vor dem Wetteinsatz ablesbar. Steht der Starter Nr. 1 beispielsweise auf 30, können sie Ihren Einsatz verdreifachen, ist die Quote von Pferd Nr. 6 zum Beispiel bei 500 gelandet, kann der Einsatz verfünfzigfacht werden. Risiko kalkulierbar.

Dreierwette: Die Reihenfolge der ersten drei Pferde im Ziel muß bei der Wette richtig getroffen werden. Risiko und Gewinn groß. Der Wetteinsatz kann durch die Kombination der einzelnen Starter miteinander teuer werden.

Einlaufwette: Platz 1 und 2 der ersten zwei Pferde muß richtig getippt werden. Durch die möglichen Kombinationen kann auch hier die Wette eine Menge Geld kosten.

368 Seiten · Leinen

848 Seiten · Efalin